U0115331

文學研究叢書

西方作家紀實敘事中的當代中國形象
1949-2019

張璦 著

教育部人文社會科學研究規劃基金項目資助
題名：西方作家紀實敘事中的「當代中國形象」研究1949-2019
項目批准號：20YJA751025

目次

緒論
西方看中國：歷史維度與當代視野

　　國家的表徵形象與內在品格不僅在國際關係、外交政治中代表著極為重要的軟實力，直接影響到一個國家在世界格局中的「身份標識」，同時也代表了一個民族的文明水平，關涉到這個民族在全球化語境中獲得認同的程度、爭取平等對話的空間和權益。因此，所有重視提升國際地位的國家，都會敏感地關注在域外被如何表述這一重要的文化現象。

　　讓世界瞭解中國，建構中國的域外形象，不僅要敞開胸懷歡迎外國記者、作家們，為他們進行實地觀察、親身體驗、深入採訪提供充分的便利，不干涉他們的獨立思想和自由精神；但同時也要以坦誠而積極的姿態與這些記者、作家們加強溝通和交流，消融文化隔膜，縮小認識差距，對於他們書寫的各類「中國作品」，能夠在理解的基礎上進一步展開探討和評論，由此共同提升當代中國形象傳播的客觀性、真實性、豐富性。外國記者、作家們對於中國的新聞報道或紀實敘事不僅僅是世界瞭解中國、研究中國的重要文獻，也成為中國在他者樹立的鏡像中觀照自身、研究本土的參照對象。正因為此，「西方看中國」作為一個歷時性的前沿問題，是國內外一些研究領域內長期跟蹤關注的焦點和熱點，比如國外漢學和國際關係學、比較文學與跨文化形象學、國際新聞傳播學、國際報告文學等，多維視野下雖然探究目的不同但也存在根本的聯繫，產生了成果互補的影響和意義。

一

　　早在古希臘、羅馬時期的歷史文獻中，已經有關於中國的記載，比較完整的「中國敘事」則始於十三世紀的「遊記」作品。影響最大的是《馬可・波羅遊記》（約1299）。然而，意大利商人馬可・波羅是否親自去過中國存在爭議，他對中國的描述因帶有濃厚的虛幻想像也一直備受「真實性」質疑。但是從此之後，「遊記」中的「漢學」開始萌生。中世紀後西方看中國從「傳奇」轉向「探究」，也就逐漸形成漢學和國際關係研究的新領域。漢學側重在中國歷史文化探察中建構中國形象並對其民族性特徵予以評說；國際關係研究關注的是中國的政治外交角色，一般使用政治學的理論框架。

　　十六至十九世紀有關中國的著作已經比較全面地描述了中國地理、歷史、政治制度、物產與經濟、文化與習俗等，如西班牙籍傳教士、歷史學家胡安・岡薩雷斯・德・門多薩撰寫的《大中華帝國史》（1585），德國啟蒙思想家、數學家戈特弗里德・威廉・萊布尼茨的《中國近事：為了照亮我們這個時代的歷史》（1697），法國漢學家讓・巴普蒂斯特・杜赫德的四卷巨著《中華帝國全志》（1736）。這三位作者並未親臨中國，但他們充分收集閱讀了西方傳教士、外交使者、商人、探險家等有關中國的記述、報告、書信以及從中國帶回的書籍資料等，因而他們的著述內容詳實豐厚，可信度較高。三位作者都推崇中華帝國的強大和先進，讚美「禮儀之邦」的道德與文明，建構了理想化的中國形象，在西方產生較大影響。

　　伴隨著「地理大發現」，西方越來越多的傳教士、外交使者來到中國，他們在華生活多年，入鄉隨俗，學習漢語，努力成為「中國通」，營造了早期的漢學時代。其中影響較大的有意大利傳教士、學者利瑪竇（Matteo Ricci），他在華傳教、生活了二十八年，直到去世（1582-

1610）。他為後世留下真正產生於親歷觀察的歷史紀實《利瑪竇中國劄記》（一六一五年經比利時耶穌會士金尼閣整理翻譯為拉丁文出版）。此書將史志、記遊、見聞、感想相彙集，更為詳盡地記述了作者對中國的印象和認識，也披露、批評了一些迷信陋習現象和民族弱點，因為作者貼近中國社會現實，使其筆下的歷史現場感與時代風貌得到更為真實的展現。比利瑪竇晚六十年來中國的衛匡國（Martino Martini），既寫出代表較高漢學水平的《中國先秦史》（1658），還出版了第一部完整的《中國新地圖志》（兩卷，1655）。葡萄牙傳教士曾德昭（Alvaro Semedo）、安文思（Gabriel de Magalhães）都在華生活多年，分別著有《大中國志》（1641），《中國新志》（1688）。隨著西方漢學的發展，中國形象由社會風貌逐漸向精神內核深入。漢學家們通過對中國古代典籍的鑽研，試圖貫通東西方文化，發掘普世人文觀念及其價值。法國漢學家雷慕沙（Jean Pierre Abel Rémusat）編寫的《漢文啟蒙》（1822），是一部深解中國語言智慧的漢語語法著作。比利時人柏應理（Philippe Couplet）、意大利人殷鐸澤（Prosper Intorcetta）等在漢學領域具有更為自覺的意識，他們和利瑪竇一樣努力融入中國社會，尊重中國習俗，研究中國的歷史文化和儒家思想。他們把《四書》中的《大學》、《中庸》、《論語》譯成拉丁文，編著成書的《中國哲學家孔夫子》在巴黎出版（1687），向西方系統介紹了孔子及中國哲學、宗教、治國之道，對歐洲當時的思想界和正在醞釀興起的啟蒙運動產生了深刻影響。伏爾泰、孟德斯鳩、萊布尼茨等思想家們從中尋找到新的哲學和倫理道德觀，新的政治理想和模式。

　　然而，在一六九七年萊布尼茨的《中國近事》出版後的幾十年間，西方世界對中國及其思想文化的態度開始出現分裂、爭議，特別是正統的神學派將異域文化視為異端邪說加以詆毀。李明（Louis-Daniel Le）神父的書信集《中國現勢新志》被禁，克利斯蒂安・沃爾夫因為

在德國哈勒-維騰貝格大學做了一場「中國的實踐哲學」演講，受到神學界迫害，曾被驅逐出境。此後，中國形象從「理想國神話」逐漸淡出。

進入十九世紀，西方社會經歷了啟蒙運動和工業革命之後迅速開啟了從封建主義向資本主義制度的歷史性轉變。在資本主義蓬勃發展的背景下，西方淩駕於世界之上的優越感和野心也都顯現出來。專制封建的中華帝國，在這個時期開始淪為西方蔑視的對象。集外交官、傳教士、漢學家於一身的美國人衛三畏（Samuel Wells Williams）於一八三三年來華，曾參與裨治文（Elijah Coleman Bridgman）主編的《中國叢報》的編輯工作，一八四七年完成了巨著《中國總論》（上下卷），從內容的豐厚深廣到認識的理性客觀，此著都超過了此前的同類著作，是十九世紀最有影響力的漢學成果。衛三畏希望以公允的態度，通過平實的敘述展現中國社會和中國人的觀念與行為，探究中華文明持續數千年的原因，以此糾正西方對中華文明的固有印象或偏見。他充分認識並讚美儒家思想對中國社會制度、政治文化的重要指導地位，對中國人的人格品性以及行為方式的深刻影響；但同時他也認為中國政府專制無能，中國人具有虛偽狡詐、不知感恩等負面特徵，為此他主張中華民族需要基督教的拯救。可見這位被譽為「漢學之父」的傳教士著書立說的真正目的並沒有偏離他的西方立場和使命。美國基督教公理會傳教士明恩溥（Arthur Henderson Smith）一八七二年來華後長期在魯西北傳教、做慈善，創立小學、中學、醫院。一九〇六年他向時任美國總統西奧多・羅斯福遊說，建議退還清朝政府的「庚子賠款」用於中國教育，資助中國學生赴美留學。他深入瞭解、關懷中國民眾，試圖通過倡導文明、反對愚昧來影響中國的改革和未來。他關於中國的著作甚豐，比如《中國人的特性》、《中國的文明》、《中國鄉村生活：社會學研究》、《中國之進步》、《今日的中國與

美國》等，其中《中國人的特性》在美國多次再版，被翻譯成多種文字傳播極廣。明恩溥對中國人的文化心理與性格特徵有褒有貶，認識頗為深刻。他以讚賞的眼光發現中國人勤勞刻苦、忍耐堅強、知足常樂、孝悌仁義、重責守法等美德，又從否定的視角揭示中國人的諸多缺點和陋習，比如麻木混沌、因循保守、缺乏公心和同情心、禮儀繁瑣、不講信用、相互猜疑、拐彎抹角，等等。明恩溥的一些觀點也影響了中國近現代思想啟蒙者對國民性的反思和批判。

二十世紀之後，國際關係視閾下西方看中國的研究成果迅速增多，實質上開始了從古代「漢學」向現代「中國學」的轉變和發展。中國近現代社會所經歷的屈辱、動盪、革新、轉型、戰爭、救亡，中國在世界風雲變幻中的處境與影響，新中國創建後的社會主義制度以及政治、經濟、文化、外交等方面的新發展和新問題，中國人民的生活狀況、精神風貌等，都成為域外他國關注、探究的對象。蘇聯外交官、科學院院士謝爾蓋·列奧尼多維奇·齊赫文斯基為後世留下大量研究中國近現代史和俄中關係的著作，最有代表性的是《19世紀末中國的維新運動和康有為》（1959）、《孫中山外交政策的觀點和實踐》（1964）、《中國走向統一和獨立之路（1898-1949），根據周恩來生平資料敘述》（1996），他以歷史唯物主義的科學方法研究中國近現代史，並在世界形勢發展的大視野下探討中國問題，闡述了深刻的見解和認識；俄羅斯學者 А.Г. 雅科夫列夫的《俄羅斯、中國與世界》（2002），透視世界發展與國際社會新秩序下俄中關係前景；米哈伊爾·列昂季耶維奇·季塔連科院士對中國改革開放以來的發展與經驗有獨到研究，著有《中國的現代化與改革》（1999）。羅馬尼亞史學家尼古拉·約爾卡在他的《遠東的戰爭：中國、日本、亞洲的俄國》（1904）一書中，提倡發展羅馬尼亞和中國的關係；羅穆魯斯·約恩·布杜拉（羅明）一九五〇年來中國留學，先後在清華大學和北京大學學習，一九九〇至一九九

五年出任羅馬尼亞駐華大使，作為中羅關係的歷史見證人，畢生致力於兩國關係研究，除了撰寫《1949-1999年間的羅中關係》等專著，他還組織了多名教授和學者，歷時十五年編纂出版了《1880-1974年間羅中關係文獻彙編》（四卷，2005），這些文獻都具有重要的參考價值。英國人費子智（Charles Patrick Fitzgerald）是知名的中國學專家，他寫的《中國革命》（1952）一書，是建立於個人在中國的親歷見聞基礎上的研究成果，史料詳實，敘述可靠。澳大利亞學者馬克林（Colin Patrick Mackerras）《我看中國：1949年以來中國在西方的形象》（2013），是對西方看中國的「研究之研究」，具有多元理論方法交叉結合的特色。此外，意大利外交官、漢學家白佐良（Giuliano Bertuccioli）與馬西尼（Federico Masini）合著的《意大利與中國》（1996），德國漢學家傅吾康（Wolfgang Franke）的《中國與西方》（1960）等，也是在西方具有影響力的研究成果。

如果從「國際關係」研究視閾看，推動「中國學」快速發展並取得顯著成就的是美國。第一次世界大戰結束後，美國就開始重視「中國問題」的戰略研究，因為有一些基金會的支持，「外交政策協會」、「對外關係委員會」等組織機構紛紛成立。另外如「美國太平洋學會」、「哈佛燕京學社」等都為促進中國研究的新進展做出了重要的貢獻，「中國學」的社會科學意義和價值也越來越凸顯出來。代表性的成果有歷史學家賴德烈（Kenneth Scott Latourette）的《中美早期關係史1784-1844》（1917），利文森（Joseph R. Levenson）的《梁啟超和近代中國的思想》（1953），新聞工作者、馬克思主義歷史學家哈羅德・羅伯特・伊薩克斯（伊羅生）的《心影錄：美國人心目中的中國和印度形象》（1958）等。哈佛大學教授費正清（John King Fairbank）是蜚聲國際漢學界的泰斗，他在長達半個世紀的歲月裡，投入畢生精力鑽研中國歷史和文化，特別是深入探究現代中國演變的內外因素，注

重歷史與現實、學術與政治的關係，他在中國學領域縱深開掘，筆耕不輟，著作等身。《美國與中國》（1948）、《中國沿海的貿易與外交》（1953）、《認識中國：中美關係中的形象與政策》（1974）等，在中外學界和政治界都具有深遠的影響。史景遷（Jonathan D. Spence）是繼費正清之後美國享有很高聲譽的中國歷史研究專家，他的研究側重在明清歷史，但也延伸到當代中國，所著《天安門：中國人和他們的革命1895-1980》（1981）、《追尋現代中國》（1990）、《大汗之國：西方眼中的中國》（1998）等，既以敏銳、深邃的思想觀點獨樹一幟，又以獨特的文筆吸引讀者，他的著作成為影響國際漢學界的「學術暢銷書」。喬舒亞・庫珀・雷默等六位學者所著《中國形象：外國學者眼裡的中國》（2006），從政治、經濟、國防、外交等方面探討全球化進程中的中國特色及其戰略挑戰，辨析中國人自己對本國的判斷與國際社會對中國想像之間的差異，針對問題提出改善現狀的個人觀點。

　　二十世紀八〇年代後，國內開始重視對西方漢學文獻的翻譯出版，也出現相關的研究成果，一九九二年以來，中華書局、上海古籍出版社已推出《海外漢學叢書》數十卷，江蘇人民出版社的《海外中國研究叢書》（一九八八至二〇二一年已出二〇六種）。研究論著有何寅、許光華編著的《國外漢學史》（2002），陸昌萍編著的《國外漢學概論》（2017）等。西方漢學（中國學）、國際關係學是本課題研究不可忽略的背景，這些著述中積澱了厚重的史料基礎和西方語境下的話語體系，對梳理「中國形象」在西方建構、發展、嬗變的軌跡，探索這一過程中「跨文化」表現方式及其特殊意義，判斷西方人文傳統在新時代傳承的走向以及對中國的影響，都具有重要的參考價值。

二

西方比較文學與跨文化形象學的理論方法，對國內學界研究「西方看中國」產生新的推動，拓展出更具有闡釋張力的空間。美國著名文學理論家愛德華・沃第爾・薩義德的《東方學》（1980）建構了形象學與文化批評的理論依據，揭示「東方學」是站在西方立場上被描述與假設的一個「他者」。法國比較文學專家達尼埃爾-亨利・巴柔認為：「一切形象都源於自我與『他者』，本土與『異域』關係的自覺意識之中」。[1]在比較文學與跨文化形象學的視閾下，國內學者將西方漢學中建構的中國形象作為「跨文化」觀照對象進行系統研究，二〇〇二年始，錢林森主編的《外國作家與中國文化》叢書陸續出版，主要有葛桂錄《霧外的遠音：英國作家與中國文化》，衛茂平等《異域的召喚：德國作家與中國文化》，張弘等《跨越太平洋的雨虹：美國作家與中國文化》，郁龍餘等《梵典與華章：印度作家與中國文化》，錢林森《光自東方來：法國作家與中國文化》，王寧等《神奇的想像：南北歐作家與中國文化》等，是比較文學形象學的代表性成果。

周寧教授二〇〇四年推出《中國形象：西方的學說與傳說》叢書，包括《龍的幻象》（上、下）、《契丹傳奇》、《鴉片帝國》、《世紀中國潮》、《大中華帝國》、《孔教烏托邦》、《歷史的沉船》、《第二人類》共八卷；二〇〇六年又出版《天朝遙遠：西方的中國形象研究》（上、下）等多部專著。他在理論方法上突出了三個重要維度：其一，探究西方的中國形象生成中「文化他者」的話語機制；其二，考察西方中國敘事的內在一致性與延續性；其三，分析西方的中國形象作為一種權力話語，參與構築西方現代性及其文化霸權的過程。

---

1 〔法〕達尼埃爾-亨利・巴柔：《形象》，孟華譯，孟華主編《比較文學形象學》，北京大學出版社2001年版，第155頁。

　　比較文學、跨文化形象研究的意義首先在於揭示了西方投射在中國形象上的意識形態，反思自我與他者的關係本質；其次，將形象學從文學視界移置到更廣闊的文化空間，形成文學與文化的闡釋學互動。但也存在一些明顯的缺憾和問題，首先，將中國形象過深地嵌入西方文化構築「他者」的分析框架，難免囿於這個既定闡釋體系，而對中國形象的客觀性及其產生的特定歷史語境的考察相對不足，對作者的親歷性經驗及主體意識嬗變也缺少充分的、動態的研究。其次，在推導邏輯上，把中國形象完全歸結為他者化的「後殖民主義」產物，而忽視了中西方的對話、溝通、理解，產生了絕對化、片面性，對西方內部的不同立場、意見有所忽視，從而把中國在西方的形象單一化，抹煞了對立和差異。再者，從研究對象的時間範疇看，主要集中於十六世紀至近現代，對新中國成立以來特別是改革開放之後新出現的作家作品關注十分有限，而新的文學現象中表現出的鮮明變化恰恰構成對上述研究中某些闕謬補正的可能。

三

　　十九世紀以來，隨著工業革命的發展，日趨先進的通迅技術不僅改變了人類的生活，也大大促進了國家之間的信息傳播和交流，國際化的新聞事業也就應運而生，世界上出現了最早的一批西方新聞通訊社，比如法國的哈瓦斯社（法新社前身），美國的「港口新聞聯合社」（美聯社前身），英國的路透社等。毫無疑問，人們通過具有時效性的國際新聞瞭解世界局勢和各國動態，使不同國家、民族之間的彼此認知進一步加強。

　　在華的傳教士、商人是最早以報刊為媒介傳播中國新聞的西方人，如英國傳教士羅伯特・馬禮遜和威廉・米憐在馬六甲創辦《察世俗每

月統記傳》（1815-1821），這是新聞史上以中文出版的第一種現代報刊；中國第一份英文報紙《廣州紀錄與行情報》（1827-1858，一八二八年改名為《廣州紀錄報》，一八四三年改名《香港記錄報》），由英國鴉片商人馬地臣（James Matheson）出資創辦、美國商人伍德（William W. Wood）為第一任編輯；美國傳教士裨治文在廣州創辦並主編英文月刊《中國叢報》（1832-1851，一八四八年由衛三畏任主編）；美國監理會傳教士林樂知（Young John Allen）在上海創辦《中國教會新報》（1868-1907，一八七二年改名為《教會新報》，一八七四改名為《萬國公報》）；德國傳教士郭士立（Karl Friedrich August Gützlaff）在廣州創辦了《東西洋考每月統記傳》（1833-1838）；美國傳教士丁韙良（William Alexander Parsons Martin）創辦了北京近代第一份中文月刊《中西聞見錄》（1872-1875）；英國商人美查（Ernest Major）和伍華特（C. Woodward）、普萊亞（W. B. Pryce）、麥洛基（John Machillop）合資在上海創辦了中文日報《申報》（1872-1949）。從一八一五年到十九世紀末，外國人在中國創辦的中、外文報刊已有近二百種。[2]

　　西方國家一些創辦較早、在世界有廣泛影響力的通訊社、主流報紙媒體如路透社、法新社、《泰晤士報》、《紐約時報》等，以及二十世紀之後崛起的廣播電視媒體如 BBC、CNN 等，都在歷史上留下大量的中國報道，有積極正面的，也有消極負面的，而且整體上看後者居多。為此，對西方媒體建構的中國形象進行研究，逐漸成為中外新聞傳播學領域的新課題。

　　國外相關研究成果有英國記者保羅・法蘭奇撰寫的《鏡裡看中國——從鴉片戰爭到毛澤東時代的駐華外國記者》（2011），哈佛大學費正清研究中心研究員彼得・蘭德所著《中國通：美國記者在中國革

2　參見方漢奇：《中國近代報刊史》（全二冊），山西教育出版社2012年版，第12-45頁。

命中的冒險與磨難》（1995），美國作家斯蒂芬・麥金農和奧里斯・弗瑞森合著的《中國報道：1930-1940年代美國新聞口述史》（1987），阿曼達・班尼特的《在中國的美國記者：浪漫者和憤世者》（1990，收入李金川主編《中國之聲：政治與新聞的相互作用》），賈斯珀・貝克爾的《中國報道中的意識形態偏見》（1992，收入羅賓・波特主編《中國新聞報道》），帕特里夏・尼爾斯的《亨利・盧斯〈生活〉與〈時代〉中的中國形象》（1990）等，這些著述通過梳理美國記者在中國的經歷和他們的新聞寫作，初步評價了美國媒體的中國形象。

　　國內最早系統研究西方駐華記者和主流外報的是趙敏恒先生，他一九二六年畢業於哥倫比亞大學新聞學院並獲碩士學位，回國前後一直活躍於國際新聞界。他一九三一年完成的著作《外人在華的新聞事業》具有很開闊的專業視野，分別對日、英、美、法、德、俄等國在華新聞業的發展、產生的重大影響進行了客觀評述。以外媒經驗為參照，指出了中國新聞業的主要問題和不足，提出較有遠見的建設意見。他特別強調：「將來的新聞記者，對於真實之追求，以及傳達新聞之準確可靠，都有日益重大之責任。」[3]

　　二十世紀八〇年代以來，外國媒體的中國報道更為普遍、也更為豐富、複雜，在世界產生的正負影響都是不可低估的。因此國內新聞學界對外媒的涉華新聞研究亦逐漸加強。雕岩主編的《西方記者報道中國作品評價》（1985），選取一九七九至一九八二年間西方國家各大報刊、通訊社發表的五十二篇關於中國的新聞特寫，對這些作品的題材、角度、內容和寫作技巧等進行評析。張功臣的《外國記者與近代中國（1840-1949）》（1999）、《歷史現場：西方記者眼中的現代中國》（2005），對近現代來華記者的人生經歷、新聞創作軌跡和主要貢獻進行了較為全面細緻的梳理，前一部具有史料價值，後一部是新聞作

3　趙敏恒：《外人在華的新聞事業》，中國太平洋國際學會1932年版，第15頁。

品彙編和導讀。隨著西方媒體對中國關注度的不斷升溫，偏見也在氾濫，西方媒體涉華報道中更為複雜的現象進一步凸顯出來，因而針對這些問題的辨析清算、文化批評、根源探究、對策研究等成果也逐漸增多。比如李希光、劉康等所著《妖魔化中國的背後》（1996），潘志高的《〈紐約時報〉上的中國形象：政治、歷史及文化成因》（2003），何英的《美國媒體與中國形象1995-2005》（2005），劉繼南、何輝等所著《鏡像中國：世界主流媒體中的中國形象》（2006），喬木的《鷹眼看龍：美國媒體的中國報道與中美關係》（2006），孫有中的《解碼中國形象：〈紐約時報〉和〈泰晤士報〉中國報道比較（1993-2002）》（2009），張昆主編的《跨文化傳播與國家形象建構》（2015）等。這些成果對西方媒介的共有特徵、輿情傾向、影響要素等進行了綜合性、實證性研究，同時探討了增強中國形象域外傳播力的相關策略。然而，因實證性研究多側重對涉華報道的題材進行資料統計，導致定量分析中形成正負二元化的思維框架——判斷西方媒體中的中國形象以負面為主，結論指向西方新聞缺乏實事求是的公正性。這對相關後續研究形成一種導向，在諸多趨同化的研究著述中，存在一些缺憾。比如，對國際新聞產生過程中西方「新聞主義」所倡導的原則具備怎樣的規約作用，缺乏歷時性與共時性結合的考察；對新聞業的「社會公器」職能在某種政治和經濟權力的挑戰面前發生變通或退位的根本原因，缺乏全面而貼近真相的深入探究。

四

　　從十九世紀到二十世紀，西方資本主義社會經歷了快速發展和各種邅變，科技與工業的發達給人類帶來前所未有的經濟效益和物質文明。然而與之相伴的卻是罪惡的資本積累，為掠奪利益引發的世界大

戰，殘酷的行業競爭與失業危機，驚人的貧富差距和尖銳的勞資矛盾。動盪的世界時勢，複雜的現實矛盾，頻發的反抗鬥爭，必然引起新聞記者和作家們的敏銳關注。他們走向社會深入考察、體驗，探究被遮蔽的真相，以紀實傳真的寫作方式呈現事實、揭露黑暗。德國詩人亨利希・海涅的青年時代曾在祖國各地和英國、意大利等國旅行，廣泛接觸了社會現實，他的記遊作品集《旅行雜記》（1824-1830）在描繪自然景色的同時，也記述了山區礦工的生活，表達他對封建統治和時弊的不滿。英國作家查爾斯・狄更斯於一八四二年懷著極為嚮往的心情去美國考察，但很快他就發現那裡不是一塊「自由樂土」，他在《美國雜記》這部見聞錄裡，展示了貧民窟和黑人區骯髒窮困的境況，揭露奴隸制罪惡和黑人的悲慘命運，抨擊美國資產階級的虛偽和貪婪。俄國作家亞歷山大・伊萬諾維奇・赫爾岑的《往事與隨想》（1868）是作者流亡歐洲期間寫成的一部長篇回憶錄，包含日記、書信、隨筆、雜感、政論等，作者將個人所經歷的生活與俄國社會的歷史事件和歐洲的革命風雲密切聯繫起來，對不同歷史階段的現實風貌、各階層人物的精神狀態進行了真實而生動的描寫。上述作品的紀實敘事形態強化了現實針對性，突出了社會觀察力度與時事評論鋒芒。

　　特定的歷史語境和時代氛圍催生出一種新聞與文學結合的新的文體「Reportage」——報告文學。報告文學既然是社會激變時期的產物，必然擔當著現實干預責任和社會批判功能，也擔當著關注底層苦難和人類命運的使命。十九世紀末傑出的俄國現實主義作家安東・巴甫洛維奇・契訶夫，經歷漫長艱苦的旅程，隻身前往「不可容忍的痛苦之地」薩哈林島，他在苦役犯中間生活了數月，對監獄、煤礦、農場、移民屯進行實地考察，記錄了犯人與移民的生存境況，地獄般的惡劣環境與流放犯們的悲慘命運令他極度震驚和憂鬱，之後他花費三年多的時間寫出自己畢生至為自豪的經典作品《薩哈林旅行記》（1894），

冷靜客觀的紀實敘述中蘊含著作者的悲憤之情。一九〇二年美國作家杰克・倫敦裝扮成流浪的水手在英國貧民窟租了一間破房子住下來，他親眼目睹工人成天十幾個小時地勞作卻依然在飢餓線上掙扎，他們死於各種職業病，他們的妻子為糊口出賣肉體，兒童們像蒼蠅一樣死去……經過三個多月的體驗和觀察，杰克・倫敦寫下控訴資本主義剝削制度的紀實文學《深淵中的人們》。捷克作家基希自稱為「怒吼的新聞記者」，他從一九一二年至一九四六年奔走於世界各地，目擊兩次世界大戰給人類帶來的死亡、瘟疫、貧窮、恐怖等巨災，他以報告文學為武器，戳穿資本主義高度發達時期文明的虛偽假像，暴露出一幕幕血腥的殘酷真相。他的《布拉格街頭拾零》（1908）、《怒吼的新聞記者》（1924）、《世界冒險》（1927）、《秘密的中國》（1933）、《廣場奇聞》（1942）等，是對他所闡述的報告文學作為「特殊的文學樣式」，「也能達到獨立的藝術作品的境地」[4]的最好詮釋。《秘密的中國》真實描述了中國紗廠女工、童工、碼頭工人、車夫等下層勞動人民的艱辛與酸楚，對帝國主義、封建主義、官僚資本主義壓迫下生活在水深火熱之中的中國民眾寄予了深切的同情。基希在創作實踐和理論建構中賦予報告文學獨特的文體品格，奠定了報告文學的歷史地位。一九一七年美國傑出的記者約翰・里德奔赴俄國採訪，與各界人士、工人、士兵們深入交談，在親歷並見證了十月革命之後寫下了《震撼世界的十天》（1919），這部真實生動的報告文學對世界人民瞭解無產階級革命和政權具有重要意義，之後這部紅色經典被譯成八十多種文字，產生了經久不衰的影響力，在二十世紀八〇年代還被改編為話劇、電影，獲得種種榮譽。

　　世界革命風雲不僅孕育出報告文學這一富有批判性、參與性、現

4　〔捷克〕E・E・基希：《一種危險的文學樣式》，王榮綱編《報告文學研究資料選編》（下），山東人民出版社1983年版，第1209頁。

代性的文學樣式，也推動許多像基希、里德這樣的記者和作家前往世界各地進行跨國採訪、考察、紀實寫作。二十世紀二〇至四〇年代不斷有西方進步人士和新聞記者、作家來到中國，他們親眼目睹舊中國的破敗黑暗和底層民眾的苦難，也經歷了抗戰爆發後中國人民的反侵略鬥爭，對中國的民族救亡運動極為關切。他們克服重重困難和險阻，冒著生命危險深入考察戰區、延安和晉察冀解放區，秉持客觀公正的立場及時向世界披露真實的中國形勢和社會現狀，通過對戰爭前線實況的採訪和報道，他們發出正義的聲音，贏得國際社會對中國人民艱苦抗戰的同情和支持。美國著名記者埃德加・斯諾的《紅星照耀中國》（《西行漫記》1937），艾格尼絲・史沫特萊的《中國在反擊》（1938）、《中國的戰歌》（1943），安娜・路易斯・斯特朗的《千千萬萬中國人》（1935）、《中國人征服中國》（1949），海倫・福斯特・斯諾的《紅色中國內幕》（《續西行漫記》1939），哈里遜・福爾曼的《來自紅色中國的報告》（1945），杰克・貝爾登的《中國震撼世界》（1949），伊斯雷爾・愛潑斯坦的《人民之戰》（1939）、《中國尚未結束的革命》（1947），英國記者岡瑟・斯坦因的《紅色中國的挑戰》（1946），詹姆斯・貝特蘭的《中國的危機：西安兵變真相》（1937，中譯本《中國的新生》1938）、《華北前線》（1939）等，這些優秀作品不僅在中國最黑暗最艱難的歷史時期傳播了紅色革命精神，為苦悶中探索前進方向的青年人帶來曙光，曾極大地激勵了中國人民的革命鬥志，在當代也成為我們瞭解歷史、繼承光榮傳統、發揚國際主義精神的生動教科書。

　　一九四九年新中國成立之後，這些國際友人作家繼續保持著對中國真摯深厚的感情，他們熱切關注新中國的建設與發展，關心中國人民的生活變化和思想進步，為向世界展現光明的新中國形象而勤奮寫作。斯諾於一九六〇、一九六四、一九七〇年對中國進行了三次時間

較長的訪問，出版、發表了《今日的紅色中國》（又名《大河彼岸》
1962），《我同毛澤東談了話》、《周恩來的談話》（1971）等著作和文
章，通過今昔對比肯定了新中國的社會進步，對西方世界瞭解社會主
義制度下新中國以及毛澤東時代的外交思想產生了重要影響，他為架
起中美兩國的友誼橋樑做出歷史性的貢獻。史沫特萊在生命的最後幾
年裡，把她對中國共產黨及其紅色革命的由衷敬意和支持、對中國人
民命運與共的深厚感情，全部傾注於《偉大的道路——朱德的生平和
時代》這部書的寫作，遺作一九五五年出版後在世界進步人士中產生
了深遠的影響。斯特朗一九五八年定居中國後，行走於大江南北，深
入人民中採訪、收集資料，一九五九年在她七十四歲高齡時訪問了西
藏，隨後出版《西藏人民訪問記》。一九六二年斯特朗創辦《中國通
訊》，主要由她自己撰稿。她寫新聞報道或報告文學視角敏銳獨特，有
個人的思考深度，很受國外讀者的讚賞，也受到美國政界的關注。愛
潑斯坦於一九五一年也從美國再次回到中國，參與籌辦《中國建設》
雜誌。他不僅參與、見證中國革命和建設，也一直筆耕不輟，至誠至
真地向外國人講述中國故事。從他的《見證中國：愛潑斯坦回憶錄》
（2004）中，我們可以看到他個人的生平道路早已嵌入中國的歷史時
空。海倫於二十世紀七〇年代兩次訪問新中國，寫出《七十年代西行
漫記》（1981）、《重返中國》（1991）、《毛澤東的故鄉》（1993）等紀
實作品，作者將個人見證中國革命歷史的回憶、追述與現實考察的見
聞、感受交織融合，表現出對中國獨有的發現眼光和恆久不息的關注
熱情。

　　二十世紀八〇年代初，在改革開放的時代背景下，中國對外宣傳
和交流也進入新的歷史階段，「三 S」[5]等國際友人在中國革命歷史中

5　「三S」即史沫特萊、斯特朗、斯諾，他們姓氏的第一個字母為S，故將三人合稱
　　「三S」。

的貢獻、影響值得中國人民銘記，也應當得到廣泛宣傳、深入研究。
因此，新時期以來對「三 S」生平業績和創作成就的宣傳評價不僅在
對外友好交流領域積極展開，也在歷史學、新聞學、報告文學界形成
熱點。與此同時，進一步帶動了國際報告文學研究。國際報告文學主
要是指二十世紀上半葉湧現的跨國界報告文學寫作現象。一九八〇年，
「中國國際報告文學研究會」在北京成立，著名報告文學作家、人民
日報高級記者黃鋼擔任首屆會長。一九八四年，「中國三 S 研究會」也
在北京成立（一九九一年在此基礎上新成立「中國國際友人研究會」），
研究會編輯出版了《敬禮，三 S》紀念文集（1985），之後組建「國
際友人叢書」編輯委員會，黃華會長任主任委員，愛潑斯坦擔任總主
編，陸續出版了一系列國際友人傳記、回憶錄以及研究論著。比如艾
格尼絲・史沫特萊《大地的女兒》（1991），珍妮斯・麥金農、斯蒂
芬・麥金農《史沫特萊：一個美國激進分子的生平和時代》（1991），
愛潑斯坦《從鴉片戰爭到解放》（1997），詹姆斯・貝特蘭《在中國的
歲月──貝特蘭回憶錄》（1993），約翰・佩頓・戴維斯《抓住龍
尾──戴維斯在華回憶錄》（1996），蘇平、蘇菲《馬海德》（1990），
武際良《報春燕紀事──斯諾在中國的足跡》（1992），王國忠《李約
瑟與中國》（1992），W.E.B. 杜波依斯《威・愛・伯・杜波依斯自
傳──九旬老人回首往事的自述》（1996），卡蘿爾・卡特《延安使
命：1944-1947美軍觀察組延安963天》（2004），等等。一九九三年北
京大學成立「中國埃德加・斯諾研究中心」，組織收集、編譯斯諾及
其他國際友人的生平資料和研究文獻，開展國際性學術交流。二〇〇
五、二〇〇七年分別舉辦了「讓世界瞭解中國──斯諾百年紀念」、
「海倫・斯諾百年誕辰」等國際學術研討會。新時期四十年，學界對
「三 S」等作家的研究已產生一些重要成果，國際性、全國性學術會
論文集有劉力群主編的《紀念埃德加・斯諾》（1984），尹均生、曹毓

英主編的《紀念史沫特萊》（1987），尹均生主編的《斯諾夫婦和中國：永遠的懷念》（2011），龔文庠主編的《解讀斯諾：讓世界瞭解中國》（2006）等。研究專著或論文集有孫華與王芳合著的《埃德加‧斯諾研究》（2012），劉小莉的《史沫特萊與中國左翼文化》（2012），李壽葆、施如璋主編的《斯特朗在中國》（1985），安危主編的《偉大的女性——紀念海倫‧福斯特‧斯諾》（1997），蔣建農、王本前的《斯諾與中國》（1993），丁曉平的《埃德加‧斯諾——紅星為什麼照耀中國》（2013）等。

尹均生的《國際報告文學研究》（1990）和《國際報告文學的源起與發展》（2009），是國際報告文學研究領域有影響力的學術論集，作者從馬克思主義的歷史唯物主義和辯證唯物主義立場出發，以開闊的學術視野考察並論證了國際報告文學作為現代社會的文學現象所興起的歷史條件、經濟基礎和文化思想準備。他對基希、約翰‧里德、斯諾、史沫特萊、海倫、愛潑斯坦、索爾茲伯里等數十位傑出的國際報告文學作家及其代表作進行了個案研究，將他們的創作追求和成就與國際報告文學發展的整體風貌、態勢以及所代表的審美理想密切聯繫起來，進而從發生學、傳播學、文體學的多維角度對國際報告文學的特質、功能以及精神內核進行了理論闡釋。尹均生還注重探尋紀實文學類型的產生和發展趨向，同時也客觀檢視這一趨勢中出現的問題與缺憾，對相關研究的深化與提升提出期望和策略。

由於國際報告文學在國內學界沒有得到普遍關注，原始資料和文獻的譯介相對匱乏、滯後，研究者對於發展流變中的動態信息的同步瞭解存在諸多困難，因而對國際報告文學在當代的演變未能跟蹤關注，導致與創作共時性的研究成果極少。已有成果偏重史料梳理、作品內容及思想價值評介，而對國際報告文學——包括當代西方作家紀實敘事中建構的「中國形象」及其傳播價值進行歷時性、系統性的完整研究是空白的，更缺乏充分的理論總結。

五

　　本書以一九四九至二〇一九年為時間範圍，以西方作家深入中國考察採訪或生活體驗後創作的紀實文學作品為研究對象，對他們建構的當代中國形象進行系統梳理和研究。

　　新中國在創建初期面對的是比較嚴峻複雜的國際形勢，在資本主義與社會主義國家形成兩大陣營對壘的境況下，西方社會對中國的政治策略與輿論導向是敵對的、封鎖的。一九五五年四月周恩來總理在萬隆會議上向全世界發出「到中國來看看」的邀請，五個月後法國存在主義哲學家、作家讓-保羅・薩特和西蒙娜・德・波伏瓦順利成行，他們在華參觀了四十五天，薩特在《人民日報》發表《我對新中國的感受》（1955年11月2日），並在法國《觀察家》上也發表了《我所看到的中國》一文。波伏瓦回國後寫出長篇紀實作品《長征：中國紀行》（1957），她描述了新社會的體制特徵和工農業生產模式，揭示並評述中國家庭結構的演變，特別是從個人獨到的視角觀照中國文化的傳承與革新。這部作品成為二十世紀中葉西方瞭解社會主義新中國的「必讀書」之一。一九五八年美國社會主義者斯科特・尼爾倫、海倫夫婦訪華後合著《美好新世界》一書在美國出版，他們描述了親眼所見的熱火朝天的建設場景，充分肯定了新中國在各方面取得的成就。瑞典記者簡・馬戴爾一九六二年秋訪問中國陝北農村後寫了《一個中國村莊的報告》（1965），對人民公社表現出探究興趣和積極態度。一九六七年，馬克林和尼爾・亨特合著了《中國觀察1964／1967》，展現於他們筆下的中國人絕不是西方人污蔑的「藍螞蟻」，而是一個聰慧、忠誠、勤奮的民族，他們具有豐富多樣的人性特徵。同時他們目睹了「文化大革命」的爆發以及動盪不安的中國局勢，記錄了當時的震驚感受。

　　一九七一年中華人民共和國恢復了聯合國的合法席位，來中國訪問的國際友人、新聞記者和作家逐漸增多，前文已述斯諾和海倫・福斯特等都在他們的紀實作品中展現了紅色新中國形象。美國著名記者哈里森・索爾茲伯里、夏洛特夫婦於一九七二年首次訪華，夏洛特著有《中國日記》（1973），一九八四年他們再次來到中國，沿著當年紅軍長征的路線考察，索爾茲伯里寫出《長征——前所未聞的故事》（1985）。一九七二年隨同尼克松訪華的《紐約時報》記者約瑟夫・卡夫留在中國採訪，出版《看到中國的區別》（1972），在他的作品中描繪了新文化培育出的「The New Maoist Man」（毛主義新人）形象。一九七二年五月，費正清先生來到闊別二十多年的中國，他與同行者作為中美兩國關係破冰後第一批美國歷史學家代表團應邀來華訪問，他在《70年代新中國之旅》（1974）一書中，也認為革命改造了中國人的性格，充分肯定了集體主義、大公無私等道德精神。一九七四年法國左翼知識份子論壇《原樣》雜誌社組團訪華，主編馬爾塞林・普雷奈，著名文學批評家羅蘭・巴特，朱麗婭・克里斯蒂娃，菲利普・索萊爾斯，弗朗索瓦・沃爾按照中國政府設定的路線參觀四週，克里斯蒂娃從歷史視野和現實觀察中探尋中國婦女在家庭、社會和兩性關係中的處境，她的「紀實遊記」《中國婦女》（1974），凸顯出綜合運用哲學、人類學、符號學、精神分析等理論方法的學術價值。

　　與「紅色中國」形象相反，另有一些西方作家出於極端偏見和歧視，對新中國的社會圖景進行了歪曲、醜化描寫。如法國記者羅伯特・吉蘭一九五六年寫了《藍螞蟻：紅旗下的六億中國人》，污蔑中國人民「已變成了螞蟻山上的螞蟻，藍色的螞蟻」。[6]「藍螞蟻」在西方

6　Robert Guillain, The Blue Ants: 600 Million Chinese under the Red Flag, Trans, by Mervyn Savill, London, Secker and Warburg, 1957.

一些人的筆下成為中國民眾群體形象的符號。英國《曼徹斯特衛報》首席記者蓋伊・溫特在其《關於中國的常識》（1960）一書中抨擊共產主義政權「剝奪了人們的自由」[7]。「原樣派」作家曾在「文革」後期再度訪華後，有人發表了《沒有烏托邦的中國》（弗朗索瓦・沃爾）、《沒有孔夫子的中國》（菲利普・索萊爾斯）等文章，表達對「紅色中國」的幻滅與失望。比利時人、澳大利亞漢學家李克曼（Pierre Ryckmans，筆名西蒙・萊斯）一九五五年曾來中國，七○年代重返中國發現「文化大革命」給中國造成的空前破壞，寫了《中國的陰影》（1974）。

總體看，二十世紀五○至七○年代西方作家來中國探秘，因為受到特定歷史條件下對「外賓」的限制，使他們的所見所聞只能是局部的而非全面的，短時間內對中國政治體制、社會秩序、時代文化、民眾心理等表象判斷與實質認識之間必然存在誤區或偏差。同時，他們的中國敘事動機和文化立場也折射出較為複雜的意識形態，不同的敘事策略和風格呈現出一定異質化的主旨傾向，因此這些文本在不具備中國知識和經驗的西方受眾中引致各種歧見也在所難免。這是新中國形象未能全面真實地呈現於世界的主要原因之一。當然，已有研究論著將西方作家筆下描述的「紅色聖地」一概歸結為「烏托邦化的中國形象」，是想像的「幻影」，[8]這一論斷也是片面的。

二十世紀八○年代以來，中國進入社會主義現代化建設的新時期，體制改革帶來的經濟快速發展，政治民主化的積極推進，思想文化與社會輿論環境的改善，特別是國家綜合實力的逐漸增強，都成為中國對外開放和交流的有利因素；而世界對中國的關注也迅速升溫，

7　Guy Wint, Common Sense about China, Victor Gollancz, London, 1960.

8　參見周寧：《天朝遙遠：西方的中國形象研究》（上卷），北京大學出版社2006年版，第255-282頁。

外國訪客、遊客在中國的活動有了更大自由，他們可以不受限制地走南闖北，接近任何想要接近的老百姓，這其中有更多的西方記者和作家以實地探訪的嚴謹態度，以自己的發現和判斷認識豐富多樣且處於巨變中的中國，特別是他們多以「非虛構」的敘事原則試圖還原真實的時代語境和現實面貌，雖然不能避免他們依然持有某種偏見，但他們的紀實作品在一定程度上刷新了曾經被「固化」的中國形象。

美國學者伯頓‧沃森一九四六年開始涉足漢學領域，三十七年後才真正踏上中國的土地實現了他的「中國夢」，在《我的中國夢：1983年中國紀行》（1985）一書中，他既展現了中國的開放姿態和現代化建設宏圖，也描繪了樸素鮮活的市井生活場景，相信中國有能力創造偉大的變革。

美國花旗集團全球投資銀行高級顧問、庫恩基金會董事長羅伯特‧勞倫斯‧庫恩在中國生活多年，與金融、文化、教育、傳媒等許多部門有過密切合作，曾親赴二十多個省份的四十多個城市考察調研，獲得翔實豐厚的第一手採訪資料，同時還研究了大量的政策文件，寫出《中國30年：人類社會的一次偉大變遷》（2008）這部西方人眼中的「當代中國改革開放史」，如實描述了中國各個領域所取得的成績及需要進一步解決的問題。一九九七年，美國當代世界問題研究所的研究員 Daniel Burton Wright（唐興），前往貴州進行了為期兩年的田野調查，寫出《我看中國：美國學者在中國西部的百姓生活劄記》（2000），此書探究中國城市與鄉村、沿海與內地在經濟發展上的差異及其原因，也展現了作者眼中的中國農民和民工形象。前德國統一社會黨總書記和民主德國國務委員會主席埃貢‧克倫茨，對中國特色社會主義理論和道路懷有崇敬之情，《我看中國新時代》（2019）描述了作者五次訪華觀感，對中國在不同時期取得的發展進步給予了高度評價。

　　美國學者潘威廉（William N.Brown），作家彼得‧海斯勒（何偉）、張彤禾（Leslie T. Chang）夫婦，邁克爾‧麥爾（梅英東），史明智（Rob Schmitz）等，都在中國生活、工作了較長的時間，他們深入到中國的民間，曾和普通知識份子、農民、打工者成為同事、朋友，不僅同他們一起見證中國社會的變化、經歷現實矛盾，而且對他們的喜怒哀樂和人生訴求能夠產生共情。潘威廉的《我不見外：老潘的中國來信》記述他在廈門大學執教三十年的經歷和見聞，反映了中國改革開放取得的成就。海斯勒在《江城》、《尋路中國：從鄉村到工廠的自駕之旅》中對變革時代「涪陵」、「三岔村」民生民情進行了生動而細緻的書寫，折射出現代化進程中興旺或衰敗、活力與危機交疊共存的圖景。張彤禾的《打工女孩：從鄉村到城市的變動中國》通過對東莞打工女孩人生際遇的跟蹤記述，從一個側面體察在改革大潮下底層小人物的命運抗爭。麥爾的《再會，老北京》、《東北遊記》亦是借政治文化中心北京和偏僻東北鄉村兩個具有象徵意義的地方探尋中國的歷史時空和民間生活狀態。史明智的《長樂路》聚焦「國際化」大上海之一隅，這裡見證不同時代的風雲卻保留著上海底色，作者娓娓講述老上海人和外來者的個人故事，體會多種意味的「中國夢」。他們在西方視閾下觀察中國體制、階層、經濟、政治、民主、輿論、教育、民生、環境、生態等「社會形象」的同時，表述對「中國模式」的思考。

　　依然對中國文化懷有探秘熱情的西方人，在改革開放後十分便利的旅遊條件下自然紛至沓來，試圖通過親歷體驗去重溫早年行者留下的那些記遊文本中的「東方之魅」。美國漢學家、翻譯家比爾‧波特是一位忘情於中國人文地理、醉心於傳播中華文明的著名作家，連續出版了《空谷幽蘭》、《黃河之旅》、《絲綢之路》、《禪的行囊》、《江南之旅》、《彩雲之南》等，都在中外產生了一定的反響。美國著名劇作

家阿瑟·米勒一九八三年應邀來到北京人民藝術劇院，指導排演他的話劇代表作《推銷員之死》，他回國後出版了《阿瑟·米勒手記：「推銷員」在北京》，詳述與中國藝術家合作過程中的生動細節與豐富感受，文化隔閡與摩擦逐漸消弭，藝術追求在至高境界裡趨向交融。作者還披露了他的北京印象，他與中國文化藝術界多位名人的交往和暢談，他對中國新時期文藝的復甦感到高興，也批評了依然存在的某些保守與落後現象。西方作家對時代演變下中國傳統文化、宗教文化、民間文化、風物文化以及新的時代文化等「第三隻眼」的觀察，確立了文化對比視角，將我們熱切追逐西方範式的目光轉回自身，換一種狀態審視中國文化根基與文化底蘊在現代化快速進程中的失落、困境、選擇以及重建訴求。這也是中西文化在現代性層面進入對話空間的一個重要切入口。

　　探究西方的中國形象是否都是先在的文化偏見產物，紀實文學建構的中國形象究竟應該在怎樣的觀照維度和闡釋空間展開討論，前提是必須對西方作家的寫作動機、立場、視角、方法等進行歷史的考證與敘事學分析。

　　以「三S」為代表的老一代優秀報告文學作家，都具有記者和作家的雙重身份，他們自覺參與社會變革，對世界風雲、時代潮流、現實矛盾、歷史趨勢等有敏銳的發現和判斷，這也形成其寫作的根本動機與立場。然而，需要指出的是，當代西方文化培育的作家，比如西蒙娜·德·波伏瓦、彼得·海斯勒、邁克爾·麥爾、西蒙·萊斯、雷克（Christoph Rehage，著有《徒步中國》）等，他們更崇尚思想獨立與自由，在寫作立場、姿態上也更加多元化。當然這並不能排除意識形態、文化語境等影響因素對於他們的制約，當他們帶著懷疑精神探究當代中國時，有深刻的洞察也會有極端的偏見。然而正是在這個存在差異甚至對立的探究過程中，形成中國敘事對話性的開放空間。

　　新敘事學理論家盧波米爾・道勒齊爾將「非虛構」敘事定義為「事實性敘事」（factual narrative）[9]，這是紀實文體最基本的敘事倫理。紀實作家注重歷史考察與研究、田野調查與訪談，以「在場」寫作呈現事實。只有通過對西方作家「中國紀實」的敘事立場與方法的探討，使中國形象生成過程和創作主體的思情傾向得到較為客觀的認識，才能進而對文本中建構起來的中國形象系統確立多維視角進行觀照，充分闡釋其民族性與世界性、歷史性與當代性。

　　本書力求在新的歷史階段對西方作家「中國紀實」寫作的新態勢進行深入研究，突出「當代性」價值判斷；將紀實文本中的中國形象從「文化他者」的定勢思維與話語結構中釋放出來，依據「非虛構」宗旨，對西方作家建立在親歷性考察、體驗上的敘事進行語境還原，使中國形象的客觀性觀照與文化差異下的「陌生化」審美共置於對話、溝通、理解的探討空間，以此拓展新的研究理路；秉著客觀的文學批評態度，對西方作品中存在的誤區、偏見、缺憾等提出個人觀點，進而在理論層面探討紀實文學的批評原則和方法，努力推進紀實文學的批評話語體系建構和學術思想提升。

　　需要特別說明，本書將文體特質存在差異、但都遵從「非虛構」敘事倫理的作品，納入了「紀實文學」文類大範疇進行研究。筆者在二〇〇五年出版的《20世紀紀實文學導論》一書中，就闡明了這樣一個觀點：「紀實文學是產生於現代社會的一些非虛構性敘事文學種類的泛指，它是一個文類概念而非特定的一種文體模式。它包含了多種紀實性敘事文體，這些敘事文體既有聯繫又有區別」，「但就其『紀實』（非虛構性）這一根本特性而言，它們與虛構性敘事文學有了明顯

9　〔美〕參見盧波米爾・道勒齊爾：《虛構敘事與歷史敘事：迎接後現代主義的挑戰》，戴衛・赫爾曼主編《新敘事學》，馬海良譯，北京大學出版社2002年版，第197頁。

的界限和差別」。[10]李輝先生認為,「『紀實文學』更接近於國際上通用的『非虛構(Non Fiction)』概念」,他指出:「紀實文學是指借助個人體驗方式(親歷、採訪等)或使用歷史文獻(日記、書信、檔案、新聞報道等),以非虛構方式反映現實生活或歷史中的真實人物與真實事件的文學作品,其中包括報告文學、歷史紀實、回憶錄、傳記等多種文體。」[11]因此,從文體交叉性、複合性、開放性的特點出發,那些文體邊界模糊、不能使用某一特定文體概念冠名的作品,就獲得了相容並包的審美空間和理論探討範疇。

---

10 張瓊:《20世紀紀實文學導論》,文化藝術出版社2005年版,第17頁。

11 李輝:《紀實文學:直面現實,追尋歷史——關於〈中國新文學大系〉紀實卷(1977-2000)》,《南方文壇》2009年1期,第23-24頁。

上篇
新中國紀實（1949-1976）

第一章
熱切關注社會主義新中國的西方作家

第一節　時代背景與國際關係

　　一九四九年十月一日，在世界東方──一個古老的國度迎來改天換地的新紀元──中華人民共和國宣告成立。中華民族受帝國主義侵略、奴役的屈辱歷史徹底終結，舊中國半殖民地半封建的社會性質徹底消除，壓迫人民、維護剝削階級利益的反動統治徹底滅亡。擁有獨立主權的社會主義國家的新創建，成為二十世紀影響人類社會的大事件，在引起世界各個國家、不同政治陣營高度關注的同時，新中國被他們的媒體如何報道、如何評價──其真實性、客觀性達到怎樣的程度，其判斷存在多少失誤、錯誤，其立場態度引導的輿論傾向產生何種後果……必然又是國際進步人士、知識精英、敏感作家們迫切期待深入瞭解、思考的重大問題。因此，他們渴望實地考察、發掘真相、記載時代遽變下的中國現實及其發展趨向。當然也不排除對社會主義制度敵對、懷疑、藐視的西方人，他們想來中國獲取黑暗材料進行反面報道。但是，新中國成立之初首先面對的是國內各方面的困難，貧窮落後，百廢待舉；其次面對的是複雜緊張的國際關係，美國為首的資本主義國家與蘇聯為代表的社會主義國家形成兩大對壘陣營，西方社會普遍對中國採取敵對的政治策略和經濟封鎖，多數國家不與中國建立外交關係，僅有蘇聯、保加利亞、羅馬尼亞等社會主義國家和瑞典、丹麥、芬蘭等幾個歐洲資本主義國家與中國建交。在特殊的歷史

背景下，中國主張「打掃乾淨屋子再請客」[1]，所以沒有向意欲訪華的各路西方人士敞開國門。

中國積極發展與朝鮮、越南、印度等周邊國家的友好睦鄰關係，打開亞非拉外交大門，在國際鬥爭中團結更多的力量。一九五五年四月十八日亞非會議在萬隆舉行，伊拉克、菲律賓等國的代表在發言中對中國進行肆意攻擊和污蔑，也有代表表達對中國制度和政策的疑慮。周恩來總理針對大會出現的異常情況，將已經準備的發言稿在會上書面散發，然後臨時起草一份「補充發言」在十九日作了簡明有力的演說。他深刻闡明中國的立場態度，誠邀各國代表親自或派人到中國參觀。[2]這一信號發出後，一些國際友人、外交官員、新聞記者、友好國家的訪問團、文化交流使者、西方自由主義作家等紛紛踏上華夏大地，他們寫下遊歷印象、參觀感受、人物訪談，從不同的側面、角度向世界描述新中國形象。

從西方作家的身份、寫作背景、與中國的關係等方面區分，嚮往到新中國看看的大致有兩類人士。一類是二十世紀二〇至四〇年代來到中國的西方進步記者、作家、社會活動家、國際友人，比如艾格尼絲・史沫特萊、安娜・路易斯・斯特朗、埃德加・斯諾、伊斯雷爾・愛潑斯坦、海倫・福斯特・斯諾、韓素音等，他們富有正義感和人道主義情懷，為世界和平奔波呼告；他們在中國親眼目睹日本侵略者的殘暴罪行和戰火中人民大眾的苦難生活，在國際主義精神感召下，不畏艱險，或置身於白色恐怖環境，或奔赴敵後戰場，或深入延安和晉察冀解放區，真實記錄中國社會形勢和戰爭實況，以事實報告揭露了

---

1 參見周恩來：《我們的外交方針和任務（一九五二年四月三十日）》，《周恩來選集》下卷，人民出版社1984年版，第87頁。

2 參見朱毅：《萬隆交響曲──紀念亞非會議五十周年》，遼寧人民出版社2005年版，第23-30頁。

反動派的謊言，以生動描寫展現了中華兒女的英雄形象。他們的紀實作品不僅感染、激勵了中國人民的革命鬥志，也在全世界人民中產生積極影響，為中國的革命事業贏得了廣泛的理解和支持。新中國成立後，他們關切社會主義的建設和發展，關心翻身解放的中國人民的生活變化，他們樂意擔當中外友好關係的架橋者，為促進世界人民的團結繼續貢獻才智和力量。另一類訪華人士是新中國成立之後首次到中國訪問的西方記者、作家和學者，其中有讓-保羅·薩特、西蒙娜·德·波伏瓦、朱麗婭·克里斯蒂娃、哈里森·索爾茲伯里、馬克林等。他們以現代意識介入歷史和現實，關注人類社會的變遷與未來，本著排除偏見、眼見為實的態度跨國考察、體驗、寫作。

第二節　國際友人、進步作家

一　艾格尼絲·史沫特萊
Agnes Smedley, 1892-1950[3]

　　艾格尼絲·史沫特萊：美國進步記者、作家、社會活動家，傑出的國際主義戰士。

　　史沫特萊一八九二年二月出生於美國密蘇里州奧斯古德的一個工人家庭，從小生活貧困，經受各種磨難。青年時代曾在坦佩、聖地亞哥兩所師範學校（今亞利桑那、聖地亞哥州立大學）半工半讀，一九一七年到紐約，為《召喚》等報刊撰文。因介入印度獨立運動被監禁六個月，出獄後流亡歐洲，在德國生活八年。曾與印度革命領導人維

3　艾格尼絲·史沫特萊生平經歷參閱：〔美〕喬伊斯·米爾頓：《中國人民之友——著名女記者史沫特萊》，陳文炳、苗素群譯，新華出版社1984年版；〔日〕石垣綾子：《一代女傑——史沫特萊傳》，陳志江、李保平、江楓譯，光明日報出版社1992年版。

倫德拉納什・查托帕迪亞雅同居，協助他開展民族主義運動，後來兩人分離。史沫特萊在柏林完成了自傳小說《大地的女兒》（1929）。

一九二八年底，她獲得《法蘭克福報》特派記者身份踏上中國大地，此後十二年與中國革命密切聯繫在了一起。

史沫特萊初到中國在東北停留了幾個月，一九二九年夏她來到上海，在宋慶齡的建議和指導下，創辦了一份進步的英文刊物《中國之聲》，隨後協助宋慶齡組織成立「中國民權保障同盟」。史沫特萊結識了魯迅、茅盾、丁玲及其他開展進步文化運動的人物，參與了他們的一些聚會。她敬佩魯迅的偉大人格和戰鬥精神，曾將魯迅控訴國民黨反動派殘害進步作家的文章《黑暗中國的文藝界的現狀》翻譯成英文在美國發表。史沫特萊無懼國民黨的白色恐怖，經常為革命活動提供幫助。她前往農村、廠礦考察，寫出大量通訊報告，一九三三年結集出版了《中國人的命運》。之後又將所寫的關於江西蘇區生活的報道收入《中國紅軍在前進》一書，於一九三四年出版。她說：「我要寫普通的群眾、戰士和知識份子——寫那些從各種形式的壓迫之下求解放而鬥爭的人民。」[4]

一九三六年十一月，在中共一位地下黨員的安排下，史沫特萊到達西安，等待被邀請前往延安。十二月十二日，發生了震驚中外的西安事變，史沫特萊通過廣播報道了事變真相，她充分意識到新的歷史正在創建。

一九三七年一月初，史沫特萊正式接到共產黨的邀請，啟程奔赴延安，她一到延安就受到毛澤東和朱德的接見，延安黨政機關還舉行了歡迎大會。史沫特萊與毛澤東、朱德、周恩來、彭德懷等人進行了多次交談，她高度評價這些卓越的中國革命領導人，並開始計劃撰寫

---

4 參見〔美〕喬伊斯・米爾頓：《中國人民之友——著名女記者史沫特萊》，陳文炳、苗素群譯，新華出版社1984年版，第59頁。

朱德傳記。史沫特萊參與並主持了延安魯迅藝術學院外語部的工作，她還主動利用自己的國際關係為延安爭取各種援助，她向駐上海的十幾位外國編輯和記者寄出秘密邀請函，希望他們來延安採訪，以擴大共產黨在外界的影響。《紐約先驅論壇報》的維克托・基恩，合眾國際社的厄爾・利夫等人先後來到延安，他們進行了自由採訪，離開延安後都寫出了有影響的報道。

　　一九三七年秋，史沫特萊跟隨八路軍部隊在華北行軍，及時向外界報道戰地實況，經歷了各種艱險困苦，但她被八路軍戰士們的高昂士氣所感動，她用速寫的方式展現他們的英雄精神，如實記述親眼目擊的每個場景。她看到革命軍隊不僅善打「游擊戰」，勇對強敵，而且善於發動人民群眾，在所到之處積極進行抗日宣傳，贏得農民的擁護支持。

　　一九三八年初，山西前線戰事緊張，為了史沫特萊的安全，朱德、彭德懷等建議她去漢口從事更重要的工作。她到達漢口後立即參加了中國紅十字會的國際醫療援助活動，經常冒著日本飛機轟炸的危險救助傷病員。後來英國著名的《曼徹斯特衛報》聘她為特約記者，她迅速報道了中國傷兵們的悲慘處境，爭取到更多的外援。在史沫特萊的動員和組織下，加拿大醫生諾爾曼・白求恩、印度醫生柯棣華前往解放區投入救死扶傷的工作。

　　史沫特萊將前線的經歷寫成《中國在反擊》一書。一九三八年十月中旬，漢口被日本侵略軍佔領，史沫特萊冒險找到新四軍駐地，她在那裡創建了第一所具有現代設備的醫院。史沫特萊隨新四軍轉戰華中和華東地區，過著艱苦的戰爭生活，但她依然克服各種困難不停地寫作，她的戰地通訊和報告文學彙集成《中國的戰歌》在美國出版（1943），評論界認為這是第二次世界大戰中描寫戰地生活最好的一本書。

　　過度勞累使史沫特萊病倒了，她不得不離開中國去香港治療。一九四〇年九月臨別的時候，她對一位同志說：「我熱愛中國，熱愛中國共產黨領導下的八路軍、新四軍，我從你們身上看見了新中國的曙光。有了中國共產黨的領導，我相信中國的抗戰一定會勝利。」[5]

　　一九四一年五月史沫特萊從香港回到美國，仍然十分關切中國的抗戰，她到處講演，撰寫文章，全力以赴創作《偉大的道路——朱德的生平和時代》。一九四九年在麥卡錫主義[6]的反共潮流中，她被污蔑為蘇聯間諜，被迫流亡英國。她在英國時刻準備返回中國，卻因病情惡化未能成行，但她以頑強的毅力抱病完成了朱德傳記的寫作和修訂工作。

　　一九五〇年五月六日，史沫特萊在英國倫敦逝世，終年五十八歲。她生前留下遺囑要求將其骨灰運回中國。一九五一年五月六日在北京為她舉行了追悼大會和隆重的葬禮，她的骨灰安放在北京八寶山革命烈士陵園。

　　雖然史沫特萊沒有實現到新中國採訪寫作的願望，但是她耗費半生心血創作的《偉大的道路——朱德的生平和時代》在她逝世後終於出版（日譯本1955，英文版1956），一九七九年三聯書店出版了中譯本。這部作品在中外產生巨大影響，成為世界人民瞭解中國革命，認識中國共產黨人奮鬥目標和崇高理想的重要代表作品。

5　參見史捷：《我的家在中國——史沫特萊的故事》，中國少年兒童出版社1982年版，第67頁。

6　約瑟夫·雷芒德·麥卡錫於一九四六年十一月當選美國威斯康辛州選派的聯邦參議員。從一九四九年開始，他在美國社會掀起反共、排外浪潮，成立了參議院「非美活動調查委員會」，到處搜集所謂共產黨人滲透的情報，清查範圍涉及美國政治、教育和文化等領域的各個層面。美國左翼力量和進步人士普遍受到迫害和打擊。（參見王金虎，侯學華編著《美國歷史》，河南大學出版社2009年版，第210頁。）

二　安娜‧路易斯‧斯特朗
Anna Louise Strong, 1885-1970[7]

安娜‧路易斯‧斯特朗：美國人，享譽世界的進步記者、作家、社會活動家，中國人民的朋友。

斯特朗一八八五年十一月二十四日出生於美國內布拉斯加州費倫德城的一個牧師家庭，父母思想進步，有積極的人生態度，他們讓斯特朗從小受到了良好的教育。一九〇二年斯特朗進入奧伯林學院就讀，各科成績優異，顯露出寫作才華。一九〇八年她獲芝加哥大學哲學博士學位。

一九〇九年冬，斯特朗來到紐約，開始從事社會工作。一九一六年十月，她辭去工作回到西雅圖。這一時期美國參加第一次世界大戰，斯特朗和維護和平的人們一起進行反戰活動，在一九一九年西雅圖工人總罷工的風潮中，她在報上發表比較激進的社論和詩歌。

一九二一年，斯特朗找到一個承擔救濟東歐的組織「美國公誼會服務委員會」，為他們做宣傳工作。八月她到達莫斯科，之後去了俄國饑荒嚴重地區薩馬拉城，全力以赴投入工作。一九二二年十二月，她在紅色工會國際會議、共產國際會議上獲得發表諮詢意見的權利。她發表的報道信息豐富，文筆生動，為西方讀者描述了蘇聯社會狀況和工人、婦女、兒童群體的情況。

一九二三年，斯特朗為約翰‧里德少年社團做了許多具體的援助工作，出版了《革命的孩子》一書。這個時期斯特朗已經開始關注中國革命形勢。

7　安娜‧路易斯‧斯特朗生平經歷參閱：〔美〕特雷西‧斯特朗、〔美〕海琳‧凱薩：《純正的心靈：安娜‧路易斯‧斯特朗的一生》，李和協、張雪玲、蘇光等譯，世界知識出版社1986年版。

　　一九二五年深秋，她來到北京，應邀舉行了幾場演講。她去上海拜會了宋慶齡並在她的安排下去廣州採訪，與廖仲愷的遺孀何香凝女士見面，在婦女群眾大會上介紹蘇聯婦女的革命活動和作用。她向外界報道了孫中山領導的中國民主革命和省港大罷工的歷史意義。

　　一九二七年，斯特朗第二次訪問中國，在她抵達之前，蔣介石發動了「四‧一二」反革命政變，斯特朗到上海冒著風險調查這一血腥事件的發生過程。在武漢她與宋慶齡、國民黨中央執行委員會最高顧問米哈伊爾‧馬爾科維奇‧鮑羅廷等會晤，試圖深入瞭解中國的局勢和革命動向。之後她南下去了湖南農村，將所看到的農民運動及其被鎮壓的真相報道出來。兩次中國之行的見聞與時勢評述，結集為《千千萬萬中國人——一九二七年中國中部的革命》於一九二八年出版，書中披露第一次國共合作的破裂、大革命失敗等詳實歷史，她通過自己的觀察和判斷，預言中國革命的前途主要依靠農民，人民將取得最後的勝利。

　　一九三〇年斯特朗在莫斯科創辦、編輯英文報紙《莫斯科新聞》。翌年年底，她與蘇聯共產黨人喬爾‧舒賓結婚。一九四二年喬爾‧舒賓在烏拉爾病逝。一九三五年她出版了自傳《我轉換世界》，此書和《千千萬萬中國人》在美國暢銷並得到好評。一九三六年出版《蘇維埃新世界》。

　　一九三七年末，斯特朗讀到埃德加‧斯諾在倫敦剛出版不久的《紅星照耀中國》，斯諾真實描述的革命根據地以及中國共產黨領導工農紅軍所進行的艱苦鬥爭使她振奮，她決定像斯諾那樣去記錄發生在中國但會影響人類未來的重要革命。那時，日本帝國主義加劇對中國的侵略，斯特朗急切想要親臨現場報道全面爆發的抗日戰爭，她十二月到達漢口後立即設法去了山西八路軍駐地，採訪了朱德總司令和賀龍、劉伯承、彭德懷等將領，與士兵們一起吃飯談話。從山西回到

漢口她又多次與周恩來、鄧穎超等會談，也拜訪了宋美齡。她的採訪報道反映了解放區軍民的抗戰活動和中國婦女的鬥爭經歷。一九三八年三月她回到美國後就去各處做有關中國之行的演講。這期間先後出版了《戰鬥的西班牙》、《人類的五分之一》。

一九四○年十二月斯特朗再次來到中國，在重慶她經常去八路軍辦事處，周恩來用幾個晚上的時間接受她的採訪。一九四一年一月六日發生「皖南事變」，正在紐約的斯特朗在《美亞》雜誌上發表了報道，揭露了蔣介石屠殺共產黨、破壞抗日統一戰線的陰謀和罪行。

一九四六年六月，國民黨進攻中原解放區，全面內戰爆發。在此背景下斯特朗第五次來華。七月三十一日她到達延安住進了窯洞。八月六日在陸定一、馬海德的陪同下，她去楊家嶺會見毛澤東，圍繞國共兩黨內戰、土地改革、國際關係等重大問題進行了歷史性會談。毛澤東在談話中闡述了影響深遠的英明觀點，他指出：「一切反動派都是紙老虎。……真正強大的力量不是屬於反動派，而是屬於人民。」[8]這個論斷增強了中國人民戰勝敵人的信心，在取得人民解放戰爭的最後勝利中起了極其重要的作用。斯特朗在延安走訪了南泥灣和一些機關部門，與工人、農民、醫護人員、知識份子、演員等廣泛交談，她對延安豐富的文化生活尤其讚賞。九月到十月，斯特朗去張家口、哈爾濱、齊齊哈爾、青島、北平跑了一圈後回到延安，她與周恩來進行了多次會談。一九四七年一月底，斯特朗又與毛澤東進行了一次長時間的正式談話，她對延安和其他解放區採寫的新聞稿在美國十幾家報刊發表，西方人也第一次瞭解了「毛澤東思想」對馬克思主義的貢獻。

一九四八年《中國的曙光》、《明日中國》出版。一九四九年二月十三日，斯特朗在莫斯科突然遭到被捕，判她「犯有危害蘇維埃國家

8　毛澤東：《和美國記者安娜·路易斯·斯特朗的談話（一九四六年八月六日）》，《毛澤東選集》第4卷，人民出版社1991年版，第1195頁。

利益的間諜罪」，之後被驅逐出蘇聯。二月二十四日斯特朗回到美國，她受到各種誹謗、批評、冷遇，但是她依然不知疲倦地去各地發表演說，勤奮寫作，出版了《中國人征服中國》（1949）。

一九五五年三月四日，蘇聯塔斯社發表了一則解除對斯特朗所有指控的聲明，她的冤案得以了結。她完成了新著《斯大林時代》（1956）。

一九五八年九月二十二日，斯特朗到達北京，周恩來總理為她舉行了一個招待會。十月一日國慶日她被邀請到天安門城樓與毛澤東、朱德、周恩來等領導人一起觀看慶祝遊行。在周恩來的建議下，斯特朗定居中國，政府為她配了一位年輕女秘書。她走訪了幾個人民公社，希望瞭解中國農業變革與試驗的效果。

一九五九年新華社組織了一個訪問西藏記者團，斯特朗不顧年老多病力爭參加了訪問團。訪問回來她寫出了《西藏人民訪問記》和《西藏農奴站起來》兩部作品。周恩來建議斯特朗編輯出版一份綜合通訊，可以寄給國外的那些有意瞭解中國的人士。第一期油印的通訊於一九六二年九月十七日出版，第五期改為鉛印，愛潑斯坦夫人邱茉莉曾擔任她的助理編輯。《中國通訊》在美國及其他國家引起了較好的反響，往往能傳遞中國的政策信息，因此受到美國國務院的密切關注，有的報紙也作了轉載。然而，斯特朗的報道在國外也常受到真實性、客觀性的質疑和批評。一九六四年一月十七日，毛澤東請斯特朗和愛潑斯坦、柯弗蘭等在京國際友人共進午餐，毛澤東對斯特朗主編《中國通訊》成功表示祝賀，對她工作的意義給予充分肯定。

一九六五年十一月二十四日斯特朗八十壽辰，毛澤東、周恩來分別為她舉辦了壽宴。

一九七〇年三月二十日斯特朗因病住進醫院，二十九日逝世，享年八十五歲。斯特朗安葬在北京八寶山革命烈士公墓。

三　埃德加·斯諾
Edgar Snow, 1905-1972[9]

　　埃德加·斯諾：美國著名記者，傑出的報告文學作家，反法西斯主義戰士，社會活動家，中美友好關係的架橋者。

　　一九〇五年七月十九日，在美國密蘇里州堪薩斯城默希爾大街的一棟小樓裡，埃德加·斯諾誕生了。斯諾的父親經營一家小印刷所，他熱愛讀書，有自己的思想見解，常鼓勵孩子們追求知識，有所作為。

　　斯諾的青少年時期表現出一些獨特個性，他對學校的正規學習模式不以為然，他喜歡根據自己的興趣讀書，更喜歡旅行和冒險。十六歲時，他曾和兩個好朋友開一輛敞篷汽車去美國西海岸旅行了三個月，所經歷的考驗讓他終身難忘。

　　一九二五年斯諾進入著名的密蘇里大學新聞學院學習，並且兼任《堪薩斯城星報》的校園記者。雖然在這所大學只讀了一年，但培養了他優秀的新聞職業素養。

　　一九二六年，斯諾來到紐約，在一家廣告公司找到工作，業餘時間則為幾家報紙撰稿。不久，斯諾辭掉工作，開啟他周遊世界的序章。一九二八年七月六日斯諾抵達上海。

　　斯諾原計劃在中國停留六週，然後去周遊世界。但是他的計劃很快改變了。《密勒氏評論報》主編約翰·本傑明·鮑威爾接受他做該報的流動記者。不久，斯諾帶著採訪任務沿著鐵路線考察了數月，這是貼近中國的發現之旅，除了風景名勝，他看到另一個真實而嚴酷的

9　埃德加·斯諾生平經歷參閱：《複始之旅》,《斯諾文集1》,宋久、柯楠、克雄譯，新華出版社1984年版；〔美〕約翰·漢密爾頓：《埃德加·斯諾傳》,柯為民、蕭耀先等譯，遼寧大學出版社1990年版；〔美〕伯納德·托馬斯：《冒險的歲月：埃德加·斯諾在中國》,吳乃華、魏彬、周德林譯，世界知識出版社1999年版。

中國。他懷著沉重的心情記述了見聞：「我到了戈壁灘南面的火城薩拉齊。在中國西北那個地方，我目睹了成千上萬的兒童死於饑荒，那場饑荒最終奪去了五百多萬人的生命。這是我一生中一個覺醒的起點。」[10]從這個「覺醒點」開始，斯諾不再以尋找「東方魅力」的好奇眼光看中國，他在《密勒氏評論報》發表了長篇報道《拯救二十五萬生靈》，其感情立場已經站在了異國人民的中間。一九三〇年九月斯諾離開上海，經過南方幾個省市後到達越南、緬甸、印度等地旅行。這次遊歷使斯諾看到遠東和中國社會的大動盪正孕育著新的政治局面，他逐漸形成自己對時勢的認識。

一九三一年八月斯諾回到上海，江南正在遭遇嚴重的水災，他看到災難帶來的悲慘後果，在報道中抨擊了統治者的冷酷無能。次年一月二十八日日軍進攻上海，斯諾在將近五週的時間裡冒著生命危險在戰場穿梭，將專電報道發到《芝加哥每日新聞》和《太陽報》頭版。他的第一部著作《遠東前線》於一九三三年在美國出版，揭露了日本帝國主義者發動侵華戰爭的真相，展現了處於內憂外患雙重危機之中的中國社會現實。

斯諾一面不停地調查採訪，觀察思考，一面孜孜不倦地學習研究，克服語言障礙，瞭解中國歷史文化，閱讀了大量進步書刊，從而進一步認識中國現實社會的本質。一九三二年上海事變結束之後，斯諾設法與宋慶齡見了面並做了充分的採訪，採訪報道先後發表在《紐約太陽報》、《紐約論壇先驅報》。斯諾成了拜訪宋慶齡的常客，受到她的極大影響，開始更為密切地關注中國共產黨與中國革命的關係。

一九三一年斯諾認識了從美國剛來到上海、在美國領事館作文書的海倫·福斯特，她也熱愛寫作，來中國之前已經拜讀了斯諾關於中

---

10 〔美〕埃德加·斯諾：《複始之旅》，《斯諾文集1》，宋久、柯南、克雄譯，新華出版社1984年版，第2頁。

國的系列報道，在她隨身攜帶的一個資料夾裡裝著斯諾作品的剪報，這讓斯諾特別感動，他更為海倫的聰明美麗著迷，一九三二年十二月二十五日聖誕節他們在東京舉行了婚禮。

斯諾在上海第一次聽到魯迅的名字，那時期正是左翼革命文學運動與創作蓬勃高漲的時期，同時也是國民黨瘋狂進行「文化圍剿」的恐怖時期，魯迅的作品及一些進步刊物都被查禁。正是在這樣的白色恐怖下，斯諾廣泛閱讀了魯迅的小說和散文，他一下就被魯迅非凡的思想和才華所征服，當時就萌生了一個念頭，想把魯迅等中國現代優秀作家的作品譯介給世界。他的想法得到魯迅等人的鼓勵。他請左翼作家姚莘農協助，一邊翻譯《吶喊》，一邊開始對魯迅及其他現代作家進行研究。在五年的編譯過程中，斯諾多次拜訪魯迅，並與魯迅保持了長久的書信聯繫。在與魯迅的會晤中，圍繞斯諾夫婦提出的問題，魯迅廣泛而系統地暢談自己對新文藝運動的看法。中國現代短篇小說集《活的中國》編譯完成後，一九三六年在英國初版，次年在美國出版，當時在美國評論界受到極高的讚譽。

一九三三年三月初斯諾夫婦遷居北平，斯諾任《紐約太陽報》和倫敦《每日先驅報》特派記者並在燕京大學新聞系任教。在大學裡他們和進步學生建立了密切關係，激勵支持學生們進行反帝救國的革命活動。燕京大學學生會副主席龔普生、經濟系學生王汝梅（黃華）、新聞系學生陳翰伯、清華大學學生姚克廣（姚依林）等常在斯諾家裡聚會商討重要工作，他們都是學生運動的發起人。一九三五年十二月十九日，北平數千學生舉行了大規模的示威遊行，斯諾夫婦為這些熱血青年的壯舉感到振奮，他們親臨現場拍攝、記錄這一偉大歷史事件，及時將電訊稿發往倫敦和紐約的報社。在燕京大學期間，斯諾閱讀了馬克思主義理論，瞭解蘇聯政治形勢及國際反法西斯陣線的發展狀況。斯諾在中國的七年時間裡，通過自己對現實社會矛盾和底層民

眾苦難的觀察、體驗，深深為這個國家的黑暗統治和民族的深重憂患
而感到悲憤。在這些學習、觀察、思考、判斷的過程中，他的政治觀
點逐漸形成、明確，當然這並不意味著他是從馬克思主義立場確立自
己的觀點，也不意味著他已經成為一個共產主義者。

　　一九三四年美國出版人哈里森・史密斯向斯諾預約寫一本關於中
國共產主義的書，斯諾很樂意接受這個任務，因為他已經感到，共產
主義運動終將成為影響中國和遠東命運的重要因素。他開始急切嚮往
到中國的紅色區域考察。一九三六年三月，斯諾把自己的想法告訴了
華北共產黨地下組織的領導俞啟威（黃敬），俞向黨組織傳遞了斯諾
的願望，不久他就得到周詳的安排。六月三日斯諾從北京啟程，乘火
車到達西安後，他與王牧師（董健吾）秘密接上頭，聽從他的安排。
七月七日，斯諾與黎巴嫩裔美籍醫生喬治・海德姆（馬海德）一起坐
上一輛卡車出發了，第二天一個嚮導帶領他們步行，他們冒著生命危
險，衝破國民黨的重重封鎖，進入陝北蘇區安塞，周恩來在那裡迎接
他們。周恩來為斯諾畫了一幅訪問人員和機構的草圖，希望他真實地
把他的見聞報道出去。斯諾帶著這份草圖和自己擬出的七十八個問題
於七月十五日抵達中共中央紅軍總部所在地——陝北保安縣。[11]斯諾
和馬海德受到共產黨領導人和全城群眾的熱烈歡迎，在為他們接風的
宴會上，斯諾與毛澤東見了面。

　　毛澤東在他居住的窯洞裡多次和斯諾交談到深夜，他詳述了中
國共產黨的主張和政策，重點闡明中國人民迫在眉睫的根本任務，是
要抗擊日本帝國主義，同時要認識到解放受壓迫農民的重要性。在斯

---

11 保安縣（後改名志丹縣）位於延安市西北部，一九三六年七月三日至一九三七年一
　　月十三日，保安是中共中央駐地，當時延安城由國民黨東北軍佔領。西安事變和平
　　解決後，國共雙方達成協議延安由紅軍接管，一九三七年一月十三日，毛澤東等中
　　央領導進駐延安，延安成為中共中央的所在地，陝甘寧邊區首府。

諾的再三請求下，毛澤東談了他的個人歷史，從家庭狀況、求學經歷，一直談到共產黨的誕生，紅軍的創建，中央蘇區的建設和五次反「圍剿」鬥爭。毛澤東的秘書吳亮平在一旁翻譯，斯諾一字不漏地記錄下來。毛澤東非常慎重，為避免作者誇大了他個人的作用，他要求斯諾將談話內容整理出來後，交由黃華翻譯成中文，毛澤東親自審閱原稿，修改了少數地方。這些內容在寫入《紅星照耀中國》這本書時，斯諾原本打算用第三人稱敘事，但後來聽從了海倫的建議，全部實錄毛澤東的自述。因此，書中第四篇《一個共產黨員的由來》就成為非常珍貴的毛澤東自傳。斯諾將這一章內容充實後，一九三七年由救亡圖書出版、一九四七年由華北新華書店、東北書局分別出版了《毛澤東傳》。

斯諾在保安生活了一段時間後要求去前線採訪「真正的紅軍」，他又開始了艱險的旅行，一路上他在農民的茅屋借宿，有機會瞭解農民的生活情況和他們對紅軍的真實態度。到達吳起鎮時，考察了蘇區工業，在非常落後的地方看到機器在運轉，工人們都在忙碌地製造槍彈、農具和其他商品，還有寬敞的宿舍、學校、工人俱樂部。斯諾和普通工人、電力專家、紅色工會婦女部長交談，他為這裡的年輕氣氛、社會主義的工業精神感到振奮。斯諾在甘肅、寧夏地區走了兩個星期後到達彭德懷的司令部，通過瞭解彭德懷的苦難身世、他身經百戰的「赤匪」生涯，斯諾進一步理解了共產黨領導所具備的堅定的革命意志。在和紅軍士兵朝夕相處之後，斯諾對他們也產生了深厚感情，在他後來發表的作品中，無論是紅軍的個人形象還是群體風貌都得到極為細緻生動的描寫和展現。九月斯諾從前線回到保安後又對毛澤東、周恩來進行了採訪，他們向斯諾闡述共產黨對統一戰線的政策，土地革命的必要性等問題。

經過四個月的考察和體驗，斯諾對紅軍的信念、精神、紀律、勇

敢品格有了更加全面、深入的理解，深切感受到紅軍不可戰勝的強大力量，對共產黨領導的中國革命也充滿了希望。一九三六年十月十二日他以「離家」的心情依依不捨地告別保安。

回到北平住所，斯諾抓緊時間整理採訪資料，他在燕京大學舉行了演講會，展示了照片。十一月《密勒氏評論報》刊登了毛澤東與斯諾的長篇談話，迅速產生影響。隨後，《每日先驅報》等也刊登了斯諾的文章。一九三七年七月下旬，斯諾完成了書稿《紅星照耀中國》，英國戈蘭茨公司於十月率先出版，一月內重印三次，印量達十萬冊；美國蘭登書屋一九三八年一月出版後，每天平均收到六百張訂單。在英美的主流評論中，充滿了對此書的肯定和讚揚之聲。富蘭克林・羅斯福總統通過這本書認識了斯諾，將他列為非官方海外情報來源之一。美國學者哈羅德・伊薩克斯評論說：「這本書給日益焦慮的、有世界意識的自由主義知識份子們留下了最深刻的印象。」[12]留守在上海租界的一些抗日救亡人士集體翻譯了這部著作，中譯本《西行漫記》一九三八年二月出版，即刻在全國傳播，許多嚮往光明的青年學生和知識份子在此書的鼓舞下奔赴延安。之後這部作品被譯成二十多種文字在世界暢銷，斯諾以令人信服的親歷採訪和事實材料向世界介紹了中共蘇區的情況，使人們第一次真正瞭解中國共產黨及其領袖毛澤東，產生了巨大而深遠的歷史影響。

一九三七年十二月初，已在上海定居的斯諾夫婦拜訪當時擔任國際租界工廠視察員的路易・艾黎，海倫提出幫助中國辦工業合作社的想法，他們三人經過討論制定出具體的計劃，並展開公關活動。一九三八年四月三日，「中國工業合作促進會」（簡稱「工合」）在上海錦

---

12 〔美〕哈羅德・伊薩克斯：《美國的中國形象》，於殷利、陸日宇譯，時事出版社1999年版，第224頁。

江飯店成立。宋慶齡為名譽主席，愛國銀行家徐新六擔任主席，艾黎作為秘書負責具體事務，斯諾夫婦的任務是對外宣傳和籌款。據統計，在八年抗戰中，國統區、邊區、敵佔區共建立了三千多個「工合」，生產軍需品等物資，有力支援了抗戰。

一九三九年九月底，斯諾為瞭解蘇區的「工合」發展情況來到延安，他對毛澤東正式採訪兩次，還多次非正式見面交談，毛澤東告訴斯諾他們支持「工合」。

一九四一年一月，斯諾的《為亞洲而戰》一書在美國出版，斯諾預言中國抗戰必勝。一九四一年一月六日發生的「皖南事變」讓斯諾悲憤難抑，他在調查核實後立即向外界揭露真相，為此受到國民黨當局的迫害，被取消了新聞採訪權。

斯諾離開了生活了十三年的中國，他心力交瘁地回到美國，但依然十分忙碌，頻繁參加記者招待會，諸多報刊紛紛向他約稿。當然他也受到某些立場不同者的誤解和批評。

一九四二年十月到一九四五年年底，斯諾一直奔波在旅途中，先後到過十多個國家和地區。他連續寫出《人民在我們一邊》、《蘇維埃力量的格局》兩本書。一九四六年春天斯諾回國後又寫出《斯大林需要和平》這部著作。經過二十年的記者生涯，斯諾的政治觀點和時勢判斷力更為敏銳了，他的成就和聲望都達到了一個頂峰。

一九四九年斯諾與海倫離婚。之後他與洛伊絲‧惠勒結婚，生育了一子一女。在麥卡錫主義興風作浪的環境中，斯諾受到聯邦調查局的安全監視，新聞界充斥著對他的懷疑和攻擊，妻子和一些親友也受到牽連。斯諾辭去《郵報》副主編職務，哈佛大學著名漢學家費正清聘他做副研究員，他寫出《1936-1945：紅色中國雜記》，一九五七年斯諾的哥哥霍華德出版了這本書。一九五八年斯諾的自傳《複始之旅——對當代歷史的個人看法》出版，此書的內容遠遠超越了個人生

平經歷的展現，而成為記錄二十世紀動盪歷史與世界革命風雲的里程碑。

一九五九年斯諾攜家人離開美國到瑞士定居。

一九六〇年春斯諾獲得了中國政府的單獨簽證，六月二十八日淩晨他從日內瓦機場起飛，當飛機降落在北京機場時，斯諾激動地看到了路易・艾黎、愛潑斯坦、馬海德、黃華等老朋友，讓他欣慰的是，新中國成立後他又成為第一位來訪問的美國記者，他又可以從事一項有重要意義的報道了。五十五歲的斯諾興致勃勃地開始了長達五個月的參觀行程，他一共走訪了十四個省、十九座城市和十一個人民公社。他的採訪涉及工農業生產、政府機構、軍隊、領袖人物、衛生與教育事業、文化藝術等等。他每晚不知疲倦地整理筆記到深夜。斯諾與周恩來總理進行了兩次長談，周恩來花了一天的時間陪他去密雲水庫遊覽。斯諾受到邀請參加慶祝中華人民共和國成立十一周年慶典，在天安門城樓上他見到了毛澤東。十月二十二日下午毛澤東在中南海接見斯諾，還邀請路易・艾黎和馬海德一起共進晚餐，他們愉快地敘舊，毛澤東就斯諾提的問題談了許多重要觀點。毛澤東、周恩來與斯諾的談話內容，斯諾對新中國的觀感都寫入他的長篇紀實作品《今日的紅色中國》之中。這部作品一九六二年在美國出版後毀譽參半，但很暢銷。德國、日本、法國、英國、意大利等國出版了這部書，在世界產生了廣泛影響。

一九六四年十月下旬，斯諾再度到中國進行為期兩個月的訪問，他看到中國人民自力更生帶來的新變化。周恩來在家中兩次接受斯諾的採訪。一九六五年一月九日，毛澤東在人民大會堂接見斯諾，與他共進晚餐，進行了長時間的談話。斯諾的報道《和毛澤東的會見》一九六五年二月二十七日發表於美國《新共和》週刊。

一九六六年五月，中國爆發「文化大革命」，各種消息在西方傳

播。斯諾想去中國瞭解實情，一九六九年七月，他寫信給毛澤東，表
達再去中國看看的意願。一年後他得到可以訪華的通知。一九七〇年
八月，斯諾攜妻子抵達北京。在長達六個月的時間裡，他們到多地參
觀訪問。周恩來也和斯諾多次見面會談。在十月一日國慶日那天，斯
諾夫婦作為被邀請的貴賓登上了天安門城樓。毛澤東和斯諾並肩站在
天安門城樓親切交談的照片刊登在《人民日報》頭版顯著的位置。十
二月十八日清晨，斯諾和夫人被接進中南海毛澤東的住處，和毛澤東
共進早餐。在毛澤東的書房他們進行了長談，談話一直持續到下午一
點多鐘才結束。這次談話毛澤東向斯諾傳遞了一個重要信息，他歡迎
美國總統尼克松來華旅行訪問。

　　一九七一年二月斯諾回到瑞士家中，他先整理發表了與周恩來的
談話。四月三十日，斯諾將《同毛澤東的一次交談》交與美國《生
活》雜誌發表，而美國通訊社則搶先幾天預發了這篇文章的摘要。這
篇報道迅速在國際新聞界傳播。七月九日美國尼克松政府事務助理
（後擔任國務卿）亨利‧艾爾弗雷德‧基辛格秘密訪華。七月十五
日，理查德‧米爾豪斯‧尼克松總統發表電視講話，宣佈他將訪問中
國的消息。隨後，斯諾家的電話響個不停，信件也潮水般湧來，人們
都希望分享斯諾對中國的認識。斯諾在新聞領域的地位和影響力得到
公認和稱讚。但是遲到的名譽對他來說已經不重要，他急於完成著
作，並期待能先於尼克松到達中國，以便充分做好準備，對中美關係
發生歷史性轉折的這一重大事件進行見證和報道。然而，不幸的是，
病魔將他徹底打倒了。十二月，斯諾做了胰腺癌大手術。毛澤東、周
恩來對斯諾的病情極為關懷，指示中國駐瑞士大使陳志方多次探望和
慰問斯諾。一九七二年一月二十四日，中國派出以馬海德為首的四人
醫療小組到達瑞士來接斯諾前往中國治療，斯諾不願意給中國添麻
煩，他還惦記著未完成的書稿。中國醫療小組決定留下來，他們把斯

諾的臥室改造成病房，對他精心護理，盡力使他減少痛苦。二月十五日淩晨，斯諾停止了呼吸。在他簡短的遺言裡，他說：「我熱愛中國」。遵照斯諾的意願，他的骨灰一半留在美國哈德遜河岸，另一半安放在中國北京大學未名湖畔。

斯諾在他近半個世紀的記者生涯中，秉持良知和道義，追尋光明和真理，為支持中國人民的正義鬥爭，為維護全世界的和平事業，為增進中美兩國人民的友誼，他一直在奮鬥，他做出的巨大貢獻將被歷史銘記。

四　海倫·福斯特·斯諾
Helen Foster Snow, 1907-1997[13]

海倫·福斯特·斯諾：筆名尼姆·韋爾斯，美國新聞記者，作家。中國人民的忠誠朋友。

一九〇七年九月二十一日海倫生於美國猶他州塞達城，她的父親畢業於斯坦福大學，母親是愛達荷州的瑞克斯學院（今楊伯瀚大學瑞克斯學院）的高材生，海倫從小受到良好的家庭教育，胸懷大志，聰明好學。一九二三年她去鹽湖城西部高級中學就讀，在那兒，海倫得到多方面的能力鍛鍊，中學畢業後她進入猶他大學學習，同時擔任美國採礦協會執行秘書助理。

一九三一年，二十三歲的海倫為了實現自己成為一名大作家的夢想，立志到世界上開闊眼界，豐富人生閱歷。她在駐外領事館辦事員選拔考試中，以優異的成績被錄取，八月來到中國上海，擔任美國駐

---

13 海倫·福斯特·斯諾生平經歷參閱：〔美〕海倫·斯諾：《我在中國的歲月》，安危譯，北京出版社2015年版；〔美〕謝莉爾·福斯特·畢紹福編著：《架橋：海倫·斯諾畫傳（英漢對照）》，安危、牛曼麗譯，北京出版社2015年版。

上海領事館書記員。剛到上海不久，她就見到了自己崇拜的記者埃德加・斯諾。第二年聖誕節，他們在東京舉行了婚禮。

美國駐上海領事館總領事保羅・休斯頓收藏了許多關於中國的書籍，海倫讀完了他的全部藏書，她逐漸對中國產生了濃厚的興趣。這一時期，海倫隨著在中國的觀察視野不斷擴大，開始用尼姆・韋爾斯這一筆名在《密勒氏評論報》等報刊上發表文章。

一九三二年，海倫在上海莫里哀路二十九號見到了宋慶齡，在海倫筆下，孫夫人溫文爾雅，情趣高潔，有很高的天賦和教養，她是中國婦女的傑出領袖，是具有偉大的愛國主義情操和民主主義思想的革命「聖者」。

一九三三年春，海倫和斯諾遷居北平，海倫在燕京大學選修了不少用英文講授的課程，還經常騎車到清華大學聽馮友蘭講中國哲學史。在深入瞭解中國社會的過程中，海倫和斯諾一樣希望看到中國的文學藝術家如何反映中國的現實，因此開始致力於中國現代文學作品的翻譯和研究。海倫對當時尚在發展中的中國現代文學運動做了一次全面的梳理和評述，她列出許多問題讓斯諾帶給魯迅請教。一九三六年六月海倫完成了《現代中國文學運動》一文，在倫敦的《今日生活與文學》發表，後作為附錄收進《活的中國》一書，在中西文學界都產生了極大的影響。

一九三五年底，日本帝國主義的魔爪伸向中國華北，愛國青年們反抗帝國主義侵略的革命鬥志空前高漲，斯諾夫婦始終站在愛國學生一邊，支援他們的革命行動。「一二・九」運動前夕，斯諾夫婦把《平津十校學生自治會為抗日救國爭自由宣言》連夜譯成英文並使其在天津見報。海倫深信他們的立場和行為是正確的。她晚年回憶說：「我們不是共產黨員。然而，我們心裡非常明白，中國需要一次徹底

的革命，不可坐失良機。」[14]

　　一九三六年六月初，斯諾在海倫的支持下，成為第一個進入陝北紅軍駐地的西方記者。幾個月後，海倫收到了斯諾從陝北轉來的密信，信中充滿激情的描述強烈地吸引著海倫，她迫切想去那裡親身感受一個全新的、代表中國革命希望的社會，便立即動身前往西安，由於國民黨加強了封鎖，她無法再往陝北蘇區行進。但她得到一個意外的重要採訪機會，十月三日，海倫作為當時在西安唯一的外國記者受到張學良的邀請去進行採訪，她寫出《寧可要紅軍，不要日本人，中國將軍要團結》這篇報道，報道在倫敦《每日先驅報》首發之後，《密勒氏評論報》、《華北明星報》也刊登了海倫的文章，在國內外引起強烈的反響。

　　一九三七年四月二十一日，海倫為了實現去陝北紅色根據地採訪的願望再次赴西安，但她一到西安就受到國民黨警衛的嚴密監控。四月二十九日深夜，海倫從西京招待所的窗戶跳出去，她機智地甩開盤問的警察，找到接應者後爬上一輛事先安排好的汽車在黎明前衝出北城門，幾個小時後到了由十七路軍駐守的地帶──通向紅區的門戶三原小鎮。五月一日，海倫到達雲陽，在那裡參加了紅一方面軍舉行的「五・一」慶祝活動，採訪了彭德懷。翌日，海倫坐上紅軍的卡車經耀縣、洛川抵達延安。

　　海倫在延安歷時四個月的考察期間，她像一名真正的紅軍戰士那樣，身穿軍裝，精神飽滿，克服一切困難，探索這個讓她振奮的新天地。她採訪了毛澤東、朱德、周恩來、張聞天等中國共產黨領導人，並廣泛接觸了陝甘寧邊區的戰士、工人、農民、文藝工作者、婦女和學生，她單獨採訪的革命者就有六十多位，特別是同毛澤東進行了五

---

14 〔美〕海倫・斯諾：《七十年代西行漫記・歷史的回顧》，安危譯，北京出版社2015年版，第4頁。

次難忘的長談，獲得了豐富的第一手採訪資料。蘇區允許海倫自由活動和採訪，她認為共產黨沒有排外主義，給她留下很好的印象。在結束延安考察之前，海倫就想辦法託可靠人士將一些膠捲秘密帶到北平交給斯諾，為他的《紅星照耀中國》一書補充了一些重要資料和圖片。九月七日，海倫在警衛戰士的護送下，離開了延安。經過十二天的艱苦跋涉回到了西安。海倫患了嚴重的痢疾，斯諾去西安與她會合後他們去青島海濱小住療養。之後斯諾先行離開青島去上海報道日本侵佔中國的消息。

一九三七年秋天海倫也到達上海，她整理從延安帶回來的材料，翌年九月完成了《紅色中國內幕》的寫作，書稿一九三九年在倫敦首次出版，也很快被秘密翻譯成中文。這部著作的突出成就，一是補充了斯諾在保安未能採訪到的共產黨領導人；二是以敏感的女性視角關注中國的婦女問題，探索中國婦女反抗壓迫爭取解放的革命歷程。這期間她又寫了《中國為民主奠基》（一九四○年在香港出版，一九四一年在紐約出版）。

在上海期間，海倫開始思考在中國建立工業生產合作社的可能性。她將這一想法告訴斯諾和路易・艾黎，得到他們的積極響應。「工合」成立後海倫全身心投入籌資工作，她向中國婦女救濟會和海外華僑求援，還在西方組織婦女募捐。海倫花了十多年時間一直為「工合」運動而奔忙，她為這項事業做出了貢獻。

一九四○年下半年，由於戰爭形勢嚴峻，美國婦女兒童受命從中國撤離，十二月海倫從上海乘船返美，她依然忙著為「工合」籌款，在紐約和華盛頓參加一些活動和聚會。一九四一年斯諾在康涅狄格州麥迪遜買了一座古老農舍，他作為二次世界大戰中的戰地記者，經常外出旅行採訪，而海倫決心把自己的時間和精力花在寫作上。一九四九年她四十二歲時和斯諾離婚，終身沒有再婚，名字中始終保留著

「斯諾」這個夫姓。陪伴海倫後半生的是一臺古老的打字機，她寫出四十多部著作，其中一半是關於中國的。由於受到麥卡錫主義的影響，這些著作絕大多數沒能出版，但海倫說：「我不是為出版商們而寫的，我是為後世而寫。」[15]在極為不利的條件下海倫連續出版了《革命生涯：傳記》、《中國婦女》、《中國工人運動》、《延安採訪錄》等著作，繼續向世界人民介紹中國，宣傳中國。

　　一九七二年二月，尼克松總統訪華，標誌著中美兩國的交往重新開啟。海倫希望能重返中國看看。中國對外友好協會誠摯邀請她來華訪問，中國政府願意提供所需費用，但海倫和斯諾一樣，始終保持獨立記者的身份，因此謝絕了中方的好意，她變賣家裡的物品籌集旅費。一九七二年十一月，六十五歲的海倫終於踏上闊別了三十二年的中國大地，朱德、康克清、鄧穎超接見了她，毛澤東、周恩來派專人給她送去親筆信。她在廣州、北京、上海、南京等地參觀了工廠、人民公社、學校、部隊、醫院等機構，她專門用兩個月的時間去湖南考察，拍攝了上千張照片和幻燈片。她回國後連續寫出《重返中國》和《毛澤東的故鄉》兩部紀實作品。一九七八年，她又帶領了一個電影攝製組再次重訪中國。在這次旅行中，海倫不顧年老體弱，以堅強的毅力追尋中國革命的歷史足跡，她訪問了延安、志丹縣及其它城市，通過今昔之比展現中國發生的巨大變化，稱讚共產黨領導下社會主義體制的優越性，她這次訪華後出版的《七十年代西行漫記》，一如既往充滿對中國發展前景的熱忱關切，對中國人民的真摯感情。

　　為了表彰海倫為促進中國和世界各國人民之間的瞭解與友誼所做出的貢獻，一九九一年九月二十日，中國作家協會、中華文學基金會特向她授予首屆「理解與友誼國際文學獎」。一九九六年，她又榮獲

---

15 見蕭乾：《海倫·斯諾如是說》，劉力群主編《紀念埃德加·斯諾》，新華出版社1984年版，第88頁。

「人民友好使者」證書和獎章——這是中國人民對外友好協會向外國友人授予的最高榮譽稱號。

海倫晚年曾獲得兩次諾貝爾和平獎提名。一九九七年一月十一日，海倫去世，享年九十歲。

五　伊斯雷爾‧愛潑斯坦
Israel Epstein, 1915-2005[16]

伊斯雷爾‧愛潑斯坦：又名艾培，著名記者、作家，傑出的國際主義戰士。

一九一五年四月二十日，愛潑斯坦誕生在波蘭華沙一個猶太人家庭。愛潑斯坦的父親和母親都曾參加過反抗俄國沙皇專制統治的鬥爭。一九一七年他們全家遷往中國哈爾濱，兩年後定居在天津。愛潑斯坦聰明好學，十二歲時，就讀了英文版的《共產黨宣言》。

愛潑斯坦十五歲從天津文法學校畢業，開始從事新聞工作。他先是在一家《俄文日報》任翻譯和編輯，後來又到英文版《京津泰晤士報》任記者，同時還為《北平時事日報》寫稿。

一九三三年，愛潑斯坦為埃德加‧斯諾的《遠東前線》寫了一篇書評，由此結識了正在燕京大學新聞系執教的斯諾，他視斯諾為良師益友，在斯諾的影響下，愛潑斯坦去日寇佔領下的東北採訪，寫出新聞報道揭露帝國主義侵略者的罪行。一九三六年十月斯諾從陝北保安考察回到北平，他在紅區拍攝的照片最初在小範圍的朋友中秘密展示，愛潑斯坦有幸看到這些照片，並且在斯諾寫出《紅星照耀中國》

---

16 伊斯雷爾‧愛潑斯坦生平經歷參閱：《見證中國：愛潑斯坦回憶錄》，沈蘇儒、賈宗誼、錢雨潤譯，新星出版社2015年版。

的初稿後他也先睹為快。書中描述的共產黨領袖和紅軍戰士的革命事
蹟以及邊區人民的生活風貌深深觸動了他。

　　一九三七年七月七日「盧溝橋事變」發生後，抗日戰爭全面爆
發，戰火燃遍中國大地，形勢危急。愛潑斯坦的父母離開中國前往美
國生活，而愛潑斯坦卻選擇留在戰亂中的中國，和中國人民一起投入
反侵略的鬥爭。這一年他二十二歲，任美國合眾社的駐華記者，先後
到上海、南京、武漢、廣州等地採訪。一九三八年四月，他奔赴前線
採訪著名的台兒莊戰役。他在自己的第一部著作《人民之戰》中，向
國外真實報道了中國人民奮起抗日的戰鬥。他認為，「各個被壓迫國
家和人民的自衛解放鬥爭是正義的，應當予以支持。既然身在中國，
這就意味著要與中國人民肩並肩地站在一起，聲援他們的戰鬥。」[17]
此書一九三九年在倫敦出版。

　　一九三八年秋，在廣州採訪的愛潑斯坦參加了抗日救亡大遊行，
在遊行現場他第一次見到了宋慶齡。在宋慶齡的邀請下，愛潑斯坦參
加「保衛中國同盟」廣州分會的工作。廣州淪陷後，他轉移到香港，
在宋慶齡直接領導的同盟總部工作。愛潑斯坦擔任該組織對外宣傳工
作的負責人，主編同盟的機關刊物《保衛中國同盟通訊》，向外界介
紹中國抗戰的真實情況。在此期間，愛潑斯坦常和一些進步人士一起
工作，他們把中國共產黨的重要文件翻譯成英文，其中他還參與翻譯
了毛澤東的《論持久戰》，這些文獻在海外的傳播，贏得更多人對中
國抗戰的關心和支持。

　　愛潑斯坦由於為中國的抗日戰爭進行宣傳而成為日方黑名單上的
人，一九四一年香港被日軍佔領後，他被抓入集中營。在集中營裡，
愛潑斯坦遇到了也在「保衛中國同盟」工作的英國姑娘邱茉莉，他們

---

17 伊斯雷爾・愛潑斯坦：《人民之戰・序》，賈宗誼譯，新星出版社2015年版，第2頁。

被關三個月後的一個深夜，冒險逃跑成功。愛潑斯坦和邱茉莉來到桂林，繼而又奔赴重慶。愛潑斯坦擔任了美國聯合勞動新聞社記者，同時繼續為「保衛中國同盟」工作。一九四三年十一月十四日，愛潑斯坦與邱茉莉在重慶結婚。

　　一九四四年，中國抗戰進入十分艱難但也顯露勝利曙光的第七年。五月，中外記者團突破國民黨的多年封鎖進入陝北參觀採訪。愛潑斯坦隨這個記者團也到了延安及晉西北。毛澤東單獨接見了他，與他談話兩個小時。朱德、周恩來等領導人也與他見面交談。在這次深入中國革命紅色中心的採訪中，不僅共產黨的領導們給他留下極為深刻的印象，而且在與眾多八路軍戰士和當地農民的交談中他都受到教育和鼓舞，他深深敬佩共產黨人身上所具有的內在力量，看到了中國的未來。愛潑斯坦把延安的所見所聞寫成了二十多篇通訊報道，在《紐約時報》等歐美著名報刊上發表，他及時向全世界介紹中國共產黨領導中國人民抗戰的真實情況和取得的實績，引起了國際社會的廣泛關注。

　　一九四四年，愛潑斯坦夫婦離開中國到美國。一九四五年至一九五一年初，愛潑斯坦在美國擔任《聯合勞動新聞》總編輯，邱茉莉主辦進步月刊《聚焦遠東》。愛潑斯坦一九四七年寫出《中國未完成的革命》一書，出版後獲得廣泛好評。

　　一九五〇年，中國出席聯合國會議的代表團向在美國的愛潑斯坦夫婦帶去宋慶齡的口信，宋慶齡邀請他們回北京參與《中國建設》（後改名為《今日中國》）的創刊工作，這是向海外人士介紹新中國面貌的英文刊物，愛潑斯坦是最好的辦刊人選。愛潑斯坦得到這一消息後心情非常激動，他和邱茉莉毫不猶豫地答應下來，於翌年的盛夏抵達北京。愛潑斯坦全身心地投入到雜誌的創辦工作中。一九五二年，《中國建設》順利創刊，愛潑斯坦從三十六歲到七十歲一直擔任

此刊的執行編輯和總編輯，他為辦好刊物付出了畢生的心血。

愛潑斯坦於一九五七年加入了中國國籍，一九六四年加入了中國共產黨。他自覺地以一個中國公民的身份關注新中國在世界上的形象，每當他發現中國對外宣傳工作中出現原則性問題時，總是立即向有關部門提出改進建議，甚至直接向中央最高領導反映情況，目的只有一個——紮紮實實把對外宣傳工作做好。

愛潑斯坦是黨和政府信賴的權威專家，他被邀請參加對許多重要文件英譯稿的定稿工作，還參加了英文版《毛澤東選集》第四卷的審定工作。在繁忙的編刊、翻譯等工作之餘，愛潑斯坦也從未放棄自己寫書的計劃，一九五五年，他梳理了自己四○年代最重要的採訪經歷和個人的心路歷程，將那時期的通訊作品與家書彙集成《突破封鎖訪延安——1944年的通訊和家書》，出版後再次引起較大的反響。一九五六年，他完成了《從鴉片戰爭到解放》，在意大利出版之後，英文、日文、西班牙文等譯本也相繼問世。

愛潑斯坦在向外界報道新中國的發展變化和建設成就時，特別注意體現整體性和地域性的結合。為此他曾不顧高原反應，於一九五五、一九六五、一九七六、一九八五年四次進藏考察。他穿越牧區草原，到了許多極為偏遠的地區，先後採訪了各階層人士約八百人，筆記積累了幾千頁。他的紀實文學作品《西藏的變遷》一九八三年出版，根據親臨其境的見聞他生動記錄了西藏的時代風貌和藏民們的新生活，從多角度全面反映了西藏社會的歷史巨變。

愛潑斯坦在新中國各地的參觀加深了他對中國的熱愛之情。在「文化大革命」動亂期間，他蒙受過冤屈，在獄中被囚禁五年，但他對中國的感情沒有動搖。一九七三年初，他獲得平反回到工作崗位，依然滿腔熱情地投入中國的對外傳播事業。

一九八一年宋慶齡逝世後，愛潑斯坦致力於傳承宋慶齡的精神與

事業，熱情支援「中國福利會」（前身為「保衛中國同盟」）及「宋慶齡基金會」的工作。他受宋慶齡生前的囑託，於一九九二年完成傳記《宋慶齡——二十世紀的偉大女性》。為了寫好這部傳記，他花了十年時間，親赴海內外收集史料，訪問了諸多人物。

　　一九八五年四月二十日，為祝賀愛潑斯坦七十大壽和在中國工作半個世紀，在人民大會堂為他舉辦了慶祝活動，鄧小平等中央領導人親臨祝賀。一九九五年愛潑斯坦八十壽辰，中央領導人江澤民、李瑞環也親臨人民大會堂祝賀。

　　二〇〇四年，八十九歲高齡的愛潑斯坦以驚人的毅力完成了《見證中國——愛潑斯坦回憶錄》。二〇〇五年又出版了《歷史不應忘記》。

　　二〇〇五年五月二十六日愛潑斯坦在北京病逝，骨灰安葬於北京八寶山革命公墓。愛潑斯坦的一生是全心全意為中國革命和建設事業無私奉獻的一生。他把畢生精力奉獻給了中國的對外傳播事業，為中國的發展和進步、為增進中外的相互瞭解和友誼做出了重要貢獻。

六　韓素音
Elisabeth Comber, 1917-2012[18]

　　韓素音：原名周月賓，英籍華裔女作家，社會活動家。

　　一九一七年九月十二日，韓素音生於河南信陽。她的父親周映彤

---

18 韓素音生平經歷參閱她的自傳系列：《韓素音自傳：凋謝的花朵（1928-1938）》，殷書訓譯，生活・讀書・新知三聯書店1982年版；《韓素音自傳：無鳥的夏天（1938-1948）》，陳堯光、黃育馥、張靜爾譯，生活・讀書・新知三聯書店1984年版；《韓素音自傳：吾宅雙門》，陳德彰、林克美譯，中國華僑出版公司1991年版；《再生鳳凰：中國・自傳・歷史》，劉瑞祥、紀春英、何祚康等譯，中共中央黨校出版社1991年版。

出生於四川郫縣，是中國第一代庚子賠款留學生，在比利時獲布魯塞爾大學路礦工程師學位。周映彤與比利時人瑪格麗特‧丹尼斯結婚，一九一三年全家回到中國。

韓素音上學後學習成績一直名列前茅，一九三○年，她從北京聖心中學畢業。一九三三年，考入燕京大學醫科預科，與龔澎、梁思懿成為同學。一九三五年秋，她獲得了庚子賠款基金留學經費，赴比利時布魯塞爾自由大學留學。

一九三八年七月，韓素音以優異的成績通過了理學學士學位考試，她登上了回國的遠洋客輪。在海輪上她邂逅了留學英國的軍校學生唐保黃，他要回國參加抗戰，他的愛國言論深深打動了韓素音。

一九三八年十月，韓素音和唐保黃舉行了婚禮。之後他們乘紅十字會的船離開武漢到達重慶。唐保黃暴露出粗鄙本性，經常打罵韓素音，使她在肉體上、心理上受到極大的折磨。

一九三九年六月韓素音來到成都南門外小天竺街助產士學校學習、工作，這所規模很小的學校和醫院是傳教士瑪麗安‧曼利經營的，她是個業餘作家，她和韓素音合作寫出《目的地重慶》，一九四二年在美國出版，之後這部作品又在英國出版。

一九四一年一月「皖南事變」發生後，韓素音對國民黨的這次大屠殺行為感到震驚憤怒，她的思想感情發生了重要轉變。這年春天，韓素音在重慶聽了周恩來的演講，她對周恩來充滿了欽佩，認為他是當今最有才智的政治家。

一九四一年十二月，唐保黃赴英國擔任中國駐倫敦大使館的代理武官。次年二月，韓素音和養女蓉梅經過艱辛的旅程到達英國。她不願意虛度光陰，想繼續學醫。一九四四年九月，她進了倫敦女子醫學院，開始了新的學生生活。一九四五年，唐保黃獨自返回中國。兩年後，他在東北與解放軍交戰中被擊斃。

一九四八年一月，韓素音拿到了皇家內科醫師學會會員和外科醫師學會會員學位。接著，她獲得醫學理學學士學位。她在皇家自由醫院當了一年住院醫生後，決定離開英國回中國，一九四九年一月五日，她和女兒飛抵香港。

一九四九年二月，韓素音開始在瑪麗醫院戈登・金的婦產科系當助理醫生。在香港韓素音邂逅了龔澎，她向龔澎諮詢自己回國的事，但她心裡存有疑慮，準備在香港觀望一段時間。不久韓素音認識了《泰晤士報》的記者伊恩・莫利森，兩人成為情人。不幸的是，一九五〇年八月，伊恩在朝鮮遇難。在難以承受的打擊下，韓素音又開始了寫作，她把所有的哀思和懷念寫入了《愛情至上》這部自傳小說，一九五二年五月在英國出版，隨後成為暢銷書。

在韓素音人生的低谷，她結識了英國人里昂・康柏，他是馬來亞（今馬來西亞）特別警察支隊的助理專員。一九五二年二月他們結婚後去了馬來亞。韓素音到柔佛巴魯的私人醫院行醫，晚上堅持寫作。

一九五六年一月，她接受英國駐印度總督馬爾克姆・麥克唐納的邀請，去印度新德里度假，在那兒認識了印度陸軍上校陸文星，兩人一見鍾情。韓素音回到柔佛巴魯向康柏提出離婚。她的小說《餐風沐雨》在這一年出版。

韓素音在新加坡開設了一個診所，她在等待時機回中國。在老同學龔澎的幫助下，一九五六年她訪問了新中國。她和父親以及諸多親友團聚暢談，從他們不同的視角瞭解新的社會體制，知識份子處境和待遇，政治運動等。她多次和龔澎見面交流，受到龔澎的積極影響。她向龔澎提出採訪周恩來的要求。十天後周總理派人將她接到中南海自己家裡，她與周總理、鄧穎超、龔澎一起度過了難忘的一整個下午。在與周總理交談中韓素音感到自己的思想提高了很多，認識範圍擴大了很多。幾天後周總理又安排陳毅與韓素音見面，陳毅談了臺

灣、西藏、東南亞華僑等問題。

一九五七年，反右鬥爭全面展開，在西方媒體激烈抨擊中國的聲浪中，韓素音力求瞭解複雜的歷史背景，通過自己的觀察和思考把這場運動弄明白，她保持了客觀理性的立場。

一九五九年，韓素音到中國後考察了上海的工業生產和物資供應。周總理在百忙中約見韓素音，和她談論了中印邊境衝突問題。韓素音離開北京飛往印度，在陸文星的幫助下，印度總理尼赫魯接見了她，雖然談話不投機，但是韓素音堅持為重修中印友好關係做了許多工作。

韓素音雖然加入了英國國籍，但她幾乎每年來華一段時間，她始終以中國人的感情立場牽掛著中國，在華期間她總是冷靜觀察，敢於直言不諱地指出中國在推行人民公社、大躍進過程中暴露出的問題和錯誤。但在海外面對那些抨擊中國的外交官和記者時，她又總是竭盡全力為中國辯護。她說，這是因為「我與中國息息相關，我心臟的跳動、血壓的升降、每個細胞的生存都與中國連在一起。」[19]

一九六五年一月韓素音開始在美國作第一次演講旅行，之後她到很多地方作中國問題的講演。一九六六年她的自傳系列《傷殘的樹》、《凋謝的花朵》在倫敦暢銷。五月，她返回北京，形勢已經急速變化，政治鬥爭風暴逐漸席捲全國。

一九六七年一月，韓素音到美國巡迴講學，四月完成《無鳥的夏天》。一九六八年三月去北卡羅來納大學參加中國問題研討會，遇到埃德加・斯諾。

一九六九年春韓素音前往中國參觀了一些復課的中小學，走訪了農村、工廠。一九七〇、一九七一年她和陸文星來華參觀了許多地

---

19 〔英〕韓素音：《韓素音自傳：吾宅雙門》，陳德彰、林克美譯，中國華僑出版公司1991年版，第357頁。

方。一九七一年四月，韓素音和陸文星結婚後定居在印度班加羅爾，隨後移居瑞士洛桑。

一九七二年韓素音出版了《早晨的洪流——毛澤東和中國革命》，一九七六年出版《風滿樓》、《拉薩，開放的城市》。一九七四年，在洛杉磯舉辦的中美人民友好協會成立大會上，韓素音發表了講話。

一九七六年十二月，韓素音再次回到中國的親朋好友們中間，她在各地奔波採訪，看到了中國人民覺醒的力量，為中國正在開啟的變革感到欣慰。一九七七年一月、七月，葉劍英、鄧小平分別接見了韓素音。

一九八九年，資助創辦「韓素音青年翻譯獎」競賽，之後每年舉辦一次，這是中國翻譯界組織時間最長、影響最廣的翻譯大賽，受到國內外青年翻譯愛好者的喜愛。

一九九四年，韓素音撰寫的《周恩來與他的世紀　1898-1998》出版。同年她獲得中華文學基金會頒發的「理解與友誼國際文學獎」。

一九九六年，中國人民對外友好協會授予她「人民友好使者」榮譽稱號。

二〇一二年十一月二日，韓素音在瑞士洛桑的家中去世，享年九十五歲。

韓素音的作品為世界瞭解中國打開了多扇視窗。她曾說：「我不願意用絕對的白或絕對的黑，絕對的好或絕對的壞的觀點去觀察世界，所以各種世界都是我的舞臺。我搭起了座座橋樑，許多人可以通過這些橋樑從一種文明、一種文化、一種思維方式走向另一種文明、另一種文化、另一種思維方式。這是一座座友誼的橋樑。」[20]

---

20 〔英〕韓素音：《再生鳳凰：中國‧自傳‧歷史》，劉瑞祥、紀春英、何祚康等譯，中共中央黨校出版社1991年版，第278-279頁。

第三節　自由作家、記者

一　西蒙娜・德・波伏瓦
Simone de Beauvoir, 1908-1986[21]

　　西蒙娜・德・波伏瓦：法國存在主義作家，女權運動的創始人之一。

　　一九〇八年一月九日，波伏瓦出生於法國巴黎一個比較富裕的家庭。父母發現她具有文學天賦，就給予引導，鼓勵她閱讀、寫作。

　　從一九一三年直至一九二五年，波伏瓦在阿德利那德西爾女子專科學校學習。一九二五年，她先後在天主教學院學習普通數學，在納耶私立師範學校聽文學課，在巴黎大學主修哲學、心理學課程。一九二六至一九二七年，波伏瓦以優異的成績先後獲得了文學、普通數學和普通哲學證書。一九二八年三月，她獲得哲學學士學位。波伏瓦準備參加中學教師學銜考試，她一邊在巴黎大學聽課，一邊刻苦複習。她在考生中認識了讓-保羅・薩特，他們彼此之間產生互相欣賞和愛慕之情。他們兩人都反對婚姻制度對個體自由的束縛，保持了各自獨立的平等關係。

　　一九二九年底至一九三一年初，波伏瓦在巴黎經常出入於蒙巴那斯區的藝術之家咖啡館，與一些先鋒派作家、藝術家交往，但她依然堅持埋頭讀書。

　　一九三一年秋，波伏瓦被指定去南方城市馬賽任教。她在課堂上

---

21 西蒙娜・德・波伏瓦的生平經歷參閱：〔法〕克勞德・弗朗西斯、〔法〕費爾南德・龔蒂埃：《西蒙娜・德・波伏瓦傳》，劉美蘭、石孔順譯，中國婦女出版社1989年版；〔法〕達妮埃爾・薩樂娜芙：《戰鬥的海狸：西蒙娜・德・波伏瓦評傳》，黃荭、沈珂、曹冬雪譯，作家出版社2009年版。

向學生宣揚一些反對傳統道德和世俗偏見的新思想。翌年九月，波伏瓦離開馬賽前往法國東北部的盧昂城，她在那兒的貞德中學謀到了教師職位。波伏瓦和薩特經常相聚，也頻繁通信，他們探討社會制度和改造等問題，波伏瓦在此期間不僅表現出對政治和社會活動的熱情，而且成了一個活躍人物。她經常參加一個先鋒派小團體的活動，曾與在法國避難的德國共產黨員、盧昂的馬克思主義者有過交往，與他們探討一些問題。她的激進思想和行為遭到學校守舊派人士的詆毀和指責。

　　一九三六年波伏瓦又被派到巴黎的莫里哀中學任教，她在繁忙的教學之餘，依然擠出時間發奮寫作。一九三八年薩特發表了《噁心》和《牆》兩部作品，在法國文壇有了名氣。波伏瓦寫了一部自傳體小說《女客》。

　　一九三九年三月，第二次世界大戰爆發，九月法國宣佈參戰。一九四一年巴黎被德軍佔領，當時的法國知識份子逐漸分成了兩派。左翼組織主張抵抗佔領軍，右翼組織要與佔領軍合作。波伏瓦和薩特站在抵抗運動組織所屬的一邊。

　　一九四三年，波伏瓦終結歷時十二年的哲學教師生涯。她的第一部小說《女客》出版並且很快成為暢銷書，得到評論界很高的評價。波伏瓦的創作與她個人的經歷緊密相關，她對女性的性別與身份，在愛情婚姻關係中的處境，以及在現代社會發展中的自我訴求進行了深入觀照和思考，開始對婦女問題做系統研究。

　　一九四三年六月，薩特寫的三幕劇《蒼蠅》上演，獲得了巨大的成功，同年十月，他的哲學論著《存在與虛無》出版，在巴黎文化領域受到廣泛的關注和高度評價，薩特成為二戰期間法國思想界最有影響力的人物。波伏瓦受到薩特存在主義思想的影響，一九四四年她發表了一篇哲學隨筆《庇呂斯與西奈阿斯》。薩特、波伏瓦和他們的朋

友共同創辦了《現代》雜誌，試圖建構一種新的思想體系，他們推動了「存在主義」運動的發展，但是他們也受到來自社會輿論的攻擊。

一九四五年九月，波伏瓦出版了她的第二部小說《他人的血》。一九四六年，又完成了第三部小說《人無不死》，這是一部存在主義思想傾向最明顯的作品。與薩特一樣，波伏瓦屬於「介入」社會的作家，她在論著《模稜兩可的倫理學》（1947）中，主張文學要干預政治和生活，作家要有社會責任感。她踐行自己的主張，開始走進公眾的生活之中。

一九四六年五月，波伏瓦和薩特應邀去瑞士講學、訪問。一九四七年一月，波伏瓦接受了美國的邀請獨自赴美講學，她的演講得到了公眾的讚譽。波伏瓦參加了史密斯學校的關於「婦女在當代社會中的作用」學術研討會，同美國各界傑出的婦女代表探討了婦女地位問題。在芝加哥波伏瓦認識了美國小說家尼爾森・阿爾格倫，她與阿爾格倫彼此欣賞，成為情侶。

一九四八年，波伏瓦出版論著《存在主義與民族智慧》。第二年五月，她的《第二性》第一卷順利出版。女權主義經典著作《第二性》（兩卷），是波伏瓦最傑出的貢獻。儘管出版後褒貶不一，甚至曾經被列為禁書，但是此書在西方世界引起的震動和影響是巨大的、深遠的。她所建構的女權主義話語體系七十年來一直具有不衰的影響力。

一九五〇年十月，波伏瓦再次去美國與阿爾格倫相會，阿爾格倫看清了自己在波伏瓦和薩特之間的尷尬處境，決定結束這段感情。

波伏瓦的第四部小說《一代名流》於一九五四年十月出版，獲得當年的龔古爾文學獎。波伏瓦的文學創作，在思想與藝術上都建樹了個人獨特的風格，她觀察社會的視野不斷擴大、深入，所以改變了以往內心體驗式的敘事形態，而是將個人對時代的審視與感受與具體的社會現實密切聯繫起來，更傾向於寫實主義的創作。

　　波伏瓦和薩特「介入」社會的寫作主張促使他們將視閾投向更廣
闊的世界，一九五五至一九六七年，她和薩特開始了世界漫遊，曾赴
美國、蘇聯、日本、巴西以及東歐、中東多國考察。一九五五年九
月，他們應中國政府邀請來華參觀遊歷了四十五天。中國之行使波伏
瓦深切感受到一個古老國度的新生和活力，她對社會主義中國的政治
制度、經濟建設、文化發展、人民生活等有了個人獨立的判斷和認
識。她的《長征：中國紀行》一九五七年在法國出版後曾產生較大的
轟動，一九五九年英譯本面世後傳播更廣。

　　二十世紀五、六〇年代，國際形勢動盪複雜，波伏瓦一直敏銳觀
察不同社會環境下的現實矛盾。她完成了系列回憶錄《一個循規蹈矩
的少女的回憶錄（1908-1929）》（1958）、《而立之年（1929-1944）》
（1960）、《時勢的力量（1944-1962）》（1963）。

　　一九六八年初，六十歲的波伏瓦出版了小說集《破碎的女人》，
數萬冊圖書在一週內被搶購一空，在贏得喝彩的同時，她也又一次受
到聲討，那些傳統保守的讀者依然不能接受波伏瓦關於女性參與社會
的主張。一九七〇年，波伏瓦出版了一部引起強烈社會反響的論著
《衰老》，此書探討了中老年人的社會處境和權益問題。

　　一九七二年，波伏瓦的第四部回憶錄《清算已畢》出版。這一
年，有兩位女權主義運動領導人阿娜・塞林斯基和克麗絲蒂娜・戴爾
菲在法國發起了婦女解放運動，她們希望得到波伏瓦的支持。波伏瓦
在她們的《女權運動宣言書》上簽了字，還參加了她們組織的婦女解
放運動示威遊行。六月，她和這兩位女性領導及法蘭西學士院的讓・
羅斯丹共同創建了「選擇協會」，波伏瓦任協會主席。該協會的宗旨
是為女性避孕、流產墮胎爭取合法權利。

　　一九七五年到一九八〇年，薩特因為視力衰退已無法寫作，身體
健康也每況愈下。波伏瓦照顧薩特的日常生活，筆錄他的口述文章。

此外，她還忙於《現代》雜誌的編輯工作。

一九八〇年四月十五日，薩特因病去逝。為了紀念薩特，波伏瓦在第二年出版了她最後一部著作《永別的儀式》，主要記述薩特的晚年生活和思想。

一九八六年四月十四日，西蒙娜·德·波伏瓦與世長辭，走完了七十八年人生歷程。法國政府為她舉行了隆重的葬禮。

二 哈里森·埃文斯·索爾茲伯里
Harrison E. Salisbury, 1908-1993[22]

哈里森·埃文斯·索爾茲伯里：美國記者和作家，曾任《紐約時報》副總編輯、全美作家協會主席。

一九〇八年十一月十四日，索爾茲伯里出生在美國中西部的明尼蘇達州明尼阿波利斯市。他的父親教育他不要盲從，要學會用自己的頭腦思考。一九二六年索爾茲伯里進入明尼蘇達大學主修化學。他在大學有幸遇到一位對他產生了積極影響的恩師——著名戲劇評論家奧斯卡·弗金斯。弗金斯鼓勵他追求自我獨立精神和溯本求源的探索精神。他主編過大學的校報，但因為他發文抨擊學校辦學模式僵化而使學校管理者大為惱怒。不久，他被學校除名。

一九三〇年索爾茲伯里在當地的《明尼阿波利斯新聞》報社找到了一份見習記者的工作，幾個月後，他去了合眾社。受合眾社委派，他曾先後在聖保羅、芝加哥、華盛頓和紐約做記者，他的視野不斷擴大，對新聞的敏銳發現與獨立報道使他的業務能力和知名度都得到大

---

22 哈里森·埃文斯·索爾茲伯里生平經歷參閱他的兩部自傳作品：《我們時代的旅程》，汪溪、鄭德芳、祁國明等譯，華夏出版社1989年版；《天下風雲一報人——索爾茲伯里採訪回憶錄》，粟旺等譯，中國對外翻譯出版公司1990年版。

大提升。一九四三年二月，他被派往納粹德國進攻下的英國，他的戰
地報道迅速向外界發出，揭露了法西斯侵略者的罪行。

　　一九四四年初，索爾茲伯里赴蘇聯採訪。從蘇聯返回美國後，在
合眾社擔任外事新聞編輯。一九四九年，他被美國大報《紐約時報》
聘用。隨後他再次前往蘇聯擔任常駐莫斯科記者，在長達六年時間
裡，索爾茲伯里成了「蘇聯通」，他在《紐約時報》發表了系列有深
度的文章，在讀者和同行中引起較大反響。一九五○年，索爾茲伯里
獲得普利策國際新聞獎。索爾茲伯里關於俄蘇的著作有：《俄國在行
進》（1946）、《美國人在俄國》（1955）、《新俄國》（1962）、《蘇聯五
十年》（1967）、《列寧格勒被圍困的九百天》（1969）等。

　　一九五四年底到六○年代初，索爾茲伯里任《紐約時報》國內新
聞主編，他關注城市中暴露出的環境問題和社會問題，以紐約為中
心，他報道了城市垃圾問題，底層貧民區青少年生存狀況，流氓團夥
形成的原因等，這些被社會漠視的問題與現象一經報道，立刻受到人
們的關注和議論，《紐約時報》賣到脫銷。一九六○年，在美國黑人
民權運動興起的背景下，他又把聚焦點投向美國最敏感的種族衝突問
題，他去南方的幾個州實地考察後寫了系列報道。

　　一九六四至一九七二年，索爾茲伯里任《紐約時報》助理總編
輯，但他依然沒有停住奔波的腳步。一九六六年十二月下旬，他秘密
進入了越南，他在報道中如實披露了非軍事目標遭到轟炸後造成了嚴
重的平民傷亡後果。白宮和五角大樓的官員們看到報道後火冒三丈，
索爾茲伯里遭到各種調查和誣陷。

　　索爾茲伯里少年時期就對中國懷有朦朧的嚮往，當上記者後更是
期待有機會到中國採訪。一九四四年，正在莫斯科採訪的他遇到當時
也在那裡的埃德加‧斯諾，兩人一見如故。索爾茲伯里已經讀過斯諾
的《紅星照耀中國》，他不僅對斯諾的中國陝北之行和非凡發現表示

非常敬佩，而且對斯諾筆下描述的中國工農紅軍二萬五千里長征的英雄壯舉尤為欽佩。斯諾希望有人能寫一部紅軍長征的完整史詩，這一希望讓索爾茲伯里銘記在心，並且成為他訪問中國的強大動力。為實現中國之行的目的，他做積極準備，用了十二年的時間收集資料，研究中國形勢以及中國與蘇聯、與美國的關係。他一九六七年出版了《中國的軌道》。

　　一九七二年五月，他終於得到機會和夫人夏洛特到中國訪問，六月十六日晚周恩來在人民大會堂設宴招待他們，舉行了友好會談。索爾茲伯里提出想沿著紅軍長征路線行走、採訪，因為中國當時還處在「文革」時期，這一要求未得到周總理的應允。離開中國之後他寫了《訪問北京及其以外的地方》（1973）。一九七三年，索爾茲伯里結識了中國通——約翰‧S‧謝偉思，他出生在中國，二十世紀三、四〇年代曾任美國駐華大使館秘書。一九七一年謝偉思攜夫人卡洛琳赴華訪問，一九七三年準備再次去中國旅行。索爾茲伯里得知這一消息後和謝偉思商議結伴中國行的計劃，他想實現「長征」的夙願。

　　一九七七年九月，索爾茲伯里和夏洛特第二次來中國，他們去宋慶齡家裡做客，參觀了許多地方（包括邊遠地區）。一九八三年八月十七日，索爾茲伯里終於得到激動人心的好消息，他可以去中國走長征路了。一九八四年三月一日，七十五歲的索爾茲伯里和七十歲的夏洛特飛往北京。不久，七十四歲的謝偉思也加入了他們的行列。三位老人踏上了尋訪長征路線的征途，在兩個半月的時間裡，他們沿著紅軍當年的長征路線走了七千四百英里。在艱難的行程中，索爾茲伯里因心臟病發作被送到醫院搶救，但他在康復後又倔強地上路了。「長征」使索爾茲伯里接受了一次深刻的中國革命教育，也使他得以深入觀察當代中國。回國後，他顧不上休息，全力以赴地投入寫作，經過幾個月的辛苦筆耕，長篇紀實文學《長征——前所未聞的故事》終於

完稿。翌年十月，這部作品在美國出版，立即引起轟動。緊接著，歐洲、亞洲一些主要國家也競相翻譯出版了這部優秀作品。

　　一九八八年索爾茲伯里最後一次訪華，他更為熱心地關注著中國改革開放的進程。一九九二年春鄧小平視察南方之後，索爾茲伯里希望再去中國，沿著鄧小平視察南方的路線走一走，但是他因中風而不得不入院治療。一九九三年五月，索爾茲伯里不幸病逝，享年八十四歲。

第二章
新中國締造者偉大的奮鬥歷程

　　但凡富有正義感、使命感的國際主義人士，以及尊重歷史和事實且態度嚴謹客觀的西方作家、記者們，都會自覺主動地走進世界局勢激變和新舊時代碰撞的中心，親身經歷或追蹤重大事件發生、發展的過程，感受、體驗其中的希望與焦灼，矛盾與困境，考驗與抗爭；他們也會力求撥開迷霧，排除偏見，走進影響人類命運的各種人物活動的現場，深入觀察、判斷、思考，從而發現那些偉大人物戰勝反動勢力，消滅罪惡制度，改造腐朽社會，推動人類進步的英明思想和魄力；反之，認清那些卑劣人物破壞和平，製造災難，欺壓人民，踐踏真理的邪惡嘴臉和無恥行徑。

　　早在一九三六年，埃德加‧斯諾在陝北保安採訪時，他發現毛澤東和所有共產黨人有一個共同特點，他們幾乎都不提個人的經歷，往往只談軍隊、組織、委員會、決議、戰役等等。他們認為個人在革命歷史中微不足道。「不是因為他們作為個人在那裡創造了歷史」，而是「他們為之戰鬥的那個意識形態的整個有機力量。」[1]當然，作為一名敏銳的記者，斯諾明白，在個人、集體與他們的政黨、信仰、世界觀鑄就的革命「共同體」中，他必須發現並聚焦那些獨特的「典型人物」。所以，要瞭解、理解中國共產黨和中國工農紅軍的革命目的以及政治信念，必須先瞭解這個政黨和隊伍是由怎樣的人組成——他們從哪裡來？為建立怎樣的先進國家和社會而鬥爭？領導這個隊伍的人

1　〔美〕埃德加‧斯諾：《紅星照耀中國》，董樂山譯，人民文學出版社2016年版，第117頁。

是否具備高尚的品質、英明的思想、偉大的胸懷、傑出的才能？只有
當他自己的認識正確且深入，他寫的報道和作品，才能滿足讀者求真
相的要求，也才能經得起真實性、歷史性的考驗。毫無疑問，毛澤東
正是他要瞭解和書寫的最典型的「典型人物」。在斯諾的一再懇求
下，毛澤東向他講述了自己的生平經歷，當然，在毛澤東的個人「故
事」中，他的出生家庭以及農村生活，青少年時期的成長記憶和求學
過程都與中國特定時期的歷史背景、社會狀況、階級關係等密切聯
繫。毛澤東在講述自己追尋理想、探索真理、參加革命、接受馬克思
主義的過程中，其實已經脫離「個人歷史」，而是「昇華為一個偉大
運動的事業了」——從中國共產黨的創建，工農革命鬥爭，蘇維埃運
動，紅軍的成長和反「圍剿」戰鬥，一直到長征勝利和正在進行的抗
日戰爭等。他「所敘述的不再是『我』，而是『我們』了；不再是毛
澤東，而是紅軍了；不再是個人經歷的主觀印象，而是一個關心人類
集體命運的盛衰的旁觀者的客觀史料記載了。」[2]斯諾獲得了最有價
值的第一手材料，他在寫作《紅星照耀中國》時，將毛澤東的生平自
述列為重要的一章，這一章成為這部作品最生動、最精彩、最有說服
力和感染力的內容。

　　歷史已經證明，《紅星照耀中國》能夠震撼世界，就是源自毛澤
東——中國共產黨——中華民族「共同體」形象的真實性與典型性
力量。

　　社會主義新中國成立後，由於受到西方資本主義國家的政治敵對
和排斥，在西方社會文化語境中，評論家們關於新中國的論斷不可能
是客觀、公正、全面、真實的；對於毛澤東的評價，更是負面言論佔
據主導，甚至充斥一些毫無根據的惡意誹謗之詞。斯諾於一九六〇、

2　〔美〕埃德加・斯諾：《紅星照耀中國》，董樂山譯，人民文學出版社2016年版，第
　　165頁

一九六四、一九七二年三次訪華時，多次與毛澤東深入交談，也對中國各階層的人物和普通百姓進行了廣泛採訪，他在國外發表的報道以及出版的長篇紀實作品中，以自己客觀求實的觀察與判斷，以獨立公正的立場，樹立了社會主義時代的毛澤東形象，澄清、駁斥了西方各種謠言和歪曲言論。毛澤東是中華民族救亡圖存和反抗剝削階級壓迫時期的「紅星」，照亮了中國革命方向。在解放後的人民群眾心目中，他依然是光明和真理的象徵。「他不但是一個黨的領袖，而且更是一個公認的、名副其實的導師，政治家，軍事家，哲學家，桂冠詩人，民族英雄，全民族的領導，以及歷史上最大的人民救星。」[3]

第一節　人民的領袖毛澤東

韓素音在《早晨的洪流——毛澤東和中國革命》一書中，精闢地概括出毛澤東與中國、與人民的根本關係，她指出：「毛澤東體現著他的國家和人民的抱負、要求和願望；體現了他們奮起造反、結束剝削、苦難和不義的意志；體現了他們使自己得到解放並掌握自己的命運的意志。」[4]因此，對於那些對社會主義新中國抱有探究熱情的西方作家而言，他們對新中國時空的切入點不應該是——一九四九——北京，而應該是毛澤東一生的革命追求和奮鬥與中國共產主義發展歷史的密切關係，如果他們真實地刻畫了毛澤東的形象，也就真實展現了中國前進的時代圖景。

從二十世紀三〇年代中期到七〇年代初期，已經有不少於十位的

3　〔美〕埃德加・斯諾：《大河彼岸　又名：今日的紅色中國》，《斯諾文集4》，新民譯，新華出版社1984年版，第111頁。

4　〔英〕韓素音：《早晨的洪流——毛澤東和中國革命・序言》（兩卷），楊青譯，香港南粵出版社1974年版，第6頁。

西方記者和作家參與到採訪、記述毛澤東偉大業績的活動中。這些記者、作家中，有的多次與毛澤東見面交談，對毛澤東的性情風格、精神氣質、思想智慧有最貼近的觀察和感受，並且都留下深刻難忘的印象。所以在他們的紀實作品（包括傳記）中，塑造的毛澤東形象鮮明生動，具有直抵心靈的感染力。代表作家和作品如斯諾的《紅星照耀中國》、《大河彼岸》，安娜‧路易斯‧斯特朗的《中國人征服中國》，艾格尼絲‧史沫特萊的《中國的戰歌》，岡瑟‧斯坦因的《紅色中國的挑戰》，海倫‧福斯特‧斯諾的《我在中國的歲月》等。也有一些西方學者和作家因為各種客觀條件的限制沒有見過毛澤東，或者雖然見過面但沒有像「三S」那樣與毛澤東建立比較密切的關係，因而缺乏充分交流的機遇，但他們長期研究中國現代史，也以濃厚的興趣和嚴謹的態度研究中國共產黨和毛澤東。在中國改革開放後他們多次訪華，篳路藍縷發掘史料、調查採訪，他們更加注重將毛澤東的革命歷程與中國近、現代史聯繫起來，探討毛澤東思想的形成與發展，他對馬克思主義中國化的貢獻。此外他們也注重觀察新中國內外形勢變化和影響下遭遇的難題，對毛澤東的政治決策、外交路線等進行分析評判。在世界影響很大的如美國學者斯圖爾特‧R‧施拉姆的《毛澤東》（1966）、羅斯‧特里爾的《毛澤東傳》（1980）、瑞貝卡‧卡爾的《毛澤東傳》（2015），英國學者迪克‧威爾遜的《毛澤東傳》（2013）、記者菲力普‧肖特的《毛澤東傳》（2004），俄羅斯作家亞歷山大‧潘佐夫的《毛澤東傳插圖本》（上、下，2016），法國學者阿蘭‧魯林的《毛澤東：雄關漫道》，澳大利亞學者尼克‧奈特的《再思毛澤東：毛澤東思想的探索》（2007），日本學者竹內實的《毛澤東：詩與人生》（1965）、《毛澤東的生涯——調動八億人民的魅力源泉》（1972）、《毛澤東》（1989）、《毛澤東的讀書生活》（1999），近藤邦康的《毛澤東：革命者與建設者》（2004），等等。

一　知識份子的深邃和農民的質樸

斯諾一九三六年七月到達保安後不久，就見到了毛澤東，他幸運地成為最早見到毛澤東並且與他不斷會面、長談、輕鬆相處的西方作家，他以簡潔傳神的素描展現了毛澤東的形象：

> 他是個面容瘦削、看上去很像林肯的人物，個子高出一般的中國人，背有些駝，一頭濃密的黑髮留得很長，雙眼炯炯有神，鼻樑很高，顴骨凸出。我在一剎那間所得的印象，是一個非常精明的知識份子的面孔，……我第二次看見他是傍晚的時候，毛澤東光著頭在街上走，一邊和兩個年輕的農民談著話，一邊認真地在做著手勢。我起先認不出是他，後來等到別人指出才知道。南京雖然懸賞二十五萬元要他的首級，可是他卻毫不介意地和旁的行人一起在走。[5]

斯諾評價毛澤東：「他有著中國農民的質樸純真的性格，頗有幽默感，喜歡憨笑。……但是這種孩子氣的笑，絲毫也不會動搖他內心對他目標的信念。」斯諾特別欽佩的是，毛澤東博覽群書，對哲學和歷史有深入的研究，他的記憶力和專心致志的精力異乎常人，總是不知疲倦地投入工作，「是一個頗有天才的軍事和政治戰略家。」[6]

一九四六年八月六日毛澤東在楊家嶺會見安娜·路易斯·斯特朗，斯特朗也以細膩的筆觸描繪了毛澤東的肖像和氣質：

5　〔美〕埃德加·斯諾：《紅星照耀中國》，董樂山譯，人民文學出版社2016年版，第69頁。

6　同上書，第73頁。

毛澤東身材魁梧，衣服寬大；舉止穩重、大方，像美國中西部的農民。他的圓臉略有些平，態度平靜含蓄；微笑時則頓時顯出勃勃的興致。在他滿頭黑髮下面有著寬大的前額和一雙銳利的眼睛，體現了他那靈敏的頭腦和洞察力。他具有一種由深邃而靈活的理智所駕馭的自然生命力。

斯特朗與毛澤東長談後對他的才華與魅力更為讚賞，她寫道：「毛澤東直率的言談，淵博的知識，詩意的比喻，使這次談話成為我一生中遇到的最為動人的談話。我從來沒有見過任何人的比喻像他那樣尖銳，那樣富有詩意。」[7]

在美國記者岡瑟·斯坦因筆下，「毛澤東的樣子和行動仍然像農民和教員，……他和易近人，簡單，深思而且精確。他的特殊有力的前額，他的透視一切和極端集中的眼睛和眼神，及其成熟的人格所表現的心境的安泰和清明，表示他是一個有能力的政治家和人民領袖。」毛澤東第一次在家中會見斯坦因，從下午三點談話到次日淩晨三點，斯坦因已經「神志困頓，兩腿疼痛，兩眼發燒」，毛澤東卻依然「生氣勃勃，談話井井有條」[8]。美國外交官員約翰·S·謝偉思作為美軍觀察組成員於一九四四年夏天訪問延安，在他眼裡，毛澤東「動作有點緩慢，有一種嚴肅和莊重的氣派，然而並不是擺架子。」、「當然，當人們跟他更熟悉一些的時候，情況就不同了。他也會興致勃勃，談笑風生。他談話機智俏皮，愛用中國古典譬喻，條理分明而又令人吃驚。對於一些問題似乎在進行邏輯推理前就能脫口而

7 〔美〕安娜·路易斯·斯特朗：《中國人征服中國》，劉維甯、何政安、鄭剛譯，北京出版社1984年版，第39、41頁。

8 〔美〕岡瑟·斯坦因：《紅色中國的挑戰》，李鳳鳴譯，希望書店1946年版，第4、21頁。

出，作出恰當而明晰的結論。」[9]史沫特萊認為毛澤東具有「精神上的卓爾不群」，「有一種鋼鐵般的自傲和堅毅貫穿他的性格」。她還指出：「毛澤東以理論家聞名。但是他的理論植根於中國的歷史和戰場經驗，……他在『抗大』講課，或是在群眾大會上演說，像他的談話一樣，都以中國的現實生活和以往歷史為根據。……他熟悉古代詩人，而且他本人就是一個合格的詩人。他的詩具有古代大師作品的質量，但是貫穿其中的是清晰可辨的對於社會禍福和個人悲歡的深思。」[10]

通過這些外國人視角看到的毛澤東，他絕不是外界流傳的各種謠言所醜化的「匪首」形象，但也不是神化的「救星」形象。和毛澤東多次深談後，斯諾敏銳地作出了卓識遠見的判斷——

> 不可否認，你覺得他的身上有一種天命的力量。……你覺得這個人身上不論有什麼異乎尋常的地方，都是產生於他對中國人民大眾，特別是農民——這些占中國人口絕大多數的貧窮饑餓、受剝削、不識字，但又寬厚大度、勇敢無畏、如今還敢於造反的人們——的迫切要求作了綜合和表達，達到了不可思議的程度。假如他們的這些要求以及推動他們前進的運動是可以復興中國的動力，那麼，在這個極其富有歷史性的意義上，毛澤東也許可能成為一個非常偉大的人物。[11]

那麼，斯諾的判斷和預見是否得到證明？這是他迫切希望訪問新

9　〔美〕謝偉思：《幾乎沒有毛澤東不感興趣的題目》，蘇揚編：《中國出了個毛澤東——中外名人的評說》，解放軍出版社1991年版，第370、371頁。

10　〔美〕艾格尼絲・史沫特萊：《中國的戰歌》，江楓譯，北京出版社2017年版，第167-168頁。

11　〔美〕埃德加・斯諾：《紅星照耀中國》，董樂山譯，人民文學出版社2016年版，第70頁。

中國的動因之一。一九六〇年斯諾與毛澤東闊別重逢，在毛澤東的家裡，他們像老朋友那樣對飲了少許「茅台」烈酒，毛澤東還拿出一元一瓶的中國紅酒奉客。毛主席的生活一如二十幾年前那樣簡樸，「他穿著一套企領的黑灰色便裝。……他的腳上穿了一雙已經需要擦油的棕色皮鞋，一雙棉布襪子鬆鬆地垂在足踝上。」他已經是六十六歲的老人，但是堅韌無畏的意志不減當年。斯諾記述了一個聽來的插曲，一九五七年毛澤東在武漢橫渡長江，用「游擊戰的方法」挑戰兇險的暗流，在水中作 Z 字形前進。橫渡長江後毛澤東寫下了「不管風吹浪打，勝似閒庭信步」的豪邁詩句。外界傳起中國準備攻打臺灣的謠言，毛澤東不乏幽默地對一個訪客說，中國決不會用游泳的力量去解放臺灣的。接著斯諾以寥寥數語對比蔣介石和毛澤東不同的性格和氣度，「蔣介石常常都是一個極度緊張、吝嗇的小人。毛卻仍然很瀟灑，行動也很從容不迫，敏於分析說話中微細的差別，眼睛充滿智慧。他笑起來會令你受感染，而且對別人的俏皮話也衷心的表示讚賞。他還有開朗的性格。」[12]毛澤東的人格精神上體現著中國優秀知識份子志存高遠、從容自信、雄才大略、深邃含蓄的特徵，但也有西方哲人所崇尚的獨立自由、慎思明辨、質疑批判、坦蕩無偽的品格，此外他也保留著湖南農民的淳樸和剛烈。

毛澤東青年時期嗜書如命，在艱苦的戰爭條件下和緊張的革命工作中，他都會想盡辦法擠出時間博覽群書。作為新中國的最高領導人，毛澤東每天工作十幾個小時，一年中平均有大半年以上的時間他親赴全國各地視察，就是在日理萬機的政務之餘，毛澤東依然能夠高效率地學習和研究。

---

12 〔美〕埃德加・斯諾：《大河彼岸　又名：今日的紅色中國》，《斯諾文集4》，新民譯，新華出版社1984年版，第114-115、116頁。

二　一切從人民的利益出發

中國共產黨領導的革命為什麼能夠戰勝一切敵人而取得最後的勝利？紅色政權為什麼能夠建立並得到中國人民的擁護和信賴？這是西方資本主義國家的黨派組織、政體機構以及普通民眾所希望瞭解的根本性問題。斯諾站在新中國的土地上告訴人們：「最有啟發性的答案是領導中國走到今天地位者的談話，他，就是毛澤東。……在毛澤東親自向我講述他本身的故事，以及後來我收集的其他紅軍領袖的歷史中，已經提出了大量的事實，說明了這個問題（見《西行漫記》一書）。……就不難預見：整個中華民族的經歷使共產黨的勝利必然達到」。一九三六在保安時，毛澤東就對斯諾說過，「誰贏得了農民，誰就贏得中國，誰解決了土地問題，誰就贏得農民。」因此，「毛澤東相信中國農民是社會主義革命的主要力量」，[13]這是他通過深入農村調查，從實踐經驗中得出的真知灼見。斯諾當年在陝北採訪的紅軍戰士，幾乎每一個人都來自貧窮的農民家庭，他們加入共產黨領導的革命隊伍，就是因為共產黨代表了廣大貧苦農民。

舊中國被推翻之初，那些在戰爭年代支援革命的廣大農民，還處在「經濟貧窮」和「文化空白」的困境。斯諾發現，毛澤東沒有把他們視為「負擔」，而是「看成是中國最大的資產」——他們是社會主義革命和建設所依靠的主力軍，因為中國共產黨領導的革命不是單純為了取得政權，革命的最終目的是讓被壓迫、被奴役的勞苦大眾翻身解放、當家作主，「然後再將這種認識進一步轉化為積極參加主宰他們命運的『社會主義建設』的力量」[14]，「建立獨立、自由、民主、統

13　〔美〕埃德加・斯諾：《大河彼岸　又名：今日的紅色中國》，《斯諾文集4》，新民譯，新華出版社1984年版，第56-57、61頁。

14　同上書，第112、113頁。

一和富強的新中國」——這是毛澤東一九四五年在中國共產黨第七次全國代表大會上作報告時提出的偉大目標，為了實現這一目標，就必須把人民的要求和利益放在首位。他指出：「我們共產黨人區別於其他任何政黨的又一個顯著的標誌，就是和最廣大的人民群眾取得最密切的聯繫。全心全意地為人民服務，一刻也不脫離群眾；一切從人民的利益出發」。[15]毛澤東「以身作則」，是共產黨綱領的積極踐行者。他走遍祖國的大江南北，親自到公社、工廠、新的建設工地、幼兒園、勞動改造農場等地視察，深入基層單位，瞭解民生民情；他常和農民們促膝談心，並親嚐他們的食物。「在連續不斷的自然災害那一段時間中，他清楚地知道人們的食物和正常時期差了多少。」[16]

把人民始終放在心上的領袖必然能夠贏得人民真摯的熱愛和崇敬，而那些不能夠全面、實事求是看待中國人民對毛澤東的這種熱愛和崇敬感情的人，動輒以毛澤東搞「個人崇拜」對他進行抨擊。韓素音在二十世紀五〇至七〇年代，幾乎每年都到中國做較長時間的旅行和考察，她採訪了大量的、各種職業的人，她說：「我看到的是中國的普通人民對毛澤東懷著真誠的熱愛和讚美。一些城市官僚分子對他搞的個人崇拜，他盡力予以制止」。[17]斯諾也通過事實說明，針對一些「崇拜」傾向，「毛澤東卻主持制定了一個中央委員會的決定：禁止以他及其他在生領袖的名字去命名省份，大城市以至小鎮，並且禁止為他的生日搞慶祝活動。」斯諾對中國人民的感情有更加深刻的理解

---

15 毛澤東《論聯合政府（一九四五年四月二十四日）》，《毛澤東選集》第3卷，人民出版社1991年版，第1079、1094頁。

16 〔美〕埃德加‧斯諾：《大河彼岸 又名：今日的紅色中國》，《斯諾文集4》，新民譯，新華出版社1984年版，第117頁。

17 〔英〕韓素音：《早晨的洪流——毛澤東和中國革命‧序言》（兩卷），楊青譯，香港南粵出版社1974年版，第7頁。

和認同，「人們對毛澤東這種英雄的崇拜表達了一種民族自尊感」。[18]
一個民族必須產生值得他們驕傲、榮光、崇拜的傑出英雄、偉大人物，這個民族在世界上才能夠有尊嚴、有價值地存在，才能夠在人類走向未來時看到自己的希望。

三　馬克思主義中國化的開創和踐行

　　毛澤東在晚年犯過錯誤，但是不能因此否定毛澤東在中國革命歷史和社會主義探索發展時期做出的巨大貢獻。毛澤東是偉大的馬克思主義者和傑出的無產階級革命家，他在長期的革命鬥爭和社會實踐中一直堅持以馬克思主義思想為指導。但是，在毛澤東的實踐活動與方針策略制定中，他總是密切聯繫現實中的問題和矛盾，絕沒有簡單化地對馬克思主義理論進行照搬。正如海倫所說：「毛澤東從來不是教條主義者。假如他是這樣的話，中國的許多事就會大相逕庭。」[19]和海倫一樣，那些具有敏銳發現眼光的西方作家們，都把強烈的關注熱情投向最為重要、最有深遠意義的探究空間——那就是「馬克思主義在中國具體化」的主張與踐行——在這個過程中，毛澤東的成功經驗是什麼，毛澤東的思想體系是如何建構起來的。

　　英國倫敦大學政治系美籍教授斯圖爾特·R·施拉姆撰寫的傳記作品《毛澤東》，顯示出作者對「馬克思主義在中國具體化」的深入探究和獨到認識。一九三八年，在中國共產黨第六屆中央委員會擴大的第六次全體會議上，毛澤東首次提出並強調：「使馬克思主義在中

18　〔美〕埃德加·斯諾：《大河彼岸　又名：今日的紅色中國》，《斯諾文集4》，新民譯，新華出版社1984年版，第110、111頁。

19　〔美〕海倫·福斯特·斯諾：《我在中國的歲月》，安危譯，北京出版社2015年版，第290頁。

國具體化，使之在其每一表現中帶著必須有的中國的特性，即是說，按照中國的特點去應用它，成為全黨亟待瞭解並亟須解決的問題。」毛澤東指出：「馬克思主義必須和我國的具體特點相結合並通過一定的民族形式才能實現。馬克思列寧主義的偉大力量，就在於它是和各個國家具體的革命實踐相聯繫的。對於中國共產黨說來，就是要學會把馬克思列寧主義的理論應用於中國的具體的環境。」[20]施拉姆認為，毛澤東的觀點，體現了他對中國歷史與中國革命的特殊性有充分的認識，中國人需要用自己的方式解決他們自己的問題，這就是「馬克思主義中國化」。[21]一九四二年延安整風運動之後，馬克思主義中國化的思想成為全黨的共識。一九四五年，劉少奇代表黨中央在黨的七大上作關於修改黨章的報告，他明確指出：「黨章的總綱上確定：以馬克思列寧主義的理論與中國革命的實踐之統一的思想——毛澤東思想，作為我們黨一切工作的指針」。劉少奇闡述了毛澤東思想產生與發展的社會歷史條件及在歷次革命鬥爭中經歷的考驗，有力地證明了毛澤東思想「就是馬克思主義民族化的優秀典型」。[22]

　　施拉姆對毛澤東一生的革命經歷進行了詳盡、客觀的描述，特別是對他在中國革命受到嚴重挫折、面臨嚴峻考驗的危急時刻所表現出的意志和魄力，都給予了歷史性的呈現，得出這樣的認識：毛澤東「一直（乃至一生）既是一個人人信服的革命家，又是一個滿懷激情

---

20 毛澤東：《中國共產黨在民族戰爭中的地位（一九三八年十月十四日）》，《毛澤東選集》第2卷，人民出版社1991年版，第534頁。

21 參見Stuart R. Schram, The Thought of Mao Tse-tung . New York, Cambridge University Press, 1989.69. 原文：And among the concepts Mao put forward in the late 1930s……and the need for the Chinese to solve their own problems in their own way, was that of the 'sinification of Marxism'.

22 劉少奇：《論黨（一九四五年五月十四日）》，《劉少奇選集》上，人民出版社1981年版，第332、333頁。

的中國民族主義者」，作為一個革命家，他掌握了馬列主義的基本原理，並以此為指導正確地制定政策。施拉姆充分肯定毛澤東在抗日戰爭全面爆發後「高舉所有愛國同胞聯合抗日的旗幟」，「而且對當時中國存在的各種力量及其政治態度，進行了比較透澈的階級分析。」[23]一九四〇年一月毛澤東發表了一篇重要文章《新民主主義論》，闡明了新民主主義革命同「舊的」資產階級民主革命的根本區別──「決不是也不能建立中國資產階級專政的資本主義的社會。而是要建立以中國無產階級為首領的中國各個革命階級聯合專政的新民主主義的社會，以完結其第一階段。然後，再使之發展到第二階段，以建立中國社會主義的社會。」[24]作為決心推翻舊中國制度、為民族解放大業獻身的愛國者，毛澤東「甘願為了實現一種理想而犧牲個人的舒適生活，這同國民黨大部分政客的貪污受賄和縱欲無度形成了尖銳的對比。」[25]──延安時期訪問過毛澤東的西方人都有這樣的看法。

　　施拉姆尤為重視「民族主義」在毛澤東建構思想理論和進行實踐活動中的作用。也就是說，「中國化」是「在某種程度上還與從中國歷史和哲學傳統中挑選出被認為是『進步的』思想和價值觀念相結合」[26]。毛澤東多次提醒人們要學習中華民族的歷史文化，「從孔夫子到孫中山，我們應當給以總結，承繼這一份珍貴的遺產。」[27]他本人對中國傳統文化有系統深入的研究，「他闡述共產主義的著作，善於

23　〔美〕斯圖爾特・施拉姆：《毛澤東》，中共中央文獻研究室《國外研究毛澤東思想資料選輯》編輯組編譯，紅旗出版社1995年版，第181-182頁。

24　毛澤東：《新民主主義論（一九四〇年一月）》，《毛澤東選集》第2卷，人民出版社1991年版，第672頁。

25　〔美〕斯圖爾特・施拉姆：《毛澤東》，第200頁。

26　同上書，第340頁。

27　毛澤東：《中國共產黨在民族戰爭中的地位（一九三八年十月十四日）》，《毛澤東選集》第2卷，第534頁。

運用中國歷史上的典故，富於文采，從而使共產主義非常通俗易懂而易於為他的同胞們所接受。」因此，探討毛澤東對馬克思主義中國化的貢獻，不能離開經過改造的中國傳統文化語境，也不能離開中國革命的民族主義目標。毛澤東的偉大之處，是「他根據中國情況，為中國共產黨制定了自己的戰略和策略」，「他已經成功地使他的同志們養成了從中國的具體情況出發觀察政治問題的習慣。」[28]

施拉姆評價說：「《論人民民主專政》一文是毛所有著作中最重要和最有新見地的文章之一。毛在這篇文章中，從他較早時寫的篇幅較長的如《新民主主義論》和《論聯合政府》等著作中抽出精華，然後以簡練尖銳的形式表達出來。」[29]毛澤東精闢闡述了「人民民主專政」的性質和目的，他指出：「人民是什麼？在中國，在現階段，是工人階級，農民階級，城市小資產階級和民族資產階級。這些階級在工人階級和共產黨的領導之下，團結起來，組成自己的國家，選舉自己的政府，向著帝國主義的走狗即地主階級和官僚資產階級以及代表這些階級的國民黨反動派及其幫兇們實行專政，……對於人民內部，則實行民主制度，人民有言論集會結社等項的自由權。……對人民內部的民主方面和對反動派的專政方面，互相結合起來，就是人民民主專政。」[30]

新中國初期，中國共產黨面臨兩大艱鉅任務：鞏固革命政權，開始恢復戰爭破壞的經濟。施拉姆認為毛澤東「在許多方面對他擔負的使命是非常稱職的。」[31]在制定經濟建設的方針和策略方面，毛澤東也抓住了關鍵問題，即農民傳統觀念的轉變和農村經濟模式的改革。

---

28 〔美〕斯圖爾特·施拉姆：《毛澤東》，中共中央文獻研究室《國外研究毛澤東思想資料選輯》編輯組編譯，紅旗出版社1995年版，第215-216頁。

29 同上書，第245頁。

30 毛澤東：《論人民民主專政 紀念中國共產黨二十八周年（一九四九年六月三十日）》，《毛澤東選集》第4卷，人民出版社1991年版，第1475頁。

31 〔美〕斯圖爾特·施拉姆：《毛澤東》，第248頁。

「沒有農業社會化，就沒有全部的鞏固的社會主義。農業社會化的步驟，必須和以國有企業為主體的強大的工業的發展相適應。」[32]但是，在探索中國式的經濟模式的過程中，出現忽視經濟發展客觀規律、急躁冒進等錯誤。比如一九五八年的「大躍進」、大煉鋼鐵、人民公社化運動。對於錯誤的方針政策和出現的不良後果的根源，西方一些批評者缺乏深入中國現實社會的調查和研究，因此他們過於偏頗地、簡單化地做出否定性結論。施拉姆針對這些指責，進行了客觀分析和批評：「『思想改造』的方法，自中華人民共和國成立以後的十六年中，一直被大規模和頻繁地使用，……這些方法的精神和達到的效果，勢必使領導人對他們主宰人和物的力量產生一種浮誇的看法，從而進一步鼓勵了從一開始就是毛澤東思想顯著特點的那種唯意志論的發展。但是，這種極端的唯意志論和共產黨政權用以發展經濟的辦法是相互抵觸的，因為這些方法總的說來是合理的（1958年至1960年的「大躍進」插曲除外）；……總的結果是一種曲折的發展」。施拉姆以新中國第一個五年計劃為例，肯定「設想中的改革步伐，仍是穩健的」。然而，他又在毛澤東一九五八年所寫的文章或報告中看到一種令他吃驚的格調——他稱之為「軍事浪漫主義」——「他願意用戰爭術語來說明經濟的甚至科學的和哲學的問題」，「毛肯定無疑是『浪漫主義』的。到1958年底已在全中國人民中實際推廣的人民公社制度，看來直接受到了他性格中這種傾向的影響。」、「因為他設想革命熱情和思想純潔能夠彌補技術能力和物質手段的不足。至於公社的思想方面，則具有動人但天真的空想社會主義的特點。」[33]

---

32 毛澤東：《論人民民主專政　紀念中國共產黨二十八周年（一九四九年六月三十日）》，《毛澤東選集》第4卷，人民出版社1991年版，第1477頁。

33 〔美〕斯圖爾特·施拉姆：《毛澤東》，《國外研究毛澤東思想資料選輯》中共中央文獻研究室編輯組編譯，紅旗出版社1995年版，第274、275、293、294頁。

　　一九六六年，當施拉姆的這部傳記準備付印之際，中國爆發了「無產階級文化大革命」運動。作者在「結束語」中，試著為一九六六年之前的事態發展進行總結。他發現，中國人對毛澤東及其思想的崇拜，到「文化大革命」期間達到了前所未有的程度；其次，在推行農村「合作化」時期比較謹慎，但在此以後，開始冒險起來；第三，在國際形勢複雜變化的背景下，「中國最重要的就是不應當『改變顏色』——也即改變其政治性質。」通過這三個維度的觀察，在施拉姆看來，毛澤東通過發動「文化大革命」，一是進行「持久的和尖銳的階級鬥爭」，「堅持和加強無產階級專政」；二是「培養千百萬把無產階級革命事業堅持下去的接班人」；三是「預防『官僚主義』」，「深刻改變中國人的思想和習慣」。施拉姆指出：「培養公民直接參與公眾事務，以此作為一種矯正方法，這樣一個目標本是值得稱讚的。」、「但有理由懷疑青少年狂熱加上群眾暴力，能否作為管理現代國家的方法而成為官僚主義的有效替代物。」[34]

　　由於施拉姆在當時的歷史條件下未能採訪毛澤東，也缺乏對中國現實社會複雜問題和矛盾因素的全面瞭解，因此他的觀點和判斷並非都是客觀、正確的，對毛澤東的性格和思想也存在誤判或曲解。但是值得肯定的是，他以歷史學家的眼光和思想，提醒人們對於毛澤東的評價「不是毛的當前活動，而是毛的政治和思想遺產及其將來可能產生的影響，才是判斷毛在歷史上地位的決定性因素。」[35]

　　中國進入改革開放的新時期後，施拉姆多次來華與中國學者交流探討，投入大量時間和精力收集、考證毛澤東史料，獲得諸多非常珍

---

34 〔美〕斯圖爾特・施拉姆：《毛澤東》，中共中央文獻研究室《國外研究毛澤東思想資料選輯》編輯組編譯，紅旗出版社1995年版，第330、320、325、326、327、328、338、339、338頁。

35 同上書，第313頁。

貴的毛澤東文稿原文，他編輯出版了《未經修飾的毛澤東：談話與書信集（1956-1971）》一書。通過毛澤東自己的文獻展現他的思想性格和精神境界，也就向西方展現了更真實、更立體、更有感染力的毛澤東形象。同時，施拉姆在潛心研讀毛澤東著作、談話、書信之後，在深入中國社會和中國人民之中進行考察之後，他也修正了自己早期對毛澤東的一些偏見和不公評價。二○○三年十二月，哈佛大學費正清中國研究中心為施拉姆教授的毛澤東研究及其傑出貢獻舉辦了學術會議，施拉姆在會上對毛澤東做了最後一次公開評價。他說：「儘管他犯過錯誤，但他是一位偉大的領導人，他努力為中國做得最好。我想他會因此而被銘記。」[36]施拉姆從事毛澤東研究長達半個世紀，先後出版了一系列論著和譯著。他以嚴謹的學術態度和獨到的發現視角，為海外毛澤東和當代中國研究開闢了新的空間，推動了這一領域的後續發展。

第二節　人民軍隊之父朱德

　　和毛澤東一樣，朱德的一生不屬於他自己，而是屬於漫長而艱鉅的中國革命；他篳路藍縷、出生入死求索的道路，也不僅僅是以反抗個人悲苦命運為目標，而是無法分割地關聯著中華民族的興亡命運和無產階級大眾的翻身解放。

　　一九三七年一月，來到延安的艾格尼絲‧史沫特萊拜訪的第一個紅軍領袖就是朱德將軍。在此之前，史沫特萊在中外一些報道或傳聞

---

36 Roderick Mac Farquhar, Stuart Reynolds Schram (1924-2012),The China Quarterly, 2012 (12). 原文："In many ways his political instincts were sound. He tried to invest in the Chinese people. But in his personal feelings he was emotional…and these qualities increasingly took over in the 1950s. But despite blunders, he was a great leader who was trying to do the best for China. I think he'll be remembered for that."

中瞭解到的朱德，被描述成一個「赤匪頭子」、「殺人犯」、「強盜」。作為一名在中國生活了七年之久、充分瞭解中國遭受的內憂外患、支持中國正義革命的進步記者，史沫特萊絕不會相信那些污衊之詞，但她把朱德想像成一名「堅強英勇、脾氣暴躁的人物」。結果首次見面，她就感慨地說：「要不是因為他身穿制服的話，很容易把他當作中國哪個村子裡的農民老大爺」。就在第一次與朱德談話的時候，史沫特萊就做出了決定，要為他寫一部傳記。她對朱德說：「因為你是一個農民。中國人十個有八個是農民。而迄今為止，還沒有一個人向全世界談到自己的經歷。如果你把身世都告訴了我，也就是中國農民第一次開口了。」[37]一九四六年十二月十七日史沫特萊在紐約給朱德寫信告知他自己的寫作情況，她寫道：「這是一本不容易寫的書，因為它不僅是您個人的生平，而且是您的貫穿著六十多年來中國歷史的生平。這一生平的背景是帝國主義列強對中國的衝擊，這也必須寫進去。」[38]可見，西方作家對朱德奮鬥歷程的探尋，就是對中國革命道路的探尋；對朱德崇高品格的讚譽，就是對中國人民偉大民族精神的讚譽。

一　矢志不移求索救國之路

要理解朱德這樣一位淳樸如老農、傳奇似超人的紅軍將領，就要返回他「道路的起點」進行考察、尋蹤。朱德出生於四川儀隴縣鄉下一個佃農的貧寒之家，正是在這個起點，史沫特萊完全理解了朱德之後的人生選擇。

---

37 〔美〕艾格尼絲·史沫特萊：《偉大的道路——朱德的生平和時代》，梅念譯，生活·讀書·新知三聯書店1979年版，第1、2、3頁。

38 《史沫特萊女士致朱德總司令的信》，《偉大的道路——朱德的生平和時代》（附錄），梅念譯，生活·讀書·新知三聯書店1979年版，第516頁。

　　在朱德少年時期，給予他重要啟蒙教育的是私塾先生席聘三。先生經常以敏銳的見解談古論今，抨擊時弊，鼓勵弟子們以後去國外學習西洋科學。來到席家中的一些讀書人也時常談論時政，朱德對社會的瞭解逐漸擴大。朱德反感「科舉仕途」，渴望接受新式教育，因此他去成都師範學校學習體育，畢業後去儀隴縣的高等小學堂教書。在此期間不斷接受新思想，結識志同道合的青年朋友。看到國家危難越來越嚴重，他毅然告別故鄉，前往昆明進入雲南陸軍講武堂。擔任教官的蔡鍔將領對朱德影響很大，朱德從蔡鍔那裡借來梁啟超、康有為、孟德斯鳩等人的著作和各種宣傳革命的報紙，一邊勤奮閱讀，一邊研究救國之道。不久，他加入了孫中山領導的中國同盟會。從講武堂畢業後朱德分到雲南新軍左隊，曾參加響應武昌辛亥革命的雲南起義，討袁護國戰爭，反對北洋軍閥段祺瑞的護法戰爭。在艱苦卓絕的戰鬥中他屢建戰功，已成為滇軍的名將。

　　然而，朱德在向史沫特萊講述自己在軍閥割據年代的經歷時，「從沒有打算把自己描繪成英雄。相反他把自己和所處的環境描繪成一場噩夢」。「他投身戎行，原想為他的國家的解放尋找一條道路，混戰十幾年後，這一理想竟告煙消雲散」，[39]朱德陷入懷疑和苦悶的情緒中。五四運動的爆發使朱德的思想發生了重大轉折，他在傳播新思想的書刊中接觸到馬克思主義。俄國十月社會主義革命的成功，進一步打開了朱德的眼界，使他在探尋救國道路感到迷茫之時發現了希望的曙光。他渴望去歐洲留學，深入瞭解社會主義運動，求索革命真理。

　　一九二二年九月，朱德踏上法國郵輪前往歐洲，一個多月後又從法國去了德國柏林，就是為了尋找旅歐共產黨的組織者周恩來。史沫特萊以生動細膩的筆觸，還原了朱德見到周恩來時的情景：

39　〔美〕艾格尼絲・史沫特萊：《偉大的道路——朱德的生平和時代》，梅念譯，生活・讀書・新知三聯書店1979年版，第138、153頁。

朱德顧不得拉過來的椅子，端端正正地站在這個比他年輕十歲的青年面前，用平穩的語調，說明自己的身份和經歷：他怎樣逃出雲南，怎樣會見孫中山，怎樣在上海被陳獨秀拒絕，怎樣為了尋求自己的新的生活方式和中國的新的道路而來到歐洲。他要求加入中國共產黨在柏林的黨組織，他一定會努力學習和工作，只要不再回到舊的生活裡去——它已經在他的腳底下化為塵埃了，派他做什麼工作都行。[40]

經中共旅歐組織負責人張申府、周恩來介紹，朱德加入了中國共產黨。已經三十六歲的朱德開始以頑強的精神鑽研馬克思主義著作和有關中國革命問題的學習資料。經過幾年的學習和思考，朱德的人生道路有了明確的方向。他對史沫特萊說：「認識了歷史發展的規律，結合其他的研究和經驗，我就找到了瞭解中國歷史——過去和現在——的一把鑰匙。」[41]在他的心中已經樹立了堅不可摧的共產主義信念。

二 創造英雄史詩的紅軍之父

一九二六年夏朱德回國之時，國民革命軍已正式誓師北伐。中國共產黨中央總書記陳獨秀安排朱德去四川開展工作，推動北伐革命在長江流域的發展。一九二七年大革命失敗，中國革命處在生死存亡的危急關頭，共產黨組織召開秘密會議，會議做出在南昌舉行暴動的初

---

40 〔美〕艾格尼絲·史沫特萊：《偉大的道路——朱德的生平和時代》，梅念譯，生活·讀書·新知三聯書店1979年版，第178頁。
41 同上書，第193頁。

步決定。朱德奉黨中央指示，赴南昌進行武裝起義的準備工作。八月一日，武裝起義打響了反抗國民黨反動派的第一槍。朱德後來對南昌起義的歷史意義進行了精闢總結：「它明確地指出了中國革命的政治方向，它是共產黨獨立領導革命和獨立領導革命武裝鬥爭的開始。」[42]南昌起義開啟了創建人民軍隊的光榮歷程，八月一日成為中國工農紅軍成立的紀念日。

南昌起義之後，朱德任第九軍軍長，按中央指示，他率起義軍先遣部隊南下廣東，轉戰贛粵湘邊境。在革命受挫處於不利的處境下，朱德對部隊進行思想、組織、紀律整頓。在行軍打仗中，他總是身先士卒，與官兵們同甘共苦，像父親一樣愛護士兵，對傷員、病號尤為關切照顧。朱德博得了全軍對他的信任和愛戴。

一九二八年一月，朱德率領部隊進軍湘南開展革命活動，每到一地他都在群眾大會上發表講話，宣傳革命道理，鼓舞人民起來鬥爭。湘南七個縣先後成立了蘇維埃政府，人民武裝力量大大增強。四月，朱德、陳毅率領一萬餘人，同毛澤東領導的秋收起義部隊在井岡山會師。毛澤東和朱德自從「第一次會見的一剎那起，這兩個人的全部生活便渾然成為一體，好像同一身體上的兩隻臂膀。多少年來，國民黨和外國報紙經常把他們說成『赤匪匪首朱毛』，而稱紅軍為『朱毛軍』」。[43]

井岡山會師後，朱德任中國紅軍第四軍軍長，毛澤東任黨代表，他們根據形勢變化率紅四軍在贛南、閩西一帶開展游擊戰爭，發動群眾進行土地革命，擴大了革命根據地。在戰鬥中，他們一起總結出

---

42 朱德：《在北京市各界人民慶祝中國人民解放軍建軍30周年大會上的講話》，《人民日報》1957年8月1日。

43 〔美〕艾格尼絲・史沫特萊：《偉大的道路——朱德的生平和時代》，梅念譯，生活・讀書・新知三聯書店1979年版，第261頁。

「敵進我退，敵駐我擾，敵疲我打，敵退我追」十六字訣，帶領紅軍向前發展。

一九三〇年八月，朱德擔任紅一方面軍總司令，毛澤東任總政治委員。隨後中共中央任命朱德擔任紅軍總司令。從這年年底到次年九月，朱德和毛澤東率紅一方面軍粉碎國民黨軍對中央革命根據地的三次大規模「圍剿」。一九三三年三月，朱德和周恩來率紅一方面軍粉碎國民黨軍的第四次「圍剿」。九月，國民黨軍又發動第五次大規模「圍剿」，由於博古、項英提出「紅軍分離作戰」的方針，以及共產國際派遣的軍事顧問李德採用錯誤的戰略戰術，給紅軍帶來災難性的後果。十月中央紅軍主力離開瑞金踏上了戰略轉移的漫長征程。

一九三五年一月十五日，在遵義召開了中共中央政治局擴大會議，總結第五次反「圍剿」和突圍西征中軍事指揮上的經驗教訓。毛澤東在會上剖析了「左」傾軍事路線錯誤，朱德堅定地支持毛澤東的意見。遵義會議後，朱德和毛澤東、周恩來掌握了正確的軍事指揮方向，帶領紅軍一邊進行艱苦卓絕的長征，一邊對國民黨軍隊的圍追堵截展開機動靈活的運動戰。在紅軍繼續北上征途中，張國燾堅持要南下，並且企圖另立中央，大搞分裂活動。朱德對張國燾進行了堅決不妥協的鬥爭，他果敢率軍北上，一九三六年十月，紅二、四方面軍到達甘肅，勝利完成了與紅一方面軍的大會師。

史沫特萊在採訪朱德時，聽他講述了長征中一些重要經歷，她還多次和其他人聊長征，從不同講述人的視角，還原他們親歷的驚險場景和克服困難的深刻體驗。史沫特萊也在引用他人的敘述中，使朱德的事蹟從大事件和小細節中得到極為豐富生動的呈現，而朱德的形象也因此更加鮮活豐滿。比如一個紅軍講述的「過雪山」：

夾金山終年積雪。山谷間懸有巨大冰柱，到處白雪皚皚，一片

寂靜。我們身上的東西實在太多，每個人都要帶十天的糧食和柴火。……朱將軍跟大家一樣，也背著一份。他有一匹馬，可是給傷病員騎了。

已經年過五十的董必武也翻越了幾座大山，他的講述更為細緻形象：

濃霧環繞，大風凜冽，剛到半山，就下起雨來了。我們越爬越高，又撞上了讓人擔驚害怕的冰雹。空氣越來越稀薄，呼吸越發困難。……冷得人連呼氣都凍了冰，手和嘴唇凍得發紫。有些人和牲口一步沒走穩，就掉在冰河中，從此訣別。那些坐下來休息喘喘氣的，就在原地凍僵。……

……那天晚上，我們就在人跡罕至的山谷中露營。我們大家都精疲力竭地躺下休息，朱將軍卻照往常一樣，到四處巡查。他一路上和部隊一同跋涉，疲勞不堪。但是他的例行巡查卻是無論如何中斷不了的。[44]

通過引用美國青年醫生馬海德的日記、書信片段，史沫特萊展現這位「洋紅軍」眼中的朱德形象：

朱德最令人驚異的是，看上去根本不像一個軍事指揮員，倒很像紅軍的父親。他的兩眼銳利，說話緩慢、從容，總是露出和藹的笑容。……他的司令部好像蜂窩一樣，通訊員和各級指

44　〔美〕艾格尼絲‧史沫特萊：《偉大的道路──朱德的生平和時代》，梅念譯，生活‧讀書‧新知三聯書店1979年版，第371-372頁

　　揮員川流不息地你進我出，電話鈴聲始終不停，電報也收發不斷。[45]

司令部的緊張忙碌烘托著朱德慈祥從容的神態，猶如電影鏡頭，畫面感極強，使人身臨其境，戰爭環境下特有的氣氛撲面而來。

　　這些親歷者的講述樸素而平靜，沒有誇張語氣，沒有強烈悲嘆，但卻有一種衝擊人心底的感染力。史沫特萊懷著由衷的敬佩之情評價道：「事實、數字和一路上千山萬水的名稱，都不足以說明紅軍長征的歷史性意義，它們更不能描繪出幾十萬參加長征的部隊的不屈不撓的奮鬥精神，以及他們所遭受的苦難。」[46]正因為此，她堅信能夠拯救中國的唯有這支創造英雄史詩的人民軍隊。

三　築建革命偉業的開國元勳

　　一九三七年七月抗日戰爭全面爆發後，朱德再次肩負歷史重任，他擔任國民革命軍第八路軍總指揮，率領改編的紅軍部隊赴山西抗日前線，和彭德懷副總指揮部署平型關戰役，這是八路軍第一次同日軍作戰，經過激戰取得勝利。朱德對來前線採訪的史沫特萊、周立波等記者分析了日本軍隊的強點和弱點，闡述了八路軍的戰略戰術。在配合國民黨友軍的忻口會戰中，充分發揮了游擊戰的靈活性和威力，之後八路軍各師實行戰略展開，進入敵後開闢抗日根據地，開展游擊戰爭。在戰鬥間隙，朱德還接待了前來採訪的美國海軍軍官埃文斯·福代斯·卡爾遜等人。卡爾遜見到朱德並研究了他領導軍隊的措施後，

---

45 〔美〕艾格尼絲·史沫特萊：《偉大的道路——朱德的生平和時代》，梅念譯，生活·讀書·新知三聯書店1979年版，第393-394頁。
46 同上書，第351頁。

甚為欽佩，他與史沫特萊有這樣一段對話：

> 「以前我只見過一位真正身體力行的基督徒，就是我父親，他
> 是公理會牧師。朱德應當算第二個。」
> 「朱德不是基督徒！」我抗議。
> 「我指的不是那些只會唱讚美歌、謝主恩的基督徒！」卡爾遜
> 答道。「我指的是那些獻身於解放以及保護窮人和被壓迫者的
> 人——他並不自私自利，抓錢抓權，他力行的是兄弟之愛。」[47]

卡爾遜的整個生活從此以朱德為榜樣而重新開始。他學習八路軍的辦
法訓練了一支部隊，在南洋一帶同日軍作戰，取得很大的成功。[48]

　　一九三八年初春，朱德率八路軍總部挺進太行山區，他指揮整個
華北敵後抗日軍民同日本侵略軍進行了百折不撓的持久鬥爭，粉碎了
日軍對晉東南抗日根據地的「九路圍攻」和多次「掃蕩」。朱德抓住
一切時機拜訪國民黨軍政界的上層人物，團結各階層群眾，調動他們
的抗日積極性，為鞏固和發展抗日民族統一戰線做了大量工作。一九
四〇年七月，朱德和彭德懷、左權部署了「百團大戰」，這是抗戰以
來華北戰場上空前的大會戰，給了日寇以深重的打擊。

　　長期的戰爭造成邊區嚴重的經濟困難，朱德經過調查研究，提出
發展陝甘寧邊區經濟建設的構想，並且親自抓經濟生產，以切實可行
的措施，推動了邊區經濟。之後他又提出軍墾屯田的策略。一九四一
年春，朱德親自勘察南泥灣，緊接著號召邊區軍民開墾荒地，開展大

---

47 〔美〕艾格尼絲・史沫特萊：《偉大的道路——朱德的生平和時代》，梅念譯，生
　活・讀書・新知三聯書店1979年版，第421頁。
48 參見〔德〕王安娜：《一個美國叛逆者》，《中國——我的第二故鄉》，李良健、李希
　賢校譯，生活・讀書・新知三聯書店1980年版，第218-220頁。

生產運動。朱德自己在大生產運動中堪稱最優秀的勞動模範和技術能手。

當艱苦卓絕的八年抗戰終於取得勝利，蔣介石卻發動內戰，解放戰爭打響後，八路軍、新四軍改稱為中國人民解放軍，朱德任總司令，彭德懷任副總司令。他們聯名發表由毛澤東起草的《中國人民解放軍宣言》，號召全國人民協同解放軍「打倒蔣介石，解放全中國」。在大決戰的日子裡，朱德協助毛澤東指揮遼瀋、淮海、平津三大戰役，使國民黨的軍事主力基本上被摧毀。一九四九年四月二十一日毛澤東、朱德聯名發佈《向全國進軍的命令》。中國人民解放軍百萬雄師強渡長江，以摧枯拉朽之勢佔領了國民黨政府統治下的南京。十月一日，中華人民共和國在北京宣告成立。在開國大典上，中國人民解放軍總司令朱德在閱兵總指揮聶榮臻陪同下，檢閱了人民解放軍各部隊。

朱德在新的形勢下，明確提出把現代化作為建國後軍隊建設的總任務和總目標，他參與領導了空軍、海軍、裝甲兵等軍兵種的組建工作，重視軍事工業的發展和軍事院校的建設。

一九五五年九月二十七日，在北京中南海懷仁堂隆重舉行中華人民共和國主席授銜授勳典禮。朱德被授予中華人民共和國元帥軍銜，並接受一級八一勳章、一級獨立自由勳章、一級解放勳章。朱德滿懷感情地說：「這個天下是全黨同志和群眾一起打下來的，這份功勞應該首先歸在人民大眾身上」。[49]作為中華人民共和國副主席，朱德心中一直裝著人民，所以他不僅為國防建設嘔心瀝血，還特別關心國家的工農業生產和經濟建設，他不顧自己年事已高，每年都去全國各地視察，堅持深入廠礦、農村調查研究，把發現的問題和自己的意見及時彙報給毛澤東和黨中央。朱德根據中國地域遼闊、人口眾多、資源豐

---

49 朱德：《加強黨的紀律檢查工作（一九五〇年五月六日）》，《朱德選集》，人民出版社1983年版，第283頁。

富、各地的自然條件差異很大等特點，提出發展農業多種經營的觀
點，即因地制宜地發展農、林、牧、副、漁等多種經營。他認為可以
充分利用沿海工業，注意發展手工業生產。此外，朱德還主張積極發
展國際經濟文化的交流與協作，學習外國的先進技術和經驗。這些建
議都具有重要而長遠的指導意義。

　　由於史沫特萊一九四九年不幸病逝於倫敦，她撰寫的《偉大的道
路——朱德的生平和時代》缺少了朱德後半生的故事。但是史沫特萊
一定堅信，她崇敬的這位將軍，鞠躬盡瘁為人民，直到生命最後一
刻。他的偉大業績銘刻在中國人民心裡。

第三節　人民的赤子周恩來

　　周恩來——這位為中華民族復興奮鬥一生、鞠躬盡瘁的忠誠赤
子，是二十世紀影響世界的偉大人物。中國人民敬仰他的崇高精神，
緬懷他的豐功偉績；國際友人欽佩他的寬廣胸懷，讚賞他的傑出才
能。「所有的人都覺得他具有不可抗拒的魅力」——韓素音道出人們
共有的感受。[50]

一　濟世救國，志存高遠

　　埃德加・斯諾一九三六年七月闖入蘇區安塞，就在他心懷忐忑，
擔心自己不被蘇區信任之時，見到了用英語熱情歡迎他的周恩來。周
恩來對他說：「你不是共產主義者，這對於我們是沒有關係的。任何

---

50 〔英〕韓素音：《韓素音自傳：吾宅雙門》，陳德彰、林克美譯，中國華僑出版公司
　　1991年版，第195-196頁。

一個新聞記者要來蘇區訪問，我們都歡迎。……你見到什麼，都可以報道，我們要給你一切幫助來考察蘇區。」周恩來親自替斯諾起草了一個旅程計劃——細緻地開列出為時共需九十二天的參觀項目。但他告訴斯諾這是他個人的建議，斯諾完全可以自己決定行程和採訪對象。一面之交，斯諾就被周恩來的魅力吸引，他成為斯諾描寫的第一個共產黨領袖。

> 我一邊和周恩來談話，一邊深感興趣地觀察著他，因為在中國，像其他許多紅軍領袖一樣，他是一個傳奇式的人物。他個子清瘦，中等身材，骨骼小而結實，儘管鬍子又長又黑，外表上仍不脫孩子氣，又大又深的眼睛富於熱情。他確乎有一種吸引力，似乎是羞怯、個人的魅力和領袖的自信的奇怪混合的產物。他講英語有點遲緩，但相當準確。[51]

在瞭解了周恩來的生平和革命經歷後，斯諾對周恩來產生了由衷的敬佩。「他顯然是中國人中間最罕見的一種人，一個行動同知識和信仰完全一致的純粹知識份子。他是一個書生出身的造反者。」斯諾評價說：「他頭腦冷靜，善於分析推理，講究實際經驗。他態度溫和地說出來的話，同國民黨宣傳九年來誣衊共產黨人是什麼『無知土匪』、『強盜』和其他愛用的罵人的話，形成了奇特的對照。」[52]在斯諾之後見過周恩來的外國記者和作家們，無不對他的高尚品格和修養留下深刻難忘的印象。在他們的筆下，周恩來英俊儒雅、率真爽朗、睿智自信、堅強樂觀，具有不可抗拒的親和力。

---

51 〔美〕埃德加・斯諾：《紅星照耀中國》，董樂山譯，人民文學出版社2016年版，第47、48頁。

52 同上書，第49、52頁。

　　周恩來博得大家的欽佩不僅在於他的人格魅力，還在於他一生為共產主義信仰和革命事業堅毅篤行、不懈奮鬥的偉大歷程，在於他胸懷天下、追求真理、淡泊名利的精神境界。

　　少年時期周恩來就立下「為中華之崛起而讀書」的宏偉志向。生長於中國戰亂時期，始終對中國命運切切眷注的韓素音，對周恩來青少年時期所經歷的時局動盪和社會黑暗有切身感受，因此對他濟世救國之初心也有感同身受的理解。在韓素音為周恩來寫的傳記中，記述了周恩來人格精神形成的內外條件和影響因素。周恩來十三歲進入南開中學求學，他學習刻苦，成績優異，寫作和演講才能突出，得到校長張伯苓的賞識。課餘時間周恩來博覽群書，喜歡鑽研中國歷史，廣泛閱讀了革命書籍和進步報刊，也對孟德斯鳩、亞當・斯密等西方思想家的著作興趣濃厚。他在南開中學度過了充實而有意義的四年。但是當時中國深陷於內憂外患之中，血氣方剛的青年周恩來對中國社會的種種危機、對統治階級的昏聵愚頑和國民的不覺悟深感憂憤，他於一九一六年十月寫了《中國現時之危機》一文，痛斥道：「吾國國民之道德可謂已達淪喪之極。江河日下，挽救無人。」官僚權貴們「泯國性，喪國魂」，「至一般無智愚民，昏昏噩噩，不知國家為何事者」。[53]為此，周恩來更加迫切地尋求拯救國家、改良社會、喚醒民眾的途徑，也更加堅定了他投身革命的決心。儘管周恩來天賦過人，才華橫溢，但是他沒有選擇中國傳統知識份子的治學道路，去日本、法國、德國留學也不是為了拿到一紙洋文憑。一九一七年九月，已從南開中學畢業的周恩來決定負笈東渡尋求真理，他寫下一首雄偉豪邁的七言絕句抒發自己「破壁而飛」的宏大志向：

---

53 周恩來：《中國現時之危機（一九一六年十月四日）》，《周恩來早期文集　1912.10-1924.6》上卷，中央文獻出版社、南開大學出版社1997年版，第213-214頁。

　　大江歌罷掉頭東，

　　邃密群科濟世窮。

　　面壁十年圖破壁，

　　難酬蹈海亦英雄。[54]

　　一九二一年一月三十日，赴歐求學的周恩來在給表兄陳式周的信中，明確說明自己的意旨——「唯在求實學以謀自立，虗心考查以求瞭解彼邦社會真相暨解決諸道，而思所以應用之於吾民族間者」。[55]由此可見，「為中華之崛起而讀書」一直是激勵周恩來砥礪奮進的強大動力。周恩來一九二一年在德國柏林加入中國共產黨，從此成為堅定信仰共產主義的革命者。

二　胸懷大局，勇擔使命

　　韓素音一九四一年春在重慶聽過周恩來的演講，一九五六年後她對周恩來的採訪有十多次。她說，第一次與周恩來長談後，他改變了她的一生。韓素音對周恩來懷有深切的景仰和愛戴之情。在動筆撰寫周恩來的傳記時，她曾經告誡自己：「傳記作家必須控制自己的情感。過分流露個人情感會影響傳記本身的作用。」但她在力求以事實還原人物形象時，還是常常表達出自己對周恩來的由衷讚頌。她認為，周恩來是中國、也是全世界極為罕見的政治家，他身上最可貴的政治家的品格，是「始終以大局為重，心裡權衡的是所有政策和行動的最終

---

54 中共中央文獻研究室編《周恩來青年時代詩集》，中央文獻出版社2008年版，第13頁。

55 《周恩來書信選集》，中央文獻出版社1988年版，第24頁。

目標。特別重要的是：他一生中每時每刻都具有強烈的責任感。」[56]

　　在周恩來長期的革命生涯中，在中國共產黨歷次重大的抉擇或鬥爭關頭，他總是堅定地站在有利於革命向前發展、有利於黨的正確路線的鞏固和推行的立場上，雖然他並不是一貫正確的聖人，也曾因主客觀原因犯過錯誤，但是「他對自己的錯誤勇於承擔責任，甚至有時代人受過。」[57]由於王明、博古、李德等人推行「左」傾冒險主義，導致一九三四年紅軍第五次反「圍剿」失敗，接著在長征初期嚴重受挫。一九三五年一月中共中央政治局在遵義召開擴大會議，周恩來作了誠懇的自我批評，要求撤銷他的紅軍政委的職務，力推毛澤東擔任軍事指揮的主要領導。在中國革命生死攸關的轉捩點，周恩來堅定地支持毛澤東的正確路線，確保黨和紅軍重新獲得英明領導。作者由衷讚嘆：「真是一個好樣的人。他沒有把失敗的責任推到別人身上。他幾乎是請大家嚴厲批評他一個人。」、「他所表現出的完全放棄權力，沒有個人的恩怨和野心以及不為自己開脫過失，頓使出席會議的人心胸開闊，達到一個更高的境界」。遵義會議「確立了毛澤東在全黨和紅軍中至高無上的地位，它也是周恩來和毛澤東之間緊密結合的開端，這種結合終生未變」。韓素音評價說：「偉大的人物不僅表現在他個人的業績上，而且還與他獨具慧眼發現別人的聰明才智有機地聯繫在一起。」、「周恩來發現了毛澤東。他發現了一個高瞻遠矚的天才，在這個天才的身上，他傾注了自己對中國深摯的感情。」[58]

　　英國著名學者、作家迪克‧威爾遜在《周恩來傳》中，也這樣評價道：「周既不熱衷於個人勢力，也不看重榮譽。他關心的是所能做

<hr />

56　〔英〕韓素音：《周恩來與他的世紀　1898-1998‧序言》，王弄笙、鄒明榕、張志明等譯，中央文獻出版社1992年版，第2、3頁。

57　同上，第2頁。

58　〔英〕韓素音：《周恩來與他的世紀　1898-1998》，第158、159、160頁。

的事。」威爾遜從一個西方知識份子的視角觀照周恩來顧全大局的內在品質和外在原因，他指出：「因為紅軍官兵們當時需要的是這樣一種領導：他善於作戰，能夠最有效地利用有限資源進行游擊戰略，對紅軍即將紮根於其中的中國農村社會有強烈的感情。顯然，毛是這一人選。」、「中國農民必須加入革命運動中的重要性深深地觸動了他。作為一個機靈的城市人，在農村範圍內可能沒有多大幫助，但是他可以作為那位可信的農民領袖的助手，提供瞭解國外形勢的渠道和使其思想觀點更閃閃發光的人。」[59]西方作家往往把中國共產黨內部的路線鬥爭歸咎於領導者對個人職位和權力的爭奪，顯然是存在誤解和偏見的，一些是非判斷帶有他們的主觀色彩，他們在觀照毛澤東、周恩來的思想境界方面也存在一定的偏差。然而他們力求通過史料研究和對諸多事件親歷者的訪談，認識中國特定歷史時期紅軍革命面對的種種困難、矛盾和考驗，從而評價革命領袖在逆境中的抉擇、擔當，敘事立場也是嚴謹中肯的。

　　一九三六年十二月十二日西安事變發生後，周恩來赴西安參加談判，代表中共和紅軍提出六項主張，周恩來親自去見蔣介石，誠摯勸誡他停止內戰，共同抗日。在嚴峻的形勢下，在錯綜複雜的矛盾中，周恩來勇擔使命，廢寢忘食地開展極為困難的工作，促使西安事變得到和平解決，之後經過多次談判終於完成了艱鉅的任務，與國民黨建立了抗日統一戰線。

　　抗日戰爭全面爆發後，周恩來在國統區建立了由愛國知識份子組成的「第二戰線」，調動他們的力量投入抗戰工作，這一工作取得了巨大的成績。「毫無疑問，周是一個無與倫比的活動家，他那真誠的主張是那樣具有說服力，使他贏得了眾多的與共產黨毫無關係的中國

---

59 〔英〕迪克·威爾遜：《周恩來傳》，封長虹譯，國際文化出版公司2011年版，第133、155頁。

人的同情和信任。」[60]在武漢和重慶期間，他與西方一些外交官保持良好的關係，也有意識培養青年知識份子與外界加強聯繫，為將來的外交工作奠定了基礎。

一九四八年年初，周恩來協同毛澤東糾正土地改革運動中出現的「左傾」錯誤，推進土改的健康順利發展，激發了農民群眾的革命熱情，使解放戰爭獲得了政治、經濟和軍事力量的有力支持。隨著人民解放戰爭不斷取得勝利，周恩來開始擔當建立未來中國政府的謀劃設計工作，「他著手制定能夠取代日益分崩離析的蔣介石政權的政治經濟體制」，「著手處理工業、銀行、商業等事務。」他廣泛網羅人才，「必須使各專業人才對新政權抱有信心，他們的要求應盡快予以滿足。」千頭萬緒的工作落在周恩來肩上，他成了未來新中國的「大管家」。[61]

三　嘔心瀝血，鞠躬盡瘁

一九四九年，中華人民共和國的開國領袖們，面對的是飽受戰禍、滿目瘡痍、民生凋敝的落後狀況，要在戰爭廢墟上建立一個嶄新的國家，嶄新的秩序，他們需要戰勝重重困難，攻克各種堡壘，解決無數矛盾，他們必然要繼續保持奮勇戰鬥的革命精神和忘我的犧牲精神。周恩來在政治、經濟、外交、國防、統戰、科技、文化、教育、新聞、衛生、體育等各領域都投入了畢生精力。

一九五四年四月，周恩來出席日內瓦會議，這是中華人民共和國代表首次參加討論國際問題的一次重要會議。周恩來在這次會議中做

60　〔英〕韓素音：《周恩來與他的世紀　1898-1998》，王弄笙、鄒明榕、張志明等譯，中央文獻出版社1992年版，第174頁。

61　同上書，第267、268頁。

出了重要貢獻，讓世界看到了新中國在處理國際問題當中的影響力。他抓住這次機遇發展中國對外關係，宣傳中國的和平外交政策，對發展新中國的外交事業產生了深遠的影響。「日內瓦會議以後，通往北京之路成為平坦的外交大道了。各國代表團和元首蜂擁而至，競相拜會傳奇人物毛澤東和周恩來。」[62]翌年四月周恩來在萬隆亞非會議上，更加表現出冷靜而熱情、誠摯而理性、從容而大度的外交風格。面對伊拉克、菲律賓等國代表對中國言詞激烈的譴責和誹謗，周恩來不動聲色，他告誡中方人員，「無論出現什麼挑釁言行，都不要發火，都不要使用過激言詞。」[63]針對大會出現的情況，周恩來當機立斷將自己的發言稿散發給代表們，他利用短暫的午休時間起草了一個補充發言。輪到他發言時，他以深刻有力的演講扭轉了局面。

> 中國代表團是來求團結而不是來吵架的。我們共產黨人從不諱言我們相信共產主義和認為社會主義制度是好的。但是在這個會議上，用不著來宣傳個人的思想意識和各國的政治制度，雖然這種不同在我們中間顯然是存在的。
>
> 中國代表團是來求同而不是來立異的。……從解除殖民主義痛苦和災難中找共同基礎，我們就很容易互相瞭解和尊重、互相同情和支持，而不是互相疑慮和恐懼、互相排斥和對立。……

接著，周恩來針對一些代表的疑慮和問題，闡述了中國的立場和政策。他以坦誠友好的語氣說：「我們歡迎所有到會的各國代表到中國

---

62 〔英〕韓素音：《周恩來與他的世紀 1898-1998》，王弄笙、鄒明榕、張志明等譯，中央文獻出版社1992年版，第316頁。

63 同上書，第319頁。

去參觀，你們什麼時候去都可以。」[64]周恩來十八分鐘的演說，博得全場熱烈持久的掌聲，許多代表紛紛站起來，爭相與他握手致敬。之前攻擊共產黨的菲律賓代表羅慕洛也說：「這個演說是出色的，和解的，表現了民主精神。」美國記者鮑大可在報道中說：「這篇發言最驚人之處就在於它沒有閃電驚雷。周恩來用經過仔細挑選的措辭簡單說明了共產黨中國對這次會議通情達理、心平氣和的態度。」、「他的發言是前兩天公開會議的高潮。」[65]韓素音評價說：「萬隆（會議）對周恩來來說，是一次巨大的個人成就，對中國來說，則是一次打破國際性封鎖的勝利。」[66]新中國的外交事業有了新的突破，與二十多個國家建立了外交關係。之後，周恩來訪問了亞洲、非洲、歐洲幾十個國家，貫徹中國獨立自主的和平外交政策，為擴大中國的國際影響做出了重要貢獻。一九六〇年在斯諾訪問中國的四個月內，周恩來和他多次進行長時間的會談。關於斯諾提問最多的「中美關係」問題，周恩來做了詳盡解答。他強調：「中美兩國人民之間沒有根本的利害衝突，而友誼則是長存的。」、「而中國和美國對臺灣問題的爭論若不達成協議，中美外交關係正常化也是難以想像的。」[67]斯諾將這些談話內容在美國發表後，傳達出打破中美關係僵局的重要信號。

　　周恩來為新中國的經濟建設和各行各業的壯大與發展日夜操勞，殫精竭慮。他特別盡心盡力地將知識份子群體團結在共產黨周圍，激

---

64 周恩來：《在亞非會議全體會議上的發言　補充發言（一九五五年四月十九日）》，中華人民共和國外交部、中共中央文獻研究室編《周恩來外交文選》，中央文獻出版社1990年版，第121、124-125頁。

65 參見朱毅：《萬隆交響曲——紀念亞非會議五十周年》，遼寧人民出版社2005年版，第32頁。

66 〔英〕韓素音：《周恩來與他的世紀　1898-1998》，王弄笙、鄒明榕、張志明等譯，中央文獻出版社1992年版，第322頁。

67 〔美〕埃德加·斯諾：《大河彼岸　又名：今日紅色中國》，《斯諾文集4》，新民譯，新華出版社1984年版，第80、77頁。

發他們貢獻才智的積極性，發揮他們在科學文化領域的重要作用。他
經常細緻入微地關心稀有人才的工作和生活，傾聽他們的意見和訴
求。在新中國開展的歷次政治運動中，他總是注意保護知識份子，盡
力使他們避免受到傷害或不公平的對待。他明確指出：「社會主義時
代，比以前任何時代都更加需要充分地提高生產技術，更加需要充分
地發展科學和利用科學知識。」、「知識份子已經成為我們國家的各方
面生活中的重要因素。而正確地解決知識份子問題，更充分地動員和
發揮他們的力量，為偉大的社會主義建設服務，也就成為我們努力完
成過渡時期總任務的一個重要條件。」他批評了對於知識份子的使用
和待遇中的某些不合理現象，呼籲「給他們以應得的信任和支持，使
他們能夠積極地進行工作。」[68] 一九五六年六月，韓素音第一次拜訪
周恩來時，向他提出知識份子「自由討論」等敏感問題，周恩來回答
說：「我們必須為一切領域裡所有黨內外的知識份子提供辯論更為廣
泛的機會。沒有對話，就沒有溝通，沒有理解。但是，我們也需要目
標一致，……我們不能放棄革命的目標。」他針對韓素音的疑問解釋
共產黨對知識份子的態度和政策，也表明他個人反「左」的觀點。當
然，儘管韓素音非常崇慕周恩來，當她以西方立場進行觀察判斷時，
還是表露了她的某些遺憾和期望。她說：「個人自由有其本身價值的
觀念，周恩來是沒有的。……他非常清楚中國還沒有一套管理機構、
文官制度、立法和行政機構以及堅固的經濟基礎。只有這種經濟基礎
才能確保一個制度的持續性，進而保障某種程度的民主。……中國從
未經歷過西式的民主，中央放鬆控制只會導致無政府狀態。倘若周
成功了，中國也許會在容忍反對意見方面取得一些進展，會朝著政治
改革方向邁進一步。顯而易見，政治改革也同樣是中國現代化的需

---

68 周恩來：《關於知識份子問題的報告（一九五六年一月十四日）》，《周恩來選集》下
   卷，人民出版社1984年版，第159-160、169頁。

要。」[69]她的觀點存在偏頗，但表現出明智和遠見。

「大躍進」運動中「左」傾錯誤膨脹，浮誇風盛行，導致國民經濟遭到巨大破壞。而接踵而至的三年自然災害，加劇了經濟危機，全國糧、油、蔬菜、副食品以及生活必需品都極度缺乏。「周不同意在寒冷的冬天單給他的房子送暖氣」，韓素音回憶一九六〇年冬天在周恩來家裡，她穿著皮大衣依然感覺屋裡很冷，周以熱開水招待她。然而，「他的身上迸發出一種無形的但可感覺到的內在力量，整個房間都充滿生氣。」[70]他全力進行經濟調整和恢復工作，親赴基層、農村調查，以切實可行的政策提高人民群眾的生產積極性。周恩來主張擴大對資本主義國家的貿易，希望中美雙方打破壁壘開始對話，但是越南戰爭的爆發和其他一些客觀原因使計劃受阻。

一九六二年，周恩來在中共中央擴大的工作會議福建組會上的講話中，對毛澤東提出的「實事求是」原則進行精闢論述，強調「說真話，鼓真勁，做實事，收實效。」[71]一九六四年十二月二十一日，周恩來在第三屆全國人民代表大會第一次會議上做《政府工作報告》，他代表黨中央提出了「四個現代化」目標——「今後發展國民經濟的主要任務，總的說來，就是要在不太長的歷史時期內，把我國建設成為一個具有現代農業、現代工業、現代國防和現代科學技術的社會主義強國，趕上和超過世界先進水平。」[72]由此可見，對「反右」鬥爭、「大躍進」運動錯誤傾向的糾正，對社會主義民主機制的建設，

---

69 〔英〕韓素音：《周恩來與他的世紀　1898-1998》，王弄笙、鄒明榕、張志明等譯，中央文獻出版社1992年版，第334、336-337頁。

70 同上書，第389、390頁。

71 周恩來：《說真話，鼓真勁，做實事，收實效（一九六二年二月三日）》，《周恩來選集》下卷，人民出版社1984年版，第349頁。

72 周恩來：《發展國民經濟的主要任務（一九六四年十二月二十一日）》，《周恩來選集》下卷，第439頁。

對發展道路的進一步明確，都在穩健推進。遺憾的是，一九六六年「文化大革命」爆發，十年動亂給國家和社會造成嚴重災難。周恩來在「文革」失控的混亂形勢下，為穩定國家局勢、對抗林彪集團和「四人幫」的陰謀奪權活動進行了曲折的鬥爭。在艱難的工作處境中，他忍辱負重，化解各種矛盾衝突，維持國民經濟建設，竭盡全力保護受衝擊、被迫害的黨政領導和民主人士。

　　一九七二年到一九七六年，周恩來身患重病，但他依然堅持不懈地為國家和人民操勞，他為實現中美關係緩和、中日關係正常化和恢復中國在聯合國的席位，傾注了大量心血。一九七五年一月十三日，「瘦削、憔悴‧面色蒼白的周恩來身著已經過於寬鬆的灰制服，昂首挺胸地在第四屆全國人民代表大會上發表了他最後一次演說。」、「這篇宣佈四個現代化計劃的講話是周為中國的進步所作的全面規劃，表明了中國向世界開放的政策。」[73]然而周恩來因為病情惡化他不能領導中國人民去為這個宏偉目標奮鬥了，但他沒有停止任何工作。韓素音在採訪北京腫瘤醫院負責人李冰時，她動情地講述了一個細節。「有一次當總理被推進手術室時，他又一次對她說，『李冰同志，你知道不知道雲南錫礦工人肺癌發病率有所增加的情況？』『總理，我們腫瘤醫院已經討論過這一問題。』『這不夠，這個問題必須解決，疾病增加的原因必須找到……』」第二天，李冰和周恩來的另一位主治醫生癌症專家吳桓興就奔赴雲南了。李冰說，「一個月後，總理又叫我。他說東北的肺癌有所增加，他想要有個初步報告。『你們要去解決這個問題，馬上就去』。」周恩來接受了六次大手術，「從1974年6月進醫院到1975年12月，他接見了63位國家元首或外國代表團團

---

73 〔英〕韓素音：《周恩來與他的世紀　1898-1998》，王弄笙、鄒明榕、張志明等譯，中央文獻出版社1992年版，第524頁。

長。同中央負責同志談工作161次，在醫院裡召開會議20次。」[74]他堅忍著病痛從病床上站起來去參加政治局會議，支持鄧小平擔任第一副總理。他參加了賀龍的追悼會，親自致悼詞。

　　一九七六年一月八日周恩來總理與世長辭。四月清明節前後，數十萬人民群眾自發聚集在北京天安門廣場悼念周恩來總理，人民永遠緬懷他、敬仰他，他在中國人民的心裡永垂不朽。

　　威爾遜在《周恩來傳》的結束語中，總結了周恩來為愛國信念所踔厲奮鬥、忍辱負重的一生，高度評價他「坦蕩」、「開誠佈公」的品格和「過人的智慧」，以國際視野充分讚揚他的影響力。「周恩來對他的信仰是真誠的，正如他對中國的感情和他那持久的人性也是發自內心的一樣。這使得他在20世紀的所有中國領導人中顯得十分突出。……只要與周恩來會過面，人們就會對在一個單一的世界秩序之下與中國進行合作的潛力充滿信心。從某種意義上講，他留下了與他具有同樣想法的人來實現他的兩個理想——使中國現代化和讓中國在世界事務中扮演一個負責的角色。對他選擇的生活道路，我們從內心感到欣慰：對他身後的中國，我們充滿了希望。」[75]

74　〔英〕韓素音：《周恩來與他的世紀　1898-1998》，王弄笙、鄒明榕、張志明等譯，中央文獻出版社1992年版，第530、531、537頁。

75　〔英〕迪克・威爾遜：《周恩來傳》，封長虹譯，國際文化出版公司2011年版，第390頁。

第三章
新中國人民發奮圖強的精神風貌

　　許多西方來華訪問參觀的記者和作家，都對新中國人民意氣風發、樂觀豪邁的精神面貌留下深刻印象。西蒙娜・德・波伏瓦一九五五年九月到北京後，真切感受到人們「沉浸在勝利喜悅中」，他們不同於她在法國、西班牙等地見到的面帶疲憊、憂鬱表情的下班人群，也完全不同於賽珍珠在小說《大地》裡描繪的舊中國民眾愁眉苦臉的形象。她親眼所見，「在中國的道路兩旁，不但下班回城的人，連耕田者和搬運工人都滿面笑容。這個第一印象讓人難忘。在北京，連空氣中都洋溢著幸福。」她說：「在我遇到的那些平靜而幸福的人身上，最讓人驚訝的是大家都一樣。在中國，生活條件還存在著差別，但北京給人的印象是一個沒有階級的社會，很難把知識份子和工人、貧窮的家庭主婦和資本家區分開來。」[1]

　　一九六四年，澳大利亞學者馬克林攜妻子來到中國，在北京外國語學院執教，中國人給他「留下了非常良好的印象」，「他們對毛澤東和中國革命都非常忠誠」。「他們願意為國家做出個人犧牲的意願和激情卻讓我非常震撼。無論是在大學裡還是社會上，都洋溢著集體主義的精神。」他還指出：「依我之見，這是一個專注於民族進步的國家。人民遵紀守法，雖然他們並不享有我所理解的自由，但在他們身上，我確實地看到了豐富多樣的人性特徵，表現在迥異的興趣愛好和

1　〔法〕西蒙娜・德・波伏瓦：《長征：中國紀行》，胡小躍譯，作家出版社2012年版，第17、18頁。

各式的衣著打扮上。最為重要的是，儘管他們愛國激情洋溢甚至民族情結高漲，但在我看來他們聰慧、忠誠、勤奮，是群與你我無異的常人，而絕不是西方普遍認為的『藍螞蟻』。」[2]

美國演藝明星雪麗‧麥克蘭妮一九七三年訪問中國後，她稱讚道：「絕大多數中國人都充滿集體榮譽感，彼此友愛、團結互助，他們熱愛和平，富於人道主義情懷。」[3]

從上述西方人士的視角下，可以看到中國和平安定、光明進步的社會面貌。雖然中國還處於貧窮落後的歷史階段，但是站起來的中國人民不再受帝國主義和剝削階級的壓迫，他們開始享有繁忙而充實、簡樸而滿足的新生活。他們擁護、感謝共產黨，發憤圖強建設自己的國家，憧憬美好的未來。

第一節　展現新文明的北京城與北京人

古老的東方中國經歷了幾千年的封建制度，源遠流長的農耕文明孕育了「鄉土本色」的禮俗社會性質。舊中國的北京是「禮義之邦」的「首善之區」，那麼極重禮義的北京人，自然也是因循、傳承封建文化傳統的代表性群體。他們浸染著濃厚的封建宗法色彩，固守著落後僵化的習俗。正如老舍先生在系列「京味」小說中所塑造的那些「老中國的兒女」形象，他們卑微馴良、保守謙和、懦弱苟安、蒙昧中庸、知足認命。十九世紀美國傳教士明恩溥在《中國人的特性》一書中，也根據自己在中國的觀察，描述了中國人既勤勞節儉、富有忍

2　〔澳〕馬克林：《我看中國：1949年以來中國在西方的形象》，張勇先、吳迪譯，中國人民大學出版社2013年版，第46頁。

3　Shirley MacLaine, You Can Get There From Here, W. W. Norton & Company. Inc. New York, 1975, p.245.

耐精神和頑強毅力，但又麻木不仁、好面子、好名利、好爭鬥等特性。在新社會不斷接受革命教育、不斷自覺進行思想改造的北京人，正在努力樹立無產階級的高尚品德和生活作風，積極推動文明進步，展現出新的時代風采。

一　波伏瓦眼中的「城與人」

波伏瓦以一個遊歷過諸多世界名城的文化眼光「發現北京」——從城市建築風格到大街小巷的生活氣息，從北京人的衣食住行到文化娛樂，都在她細緻的觀察中呈現出特別的韻味。她寫道：

> 早先的北京呈正方形，後來便保持這種形狀。無論過去還是現在，它都被分割成一個個方塊，朝著四個方位基點。……
> ……北京是掩面人，無法讓人一覽無餘，不像在巴黎聖母院頂上能一覽巴黎，在帝國大廈樓頂能一覽紐約。相反，在北京，沒有一座地標性建築能跳到人們眼前。……最近成為北京象徵的天安門走到近處才看得見；作為首都地理與政治中心的皇宮又隱藏在城牆後面。……

北京建築的民族風格在波伏瓦看來非常漂亮典雅，「青瓦屋頂，翹邊飛簷，室裡則模仿古代宮殿的某些元素，若干主題受佛教寺廟的影響。」[4]一九四九年後開始建設新北京時，以梁思成為代表的建築師要求保留民族風格，但是他的堅持受到批評，因為那樣會造成浪費、減少使用空間。所以五〇年代中期之後新建的樓房就以節約成本和實

4　〔法〕西蒙娜・德・波伏瓦：《長征：中國紀行》，胡小躍譯，作家出版社2012年版，第2、16頁。

用為目標，特色逐漸消失了。北京居民的住房基本隱藏在數不清的胡同裡──

> 到處都是同樣的胡同。……全是一些狹窄的小路，很直，灰土路面，被踩得結結實實。牆也是灰色的，牆頂蓋著同樣灰色的瓦。……內院裡長著樹，但胡同裡卻很少種樹，只有門前小小的石獅或者陶瓷的龍有時會打破這種單調。……有時能聽見賣麵條或蔬菜的小販搖著小鈴鐺，貨物放在籃子裡，掛在扁擔兩頭，或者放在一種小推車裡。這些胡同既隱秘又好客，像是私家道路，又對眾人敞開，這是它們之所以迷人的奧秘之一。

單調重複的灰色胡同卻洋溢著特有的生活氣息，讓波伏瓦感到「北京無處不在」。她懷著探究奧秘的好奇心深入北京的民居，有時是即興走進普通人家，「在白天，大門都是開著的，……這種住宅最差的有四間房：一間廚房，三個沒什麼傢俱的房間。一個年輕人坐在桌前看書，幾個孩子在外面玩，一個老大媽遠遠地照看著他們。家裡有一對夫婦，一位丈母娘和五個孩子。八個人住有點小，但乾淨整潔。」[5]

　　波伏瓦津津樂道地在書中介紹北京大街上的商業景象，有裝著漂亮玻璃櫥窗的百貨商場、擠滿讀者的中外文書店、西藥藥店和中藥鋪、工藝品商店、珠寶和花卉市場、裁縫店、茶室，還有各種貨攤和作坊。通過她的描述，可以看到五〇年代的北京物品供應是比較豐富齊全的，而且政府對市場進行了監督。在國民黨統治時期，小商人「深受幫派體系和腐敗官僚之害」，在經濟危機到來時更是朝不保夕，加速破產。如今政府「消滅了強買強賣、貪污腐敗、高利貸者的

5　〔法〕西蒙娜・德・波伏瓦：《長征：中國紀行》，胡小躍譯，作家出版社2012年版，第4、5、6頁。

壓迫，尤其是穩定了貨幣，……商品的價格不再波動。」她在參觀了一些手工業合作社後十分讚賞這一生產模式，指出「它很快就提高了產量，工人們實現的利潤也增加了。它還能減少成本，使分工合理化，還有可能加入大型企業。其長遠目的，是完成社會主義革命：集體所有制這個概念將代替個體所有制，這將引導勞動者走社會主義道路。」[6]

在舊社會，供有錢人消遣享樂的「中國城」如今徹底改變了面貌，「馬路上已經沒有鴉片館和妓女的痕跡，只有收音機裡傳來的京劇曲調，貨攤上方飄動著紅色或黑色的旗幡。整齊的馬路沿著一條主幹道排列，大道上有無軌電車。房子有三四層高，外牆有木雕或精美漆器裝飾，一樓的店鋪朝馬路敞開，到了晚上才關門，裡面放滿了商品」。舊中國時期來華的西方人所描述的北京是「污水橫流」、「垃圾成堆，惡臭撲鼻，骯髒、衰敗」的景象。這樣的景象在老舍編劇的電影《龍鬚溝》裡有更為真實的「現場感」，人們生活在一條不見天日的「陰溝」裡。波伏瓦去實地看過後寫道：「鋪石路面，乾淨整潔的房子，沒有垃圾和廢物，這是一個巨大的勝利。……再沒有露天陰溝，也沒有蒼蠅和老鼠，人們在過去的垃圾堆上建起公園。」她看到人們在「天橋」散步、娛樂、看戲、聚餐、逛小貨攤，「秩序井然」。而且，那裡「沒有芝加哥街頭常見的飛舞的報紙或燒垃圾的黑煙，見不到在紐約包厘街流浪的那些『被遺忘的人』，所有的孩子都穿得整整齊齊」。[7]波伏瓦不僅親眼看到了北京的文明新貌，還感受到了濃濃的「煙火氣」。

6　〔法〕西蒙娜・德・波伏瓦：《長征：中國紀行》，胡小躍譯，作家出版社2012年版，第12、13頁。

7　同上書，第9、10、11頁。

在城裡的每個地方，都能看到露天飯店：幾張木桌，大都靠著牆，一個可以推著走的灶臺。……北京人則坐在一張長凳上，往往面對著牆，不是吃湯麵就是吃饅頭。整天都看見廚師們在揉麵拉麵，……還有一些人在做餅、煮青菜或在炭灰裡烤紅薯。爐子裡散發出來的味道和泥土的刺鼻味混在一起。……中國人不吃橄欖油，他們用豆油做菜，加上胡椒、辣椒——一種辛辣，清淡和乾爽的味道。[8]

有的西方記者曾嘲笑中國男女老幼都穿清一色的藍布衣服，所以把中國人比作「藍螞蟻」。波伏瓦則這樣寫道：

事實上，在北京，衣服和褲子的藍色似乎與他們頭髮的黑色一樣別無選擇：這兩種顏色搭配得那麼好，它們與城裡的明暗那麼協調，一時間人們還以為徜徉在塞尚的油畫中。但這種千篇一律還有更深層的原因：這裡的人都很隨和，沒人覺得別人欠他什麼，沒人覺得自己高人一等或低人一頭，大家都顯得不卑不亢，好像既保守又開放。除非你產生了巨大的幻覺，才會把他們與一群螞蟻混為一談。

波伏瓦以獨特的眼光發現中國人的樸素美、和諧美，而且賦予衣著形象所蘊含的思想統一、人格平等的政治隱喻。「自然、放鬆、滿臉微笑、多種多樣，北京人是智慧的。」、「早上10點，職員們在行政樓的大門前集合，一起做早操。」報紙的發行量不能滿足需要，人們便在讀報欄看報。波伏瓦細細打量著新中國首都人民的「表情」和「行

8　〔法〕西蒙娜・德・波伏瓦：《長征：中國紀行》，胡小躍譯，作家出版社2012年版，第9頁。

為」，為他們健康、明朗、積極向上的精神狀態感到高興。特別是這個民族的未來讓人充滿信心──「北京的魅力之一是孩子們：快樂活潑，笑得可愛，成群結隊。他們健康而整潔，表明他們是根據現代衛生標準來養育的。」[9]

二 「新北京人」愛潑斯坦的切身感受

成長於舊中國的愛潑斯坦，一九五一年他和夫人邱茉莉受宋慶齡的邀請，從美國回到北京參與《中國建設》的創刊工作。今昔對比，煥然一新的北京城和當家作主的北京普通百姓都讓愛潑斯坦感慨萬分。他聯想起英國詩人華茲華斯謳歌法國大革命的詩句：「這是天堂，沐浴著朝氣和曙光；青春，美麗的樂園。」接著評價說：「對於大多數中國人以及他們在許多國家的朋友來說，1949-1956年這段時期，大體上就是如此。總之，這一階段無疑是一個樂觀主義的時期。」[10]

他以既熟悉又新奇的眼光打量一切，「北京的街道雖然依舊多塵、露土，但打掃得非常乾淨，看不到紙屑垃圾（在人民解放軍進城後做的第一批工作中，給市民印象最為深刻的，就是清除陳年垃圾堆及整治早已阻塞不通的古老的污水溝）。」當然，他明白，共產黨不僅僅是要改變一個古老城市的破舊形象，而是要全新塑造一個社會主義國家的偉大首都──文明進步、繁榮幸福。「在對待大小事務上，新中國似乎決心與令人厭惡的舊思想決裂。消極、壓抑讓位於積極、向上。普通老百姓不再聽憑『命運』的擺佈，他們樂觀、認真地重新

---

9 〔法〕西蒙娜‧德‧波伏瓦：《長征：中國紀行》，胡小躍譯，作家出版社2012年版，第19、20頁。

10 伊斯雷爾‧愛潑斯坦：《見證中國：愛潑斯坦回憶錄》，沈蘇儒、賈宗誼、錢雨潤譯，新星出版社2015年版，第313頁。

打造命運。『沒有辦法』一度是中國人的口頭禪，現在正被『有辦法』所取代。」他敏感地發現，「『同志』這個稱呼就體現了這種覺醒，它取代了反映不同地位和不同階層的稱謂。你稱旅館服務員或人力車夫（當時還存在）『同志』，他們反過來也稱你『同志』。這跟過去形成了鮮明的對照，使人感到親切溫暖。『我們』的意識取代了『我』的意識。」[11]

在編輯雜誌之餘，愛潑斯坦夫婦喜歡加入新中國「熱氣騰騰的平民世界」，他們發現，以前帝王們修建的故宮和太廟，不再像過去那樣僅向權貴階層或外國人開放，而是全面向勞動人民開放，供奉帝王牌位的太廟已變成了勞動人民文化宮。他們積極主動地參加中國人民的勞動建設，曾輪流參加北京的重要水利工程——十三陵水庫的修建勞動，「我們用扁擔把裝滿泥土的沉重籃子往山上挑，用雙手把裝滿石塊的小車往山坡上推，活兒很累，但心情很愉快。」五十三歲的邱茉莉被評為水庫的模範建設者。愛潑斯坦懷著真誠的熱情寫道：

> 跟我們的同事和所有解放了的人民一樣，我們被一種同樣的精神所感召，自願、積極、熱情地投入水庫建設，我們流的汗水，把我們跟新中國的基本建設緊密地聯結在一起。後來，我們還參加過短期的插秧、割麥、荒山造林、挖運河等勞動。所有這些（也只有這些）使我們永遠成為這塊土地——人們用幾千年辛勤勞動所創造、耕耘和澆灌的、現在獲得新生的土地——上的一分子。每當我們看到新的水渠、道路、林帶，我們總覺得自己也在它們的建設中出過力。這是一種不為名、不

---

11 伊斯雷爾‧愛潑斯坦：《見證中國：愛潑斯坦回憶錄》，沈蘇儒、賈宗誼、錢雨潤譯，新星出版社2015年版，第299、300頁。

為利、只為一個共同目標而奮鬥的行動，沒有真心實意地參加
過這種集體勞作的人，是很難體會這種感情的。

不為名、不為利、只為一個共同目標而奮鬥——「這就是當時人們普
遍的精神狀態，是從戰時的解放區繼承下來的。它能激發富有成效和
創造性的巨大努力。」[12]愛潑斯坦以「新北京人」的身份為中國人民
的這種精神狀態而自豪。

三　卡特琳・文慕貝私自接觸的「北京群眾」

　　一九六四年國慶日前夕，二十三歲的法國姑娘文慕貝以個人名義
來到中國，她揣著一本《實用對話手冊》，在北京逛大街竄小巷，溜
公園下館子，觀慶典看演出，體驗著「獨行客」的自由和快樂。國慶
日那天，雖然下著雨，但文慕貝興致勃勃地參加了中國人民的喜慶活
動，從白天到夜晚的二十幾個小時，她奔走在狂歡的人流中，以廣角
鏡頭展現了壯麗的遊行場景和人們幸福快樂的表情：

> 天安門廣場是世界上最大的廣場，天上飄著彩色的氣球，……
> 金色的漢字掛在氣球上，在四面八方飄動：「馬克思列寧主義
> 萬歲！」「毛主席萬歲！」「中華人民共和國萬歲！」
> 說這個廣場滿是黑色的人群是不對的，它充滿了黃色的、紅色
> 的、紫色的、綠色的、藍色的人群，還不算200萬列隊而行，
> 唱著歌，跳著舞「鮮豔的色彩」，……這些彩色的動畫組成了

---

12 伊斯雷爾・愛潑斯坦：《見證中國：愛潑斯坦回憶錄》，沈蘇儒、賈宗誼、錢雨潤
　　譯，新星出版社2015年版，第302、303頁。

一些抽象、短暫、人性的面孔，他們只服從一個原則：和
諧。……[13]

這是中國人在節日裡的群體形象——群情沸騰、熱烈奔放、絢麗多
彩，改變了長期留在外國人記憶中的拘束謹慎、含蓄刻板、藍灰黯淡
的印象。當然，在日常生活和工作中，中國人總是那麼從容平靜。男
男女女都穿著深色的、寬鬆的衣褲，女性「沒有任何化妝，也沒有任
何打扮」，街上的年輕人「既不趕時髦，也不時髦」；公園裡「都坐著
老人，他們在那裡想心思，看報，討論問題」。[14]

　　文慕貝邂逅了不同性別、年齡的普通人，他們見到外國人會好
奇，問一些問題，也有的感到緊張、迴避交流。但是文慕貝依然感到
中國人的友好和熱情。她在一家書店遇到一個會說流利英語的年輕裁
縫，向他問路後，他不僅答應陪她去找公共汽車站，還請她去北京最
好的餃子館吃了午飯。這位年輕人之所以英語說得好，是因為他出生
在資產階級家庭，小時候讀的外語學校，現在他成了自食其力的普通
手工業勞動者，對新社會很滿意。在北海公園，文慕貝又收獲另一個
年輕人的友誼，他是陝西省一個人民公社的教師，不懂英語，兩個人
就靠會話手冊交流。他陪她遊覽，告訴她自己愛看電影，是公社業餘
劇團的成員。遊園結束後陪著她轉了幾次公車，直到把她安全送到法
國大使館。在一個小餐館，文慕貝結識了一位年輕的女工，女工告訴
文慕貝：「她喜歡所有新的東西，現代的東西：塑料製品，關於現實
題材的電影。過節的時候，她讓理髮師把自己的短髮燙成波浪形，她

13　〔法〕卡特琳・文慕貝：《每個人的中國（1964-1965）》，彭怡譯，社會科學文獻出
　　版社2013年版，第42頁。

14　同上書，第35、46、48頁。

說，就像上海的女孩一樣，塗著口紅，穿套衫，唱著新歌……」[15]雖然她們的交流十分困難，但這並沒有阻礙女工的談興，她拽著法國姑娘上了公共汽車，要帶她去自己的家裡吃飯……這就是新北京的普通人，熱情友好，大方直率。

第二節　翻身解放向前進的中國農民

自古以來，中國就是以農業為本的國家，農民人口極為龐大。在幾千年的皇權專制統治下，中國農民經歷了漫長的苦難歷史，他們一直處於社會的最底層，不僅遭受統治階級橫徵暴斂的壓榨和剝削，還遭受天災人禍的肆虐與侵害。許多曾經在舊中國生活、遊歷、考察的西方記者和作家們，親眼目睹過中國農民饑寒困苦、貧病交加的生存境況，也對他們迷信愚昧的精神狀態留下負面印象。新中國成立後再次返華訪問的作家們，欣喜地看到了中國革命給勞苦大眾帶來的徹底的翻身解放和充滿希望的新生活。他們幾乎都要求去中國曾經最貧窮落後的鄉村進行考察，新舊對比的結果使他們驚訝和振奮。中國農村階級剝削的剷除、農民地位的提升、農村落後條件的改善等，一切眼見為實；採訪中，農民們發自肺腑的對共產黨、毛主席的擁護，對新中國的熱愛，對美好未來的信念，令聞者感慨。斯諾、斯特朗等作家們，懷著和中國翻身農民同樣的心情書寫了他們的見聞和感受。

一　舊中國農民的淒苦命運

一九二七年斯特朗第二次來中國時，曾去湖南農村瞭解農民運動

---

15 〔法〕卡特琳・文慕貝：《每個人的中國（1964-1965）》，彭怡譯，社會科學文獻出版社2013年版，第76頁。

及其被鎮壓的真相，一九二八年她在《千千萬萬中國人》一書中揭露了中國農民被地主階級欺壓剝削的悲苦命運。她寫道，中國「農民是世界上最溫順、最勤勞的人。他們用最原始的方法辛勤耕種兩三英畝土地，養活一大家人，因此他們的生活是一場永無休止的與自然的搏鬥。……大荒年時，成百萬中國農民餓死。」[16]

一九二九年，斯諾赴中國西北旅行採訪，沿途看到的是荒涼的土地、破落的茅屋、逃難的災民。在薩拉齊目睹的慘景讓斯諾深受刺激，那裡赤地千里，餓殍遍野，多年以後斯諾回憶自己在薩拉齊的經歷，依然對當時的見聞悲憤不已。

史沫特萊也在一九二九年深入到江南農村，她想實地觀察「中國貧苦農民和大地主之間的你死我活鬥爭」，她看到「那裡的地主跟歐洲中世紀的封建領主一樣，住在深宅大院裡，門口還有衛兵把守。但附近村子裡的農民卻一貧如洗，悲慘情景和中世紀的農奴不相上下。」她走訪了七個村莊，所到之處「都貧困不堪，一片民生凋敝、瘡痍滿目的景象」。[17]

波伏瓦通過閱讀史料，瞭解到「從1927年起，國民黨殘酷鎮壓了所有的農民運動。蔣介石不但不顧農民的利益，任由地主兼併土地，而且還把農村的行政權也交給地主，讓他們提高賦稅。」[18]佃農們終年辛苦勞作，但無論收成好壞他們依然難以糊口，生活淒慘。她在一些西方作家的描述中還瞭解到，農村的衛生環境骯髒惡劣，垃圾遍地、人糞畜糞四處堆積，積水坑散發出腐臭，蒼蠅蚊蟲傳播瘧疾等流行病。

16 〔美〕安娜‧路易斯‧斯特朗：《千千萬萬中國人》，《斯特朗文集2》，郭鴻、沈士傑、嚴格等譯，新華出版社1988年版，第144頁

17 〔美〕艾格尼絲‧史沫特萊：《中國人的命運》，《史沫特萊文集4》，孟勝德譯，新華出版社1985年版，第285、291頁。

18 〔法〕西蒙娜‧德‧波伏瓦：《長征：中國紀行》，胡小躍譯，作家出版社2012年版，第47頁。

　　當斯特朗、斯諾、波伏瓦等來到新中國，真真切切看到、感受到
中國共產黨領導中國人民推翻了「三座大山」，讓極為貧窮落後的中
國發生了巨變，讓廣大農民獲得了徹底的翻身解放。

二　「耕者有其田」的翻身運動

　　一九二四至一九二七年第一次國內革命戰爭時期，中國共產黨領
導發動了以湖南為中心的農民運動，展開對貪官污吏、土豪劣紳的清
算和反對重租、重稅等鬥爭。在一九二七至一九三七年的國共內戰時
期，中國共產黨確立了實行土地革命和武裝起義的方針，毛澤東領導
了秋收起義。之後工農革命軍在農村建立根據地，掀起打土豪、分田
地的運動。抗日戰爭勝利後，中國共產黨為了消滅封建土地所有制，
讓廣大農民實現「耕者有其田」的訴求，於一九四六年五月四日發出
了《關於土地問題的指示》，規定了解決土地問題的各項原則。隨後
在晉察冀等地逐步開始土改。一九四七年七月至九月，在河北省平山
縣西柏坡村由毛澤東主持召開了全國土地會議，總結土地改革的經
驗，制定和通過了《中國土地法大綱》。土地改革群眾運動在各解放
區轟轟烈烈展開後，毛澤東提出土地改革的總路線，進一步完善政
策，糾正錯誤，推進土地改革運動更加健康發展。這一運動激發了農
民的革命熱情，因為他們的覺醒和支持，共產黨領導的中國革命才取
得反帝、反侵略、反國民黨黑暗統治的最後勝利。

　　一九四九年六月三十日，中央人民政府委員會通過和頒佈實施
《中華人民共和國土地改革法》，土地改革有了可依據的基本法律。
從一九五〇年冬到一九五二年秋，占全國農業人口總數百分之九十以
上的農民在黨中央的領導下完成了土地制度的改革（新疆、西藏等少
數民族地區尚未進行）。土地改革終結了封建剝削制度，使三億多農

民分到土地，他們在政治上、經濟上翻身做主，大大解放了生產力，新中國農村出現了欣欣向榮的新局面。

斯特朗、斯諾、波伏瓦等作家都在充分瞭解了中國農民的苦難史之後，理解了「官逼民反」的農民運動所具有的強大力量。當然舊時代的農民們沒有受過教育，思想簡單，目光短淺，不能領悟革命的本質意義和深遠意義，他們膽小懦弱的本性也使他們缺乏堅定的、永不妥協的鬥爭精神。因此他們需要一個正確、英明的政黨來引導、教育、組織，共產黨擔負了偉大的歷史使命，贏得農民的擁戴和支持。西方進步作家們態度鮮明地肯定了共產黨依靠農民階級所取得的革命成功，對土改運動對社會主義體制建立和發展起到的重要作用、產生的長遠影響都進行了熱情評論。

在對歷史的解讀中，波伏瓦找到一條認識中國的邏輯理路，那就是：理解了中國農民，也就理解了農民的土地革命，也就理解了中國革命要努力實現的社會理想。她通過中國現代文學作品中的「歷史描述」，看到中國農民從階級意識覺醒到自覺進行反抗鬥爭這一過程的艱難曲折。無論是丁玲的《太陽照在桑乾河上》，還是周立波的《暴風驟雨》，都有大量生動細緻的情節反映農民不覺悟、不敢鬥爭的真實狀態。比如兩部作品中批鬥錢文貴、韓老六的場景描述，充分暴露了農民們膽怯、顧忌、矛盾的心理。丁玲在小說中指出：「幾千年的惡霸威風，曾經壓迫了世世代代的農民，農民在這種力量底下一貫是低頭的。」[19]正因為過去的陰影太沉重，農民們對地主階級又恨又怕，但是內心的反抗欲念積蓄已久，需要革命幹部幫助農民擺脫恐懼、看清階級壓迫事實，主動爭取自己的權益。為此波伏瓦對「中國經驗」給予了肯定──「幹部與廣大農民的這種合作是中國革命最獨

---

19 丁玲：《太陽照在桑乾河上》，張炯主編《丁玲全集》第2集，河北人民出版社2001年版，第267頁。

特的地方之一，他們一開始就合作得非常好，這部分說明了新制度為什麼能在農村得到支持（儘管不乏困難），因為這一制度是農民們自己想建立的。」[20]她特意將一九四五年東歐、蘇聯的農村改革情況加以對比，以此證明中國的策略是正確的。

三　在集體化的道路上奮進

從土地改革到合作化運動，波伏瓦試圖探究其中的歷史邏輯和現實依據。她在毛澤東的著作中，發現早在一九四三年他就闡述了通過「合作社」逐步實現「集體化」經濟的重要意義。毛澤東指出：「在農民群眾方面，幾千年來都是個體經濟，一家一戶就是一個生產單位，這種分散的個體生產，就是封建統治的經濟基礎，而使農民自己陷於永遠的窮苦。克服這種狀況的唯一辦法，就是逐漸地集體化」。[21]解放後農民成了土地的主人，但是農村土地分散、缺乏生產資料，限制了中國農業生產的發展。所以，波伏瓦也認為，「農民們只有共用資源，才能改善勞動手段；只有制訂集體性的計劃，才能合理地開發土地，所以必須超越個體勞動階段。」「為了防止農村資本主義復辟，讓農民和國家富裕起來，必須儘快實現集體化。」[22]

波伏瓦分別參觀了北京郊區、遼寧撫順附近的兩個合作社，整體印象都很好，村莊和農家院落打掃得乾乾淨淨，農民家裡的土炕上疊著新棉被，大人小孩都穿著整潔的棉布衣服。村民向客人介紹他們的日常的飲食，有高粱米粥、麵條、饅頭、青菜、豆腐，有時還有肉和

---

20 〔法〕西蒙娜・德・波伏瓦：《長征：中國紀行》，胡小躍譯，作家出版社2012年版，第60頁。

21 毛澤東：《組織起來（一九四三年十一月二十九日）》，《毛澤東選集》第3卷，人民出版社1991年版，第931頁。

22 〔法〕西蒙娜・德・波伏瓦：《長征：中國紀行》，第61頁。

雞蛋，再也不挨餓了。高坎村的合作社可以共用農業中心的拖拉機和其它機械化種田農機，社裡新買了農具、化肥、騾馬和大車，還有多口水井保證灌溉，農作物產量大大提高了。高坎有小學，孩子都可以上學，還有讀中學的學生。波伏瓦在杭州郊區又參觀了一個種茶為主的「高級」合作社，那裡的農民生活富裕，村裡有供銷社、衛生站、托兒所、掃盲班，還經常有劇團來演出。

　　根據自己的觀察和判斷，波伏瓦批駁西方反共人士對中國農業改革的種種指責，她確信：「合作化既是國家的需票，也對農民有好處」，「尤其是貧農，迫切需要集體化，他們代表了60%-70%的農民階級，其生活水平比以前的窮人高多了，不再貧困，也不再提心吊膽，但生活畢竟還是很艱苦。」波伏瓦從中國的新聞報道和一些官方報告中瞭解了更多的情況，比如，一九五五年春天毛澤東「在農村進行了長時間的巡視，和農民們聊天，深入瞭解他們的狀況。」[23] 七月他在中共中央召集的一次會議上作了《關於農業合作化問題》的報告，波伏瓦研讀了這份報告，對其中諸多觀點進行了引用。毛澤東指出：「全國大多數農民，為了擺脫貧困，改善生活，為了抵禦災荒，只有聯合起來，向社會主義大道前進，才能達到目的。這種感覺，已經在廣大的貧農和非富裕的農民中間迅速地發展起來。」毛澤東認為，農業社會主義改造分三個步驟逐步前進的辦法，「可以使農民從自己的經驗中逐步地提高社會主義的覺悟程度，逐步地改變他們的生活方式」。毛澤東預示，「在第三個五年計劃時期內，農村的改革將是社會改革和技術改革同時並進，……中國只有在社會經濟制度方面徹底地完成社會主義改造，又在技術方面，在一切能夠使用機器操作的部門

---

23 〔法〕西蒙娜・德・波伏瓦：《長征：中國紀行》，胡小躍譯，作家出版社2012年版，第74頁。

和地方，統統使用機器操作，才能使社會經濟面貌全部改觀。」[24]波伏瓦贊同毛澤東這些建立於農村考察基礎之上的理論思考，她評價說，毛澤東「1927年參加過湖南大規模的農民運動，能預感到未來的走勢。這種深入的瞭解和國內戰爭期間在紅色根據地所獲得的豐富經驗，使他能制定出十分符合實情、適應各種複雜環境的政策。」當然，作為一名西方觀察者，她自然也要以冷靜、質疑的眼光去發現問題、判斷得失——這些符合現實境況的方針政策在推行中是否取得成功？是否存在失誤和教訓？她披露了她所瞭解到的負面信息，「1954年，許多省份遭遇了巨大的洪澇災害，農作物的收獲遭到破壞，隨後出現了饑饉。」[25]

　　波伏瓦在考察和訪談過程中、在廣泛閱讀新聞報道和一些真實故事中，獲得自己所需要的事實材料。但她更為關心的是，變革潮流下產生的矛盾和弊端，特別是農民心理上存在的衝突，他們經歷的精神裂變，成為她關注的焦點。因此，她著重探訪「中國家庭」，她認為「社會主義與個人解放是同步的，……家庭革命與合作化運動緊密地聯繫在一起」，尤其是家庭中婦女地位的變化，是她們贏得自由的前提。「中國的農村婦女是通過擴大合作社來完成解放的」，「當合作社給年輕婦女支付她們應得的報酬時，就再也沒有人覺得自己有權力對她們指手畫腳了：她們獲得了真正的獨立。」[26]趙樹理的短篇小說《傳家寶》證明了這一觀點，小說中塑造的婦女主任、勞動模範金桂，因拒絕守在家裡做傳統女人激發了婆媳矛盾，但她的新觀念和積

---

24 毛澤東《關於農業合作化問題（一九五五年七月三十一日）》，《毛澤東文集》第6卷，人民出版社1999年版，第429、435、438頁。

25 〔法〕西蒙娜・德・波伏瓦：《長征：中國紀行》，胡小躍譯，作家出版社2012年版，第78頁。

26 同上書，第83、104頁。

極參加勞動的收穫是有說服力的，在事實面前婆婆無法再強詞奪理，老太太的女婿（一名區幹部）也支持金桂並讓妻子向金桂學習，他說：「你們婦女們想真得到解放，就得多做點事、多管點事、多懂點事！」[27]顯然，趙樹理寫這篇歌頌勞模的小說，並不具備關懷女性命運的自覺意識，但是在波伏瓦「女權主義」視角觀照下，這篇小說被賦予新的意蘊和價值。

四　在曲折的境遇中努力戰勝困難

一九五八年發動的「大躍進」運動，由於忽視客觀的經濟發展規律，過分誇大主觀意志作用，在盲目追求工農業生產和建設的高速度導向下，出現瞎指揮、浮誇風盛行的錯誤局面，國民經濟秩序遭到破壞。在全國農村，急速合併合作社實現公社化產生一些不良後果。一九六〇年正在中國訪問的斯諾，在南方、北方參觀了十一個人民公社，安排他參觀的公社，反映出廣大農民戰勝困難的樂觀情形，所以他看到了長江流域的「繁榮興旺」，也看到靠近北京的公社各方面表現出「進步」風貌。他詳述了在黃岡公社的見聞，以訪談實錄的方式記述與嚴偉全社長的談話。嚴是個地地道道的農民，他的父母從前是黃岡的貧苦佃農，他十幾歲就到一個地主家裡當長工。解放後他分到土地，與三戶貧農聯合組成互助組，當了互助組的組長，之後他成為一個小合作社的社長。他向斯諾講到：

> 合作社的第一年非常艱苦。水災摧毀了我們的春耕和夏種，……我們已無食糧了。……我們召開了一個會議，並且成

---

27 趙樹理：《傳家寶》，董大中主編《趙樹理全集1》，北嶽文藝出版社2019年版，第453頁。

功地說服了一戶尚有餘糧的農民，將種子和食物借給合作社而不求高價出售。……我們及時奪取了很好的收成。那一年，我們的收入增加了一半多。

他們的成功使其他農民認識到合作社的優越性，到一九五四年他們把整個村一〇六戶人家都組織起來了，第二年組成了一個高級社，到一九五七年他們的高級社加入了人民公社。「我們取得過去夢中也想不到的進步——單就一九五九年，我們的收入便增加了百分之二十」[28]——這位公社社長報出的一串串數據不一定完全可信，但在當時，農民們對新舊生活的巨大差別是有深切感受的，而由此產生的對社會主義的擁護、對共產黨的信任、對國家困難的體諒、對未來會更美好的期盼……這樣的立場與感情都是真實的。斯諾瞭解到，這個公社的生產條件和機械設備在不斷完善，農民的生活保障在不斷提高，每個生產隊都有衛生所並配有醫生和護士，有二十三所小學，三所中學，還有為成人而設的業餘工藝學校。斯諾隨意走進一所幼兒園，「那些小公民們穿著棉布遊戲裝，腳上踏著小小的布鞋；只有幾個是『鼻涕蟲』，沒有一個顯出是營養不良的樣子。」幼兒園的午飯有粥和各類蔬菜，衛生設備齊全，在陽光普照的庭院裡，有很多自製的秋千、滑梯和搖搖馬等玩具。當斯諾參觀結束，公社書記請他提建議時，斯諾說：「一個訪客怎能瞭解你們的內部緊張和管理上的問題哩？舉例來說：農民們對他們的自留地感到滿意嗎？他們喜歡多些嗎？這些我一點也不知道。他們對盈餘額的分配覺得怎樣？」[29]由此可見，斯諾對自己的採訪局限是報有遺憾的，他所獲得的採訪材料也

---

28 〔美〕埃德加・斯諾：《大河彼岸　又名：今日的紅色中國》，《斯諾文集4》，新民譯，新華出版社1984年版，第321-322頁。

29 同上書，第331、337頁。

還不能成為見證新中國農村社會主義革命獲得成功的可靠依據。

「大躍進」運動產生的負面影響，一度成為外媒抨擊中國的焦點。比如《華爾街日報》一九六〇年八月二十日刊登的報道說，陝西的人民每天只能吃兩頓「稀粥」以維持生命。斯諾雖然不會輕信外媒的報道，但他也理智地認為，「要更好地判斷新政權的能力，最好還是到從前甚少與現代化生活接觸的地區去觀察。」陝西和黃河中游可以說是中國最落後的地區之一，斯諾在三〇年代去邊區考察時對西北農村的地理條件、經濟狀況有了深入瞭解，所以他要去看看解放後的變化。延安地區「是世界上最厚、最大、最豐富的黃土表層沉積區」，過去水土流失極為嚴重。「在農業合作社成立後不久，延安地區的農民便展開了震天動地的護土工程。……如今，陝北的結果已經非常顯著，足以成為吸引遊客的風景區。成千上萬平方英里的山地已劈成層層疊疊的梯田，處處都種植著松樹及其他綠影婆娑的樹木……」[30]首先映入斯諾眼簾的滿目綠色已經讓他難以和二十幾年前的赤地千里產生聯繫，在他故地重遊的日子裡，幾乎每時每刻都在今昔之比的感慨中度過。

斯諾採訪了農民李裕華——一個飽經風霜的陝北老漢，是柳林公社一個生產隊的領導。斯諾一九三六年到過他的原籍宏山，而那一年李裕華被地主的武裝「民團」逮捕，在獄中受盡折磨，後被農民兄弟湊錢保出來，全家老小忍饑挨餓沒有活路。紅軍佔領延安後，老李和其他幾戶人家偷渡過封鎖線到了延安，他們分得了棲身之所和口糧。一九四二年分到土地，次年他和八戶組成合作社，他被選為主任。如今，老李一家住著寬敞潔淨的窯洞，衣食無虞，兒孫滿堂。在老李的引導下，斯諾看到農民們栽種的幾萬畝的松樹林、果樹林和上千畝的

---

30 〔美〕埃德加·斯諾：《大河彼岸　又名：今日的紅色中國》，《斯諾文集4》，新民譯，新華出版社1984年版，第338、349-350頁。

梯田，參觀了公社的一號水壩，他描述了迷人的風光——

> 這是一條建築得很好，全部以石砌成的堤壩，高約七十英尺，
> 橫臥於注黃河支流的一條小河河床上。堤道之內，藍藍的河水
> 將高高地聳立著的群峰連接起來，造成了一個長達半英里的湖
> 泊，但見那湖內水平如鏡，山光水色，倒也秀麗異常。在湖邊
> 一絕壁之下，新闢了一條公路，一些赤裸著上身的孩子們在淺
> 灘的柳樹之下追逐嬉戲，構成了一幅靜中帶動的圖畫。[31]

　　在與柳林農民的座談會上，斯諾再次為農民精神和素質的顯著變化而吃驚。過去和農民們交談，最多只能從他們口中獲知他有幾個孩子，鄰近的縣城有多遠等。現在，人人都參與討論關於分配、生產增長率、應交稅項、未來計劃等問題的討論。斯諾感慨道：「他們沒有準備怎樣才會使外國人留下印象，也沒有負責公共關係的幹部送給你一本包裹得整齊潔淨的介紹——但他們這種介紹卻是最真確，最樸實和最令人信服的。」在斯諾看來，柳林公社農民們的收入也是不錯的，雖然年終減掉各種支出後他們發到手的只有七十二元，「但是，在整個公社裡，家家都不用繳納房租，也不需要繳付公共事業費、托嬰費、幼兒園費和學費等費用（由公社的福利基金和國家共同支持），治療疾病所費甚少，沒有個人所得稅，主要的食物全部免費供應。社員們還可以畜養豬和家禽，耕作十分之一畝的自留地，以供自用或出售來增加收益。」[32]由中國最落後地區農村經濟的振興發展和農民生活水平的改善提高，去判斷中國農業生產的整體成就，瞻望社

---

31 〔美〕埃德加·斯諾：《大河彼岸　又名：今日的紅色中國》，《斯諾文集4》，新民
　　譯，新華出版社1984年版，第364頁。

32 同上書，第371、375頁。

會主義新農村、新農民的理想遠景，斯諾的認識和感情傾向是和中國人民一致的。他態度鮮明地批駁約瑟夫・艾爾索普在《紐約先驅論壇報》上大放厥詞——「『中國境內每一個地區』的人民都是空著肚子，集體帶著鎖鏈幹活」。一九六一年此人「又發表了一則更具『內幕性』的報道——中國人餓至要吃胎胞充饑！」[33]斯諾對這類謠言嗤之以鼻，認為那些捏造事實的人根本沒到中國實地考察。然而，在一些做過調查研究的西方人士看來，斯諾否認中國六○年代「大規模饑荒的存在」是「有失偏頗」的。[34]

不可否認，斯諾等外國參觀者雖然來到中國實地考察，但是他們並不能夠走遍中國的每一個角落。由於中國地域遼闊，東西南北各省在地貌、氣候、水土等自然條件方面存在很大差異，加上一些歷史原因，使一些地區長期處於經濟蕭條、災害頻發、民不聊生的落後境遇。新中國成立後不可能在短時期內改變一切，貧困人口絕不是少數。但是外國訪問者所參觀的農村和公社顯然都是比較好的「樣板」，而且他們的訪談對象基本也是農村基層幹部或被選定的農民，於是回答問題時雖然說出大部分實情，但也存在「套話」、「空話」現象。

二十世紀七○年代，在基辛格和尼克松訪華過程中，隨行的一些記者將自己的見聞著書出版，比如約瑟夫・卡夫，「他又在中國停留了大約一個月的時間，並隨後在自己的著作中表達了對這個國家非常正面的態度。和斯諾一樣，他對於中國的公平程度感到震驚」。此外，哈里森・索爾茲伯里也在一九七二年五月訪問中國。「他認定中國共產黨的統治有利於農業生產力的組織和農業活動，如播種、收割

---

33 〔美〕埃德加・斯諾：《大河彼岸　又名：今日的紅色中國》，《斯諾文集4》，新民譯，新華出版社1984年版，第379、380頁。

34 〔澳〕馬克林：《我看中國：1949年以來中國在西方的形象》，張勇先、吳迪譯，中國人民大學出版社2013年版，第39頁。

等的展開，並極大地促進了農村地區的發展。」[35]索爾茲伯里寫道：

> 在此基礎上，傳染病的根除帶來了健康的福音，沉重的稅務和
> 利息負擔也得以減免，更好的種子品種和施肥工藝逐步被引
> 入；此外還包括提供技術幫助和對大規模灌溉設施的資金支
> 持，這對於中國貧瘠乾旱的地區來說是生死攸關的大事。[36]

由此可見，七〇年代西方作家對人民公社和農民生活的評價普遍呈現出積極肯定的態度。

　　海倫一九七三年一月到韶山人民公社參觀，公社安排副書記陳小民等幹部和她座談，陳小民分階段介紹他們從土地改革到從小農經濟轉向走集體化道路的過程，說到取得的勝利和成就充滿自豪感。海倫問道：「土地集體化時，有無反對意見？」陳小民回答說：「高級合作社是在小範圍開始的，先樹立榜樣。當看到集體化的優越性時，貧下中農熱情很高。起初，一些上中農反對，但經過教育，他們也看到了高級社的優越性，接受了這種高一級的生產組織形式。」他接著向海倫講述人民公社現階段要完成的「六大任務」——興修水利、農業機械化、電氣化、植樹造林、修梯田、科學種田。當這些新概念、新計劃從一個樸實的鄉村幹部口中流暢地表達出來時，讓海倫感到了時代巨變。她還想瞭解一下農民們的思想認識，就提出自己的一個疑問：「為什麼中國人過去沒有想到社會主義」？她的問題引起人們的哄堂大笑，陳小民指出：「沒有共產黨的成立，就不可能結束半殖民地、

35 〔澳〕馬克林：《我看中國：1949年以來中國在西方的形象》，張勇先、吳迪譯，中國人民大學出版社2013年版，第112、113頁。

36 Harrison E. Salisbury, To Peking—and Beyond, A Report on the New Asia, Quadrangle/The New York Times Book Co., New York, 1973, p. 90. 轉引自〔澳〕馬克林：《我看中國：1949年以來中國在西方的形象》，第113頁。

半封建制度，就不可能帶來這一切變化。」[37]由這些談話內容可以看到當時的政治宣傳和思想教育在農村的普及深入，農村幹部們的精神境界裡既充滿人生磨難形成的覺悟，又無不被新時代意識形態所浸染。

海倫對中國農民艱苦奮鬥的精神極為讚賞，她由衷感嘆：「他們還以真正的熱情和歡樂，以無限驕傲的心情，在創造一個歷史上從未見過的、完全嶄新的社會。他們懷著創造新社會的全部熱情，每天都在進行著試驗，進行著創造。」[38]

第三節　社會主義溫暖大家庭裡的少數民族

自古以來，中國就是一個多民族組成的國家，在幾千年的發展史中，雖然有割據、分裂的時期，但多民族的統一是主導趨勢。各民族人民在歷史長河中繁衍生息，開墾疆土，耕耘勞作，共同創造了華夏文明。與此同時，他們也共同承受戰亂、饑荒、瘟疫之災和貧窮落後的生存苦難，一起走過自強不息的悲壯歷程。

中國的五十六個民族主要聚居在內蒙古自治區、新疆維吾爾自治區、寧夏回族自治區、廣西壯族自治區、西藏自治區。此外雲南、貴州、青海、四川、甘肅等也是多民族省份。少數民族地區的經濟發展、生活變化、醫療衛生和文化教育的進步，以及民族同胞在社會主義制度下平等、團結、奮進的整體面貌，都是新中國形象的有機組成部分。所以，西方人士對新中國的觀感與評價中，民族政策、民族關係、民族對社會發展的滿意度等也是一個主要的聚焦點。斯諾、斯特朗、愛潑斯坦等在來中國訪問或定居期間，通過親歷考察，如實記述

---

37 〔美〕海倫・福斯特・斯諾：《毛澤東的故鄉》，劍華、安危譯，華中師範大學出版社1993年版，第51、54、55頁。

38 同上書，第56頁。

西藏、內蒙、雲南等少數民族區域的自然條件、社會經濟以及文化教育等情況，以事實材料報道少數民族人民積極進行社會主義革命和建設及取得的光榮業績，生動展現了他們在新時代的精神風采。

一　民族團結與進步的制度保障

　　一九四九年九月，中國人民政治協商會議第一次全體會議通過的《中國人民政治協商會議共同綱領》，制定了新中國的民族政策：「中華人民共和國境內各民族一律平等，實行團結互助，反對帝國主義和各民族內部的人民公敵，使中華人民共和國成為各民族友愛合作的大家庭。反對大民族主義和狹隘民族主義，禁止民族間的歧視、壓迫和分裂各民族團結的行為。」、「各少數民族聚居的地區，應實行民族的區域自治，……凡各民族雜居的地方及民族自治區內，各民族在當地政權機關中均應有相當名額的代表。」、「各少數民族均有發展其語言文字、保持或改革其風俗習慣及宗教信仰的自由。人民政府應幫助各少數民族的人民大眾發展其政治、經濟、文化、教育的建設事業。」[39]《共同綱領》也是一部「臨時憲法」，在少數民族區域實施的各項方針中起到最高的指導作用。

　　民族區域自治的政治訴求是在國家統一的大家庭裡，保障少數民族人民當家作主的權利，在社會主義制度下發展平等團結互助和諧的民族關係。因此，新中國少數民族的進步與發展，必然離不開社會主義思想的指引，也離不開社會主義經濟方針、文化政策的貫徹。這就需要國家和各級政府加大力度培養少數民族幹部、技術人才、教育工作者以及文化藝術領域的精英。斯諾一九六〇年來中國訪問時，特別

39　《中國人民政治協商會議共同綱領》，人民出版社1952年版，第16-17頁。

關注新中國的民族政策和實施情況，他參觀了中央民族學院，「有來自四十七個民族，總數共二千六百名的各少數民族學生（包括九百名藏族學生在內），他們運用二十種不同的語言共同生活，共同學習，接受高等教育，被培養成為各族的教師和黨的幹部等。」[40]

斯諾對自己三、四〇年代在雲南的兩次遊歷有難忘的記憶，那裡自然風光格外秀麗迷人，社會環境卻極為惡劣混亂。當他舊地重遊看到巨大的變化，自然感慨萬端。走在昆明市的街頭，他已經難以辨認。「一條寬闊筆直的通衢大道上，貨車及公共汽車此上彼落，行人如鯽。沿著大道走到一個市中心廣場前，只見一座三層高的百貨大樓雄踞著廣場的一邊；信步內進，略為參觀，日用品琳琅滿目，不可勝數。」他參觀了工業展覽館，「看到了雲南製造的公共汽車、水泵、發電機、紡織機械、電話設備、收音機……」斯諾所到之處都引起他的今昔之比，「從前，在簡舊的錫礦內，發育不全，身材短小……的童工，受盡慘無人道的壓迫和剝削。今天，這些錫礦場已盡改舊觀：現代化操作代替了危險而落後的方法，工人全部都是成年人；他們居住在清潔、爽朗的屋子裡，大部分人已成家立室，兒女都進入學校讀書。礦場內，電動運輸帶道縱橫，電車軌道一條條直通礦場內外，錫的產量達一九四九年總產量的十六倍。山坡上，建築著一幢幢的工人療養院，熱水浴及紫外光浴隨時供應。」雲南的巨變不僅表現在社會環境和經濟建設方面，更體現在各民族的精神風貌中，特別是民族關係的和睦融洽讓斯諾深為感動。他感嘆：「這種成績是不言而喻的。少數民族的代表在省及國家的政府機關中占著一定比例。在共產黨領導之下，舞臺、銀幕、電視及藝術等各方面，都廣泛地被用作普及民

---

40 〔美〕埃德加・斯諾：《大河彼岸　又名：今日的紅色中國》，《斯諾文集4》，新民譯，新華出版社1984年版，第466-467頁。

族歌曲、舞蹈、民間傳說及介紹各族人民的形態、體格、衣著、髮飾及文化。」[41]

斯諾特別牽掛一個地方——即三十年多前讓他震驚和覺醒的荒涼貧瘠之地薩拉齊（位於內蒙古自治區包頭市東部），他如願以償，由艾黎陪同赴包頭參觀。在斯諾的記憶中，舊包頭「只有幾千間破爛的房子和一條塵土飛揚的大街」。而如今，包頭已成為擁有一百三十二萬人口的大都會。他在走訪了包鋼、白雲鐵礦後，看到了蒙古族人民「在城市的領導和管理中享有崇高的地位，看到了他們掌握了過去永不能掌握的現代化企業」，[42]這一切都令他感到欣喜。在新百利溪人民公社，年輕健壯的社長仁科金・諾努、膚色黝黑的女副社長以及熱情好客的牧民們以烤羔羊和公社自產的乳酪、油炸果等各種美食熱情款待斯諾一行。這個公社的畜牧業獲得國家的貸款扶持，牧民都住上新的帳篷。公社設有獸醫站、人工受精站、人工培育站、氣象站、小型拖拉機站等。社辦的副食加工廠出產牛乳及乳酪，此外還辦有小型服裝廠、制革廠和磚窯。公社接通了一條電話線，有醫院和衛生所解決牧民的看病問題，還有一個戲院供人們觀看文藝演出。這裡百分之九十的十歲以下的蒙古兒童，都已進入小學讀書，二百多名畢業生被送到呼和浩特和包頭進修，學習培育牲口的方法及內燃機的應用。斯諾在報紙上瞭解到，內蒙古已有二十所高等學校——包括醫學院、獸醫學院、工程學院及其他普通學院，大量遊牧民族的子弟進入高等學府學習。

斯諾參觀後特別指出：「毫無疑問，蒙古確實得到了新的發展和好的發展。同時，全面發展的部分原因是因為有漢族人移居此地」。[43]

---

41 〔美〕埃德加・斯諾：《大河彼岸 又名：今日的紅色中國》，《斯諾文集4》，新民譯，新華出版社1984年版，第473、474、475、476頁。

42 同上書，第38-39、48頁。

43 同上書，第54頁。

移居此地的漢族居民大多是農民及建築工人，由此可見，民族區域的經濟建設和繁榮發展，離不開各民族的共同團結奮鬥。

二　斯特朗的西藏訪問紀實

　　一九五八年斯特朗定居北京後，繼續履行一個國際名記者的職責，她急不可待地想要向世界報道新中國在各個方面發生的變化，特別是西藏等少數民族地區的發展和進步，在她看來是最有新聞價值的，所以她首先把探究的目光聚焦到西藏，為親臨實地進行全面考察、報道積極做各種準備。她認為，要瞭解西藏的政治變革，最值得會晤的人物是阿沛・阿旺晉美。一九五一年，阿沛作為達賴喇嘛的全權代表前往北京，與中央人民政府協商簽署《中央人民政府和西藏地方政府關於和平解放西藏辦法的協定》。一九五六年西藏自治區籌備委員會成立，阿沛擔任秘書長。一九五九年三月二十八日，西藏自治區籌備委員會接管了西藏地方政府，阿沛成為新的地方政府的最高行政官員。斯特朗在阿沛北京的住處採訪了他，他向斯特朗強調，農奴制將徹底廢除，土地將分給耕種者。阿沛告訴作者，「中央政府盡了自己的職責」，「建造了三條大型公路，把西藏和中國其他地方聯結起來。這有利於全體西藏人民」。[44]

　　一九五九年八月，新華社組織了一個訪問西藏的記者團，斯特朗得知消息後力爭參加了這個訪問團，到達拉薩後，儘管斯特朗出現高原反應，但她的活動日程安排得很滿，通過參觀，她親眼見證了宗教自由政策的落實情況。

　　在西藏自治區籌備委員會的辦公樓裡，斯特朗再次與阿沛進行了

44　〔美〕安娜・路易斯・斯特朗：《西藏人民訪問記》，李壽葆、施如彰主編《斯特朗在中國》，生活・讀書・新知三聯書店1985年版，第270頁。

會談，瞭解推翻農奴制的具體做法、遇到的阻力和問題。阿沛向斯特朗介紹了在自己莊園實施的改革方案和步驟。訪談結束後她來到阿沛的家裡，與阿沛夫人和另外三位貴族婦女共用下午茶。阿沛夫人出生於農奴主家庭，過去不問政治，也不識字，認為其階層的生活是天經地義的。在隨丈夫去北京等地參觀之後，她看到土地改革給勞動人民帶來了好日子，思想開始覺悟了，認識到勞動人民應該爭取自己的權利，改變被奴役的悲慘命運。一九五四年她成為「西藏愛國婦女籌委會」的發起人之一，引導西藏婦女追求與男人平等的社會地位。阿沛夫人生育了十二個子女，其中兩兒兩女在北京中央民族學院念書，政府負擔他們所有的費用。通過與阿沛夫人和其他幾位太太交流，斯特朗瞭解到她們都在努力識字學習，「看得出她們正以積極的態度面對這個新社會，並且將投身於這場為了她們自己及其子女未來的變革。可以說她們的忠誠會隨著新的未來的到來而增長。」[45]

斯特朗一到拉薩就盼著能找到她在北京中央民族學院結識的藏族姑娘娜珍，她對娜珍的苦難身世深為同情，也為她在新社會改變了命運而高興。娜珍曾經是昌都地區的農奴，十三歲那年她逃出來投奔了人民解放軍，之後被送往中央民族學院學習。三個月前斯特朗在北京火車站為剛剛畢業的娜珍送行，她成為第一批被選送回西藏的學生，非常自豪地對斯特朗說：「為了西藏的新生，為了我的人民，我甘願做一切。」[46]當斯特朗與娜珍再見面時，她已經是統戰部「工作組」的一名成員，被分派到大昭寺，負責喇嘛們的政治學習和思想教育，幫助他們瞭解民主改革政策。這位二十二歲的姑娘在講述自己的工作、分析一些具體的問題時，特別冷靜、細緻。她計劃在大昭寺工作

45　〔美〕安娜・路易斯・斯特朗：《西藏農奴站起來》，孟黎莎譯，西藏人民出版社1991年版，第87頁。
46　同上書，第88頁。

結束後，去農村參加土地改革，尤其希望去農民婦女中開展工作。對待愛情和婚姻，她有自己的主見，顯示出新時代女性的獨立、自信和進步意識。娜珍的快速成長讓斯特朗看到了西藏未來發展的希望。

斯特朗參觀了拉薩東面的「蔡公堂」鄉，採訪那裡的新農會。鄉農會領導彭措五個月以前還是一名家奴，莊園的農會主席普布曾經是「堆窮」，鄉農會的另一個委員旺多曾經是喇嘛，後還俗了。在鄉農會副主席德吉的帶領下，斯特朗走訪了她的家庭。德吉是一名四十一歲的、精神飽滿的婦女，她過去是「朗生」，現在她和丈夫分到了自己的住房。雖然他們的家在斯特朗看來「又窮又空」，但跟過去比，德吉為這間「漂亮的新屋」感到滿足和驕傲。她和丈夫一起向斯特朗講述他們過去的苦難生活和悲慘經歷，德吉最後滿懷深情地說道：「托共產黨的福，我們過上了好日子。我們可以享用無息種子，再也不用為獻哈達、送禮品的事發愁了！」她高興地告訴客人們：「今年的收成至少要比種子多六倍。糧食一打下來，我們就會有足夠的口糧了。」她的兒子到內地學習技術，八歲的女兒也在拉薩上小學了。她本人也開始接受教育，參與重要會議，思想覺悟迅速提高。斯特朗描繪了每一個生動的採訪場景，她寫道：「德吉說完這番話時，這間小黑房子裡的人的眼眶都濕了。由此可看出，農民選她進政府是自然的。她天生就是一本教科書，能吐出西藏人的心聲，能用激情、詩情和熱情表達人民的要求。」[47]

秋收季節，斯特朗在拉薩東郊親眼看到了豐收景象，糧食產量果然像德吉預見的那樣好。藏民們邊收割青稞邊唱著歌，喜悅和滿足的笑容掛在每個人的臉上。斯特朗和記者們參加了一個田間慶祝活動，好幾百人在此聚會，所有的農民都穿上了節日的盛裝，五十多名騎手

---

47 〔美〕安娜・路易斯・斯特朗：《西藏農奴站起來》，孟黎莎譯，西藏人民出版社1991年版，第122、124頁。

集合在一起準備參加賽馬，他們穿著皮革制服，戴著鮮豔的羽毛。姑娘們穿著繽紛奪目的服裝，頭頂鑲著珠子的高頭飾，她們圍成圈用古色古香的金屬大罐子向人們敬青稞酒和酥油茶。斯特朗興高采烈地和鄉民們一起觀看了賽馬、摔跤、歌舞表演。最後在頒獎儀式中，騎手們把獎勵到的哈達獻給了斯特朗，「在人們的喝彩聲中，我帶著六條哈達，站在那裡接受著榮譽。這個節慶吸收了一名外國客人，似乎人人都為此而感到高興。」斯特朗以由衷的讚美筆調寫道：

> 對我來說這是整個節慶的高潮，但這並不是因為我被選中接受榮譽，而是這些擺脫了農奴制不到兩個月的農民，他們不僅充分懂得了他們在組織自己的未來，而且懂得他們的行為對世界來說是富於歷史性的。他們渴望得到世界的認識。[48]

「西藏人民現將走向幸福」——這是西藏自治區籌備委員會的代理主任委員、十世班禪額爾德尼·確吉堅贊對記者團說的一句話。在日喀則班禪的故居，來自十二個國家的記者與他進行了長達三小時的座談，之後班禪邀請他們觀看節目並宴請客人們。「西方世界的報紙以頭版頭條的消息刊登了班禪·額爾德尼被軟禁在布達拉官，不准他與外界接觸，原因是他父親被指控犯有叛國罪，說他父親領導了反對北京的叛亂……華盛頓的阿蘭給班禪及其笑盈盈的父母拍了照，希望通過『倫敦工人報』的無線電報一個獨家新聞。」班禪對記者們說：「國外曾有過一些真實的報導，但也有歪曲事實和偽造事實的報導。我們希望你們真實地報導這裡的事實並闢謠。我們在西藏正步入好日子。叛亂本是壞事，但現在反成為好事，阻撓西藏進步的叛亂分子這

---

48 〔美〕安娜·路易斯·斯特朗：《西藏農奴站起來》，孟黎莎譯，西藏人民出版社1991年版，第203頁。

麼一鬧騰，正好給了人民消滅他們的機會。」[49]

斯特朗訪問西藏回來後寫出報告文學《西藏人民訪問記》和《西藏農奴站起來》，她以自己的親歷見聞和生動的現場描述，回擊了西方媒體關於西藏的一些歪曲事實的報導。愛潑斯坦對她的紀實寫作風格給予高度評價，他指出：「以撰寫歷史的筆觸來報導一種長期存在的本質是少見的，可這正是安娜‧路易斯‧斯特朗的報導習慣。……她從過去豐富的經驗中錘鍊出一種從眼下事物的發展中準確無誤地判斷出未來的本領。這是她自己的『秘密』所在，也是她充滿活力著作的『秘密』所在。」斯特朗之所以成為我們時代的一位偉大的記錄者，「這是因為她把接近真實和實際地發展真實統一起來了。」[50]

三 愛潑斯坦追蹤西藏人民三十年的前進步履

愛潑斯坦從一九五五年到一九八五年曾四次訪問西藏，每次相隔十年，每次訪問的時間持續三、四個月，他是真正跟蹤考察、親歷體驗、全面見證西藏三十年巨大變化和快速發展的作家。所以他以最肯定的語氣說：「在新中國我看到的所有變化中，『世界屋脊』上的變化是最引人注目的。西藏跨越了一千年，從農奴制和奴隸制一下子跳到了建設社會主義的階段。」[51]

---

49 〔美〕安娜‧路易斯‧斯特朗：《西藏農奴站起來》，孟黎莎譯，西藏人民出版社1991年版，第204、205-206頁。

50 艾斯瑞爾‧愛潑斯坦：《前言》，安娜‧路易斯‧斯特朗：《西藏農奴站起來》，孟黎莎譯，西藏人民出版社1991年版，第1、2頁。

51 伊斯雷爾‧愛潑斯坦：《見證中國：愛潑斯坦回憶錄》，沈蘇儒、賈宗誼、錢雨潤譯，新星出版社2015年版，第325頁。

（一）「世界屋脊」上的變革

　　愛潑斯坦一九五五年第一次從成都前往拉薩，乘坐的是吉普車和卡車，在剛剛通車一年的公路上顛簸了十二天才到達目的地，但這個速度已經是劃時代的了。在舊時的西藏，根本沒有通往外界的公路，交通運輸全靠犛牛或騾子，走一趟差不多用半年的時間。一九六五年他第二次去西藏，乘坐中國民航班機，從成都到拉薩只用了兩個半小時。但這條航線氣候條件十分惡劣，航班經常因為變化無常的天氣而受阻。一九七六年他第三次訪問西藏時，多了一條以蘭州為起點的航線，幾乎每天都有定期航班。「乘客中有漢族人和藏族人，他們都顯得很自如，就像是在乘坐郊區公共汽車。在我們的旅伴中，有地質學家、氣象人員、建築員工、中年熟練工人、二十來歲的學員、來自中國內地省份大學的西藏學生，以及出差和度假的官員。」[52]到一九八五年他第四次西藏之行的時候，是從北京直飛拉薩。大量的外國旅遊者乘坐著巨型客機湧入西藏。從愛潑斯坦的旅途經歷，已經看到西藏巨變的一個側面。而更為深刻的巨變，是西藏人民的歷史命運。「從1951年人民解放軍進藏到1959年粉碎帝國主義所支持的農奴主叛亂，數以百萬計的西藏農奴和奴隸們站了起來。漸漸地，他們從曾經主宰過他們身體和心靈的封建神權統治者手中奪回土地和牛羊，從鄉村到地區建立起代表自己利益和願望的地方國家權力機構，一場不可逆轉的變革來到『世界屋脊』之上。」[53]愛潑斯坦主要通過自己的親眼所見，對眾多基層幹部群眾「自述經歷」的實錄，表現重大歷史事件和時代變革背景下西藏人民的切身感受和訴求。

---

52 伊斯雷爾・愛潑斯坦：《見證中國：愛潑斯坦回憶錄》，沈蘇儒、賈宗誼、錢雨潤譯，新星版社2015年版，第326頁。

53 伊斯雷爾・愛潑斯坦：《西藏的變遷》，高全孝、郭彧斌、鄭敏芳譯，新星出版社2015年版，第3頁。

一九五五年，愛潑斯坦在西藏首府拉薩看到，那裡仍然保留著封建社會時期的落後面貌，與中國其他地區的社會主義新氣象形成鮮明的對比。他寫道：

> 1/3的拉薩人口為乞丐和流浪者，高大的喇嘛廟圍牆和庭院環繞的莊園外面是一些破舊的小屋和帳篷，⋯⋯周圍到處都是糞便和散發著惡臭的水塘，一些年老體弱的人正在和流浪狗爭奪一些污穢不堪的食物。而騎著高頭大馬的貴族官員則衣著光鮮，依據地位的高低身後跟著數量不等的隨從招搖過市；農奴和奴隸衣衫襤褸，蓬頭垢面，低著頭弓著腰為這些貴族無償地做著苦工。

十年後愛潑斯坦第二次進藏，不僅看到拉薩的城市面貌發生了巨大改變，更重要的是看到藏族人民的命運實現了徹底的「逆轉」，他們得到了土地，得到了做人的權力。

> 1965年，西藏處處洋溢著新生活的景象。穿過廣場，具有藏式風格的自治區政府大樓剛剛落成，旁邊的人民文化宮主大廳擁有1200個座位，⋯⋯拉薩還有一些劇院和大廳，每當夜幕來臨，裡面就會擠滿不久前還住在牲口棚裡的人們；附近還有一座新建的百貨大樓，裡面的商品琳瑯滿目，大到縫紉機和自行車，小到針線和晶體管收音機，人們可以在這裡購買到需要的各種商品。⋯⋯
> 數公里長的拉薩新街道燈火輝煌，街道是清一色的柏油馬路，地下排水管網一應俱全，一支婦女管道鋪設隊伍正在鋪裝第一條自來水主管線，拉薩街道上再也看不到骨瘦如柴的乞丐，臭

氣熏天的水溝，以及堆滿垃圾的水塘。[54]

　　一九七六年愛潑斯坦再次赴藏時特意考察當地工農業生產以及教育、醫療事業的綜合發展。他特別指出，「文革」十年那裡也受到極左路線的干擾，但是由於毛澤東和周恩來的直接關懷，西藏保持了相對的穩定。而西藏人民對共產黨、毛主席的擁護和熱愛，也一直是赤誠堅定的。愛潑斯坦披露了一個消息，「1979年夏天，在首次赴拉薩參觀的西方主要媒體記者中，有部分人對中國共產黨和毛澤東主席在西藏受到如此尊敬感到吃驚，甚至有人將其稱為『時代的錯誤』。」[55]他認為這些人對事實的瞭解晚了二十年，所以才會大驚小怪。

（二）新西藏的主人翁

　　一九六五年和一九七六年，愛潑斯坦在西藏兩次參觀了克松莊園，它曾是索康‧旺欽格勒眾多封建領地之一，索康家族在這裡進行了連續三百多年的封建統治。愛潑斯坦一九六五年在克松莊園的宅邸裡看到，昔日只能住在牲口棚裡的家奴們成為這裡的新主人，他們的孩子們——作為共青團的成員——在大廳裡正在上識字課和政治課。這些過去被剝削的奴隸如今為自己進行著生產和勞動。

　　克松鄉黨支部書記尼瑪次仁向愛潑斯坦講述了自己的苦難家史。他生下來就和父母一樣是索康家的奴隸，長期忍受饑餓、勞累、疾病，還有主人的毒打，直到一九五九年才看到希望。他說：「參加平叛的人民解放軍來了，看到奴隸們餓著肚子，沒有衣服穿，他們就把

---

54 伊斯雷爾‧愛潑斯坦：《西藏的變遷》，高全孝、郭彧斌、鄭敏芳譯，新星出版社
　 2015年版，第20、24頁。
55 同上書，第27頁。

自己的衣服和食物讓給我們。毛主席領導的中國共產黨為我們指引了進行民主改革的發展道路，對於這條道路我們堅信不疑，而且一定要永遠走下去，沒有什麼能讓我們再回到過去，即便想一想也不行。我們終於挺直了腰桿，也終於敢說出心裡話了。」[56]尼瑪次仁一家人分到房子，還分到七隻羊、一頭牛，十五點五藏克土地，過上了新的生活。一九五九年九月，他和其他改革積極分子被送到北京、武漢、南京、天津、上海等地參觀，還見到了毛主席。一九六〇年尼瑪次仁加入了中國共產黨，一九六五年，他成為克松鄉黨支部書記和西藏自治區人民代表大會代表。

一九七六年愛潑斯坦第二次去克松參觀，他看到拖拉機正在剛剛收完莊稼的地裡復耕，在打穀場上，打穀機替代了傳統農具。在同一片土地上，一九七六年的糧食產量是一九六五年的三倍。愛潑斯坦和鄉領導們坐在村子新會議室裡面說話，房間的照明用電來自克松村已竣工多時的發電站。尼瑪次仁和阿旺告訴他，從互助組到人民公社不簡單也不容易。

經歷了矛盾和鬥爭，但是取得的成就是突出的。公社黨員人數增加到十九人，團員人數增加到三十七人，他們全部都來自昔日的農奴和奴隸階層，如今是當地社會主義發展的堅強領導核心。公社連續迎來豐收年，糧食的產量已經超過國內北方地區的平均糧食產量。百分之六十的家庭有了存款，不少人靠公社蓋了新房。公社還有一個診所和三名赤腳醫生，學齡兒童入學率達到百分之八十。參觀者看到這些成就，「似乎感到舊社會是一千年前的事情。」[57]

愛潑斯坦特別關注西藏婦女在新社會的地位和發展，結巴公社的

---

56 伊斯雷爾・愛潑斯坦：《西藏的變遷》，高全孝、郭彧斌、鄭敏芳譯，新星出版社
  2015年版，第44頁。
57 同上書，第50頁。

傑出女領導次仁拉姆給他留下深刻難忘的印象。一九六五年，他第一
次見到三十九歲的次仁拉姆，當時她是「朗生生產互助組」的黨支部
書記。同年，次仁拉姆當選西藏自治區第一屆人民代表大會代表。
「在她身上，你絲毫看不出由於職位晉升帶來的任何變化。她依舊是
一名勞動婦女，是解放讓她重新煥發了青春與活力，過去的苦難成為
激勵她自覺不斷努力建設現在和未來的動力。次仁拉姆精力充沛，說
話乾脆俐落，棕色的眼睛溫暖親切，笑容不斷出現在她輪廓清晰曬得
黑黑的臉上。她是剛剛煥發潛力的西藏女性的傑出代表。」愛潑斯坦
以讚美的筆調刻畫了這位婦女先鋒的形象。一九六六年結巴公社成
立，次仁拉姆擔任公社的黨支部書記。她帶領社員們克服各種困難，
堅定走社會主義道路，取得了卓越的成績。在次仁拉姆的影響下，婦
女們衝破傳統束縛，積極投身集體勞動和公社的發展事業，她們不僅
從事耕地、牲畜養殖等勞動，而且還學會了操作機器。過去，婦女沒
有政治地位，她們不被當人看。現在，公社隊長以上級別的女幹部有
十二名，占到幹部總數的一半。一九七六年愛潑斯坦再次見到次仁拉
姆，她已經是西藏自治區人民代表大會常務委員會副主席，還是全國
人大代表。「但是她依然步伐矯健，從未停止下地勞動；她還穿著家
鄉的長筒靴，羊毛翻在裡面的無袖羊皮背心。」她發自肺腑地說道：
「因為我們遭受到的磨難最多，所以我們對革命的感情和渴望也最強
烈。過去，即使婦女想做事情，我們也沒有權利。現在我們有了權
利，就一定要靠我們自己把權利用好。」[58]

　　四次進藏，愛潑斯坦不辭辛苦地在「世界屋脊」上奔波，他深入
到藏族人民中間，與眾多農牧民、新建工廠的工人、手工藝匠人、藝
人進行了貼心交談，還採訪了自治區各級領導幹部、人民警察、解放

---

58 伊斯雷爾・愛潑斯坦：《西藏的變遷》，高全孝、郭彧斌、鄭敏芳譯，新星出版社
　　2015年版，第81、82、91頁。

軍戰士、教師和醫生等，他們雖然職業不同、身份有別，但都具有共同的階級出身——都是經歷過苦難歲月的底層藏民。在新社會，他們才獲得做人的地位和尊嚴，他們不僅徹底擺脫了受奴役、被欺辱的悲慘命運，而且充分獲得教育和個人發展的機遇和條件。所以，他們虔誠地感恩共產黨、毛主席，在為人民服務的神聖崗位上熱忱工作，積極進取，以奉獻精神推動西藏的進步。

一九六五年，愛潑斯坦在日喀則訪問了一個全藏族連隊，這個連隊有百十號人，絕大多數戰士的家庭在過去受到農奴主的欺壓迫害，許多親人慘死在皮鞭下。連隊副指導員大扎西來自一個奴隸家庭，祖祖輩輩受苦受難，直到遇到解放軍才得新生。大扎西的媽媽送他參軍，要求他跟著毛主席，做人民的好戰士。他在部隊學到了更多的革命道理，他對愛潑斯坦說：「手中有槍還不夠，更重要的是頭腦裡也要有武器。只有用馬克思主義列寧主義、毛澤東思想做指導，我才能用好手中的槍。」[59]愛潑斯坦在連隊裡聽到許多關於大扎西的先進事蹟，日喀則軍區正在把大扎西樹立成一個「學習模範」。他刻苦學習毛主席著作，也是一位毛澤東思想的踐行者，做了許多為人民服務的好事。一九七六年在日喀則愛潑斯坦與大扎西又見面了，他已經從連級晉升到團政委，曾當選中國共產黨第九次全國代表大會代表。他仍然穿著樸素的棉軍裝，還是那麼年輕熱情，活潑開朗。他被調到南木林縣武裝部工作，主要是訓練民兵。他對自己新的崗位的重要性有深刻的認識，以飽滿的熱情和高度的責任心繼續戰鬥著。

愛潑斯坦欣喜地發現，「在西藏所有偉大而快速的變化中，一個最重要的變化是工人階級從昔日農奴和奴隸行列中的崛起。」一九五五年剛剛誕生的工人階級只有幾百人，一九六五年其人數增加到二點

---

59 伊斯雷爾·愛潑斯坦：《西藏的變遷》，高全孝、郭彧斌、鄭敏芳譯，新星出版社2015年版，第222頁。

五萬多人，一九七六年為六點五萬多人。一九六五年愛潑斯坦在拉薩汽車修理廠的鍛造車間結識了五十三歲的拉多，他曾是鐵匠階層裡的奴隸，「多年的勞累和虐待使得他身體駝背，面相蒼老，但是在精神上，他思想覺醒，頭腦清晰，意志頑強」。[60]他成為一心為革命勤奮工作的共產黨員，全家過上了幸福的生活。工廠送拉多去林芝森林療養院休養，使他的身體好起來了。他的子女們有的在工廠工作，有的在上學。一九七六年愛潑斯坦再次拜訪了這個工人之家，他的子孫中有工人、幹部、醫生、學生，拉多非常自豪滿足。

　　愛潑斯坦所訪談的藏族同胞們以樸實真切的「自述」，構成其紀實作品最厚重的事實基礎，具有不可質疑的真實性，極為有力地回擊了西方反動派散佈的「藏人毀滅」的謊言。他筆下展現的西藏三十年，充分地、深入地揭示了共產黨領導西藏人民推翻罪惡的農奴制、推動歷史發生巨變的必然性和偉大意義；他以確鑿的資料證明了西藏在社會主義建設和發展中取得的矚目成就，以真摯熱烈的筆調讚美了藏族人民的美德和情操。

---

60 伊斯雷爾‧愛潑斯坦：《西藏的變遷》，高全孝、郭彧斌、鄭敏芳譯，新星出版社 2015年版，第289頁。

第四章
新中國婦女的時代英姿

　　凡是踏上中國大地的西方記者和作家們，無論他們面對的是黑暗的舊社會還是光明的新時代，都會把探究的目光投向中國女性——她們更為悲慘的命運，她們的反抗道路，她們的解放與新生。其中女作家們對中國女性的關懷之情一直都是她們書寫中國的內在動力。

第一節　海倫對中國婦女解放與發展的紀實書寫

　　海倫・福斯特・斯諾在她一生的追求歷程中，在她的思想言行和所有的社會活動與精神創造活動中，凸顯出鮮明的正義立場和女性意識。因此，從二十世紀三〇年代踏上舊中國古老的土地，到闊別三十餘年後重返社會主義新中國，她始終熱切地關注著中國婦女的地位命運、生存處境與進步發展。她對舊中國婦女充滿同情，對中國近現代歷史變革中湧現出的傑出女性由衷欽佩，她曾在「一二・九」運動中與女學生們並肩戰鬥，曾冒險赴延安探訪革命女性，對中國革命與中國婦女解放運動的密切關係有了深入觀察和思考。海倫在新中國考察時，發現中國婦女在政治經濟、文化教育、社會建設等各個領域發揮出積極重大的作用，她用真實客觀的報道向世界宣傳她們。在她留下的數十部著作中，集中反映中國婦女的就有《舊中國的婦女》、《近代中國婦女》、《中國新女性》等多部，有的已經出版有的卻尚在歷史的塵封中。這些飽含心血的紀實文學不僅蘊含著海倫對中國女性的關懷

情義，也蘊含著她深刻的女性觀，作者奉獻於其中的精神價值是珍貴而永恆的。

一　備受壓迫摧殘的舊中國女性

二十世紀三〇年代初，海倫滿懷對神秘東方的好奇心來到中國上海，隨著對中國的深入觀察和瞭解，長期遭受封建宗法制度壓迫和摧殘的舊中國婦女，激起海倫的深切同情和不平。看到中國婦女被迫纏足，海倫寫道：「她們的雙腳像是砍倒了的樹木的殘幹。她們都是瘸子，是大規模殘傷肢體的犧牲品。這真是這個星球上從來沒見過的可怕的景象。」[1]作者一針見血地揭示出這一惡劣習俗的陰險用意，「纏足的原因在於騎在中國婦女頭上的那些卑劣的『老爺』們。他們為了防止出現婦女運動而有意殘害女孩子的身體。」[2]海倫從那時期就萌生了研究中國婦女的強烈願望，開始著手收集資料，並且積極主動地接近中國各階層的婦女。

海倫認為，「人們可以通過一個國家對待婦女的方式來判斷這個國家的文明」[3]，而「對待婦女的方式」又首先從「婦女和家庭」的關係中折射出來。她發現，儘管全世界婦女普遍存在政治上無權利、經濟上不獨立、性別上受歧視的不平等處境，但是舊中國的婦女還嚴重遭受畸形婚姻和獨裁的父權家長制帶來的悲劇。在三從四德的封建禮教枷鎖下，婦女「完全被剝奪了任何權利」，甚至也喪失了人的基

1　〔美〕海倫・福斯特・斯諾：《一個女記者的傳奇》，汪溪、方云、閆紹璧譯，新華出版社1986年版，第30頁。

2　〔美〕尼姆・韋爾斯：《紅色中國內幕》，馬慶平、萬高潮譯，華文出版社1991年版，第157頁。

3　〔美〕海倫・福斯特・斯諾：《中國新女性》，康敬貽、姜桂英譯，中國新聞出版社1985年版，第254頁。

本生存權利和尊嚴。「童養媳」、「一夫多妻」、「典妻」、「包辦婚姻」
等野蠻制度，把婦女變成可以買賣的商品。那些從小就賣給夫家的
「童養媳」，先被人像驢子一樣使喚，成人後又成了為夫家傳宗接代
的生育工具，她們甚至沒有自己的姓名；「妻子可能象買來那樣再被
賣出去，甚至可能臨時『出租』給別人」；「婢妾制度在某種程度上屬
於家庭奴隸制度性質，……孔教家長制的實際權力，是以妻子、母親
和妾侍之間的衝突為基礎，一個婦女就是憑藉這種權利，對另一個婦
女實行某種形式的家庭奴役」；為夫家生下兒子的母親看似獲得了
「家長」地位，但事實上「這種權威是由於她丈夫的地位而委託給她
的，不是根據她自己的權利得到的。」、「根據傳統，母親還是奉命要
服從她長大成人後的兒子，就像她必須服從她的丈夫和她自己的父親
那樣。」[4]

　　作者一方面感受到中國婦女地位的卑賤，以及她們遭受的屈辱與
不幸，但她又敏銳地發現「中國婦女要比中國男子更富有男性氣質。
即使是最頑固的排華主義者，對中國的婦女也不得不衷心地表示欽
佩。」作者分析說：「中國婦女之所以處於被統治的地位，不在於她
們的素質」，而在於「中國婦女人口過剩，因而在婚姻和勞動力市場
上變成了一種廉價的商品。」然而，「中國各階層女性在其尚未因年
老而變得保守之前，通常都是堅決勇敢的叛逆者。在革命運動中她們
和先進分子並肩前進。」[5] 雖然作者對中國社會性質、傳統文化、階
級矛盾等尚缺乏全面深入的認識，因此對中國婦女被壓迫的社會根源
沒有作出更深刻的剖析，但是她對中國婦女堅韌的性格和內在的叛逆

4　〔美〕海倫・福斯特・斯諾：《中國新女性》，康敬貽、姜桂英譯，中國新聞出版社
　　1985年版，第48、14、39頁。

5　〔美〕尼姆・韋爾斯：《紅色中國內幕》，馬慶平、萬高潮譯，華文出版社1991年
　　版，第156、157頁。

反抗精神具有準確的判斷。她在親歷「一二・九」運動和延安考察後更加堅信了中國婦女在歷史變革與社會革命中不可低估的作用與奉獻。她引用採訪對象李堅貞——一位「從中國受壓迫最深的階級中產生出來的最優秀的革命領導人」的現身說法，有力證實了這一認識，正因為中國婦女的處境最困苦，「所以她們是中國革命最徹底、戰鬥最堅決的婦女。」[6]

二　革命女性開闢的婦女解放道路

海倫對中國近現代歷史變革中湧現出的具有偉大抱負、崇高思想和優秀品格的傑出女性滿懷敬仰與愛戴之情，她在《中國新女性》和《紅色中國內幕》等紀實作品中，對秋瑾、何香凝、宋慶齡、蔡暢、向警予、康克清、鄧穎超、李德全、冰心、丁玲等革命女性和知識女性的生平思想與成就貢獻進行了詳實生動的記述。

一九三二年，海倫讀了斯諾採訪宋慶齡的報道後，渴望親自拜見她，但宋慶齡當時拒絕更多的採訪，海倫卻千方百計終於得到了同她晤面的機會，後來與斯諾一樣得到宋慶齡的信任和長久友誼。多年後海倫在自傳中回憶上海時說：「唯一稱得上金色的，光彩奪目的，無可比擬的人，就是孫中山的遺孀，即勇敢、美麗、寂寞的宋慶齡。」[7]海倫以新聞報道和傳記文學結合的文體形式為宋慶齡作傳，因一些客觀條件的限制，她所獲得的史料不夠詳盡，個別資料也不完全準確，但她注意揚長避短，充分突出了採訪、交談的現場實感，不僅給人更

6　〔美〕尼姆・韋爾斯：《紅色中國內幕》，馬慶平、萬高潮譯，華文出版社1991年版，第164、166頁。

7　〔美〕海倫・福斯特・斯諾：《一個女記者的傳奇》，汪溪、方云、閻紹璺譯，新華出版社1986年版，第30頁。

真實更親切的感受和印象，也避免了一般傳記中常出現的人物被史料
埋沒的缺憾。作者這樣記述她對宋慶齡的第一次拜訪：

> 孫夫人親自來門口接我，一手抓住項圈，抱著那只碩大的德國
> 種牧羊狗。她同我握著手，那烏黑溜圓、極其動人的眼睛直視
> 著我，……但她馬上展露笑容，臉上現出少女般的笑窩，……
> 她的微笑是她極其吸引人的習慣動作，是謙遜而奇異的微
> 笑，……不過在當時不愉快的日子裡，並不顯得快活，夾著淡
> 淡的憂感和傷感。她那瘦削、剛強的身材，更增加楚楚可憐的
> 韻味，……那美麗的容貌很優雅勻稱，完全是中國式的美。[8]

　　如果說對採訪對象這種來自女性直觀的印象和欣賞帶有主觀化情
感色彩，那麼對宋慶齡思想與精神的接近、理解、深入認識則需要具
備客觀、理性、睿智的觀察力與分析力。

> 她真可以稱得起是一位人性的勝利者。但是，引起公眾極大興
> 趣，使她處於高舉火炬的自由女神地位的，是她的屹然獨立。[9]

　　尤為可貴的是，在當時的歷史環境下，海倫的一些判斷、分析、
預見以及大膽獨到的觀點是非常正確的，她以有力的事實反駁「有一
種貶低孫夫人，把她看作是共產黨人的柔順工具的傾向。」她指出，
宋慶齡較早開始研究馬克思主義，並從孫中山領導的革命遭受挫折、
失敗的長期經驗中學到了東西，因此「孫逸仙在理論上所持立場的繼

8　〔美〕海倫・福斯特・斯諾：《中國新女性》，康敬貽、姜桂英譯，中國新聞出版社
　　1985年版，第127-128頁。
9　同上書，第133頁。

承人是她，而不是他的兒子孫科，也不是國民黨左翼領袖汪精衛或汪的對手蔣介石。」在孫中山提出「聯俄、聯共和扶助工農」三大政策後，孫夫人「一直支持這三大政策。……她自己的思想，與其說是三民主義的，不如說是社會主義的。」由此海倫作出精闢結論：「宋慶齡在一生中體現和象徵著中國從四千年的中世紀精神向社會主義的轉變。在她的經歷中，交織著她的時代的整個歷史格局，不僅是在中國，而且是在其餘的世界。」[10] 作為一名富有獨立精神的外國女記者，海倫對自己的報道對象絕不存在為尊者諱、為賢者諱、為親者諱的顧慮，也沒有刻意歌功頌德、虛美奉承的「使命」。所以，我們看到，她塑造的宋慶齡不是冷冰冰的「蠟像」，在她精細生動的刻畫下，宋慶齡超凡脫俗的美貌、高貴典雅的氣質修養、自尊堅強的性格、高尚豐富的精神境界、神聖偉大的抱負和胸懷都得到傳神展現。

一九三五年，日本帝國主義發動華北事變，喪權亡國危在旦夕，中國的形勢空前嚴峻，但是國民黨政府繼續堅持不抵抗政策，激起全中國人民的憤怒。在中國共產黨領導下，北平的廣大愛國青年積極醞釀抗日救國的學生運動。在燕京大學的斯諾夫婦以鮮明的反法西斯立場支持進步學生的革命行為。海倫特別敬佩那些搏擊時代大潮、勇敢無畏的女學生們，她回憶說，「在著名的中國學生示威運動中，女學生總占大多數。當警方與學生不可避免地發生衝突時，女學生總是堅持到最後。」[11] 當時一些才華出眾且品格優秀的女學生領袖深得海倫的讚賞，像陸璀、楊剛、龔普生、龔澎、李愨、張淑義等，她們之間結下終身的美好情誼。

10 〔美〕海倫·福斯特·斯諾：《中國新女性》，康敬貽、姜桂英譯，中國新聞出版社 1985年版，第144、147、178頁。

11 〔美〕尼姆·韋爾斯：《紅色中國內幕》，馬慶平、萬高潮譯，華文出版社1991年版，第157頁。

　　一九三七年四月，海倫在西安國民黨警衛的嚴密監控下，冒著生命危險在一個深夜跳窗逃出，經過艱苦驚險的歷程，於五月到達延安聖地。在去延安之前，她先訪問了駐紮在雲陽前線的紅一方面軍，得到彭德懷司令的接見。在那裡，她就開始了對李伯釗、陳慧清等革命女性的採訪，通過她們瞭解長征中女紅軍的情況。到延安後，在四個多月的考察中，她對那些在槍林彈雨中九死一生、在艱苦危險的革命歲月中千錘百煉的女戰士們有了更貼近的瞭解，對她們的精神品格也有了更深刻的理解。在她們中間，無論是中國婦女解放運動和社會主義革命的早期創始人、領導者，還是出生於農民、工人、因為不堪忍受深重的壓迫和屈辱而投身革命的底層婦女，或者是經過長征考驗的老資歷的女革命家，或者是從四面八方投奔光明而來的知識女青年，都展示出豪邁昂揚的精神風貌和颯爽英姿的動人風采。她們強烈感染著海倫，繼而也促使她對中國革命與中國婦女解放運動的密切關係進行深入觀察和思考。她離開延安後很快寫出了《紅色中國內幕》一書，海倫在此書中專章敘述「婦女與革命」，她首先以經過長征的三十位女領導人作為重點採訪對象，對她們的階級出身，參加革命的緣由和主要英雄業績，傳奇壯麗的人生經歷，革命化的、成功美滿的婚姻等都有不同側重的描述。

　　海倫選擇了三位很有代表性的女領導人，以傳記加特寫式的敘事和描繪，生動地刻畫出「共產主義婦女的導師——蔡暢」、「工人出身的領導人——劉群先」、「勇敢的紅色女戰士——康克清」鮮明的形象與性格。蔡暢既是「身材苗條、面容清秀、雅而不俗，極富女性風度」的知識女性，又是經過嚴酷鬥爭考驗，在血雨腥風的革命生涯中磨礪出堅強的性格和果斷的作風，有著深刻思想和廣闊胸懷的「革命婦女導師」，她「富於人性，充滿感情」。作者由衷讚嘆：「世界上再也沒有任何一個民族能產生出像她這樣優秀的女革命家和美麗的

人。」劉群先是「蘇區婦女的戰鬥領袖」,「她好像是天生的『代表』:專代表女性並為糾正女性自身的錯誤而鬥爭不息」,她「非常注意對蘇維埃婦女奮鬥得來的權利的任何侵犯,一經發現就馬上動員起來保衛它。當然,她絕不讓中國女性新獲得的自由受到威脅。」在作者的印象中,「即使是最厲害的老紅軍也都在她面前退讓三分。」寫康克清,作者特意強調,她的「光彩奪目並非因為她是總司令朱德的妻子。……除了在湖北犧牲的賀龍的妹妹外,真正指揮過紅軍的婦女只有她一個。」作者突出了康克清男子漢式的勇毅性格和雄壯氣概,「她平常感興趣的也不是女權運動,而是和男子一樣的指揮士兵作戰的權利。」[12]三位女領導人性格迥異,但都富有魅力和感染力,給人留下深刻難忘的印象。

作者還特意展現「紅色共和國的婦女」在陝甘寧蘇區的新生活與新面貌,這些從舊家庭、舊觀念的枷鎖中逐漸解放出來的普通婦女們,經濟地位、思想覺悟、文化教育以及身體健康水平不斷在提高,她們愉快地工作在蘇維埃黨政各個部門,大多數婦女則從事生產勞動,為前線戰鬥和蘇區革命的物質保障作出巨大貢獻。作者多次參觀訪問延安婦女經營的工廠,看到「工廠的女工均身穿紅軍制服,頭戴紅星帽,短髮齊額。……她們健康、善談、歡快、煥發著青春活力——這與中國女工常見的那種黯淡無望、淒涼悲苦的情形形成了鮮明的對照!」作者所敏感發現的這些新型勞動婦女「有一種自由、尊嚴和當家作主的感覺」,[13]正是中國婦女社會解放的最好寫照,從延安婦女形象已經預見了中國革命取得勝利之後社會主義建設時期中國婦女的整體精神風貌。

---

12 〔美〕尼姆・韋爾斯:《紅色中國內幕》,馬慶平、萬高潮譯,華文出版社1991年版,第167-172頁。

13 同上書,第181-182頁。

三　新中國的「半邊天」

　　二十世紀七〇年代，海倫兩次重返中國，她最希望瞭解新中國婦女的發展狀況，因此從中央到地方，她總要關心婦女組織機構的建設情況，婦女參政情況和受教育情況等。她在系列作品中，藉大量統計數據介紹新中國婦女從政、就業、教育程度、經濟收入、醫療與養老、婚姻與生育等情況；同時又引用周恩來、蔡暢、鄧穎超、羅瓊等領導人的報告和文章中闡述的觀點來揭示新中國的婦女發展策略。顯然，僅做資料和政策介紹是枯燥的。海倫對二十世紀三、四〇年代就瞭解認識的革命女性在新中國取得的新成就和政治地位進行重點報道。比如，她為之驕傲的宋慶齡成為中華人民共和國「國家六個副主席之一」；何香凝擔任華僑事務委員會主任；史良女士是第一任司法部部長；馮玉祥的遺孀李德全擔任新中國衛生部長，她「取得了驚人的成就」，在她任職期間，「中國已經消滅了霍亂和天花。……給人印象最深刻的事情，是中國人消滅了性病」；[14]「蔡暢在1949年以後是婦聯主席」，婦聯「不僅負責制訂，而且以半司法的方式實施那些保證婦女和兒童權利的新法律」；[15]康克清、鄧穎超也在全國婦聯和政府機構擔任重要職務；海倫和斯諾曾經掩護過的「一二·九」運動的「女學生英雄陸璀」，「後來成了擁有七千六百萬成員的婦女聯合會總書記」；楊剛「成了中國的重要的女新聞記者」，曾是《人民日報》副總編輯；龔普生和她的妹妹龔澎具有出色的外交才能，都是外交部的知名官員。[16]關於這些優秀女性的報道和描寫因為既有歷史的連續性又

14　〔美〕海倫·福斯特·斯諾：《中國新女性》，康敬貽、姜桂英譯，中國新聞出版社1985年版，第1、93、95頁。

15　同上書，第25頁。

16　〔美〕海倫·福斯特·斯諾：《中國新女性·序言》，康敬貽、姜桂英譯，中國新聞出版社1985年版，第5頁。

有時代的新聞性，從而增強了作品的縱深感，從她們的人生歷程可以
清晰看到中國婦女的社會發展過程，也可以進一步認識中國婦女運動
的輝煌成就。

海倫一九七二年底到一九七三年初專程去湖南考察參觀，陪同她
的是資中筠和鄧秀梅，海倫從她們身上看到新中國培養的知識女性具
有極高的品格修養和工作才能。海倫在《毛澤東的故鄉》中，專門寫
了「致謝」放在卷首，她深情描繪了資中筠和鄧秀梅親切誠摯的音容
笑貌，優雅直率的言談舉止。「資中筠戴著一副圓圓的眼鏡，面孔顯
得嚴肅，給人一種認真負責、知識淵博、精通理論、關心他人的印
象。」、「她反應敏捷，對一切都一清二楚，還常常激動地介入各種觀
點的討論。她一雙黑色的眼睛，不時地顯示出那種強烈感情的深沉。
她極其聰穎、敏銳。就在這種寧靜的外表下面，她才華橫溢，興趣廣
泛，情緒熱烈地注視著中國以及世界上發生的每一件事情。」、「鄧秀
梅是在上海出生長大的，但她的祖籍是安徽省。她就讀於上海聖·瑪
麗學院，那是一所一流的聖公會女子學校（龔普生及其妹妹龔澎在那
裡也上過學……）。鄧秀梅總是特別快活，令人高興。她似乎無憂無
慮，總是面帶笑容。」[17]無疑，資中筠和鄧秀梅在海倫眼中就是新中
國優秀婦女的形象大使。

眾所周知，海倫一九七二年訪華時，中國正處於「文革」中期，
極左路線、紅衛兵造反、老幹部受迫害、五七幹校、計劃生育等種種
「新潮流」引起西方媒體各種非議與抨擊。海倫作為一位敏銳而有素
養的新聞記者和紀實文學作家，她並沒有帶著輕信和先入為主的偏見
去有意識地尋找「陰暗面」，但是她對這些現象與問題又是極其關注
的，希望深入瞭解後作出自己的判斷。比如，她每到工廠、農村或街

---

17 〔美〕海倫·福斯特·斯諾：《毛澤東的故鄉·致謝》，劍華、安危譯，華中師範大
學出版社1993年版，第2、3頁。

道居民中間訪問時，都會一再詢問計劃生育情況，她格外關注計劃生育是與她關心婦女解放和她們的身心健康息息相關的。海倫瞭解舊中國婦女作為生育工具所承受的痛苦和生活壓力，她特別反對以生育責任剝奪女性的自由與個人價值。她在反思自己婚姻成敗時曾說：成功的「婚姻動力」，「它不是把這個『二人工作隊』的效率翻一番，而是以幾何級數增加了許多倍。我非常贊成離婚，如果上述的這種可能性已不復存在——不講各種各樣的計劃生育，不講自我犧牲，等等，那麼，這種『核心婚姻』就是不成功的婚姻。」[18]由此可見，海倫認為計劃生育是對女性個人發展有利的必要措施。但是，關鍵在於當計劃生育成為強制性政策時，是否存在不合理、不人道的弊端？對於婦女的身心健康有什麼不利？對中國的家庭結構與老年之後的贍養問題有什麼影響？她一定帶著諸多疑慮，所以總是見縫插針詢問相關情況。顯然，海倫作為美國來訪者在那樣一種封閉的社會環境下，對於她要瞭解的事物、要訪談的人都作了嚴謹安排，她不可能全面洞察中國的許多實際問題與廣大人民的真實想法，所以她對於中國正在嚴格執行的計劃生育政策，沒有輕易加以褒貶，只是實錄受訪者的原話。但是她親眼看到在各條勞動生產戰線上，不再受家庭拖累的廣大婦女真正頂起「半邊天」，她們普遍積極能幹，創造奇蹟，這讓海倫為之高興。

四　海倫書寫中國女性的認識價值

　　作為一名受過高等教育的知識女性，海倫的成長歷程無疑會有西方女權主義運動的背景和影響，但她並不盲從和輕信任何流行的主義，她更注重在社會中確立個人的判斷與認識。因此，她並沒有將中

18　〔美〕海倫・福斯特・斯諾：《毛澤東的故鄉・中文版前言》，劍華、安危譯，華中師範大學出版社1993年版，第8頁。

國女性的反抗與鬥爭生硬地與西方女權主義運動相聯繫；更沒有以西方女權主義思想或立場來觀照、評價中國婦女革命。她對於中國婦女解放運動與西方種種女權主義運動的本質及其差異能夠以敏銳的觀察和思考作出深刻的分析。

　　海倫比較系統地梳理研究了中國近代史，她將中國婦女問題與中國社會學、倫理學以及傳統文化聯繫起來考察和分析，其中不乏一些獨到認識。她認為，從太平天國起義到辛亥革命前後，「中國婦女前進的歷史表明，在國民黨左翼和共產黨人把這個事業承擔起來以前，基督教起了重大作用。」然而，這並不能表明中國婦女運動的自覺開始，因為從根本上說，中國婦女「沒有成為一支意義重大的有組織的力量」。[19]直到一九一九年五四運動爆發，在中國青年知識女性中，反抗舊傳統的革命意識才開始普遍覺醒，五四新女性們首先要衝破封建家庭的牢籠，去爭取求學和婚姻的自由。可見，對性別歧視的抗爭是全世界婦女漫長革命的共同起點，這與西方進步的思想文化影響也有著不可分割的聯繫。海倫再次指出：「值得注意的是，基督教女青年會和其它基督教團體及學校在中國婦女運動中的影響是極其進步的。她們堅持男女同校並取得成功，產生非常有益的社會影響。據我所知，就是現在行進在革命隊伍中的男女學生，大多數也先後受過基督教理想的影響……不過，這些中國青年對基督教的興趣與其說是純宗教的，不如說是哲學倫理的。」[20]海倫成長的宗教文化背景和她的宗教情結，使她注重對「婦女與基督教」進行聯繫探討，她還在著述中常常將信仰共產主義的革命者與清教徒的精神境界作比照，這些看法或許

19　〔美〕海倫・福斯特・斯諾：《中國新女性》，康敬貽、姜桂英譯，中國新聞出版社1985年版，第15、21頁。

20　〔美〕尼姆・韋爾斯：《紅色中國內幕》，馬慶平、萬高潮譯，華文出版社1991年版，第158頁。

不能被我們本土的研究者所認同，但對於我們長期以來忽略的宗教影響研究是一個提示，這一觀照角度可以拓展中國婦女發展研究視閾。

　　海倫指出：「五四運動以後，女權主義的婦權協會，在北京、天津、上海、廣州以及一些現代城市成立。她們談論婦女選舉權和男女平等。」、「在五卅運動之後，女權主義消退了。婦女把她們的利益看作同居民中其他成分的利益完全一致的。她們在1925年到1927年建立了自己的組織。廖仲愷夫人是這個組織的主席；她的助手是鄧穎超。……中國社會的性質使得絕對有必要為中國婦女成立獨立的組織」。[21]這些觀點說明，隨著海倫對中國社會考察的深入，她對中國婦女運動的性質與特徵的認識很快從自身經驗和世界共同經驗的聯繫中有了新的突破。她發現黑暗複雜的中國社會處在多重的災難與危機中，那麼婦女革命的迫切目的不是「女權」而是與整個民族命運聯繫在一起的救亡與解放。因此，只有在「共產主義者的影響下」，「領導農村婦女和女工們參加了革命」，「整個婦女運動也因此獲得了有力的推動」。海倫特別指出，中國婦女運動的奠基者向警予女士「不贊成女權主義」，[22]她「改變了對整個婦女運動的領導，為它指明了新的方向，使之走上社會主義的道路。她認為，中國社會婦女地位低是由於社會制度落後，要想使婦女得到解放，就必須改變這種社會制度，才能使男女都得到解放。」[23]國民黨兩位重要的革命領袖孫中山和廖仲愷的夫人宋慶齡、何香凝也一直「鼓勵和支持左派婦女運動」。被西

21　〔美〕海倫・福斯特・斯諾：《中國新女性》，康敬貽、姜桂英譯，中國新聞出版社1985年版，第22頁。海倫所指組織應包含：國民黨中央婦女部，何香凝時任部長，鄧穎超是秘書，蔡暢也曾是該部成員；中國共產黨婦女部、婦女運動委員會，向警予是創始人和第一任部長、書記；「婦女解放協會」與「全國各界婦女聯合會」等。

22　〔美〕尼姆・韋爾斯：《紅色中國內幕》，馬慶平、萬高潮譯，華文出版社1991年版，第158頁。

23　〔美〕海倫・福斯特・斯諾：《中國新女性》，第282-283頁。

方評論為中國最激烈的女權主義作家丁玲，堅決地從「資產階級」婦女革命運動轉向，參加了左派隊伍。[24]根源何在？首先，中國婦女已經清醒地認識到婦女解放運動必須與民族解放運動結合起來才有出路，女權運動必須與共產主義運動結合起來才有光明。其次，「中國共產主義運動非常尊重婦女的價值。這不是出於憐愛，而是因為她們經過長期的艱苦鬥爭，在紅星照耀之下贏得了自己的合法地位。即使她們不是中國革命中更出色的半邊天，那麼也是與男人同等重要的半邊天。」、「共產黨不是在口頭上談論男女平等，而且在革命工作中尊重婦女的權利和才能。」[25]海倫在見證中國婦女運動後得出的結論是客觀正確的，具有很強的說服力。

　　一九七九年，海倫曾對蕭乾說：「美國七十年代開始的所謂『婦女解放』，實際上是一種後退，也是我們這個類型的文化整個崩潰。凡是貶低婦女地位和作用的作品都是反社會的，對社會有害的。我指的就是那些色情文學以及剝去人性、剝去文明的東西。」[26]海倫對西方女權主義歧路的反思和對西方人文精神墮落的批判是清醒而深刻的。

　　海倫以大半生的歲月勤奮筆耕，不計名利、不問得失。在不斷飛速變化的時代面前，「平等、發展與和平」依然是全世界婦女的共同追求，海倫正是用自己不平凡的一生和她奉獻於世的珍貴著述，完美詮釋了「平等、發展與和平」的豐富內涵與深遠意義。

---

24 〔美〕尼姆・韋爾斯：《紅色中國內幕》，馬慶平、萬高潮譯，華文出版社1991年版，第159頁。

25 同上書，第156、158頁。

26 見蕭乾：《海倫・斯諾如是說》，劉力群主編《紀念埃德加・斯諾》，新華出版社1984年版，第95頁。

第二節　克里斯蒂娃筆下的新中國女性

　　法國左翼理論家朱麗婭・克里斯蒂娃，在符號學、精神分析學、女權主義等學科領域著述豐厚，有廣泛的影響。一九七四年春天她隨《原樣》雜誌社幾位成員一同訪華，這次中國之行克里斯蒂娃重點考察中國婦女史、新中國女性身份變化與社會體制的關係。她深入研究歷史文獻、政策、法律以及新聞報道，對一些不同職業、不同年齡的女性也進行了有限的訪談，回國後出版了《中國婦女》一書。此書運用哲學、人類學、精神分析等理論方法研究中國婦女，學術性極強，而紀實性的描寫相對薄弱，雖然她自己將此著冠名為「紀實遊記」。

　　初到中國，克里斯蒂娃就開始以探究者的眼光捕捉中國女性的形態和表情。她描畫中國婦女的臉龐：「平靜而又光滑、雙唇緊閉卻毫無敵意。」她們身穿「一身藍灰色的服裝，襯托出一種溫柔而又脆弱的冷淡」。她臨摹中國婦女的身體：「上了年紀的或者孕婦多少有些肥胖和豐滿，總是有著橢圓形的曲線，……在天安門廣場上，或者在柳絮飄舞的鄉間小路上，我們都能看見她們的身影。同樣寬大的衣服罩著脖子和手腕，配上寬鬆的褲子，無法襯托身材，我也只能憑空地揣摩。那些柔弱的肩膀，平實的胸脯，健碩的腰臀以及粗短的大腿，形成穩定的重心，使得走路毫不費勁。」她重現中國婦女的聲音：「響亮，有著天鵝絨般的醇和，有時又低得幾乎聽不見。當話題轉向意識形態時，或者當身體轉向一個喇叭發言，就像劇場要求的那樣時，聲音是從胸腔中發出來的，……充滿了狂熱、興奮甚至某種脅迫的味道。」她攝錄中國婦女的笑：「它們綻放在女人的唇上和眼角，謙遜的面紗消失了，那裡接連爆發出陣陣的幽默和反諷。這種笑從不悲苦，充滿了某種徹悟，以及知其不可為而為之的從容；這種笑裡從來

沒有苦澀，也沒有失望。」[27]

一　做工的母親們

　　克里斯蒂娃採訪的第一個婦女群體是「母親們」。她在西安的「東方紅」拖拉機廠看到，有專為哺乳期婦女設置的二十間哺乳室，「母親們可以停工半個小時，來到這裡給她們的孩子餵奶。……在這個遠離噪音、雖狹小但乾淨的房間裡，母親們可以和她們的孩子親密接觸，一天的工作也不會因此中斷。」實際上，在她參觀的所有工廠裡，都設有這樣的哺乳室。但是女工們的勞動場所環境和條件都較差，克里斯蒂娃走進西安第四紡織廠，立刻受到噪音的折磨，空氣中充斥著的棉塵幾乎使她窒息。工人們在這種難以忍受的環境中工作，「其中大多數（占58%）是婦女，其他工廠的情況也大致雷同。」革命委員會的副主任王金春女士說：「職工們早已經習慣了」，她告訴參觀者，廠裡會對職工進行「定期體檢」，「我們正在努力提高空氣質量，研究降低噪音的方法，直到我們有能力購買到更好的設備」。作者「注意到那些孕婦職工圓鼓鼓的肚子：她們所坐的輪椅在成排的紡織工人中格外突出——她們不方便，否則會太過勞累。」她詢問後得知，「孕婦要在紡織車間一直工作到孕期第六個月，隨後將會被分配幹一些輕活兒，例如驗布、做賬和包裝檢驗等。婦女有56天的帶薪產假，如果是難產，如雙胞胎或者剖腹產等情況，產假將會延長至68-80天，還會有額外的補貼。」[28]

　　在上海醫學研究所第二附屬醫院，克里斯蒂娃採訪了三位剛剛生

27　〔法〕朱麗婭·克利斯蒂娃：《中國婦女》，趙靚譯，同濟大學出版社2010年版，第148-150頁。

28　同上書，第151、152頁。

完孩子的婦女，一位是無線電廠工人，她對作者說：「這是最後一個了，這樣的話我才能有足夠的時間照顧他們，也不至於耽誤自己的工作。我生了兩個女兒，她們的爺爺奶奶肯定是想要一個孫子，但是我們是不會聽他們的。工廠幫我付了生育費，還發了免費的避孕環。」另一產婦生的是男孩，讓克里斯蒂娃頗感意外的是談到孩子產婦有點「漫不經心」，「她更樂意討論她當會計的工作，她對《哥達綱領批判》的閱讀心得，以及批林批孔的運動——孔子被認為是『吃女人不吐骨頭的魔鬼』」。作者對此感慨道：「毫無疑問，這是因為我是一個外國人，還有醫院領導的陪同，根本就沒有必要把我捲入家庭親密無間的喜悅（即使有的話）中去。」[29]

二　女知識份子

克里斯蒂娃雖然在中國訪問的時間不長，她還是敏銳地發現中國在對知識份子進行嚴厲的改造運動後已經產生一些不良後果。她表露了自己的擔憂，「這似乎會導致腦力勞動者的消失」。雖然處於中國特定歷史語境下，一個西方左翼知識份子也能夠理解，「今天的中國如果不期待有一個『精英』，那是因為它希望出現的是『紅色精英』……任何情況下，政治價值必須置於科學價值之上。」然而，克里斯蒂娃尖銳地指出：「以上政策的一個突出後果就是，國民的知識水平正在下降：某些領域和學科的教育已經受到限制」。[30]

克里斯蒂娃在作品中講述了白啟嫻的故事，這是一個被時代潮流沖上浪尖又拋入深谷的悲劇女性的故事。二十世紀六〇年代，知識青

---

29 〔法〕朱麗婭·克利斯蒂娃：《中國婦女》，趙靚譯，同濟大學出版社2010年版，第154頁。

30 同上書，第158、159頁。

年上山下鄉運動轟轟烈烈展開，黨號召城市學生下鄉接受貧下中農的再教育。一九六八年，白啟嫻剛從河北師範大學畢業，就來到河北滄州閻莊公社相國莊大隊插隊。克里斯蒂娃瞭解到，白啟嫻寫了一封致《人民日報》的公開信，描述她第一次接觸農民後發生在她身上的轉變。她嫁給了一位農民，以此表示自己紮根農村的決心。克里斯蒂娃在中國期間，正是白啟嫻被塑造為「反潮流的英雄」大力宣傳的時候，克里斯蒂娃在《人民日報》上讀到相關報道和「讀者來信」，她摘錄了這樣的讀者之聲：「我要讓我的子女向你學習，走與工農相結合的道路」；「你的信像鋒利的刺刀，直戳林彪和孔老二。」[31]克里斯蒂娃在報道中看到的是女知識份子與農民相結合帶來的共同進步——「丈夫幫她學農田活，她則幫他夜間學習。幾年過後，她成為一名鄉村中學教師，農忙時仍然參與。她的丈夫照顧子女、做飯，使她有些時間來組織學生進行積極的政治活動：鄉村歷史的研究、幫助窮人，批林批孔文章的分析和學習。」[32]克里斯蒂娃當時並不瞭解白啟嫻真實的、不幸的婚姻生活，但她本能地感覺到這是非正常時代的悲劇。

　　克里斯蒂娃採訪了北京大學中文系古典文學教授、文學史家馮鐘芸。馮鐘芸出生於學術世家，父親馮景蘭是著名的地質學家，大伯馮友蘭是著名的哲學大家，姑姑馮沅君是文學史家、作家，堂妹馮鐘璞（宗璞）是當代著名作家。一九四一年馮鐘芸畢業於昆明西南聯合大學中國語言文學系，之後一直在大學裡從教。在與克里斯蒂娃交流中，馮鐘芸「熟悉中國古詩各個流派的精妙之處，她如數家珍地談起了中國古代韻文不可缺少的對偶、繪畫般的意象表達以及節奏旋律的運用等。不過這類學問不再成為她的教學焦點：像所有的導師一樣，

---

31 原注：摘自《人民日報》（1974年3月19日）。
32 〔法〕朱麗婭・克利斯蒂娃：《中國婦女》，趙靚譯，同濟大學出版社2010年版，第160頁。

馮鐘芸贊成以馬列主義思想，從自己的專業領域和文學文本中尋找『經典的態度』。」克里斯蒂娃問她：「你認為馬克思主義的文學闡釋和喬治·盧卡奇一樣嗎？」她知道盧卡奇的一些著作，但是聲稱「在今天的中國，這個理論被視為修正主義的」。[33]馮教授對西方正在進行的關於形式與內容之間的互動研究非常感興趣，「但她並不認為目前形式下能做出有效的改變：『我們已經從西方的知識份子那裡學到了很多東西，但是首先我們創造的理論，必須一方面適應中國文化的現實，另一方面適應意識形態鬥爭的需要。』」作者詢問了馮鐘芸的家庭生活，她的丈夫是著名的政治學教授，他們育有一兒一女。女兒在下放到農村的三年後，才完成她在北大英語語言文學專業第三年級的學習；小兒子中學畢業後就一直在農村勞動。「馮女士認為，下放到農村是件好事：『孩子們變成熟了，還瞭解到國家許多的實際問題。這有助於避免成為儒教精英，也沒有妨礙他們學習一個革命精英所需要的專業技能。』」[34]從馮教授的談話裡，可以看到上個世紀七〇年代的政治潮流不僅洗滌了古典文學專業領域的治學傳統，也改變了傳統知識份子對子女成才的期待目標。

三　克里斯蒂娃對中國婦女解放水平的評價

克里斯蒂娃對南京師範大學、上海大學等高校以及一些中小學裡的女性知識份子進行了訪談，也接觸了不少女性管理幹部，她們中有年輕人也有中老年人。她發現中國婦女和男性一樣熱衷政治學習和運動，積極參與社會工作，而對家庭生活、婦女地位等問題比較淡然。

---

33 〔法〕朱麗婭·克利斯蒂娃：《中國婦女》，趙靚譯，同濟大學出版社2010年版，第161、162頁。
34 同上書，第162、163頁。

她進一步瞭解到，中國的大學裡還沒有真正的婦女組織，婦聯機構「不甚活躍」。她認為：「『文革』之後中國婦聯似乎進入了夢鄉，在批林批孔運動中家庭或女權主義方面已經被整合進了一個新的框架——或者相反，沒有一個框架」。克里斯蒂娃對中國知識女性的精神特徵以及社會主義意識形態下「男女平等」等問題，既有讚賞也保留了自己的疑惑，她評述道：

> 在中國，工作沒有男女之分，既然國家鼓勵婦女也成為飛行員和高空電工；既然每個人都告訴我們，「一個男人可以做的，女人也可以做」，不過還要加上一句，要注意女性的生理狀況，並盡可能地把婦女從那些重體力活中分離。……[35]

顯然，中國婦女未經歷西方式的「女權運動」，在克里斯蒂娃看來，她們的精神主體建構必然缺乏真正的女性意識，也缺乏對女性權益的自覺追尋。她通過對「鐵姑娘」現象的批評，闡述了對中國「男女都一樣」的理念以及婦女解放「標尺」的質疑。

> 社會主義賦予了中國女性一個超我的理想，致使人們相信，社會主義「本身的自我」是為女性量身定做的。「鐵姑娘」的傳奇就是這樣精彩壯麗地傳誦起來的。……1963年，太行山區中央山脈的大寨被自然災害毀滅。23個14到18歲不等的女中學生，組成了一支災後救援隊，在極其艱苦的條件下成功地架起了幾百英畝的倒塌植物。人們尊敬地暱稱其為「鐵姑娘」。在

---

35 〔法〕朱麗婭・克利斯蒂娃：《中國婦女》，趙靚譯，同濟大學出版社2010年版，，第166頁。

一些年輕的油田女工那裡，也可以發現許多「鐵人」的仿效者：……二十來歲的姑娘們組成了第一支大慶石油採掘隊。[36]

克里斯蒂娃認為，真正的女性要求與社會主義生產的緊迫任務密切結合在一起，「這不是什麼婦女解放，就像中國婦女參政運動者和江西蘇維埃政權所要求的那樣，而更像是一次『女性勞動力』的解放。」[37]克里斯蒂娃是站在西方女權主義立場上評判中國的婦女解放問題，其觀點難免有脫離中國社會實情的偏頗之處。需要指出的是，在二十世紀九〇年代之後，女性理論研究和女性主義文學批評在中國崛起，產生蔚為大觀的研究成果。在諸多的論述中，對克里斯蒂娃觀點的借鑑與延伸並不少見。

36　〔法〕朱麗婭·克利斯蒂娃：《中國婦女》，趙靚譯，同濟大學出版社2010年版，第139頁。

37　同上書，第134頁。

第五章
新中國文化藝術的紅色景象

　　文化藝術是人類歷史發展與社會進步的文明標誌，體現著人類物質創造與精神創造共同達到的水平。因此社會歷史的巨變與發展，從根本上離不開文化變革與發展的內在活力。同時，社會性質的深刻改變又會強有力地推動傳統文化生態結構的改變，影響著文化與文學藝術創造的內涵嬗變及價值追求。

　　從一八四〇年鴉片戰爭之後到一九一一年辛亥革命爆發，中國近代社會正是在長達七十年「古今中西文化的大交匯、大碰撞中」漸次開始了艱難的現代化轉型。[1]隨後轟轟烈烈的五四運動則以徹底的反帝反封建精神，決絕衝破幾千年文化傳統桎梏，高舉新文化大旗，追求民主、科學、人權、自由，開啟了史無前例的思想啟蒙運動。

　　大革命失敗後內憂外患的嚴峻形勢使思想文化啟蒙逐漸失去相適宜的歷史語境，風起雲湧的無產階級革命與迫在眉睫的政治救亡運動，蘇聯、日本等域外革命文藝運動的影響，孕育了以馬克思主義文藝思想為指導方向的左翼文化，形成很有聲勢的左翼文藝運動和文藝大眾化運動。到一九三七年抗日戰爭全面爆發後，深重的災難和憂患籠罩中國，為了適應抗日救亡運動的新形勢，以「救亡圖存」為精神內核的抗戰文化在烽火歲月誕生，並迅速發展壯大。

　　特定歷史時期的戰爭環境與政治需要制約著文化藝術的選擇與特性，以延安為中心的解放區在共產黨的直接領導下，建立起了無產階

1　何曉明：《中國早期現代化的文化綱領》，《光明日報》2002年12月17日。

級文化隊伍與文化體制。一九四二年五月中共中央在延安召開了文藝座談會，毛澤東《在延安文藝座談會上的講話》，闡明了馬克思主義的文藝理論和黨的文藝路線，成為指導新的文化建設和文藝創作與批評的思想綱領。紅色蘇區孕育的紅色文化成為中國進步文化發展的代表和象徵。

新中國成立後，在中國共產黨和各級政府文化組織機構的領導下，文化方針政策成為國家政治體制和政治宣傳的重要構成部分。文化建設與文學藝術創造遵循的基本規約是：以馬克思主義為指導思想，以貫徹毛澤東的《講話》精神為實踐宗旨，堅持文藝為人民大眾服務、為工農兵服務的方向，形成政治標準第一、藝術標準第二的評價原則。新中國五、六〇年代文化領域頻繁發動文藝鬥爭，知識份子的自由主義立場和思想經常處於被批評、被改造的處境。在嚴苛的意識形態語境下，文學藝術創作偏離了自身規律。「文革」時期極左文化路線導致「假大空」創作之風盛行，文學藝術作品思想蒼白僵化、概念化，藝術形態單一、模式化。在複雜的歷史背景下，中國當代文化藝術走過曲折的道路。西方作家從各自的觀察維度出發，描述、評說令他們感到新奇也不乏困惑和失望的社會主義文藝事業。

第一節　波伏瓦對新中國文化策略與文學現象的評論

「介入生活，介入歷史」，是波伏瓦堅持的創作姿態。「她一直都在密切地注視著社會的種種變遷。所以，她的文學作品，便成了各個歷史時期的生動記錄，並且敏銳地觸及到社會存在的重要問題。」[2]

2　李清安：《編選者序》，李清安、金德全選編《西蒙娜‧德‧波伏瓦研究》，中國社會科學出版社1988年版，第7頁。

一九五五年波伏瓦的中國之行雖然時間不長，但她從中國歷史發展變遷的脈絡中考察了新社會的體制特徵，探究中國文化的傳承與革新，尤其是對新中國初期的文化策略、文學創作、文藝鬥爭等有格外敏銳的觀察並提出學理性的批評，傳達出獨立、深刻的見解。透過波伏瓦的視角，在參照性鏡像中，回眸中國當代文化藝術起步的歷史語境，進而反思文化與政治、與時代、與人民之間的根本關係，對於推動中國新文化的新發展是有積極意義的。

一　觀察與判斷：現實與文學互證的鏡像

波伏瓦來中國之前、在中國的考察行程中、以及回國之後一年多的時間裡，她閱讀了大量的中國歷史文獻，新聞報道，中國一些重要領導人物的講話或報告，古今文學作品，其他西方作家與學者撰寫的中國遊記或研究著作。她的中國考察有十分明確的目的——首先，以舊中國漫長、悲慘的歷史為參照，去發現變革中正在建立的「嶄新的國家」；其次，縱深開掘文化視野，以西方文化為參照，去審視、感應一個古老民族的文化沒落和新生。她明智地確立了自己的觀察立場——不應把中國視為「一個可以分析的概念」，而是應真正深入「有血有肉的現實，要試著去破解」發生的一切。[3]

初到中國，作家協會給波伏瓦和薩特送來多種譯成英文的圖書和報刊，波伏瓦讀了一些小說後感覺「不像是文藝作品」，「可作為有趣的資料」。她說：「在這些作品裡，我找到了對中國的生動描繪。後來，我往往把我所參觀的地方看做是我在書中讀到的事實更廣泛、更具體

3　〔法〕西蒙娜·德·波伏瓦：《長征：中國紀行·前言》，胡小躍譯，作家出版社2012年版，第6頁。

的展現。」而親歷實地考察，「有了這些現實作為背景和前提，書才能真正讀懂。如果我沒有見過中國的農村和農民，我就不可能那麼深刻地理解丁玲和周立波關於『土地改革』的小說。」[4]對於一個急切想瞭解中國實情的西方人而言，現實與文學的互證是她觀察與判斷的依據，這番話既體現了波伏瓦實事求是的文學批評態度，也反映出她對文學與現實關係的看重。文學與現實互證的鏡像中展現出新中國青春煥發的氣象，不僅使她受到感動，而且使她對為人民寫作的中國作家產生了真誠的敬意，由此她開闢了公正評價新中國文學的理性思路。

波伏瓦看到，新中國的文學藝術創作並沒有迴避現實矛盾，比如話劇《考驗》[5]，「它深刻地揭露了工人與領導者之間有時發生的矛盾」，劇中的副廠長楊仲安曾經是戰爭年代的英雄，他自以為是，官僚專制，常用政治會議壓制工人，不能傾聽他們的意見，後來上級派來了丁廠長，楊受到批評、被免去職務，工廠恢復了秩序。正像當時多數作品一樣，最後要有光明的結局，然而波伏瓦充分肯定了這齣戲對「工人們的處境進行了認真的反思」。[6]結合現實，她還對「勞動競賽」的「怪圈」提出批評，指出極端「積極主義」的危害。

波伏瓦從秦兆陽的短篇小說集《農村散記》中，讀到一些樸實生動的小故事，反映農民對文化傳統態度的轉變，其中年輕人總是更為激進，而長輩們則在年輕人的影響幫助下逐漸擺脫一些愚昧的習俗。秦兆陽沒有刻意地將新舊衝突表現得水火不容，而是常常增添喜劇色彩，讓那些頑固堅持舊習俗的老農民不斷鬧出一些笑話，但他們對社

---

4 〔法〕西蒙娜・德・波伏瓦：《長征：中國紀行・前言》，胡小躍譯，作家出版社 2012年版，第15頁。

5 話劇《考驗》由夏衍編劇，劇本發表於《人民文學》1954年第8期。

6 〔法〕西蒙娜・德・波伏瓦：《長征：中國紀行》，胡小躍譯，作家出版社2012年版，第167-169頁。

會的進步並不會構成太大的障礙，關鍵是要啟蒙年輕人破除迷信、相信科學、積極改變陳規陋習，這樣才能在新與舊的衝突中找到前進的方向。波伏瓦對這類反映現實生活和矛盾的作品，都表示肯定，但她迴避了文學的審美批評，她總是將作品與現實一一對應，是為了更充分地瞭解中國，更客觀地判斷中國社會主義革命的性質和前景。然而，作為一名優秀的文學理論家和作家，她對所引述作品的主題、人物形象、現實意義等，都有精准的把握和獨特的評判尺度，我們今天重讀那個時代的作品，波伏瓦的批評立場與方法都能帶給我們拓展思維的啟發。她提醒我們，文學評論不能脫離特定的歷史語境，不能拋棄「社會學」的依託。

二　探究與辨析：新中國需要怎樣的文化藝術

對於秉持獨立精神和自由思想的西方作家而言，認識中國當代文化的最大障礙在於「大一統」模式。比如，個人化的文學創造活動，不僅受到意識形態的制約，而且還直接被政府的組織機構監管，作家的思想立場、創作傾向、題材選擇、創作方法等都受到統一的要求或限定。因此在普遍的西方視閾下，中國作家喪失了自由和創作活力，中國當代文學是蒼白、單一、貧弱的，不可能產生世界公認的經典作品。

波伏瓦雖然將新中國文學置於「審美性」價值判斷之外，但可貴的是，她自覺摒棄西方沿襲的諸多偏見，站在中國特定的歷史語境中，以個人的親眼所見、獨立思考為依據，客觀謹慎地探究建構新中國文學的文化基礎、指導思想、整體策略、實踐成效以及現實的、時代的意義。她努力潛入中國古老文化的歷史長河（儘管她申明對古代的中國不感興趣），試圖辨認文化傳承中積澱的「民族性」特質，從

而理解毛澤東所強調的文化觀——「馬克思主義只有採取民族的形式才是有用的。中國文化應有自己的形式，這就是民族主義形式。」[7]新中國文化要繼承傳統、推陳出新，這是推進民族發展進步的重要前提。但是波伏瓦在「民族」與「民眾」、「民間」等關係問題上，看到其中的複雜性、矛盾性。她坦率直言：「中國人更喜歡通過民間文化（即傳說）延續下來的形象，而不喜歡自己的歷史——實際上，它好像缺乏歷史感」。她之所以質疑中國的歷史文化傳承，是基於個人的判斷或困惑，她列舉了古代歷史中一些所謂的「民族遺產」，認為都是效忠「一個王朝」或「封建制度」的產物，卻始終「跟人民無關」；從另一方面說，「中國擁有豐富的民間遺產，但因文化分離而產生的民俗，它能在多大程度上融入一種旨在普世的文化呢？……民間的東西今天能成為民族的東西嗎？」[8]這些疑問和思辨「介入」到她的觀察與評述中，為我們反思圍繞「民族性」長期爭論不休的一些問題，提供了一個特別的觀照視角。

（一）普及——推廣人民的文化藝術

通過對中國古代文學進行梳理，波伏瓦闡發了與眾不同的觀點：「崇尚舊中國的人認為，舊中國的文學達到了高峰，因為它讓文學成了社會的基石。但事實恰恰相反，在舊中國，文學遭到了蹂躪，淪為

---

7 毛澤東在《新民主主義論》中闡述了這一觀點，「必須將馬克思主義的普遍真理和中國革命的具體實踐完全地恰當地統一起來，就是說，和民族的特點相結合，經過一定的民族形式，才有用處，……中國文化應有自己的形式，這就是民族形式。」參見《毛澤東選集》第2卷，人民出版社1991年版，第707頁。此文一九四〇年二月發表於在延安創刊的《中國文化》，原題目為《新民主主義的政治與新民主主義的文化》。波伏瓦原著中說毛澤東在《中國文藝》發表社論有誤。

8 〔法〕西蒙娜·德·波伏瓦：《長征：中國紀行》，胡小躍譯，作家出版社2012年版，第193、191、195、196-197頁。

統治階級的工具。作為特權的產物，它被特權者所壟斷，程度超過其他任何文明。」她如此評判的依據是，「古文的使用」成為官僚精英的專利，因而古文創作的文學也是服務於官僚精英的。「平民出身的文人很少，而他們一旦擺脫了自己的出身，便不再屬於那個階層」，這就導致文化的等級隔離。[9]因此，五四新文化運動倡導的文學革命和白話文寫作，具有劃時代的意義，其歷史貢獻是巨大的。波伏瓦注意到，五四以來的現代文學創造者們存在不同的主張和追求，但是他們因「介入社會」而殊途同歸，在二十世紀的中國把文學對於社會的重要性發揮到極致。特別是偉大的作家魯迅，他對中國的影響必然是深遠的。

　　普及民眾可接受的文化藝術，是戰爭背景中知識份子文化意識趨同的結果，到一九四二年毛澤東發表《在延安文藝座談會上的講話》，進一步明確文學藝術為人民大眾、為工農兵服務的使命和方向，中國現代文學這一發展演變的內在契機和外部條件在波伏瓦看來是順應歷史發展和時代訴求的。當然，她對中國「唯一能夠接受的美學是社會主義的現實主義」不能苟同，斷言在短時期內中國「不可能誕生莎士比亞或者賽萬提斯那樣的大作家」。她指出：新中國湧現出「一些不錯的作品，但沒有偉大的傳統。」[10]

　　為什麼新中國的首要任務是普及文化藝術？帶著疑問，波伏瓦瞭解到，一九四九年中國的文盲約占人口的百分之八十，這一巨大數字表明，新中國的文化建設必須以掃盲運動為前提，在民眾脫盲後，他們的文化水平才會逐步提高。而在這一過程中，「新聞閱讀」的重要意義又高於「文學閱讀」。西方反共人士抨擊中國的新聞報道受政府

9　〔法〕西蒙娜·德·波伏瓦：《長征：中國紀行》，胡小躍譯，作家出版社2012年版，第220頁。

10　同上書，第236頁。

管控，缺乏不同的觀點和聲音。波伏瓦則辯解說：「新聞在每個國家都越自由越好。但是中國的情況很特殊，因為文盲所占的比例很高，人民缺乏政治思想」，因此，「給人們提供互相矛盾的觀點，而人們又沒有必要的基礎自己作出判斷，這只能是製造混亂。」[11] 從這一思路出發，新中國文學的「提高」，也要等待大眾的文化知識、思想認識水平提高後方可實現。

新中國文化的普及方式和手段引起波伏瓦的興趣，解放前廣大農民接受的唯一文化知識是「小人書」提供的，解放後，文化宣傳部門提倡利用通俗易懂的民間藝術形式宣傳新思想，作者們「寫了許多獨特的故事：勞動模範的故事，志願軍抗美援朝的故事，抓國民黨特務的故事，自由戀愛與結婚的故事，一年當中，這類圖畫書賣了1000多萬冊。」她預測，「這類圖畫書也不會再是唯一的通俗文學，大家應該得到一種更加高雅的文學。」[12] 從通俗淺幼的小人書向真正的文學創作發展，就要激發廣大作家關注現實生活和人民訴求的熱情，他們寫什麼、怎麼寫，決定了新中國文學前行的趨勢。

（二）鍛鍊——作家的創作姿態

一九四九年七月，「中華全國文學藝術界聯合會」和「中華全國文學工作者協會」（後更名為中國作家協會）成立，新中國文學在高度「組織化」的機制中啟航，《在延安文藝座談會上的講話》是指航燈塔。作協主席茅盾大力宣傳《講話》精神，要求廣大文藝工作者學習馬克思列寧主義，改造思想意識，樹立、鞏固新的世界觀，徹底拋

---

11 〔法〕西蒙娜·德·波伏瓦：《長征：中國紀行》，胡小躍譯，作家出版社2012年版，參見第188頁，原注①。

12 同上書，第188、189頁。

棄資產階級的思想感情，全心全意「服務大眾」。[13]波伏瓦認為這些要求都很高，「要面向人民大眾，表達他們的心聲，就必須熟悉他們。……他們必須到工廠或農村鍛鍊。」[14]

有外媒記者指責這種「鍛鍊」（改造）帶有強迫性，使作家喪失自由，處境不利。而波伏瓦通過她對作家的拜訪、對文壇的觀察和瞭解，披露了這樣的事實：首先，「作家的物質生活從來沒有這麼好過，文化的普及大大地增加了讀者的數量。……作者的版稅在10%-15%之間，收益可以達到很高。」其次，「作家如果想出去採風，查閱資料，需要時間搞研究或創作，身體不好的時候看病休息，都可得到許多便利。」最重要的是，「每個作家可以自由決定寫作的題材」，沒有被強迫寫作。當然，「作協與文化部」有時聯合發出倡議——比如號召寫關於合作化的書。波伏瓦指出：「中國的絕大多數知識份子都擁護政府」，「這些『進步分子』包括當時所有的大作家。……郭沫若、茅盾、巴金、老舍、曹禺、丁玲，他們現在全是作協會員。巴金、老舍和曹禺都不是共產黨員，……他們毫不猶豫地擁護新中國，用自己的筆來為它服務。」[15]她指責一些西方知識份子對中國的情況「一點都不瞭解」，西方「聲稱是永恆價值的這種『作家的自由』，在中國從來就沒有存在過，……他們都把文學當做是鬥爭的一種形式，而且是危險的形式。」從黑暗舊中國走過來的作家們對波伏瓦說：「以前，我們很孤獨，我們的呼喊得不到響應」，「現在我們知道為誰而寫了」。經歷過民族苦難和無路可走的痛苦迷茫，這些作家自覺自願接受中國共產黨的領導，擁護社會主義，甚至犧牲自我藝術個性為

13　參見茅盾：《認真改造思想，堅決面向工農兵！》，《人民日報》1952年5月23日。

14　〔法〕西蒙娜・德・波伏瓦：《長征：中國紀行》，胡小躍譯，作家出版社2012年版，第243頁。

15　〔法〕西蒙娜・德・波伏瓦：《長征：中國紀行》，第242-243、251、252頁。

大眾文藝服務，為政治宣傳服務，很大程度上歸因於歷史與現實的教
育，如果拋開中國近現代社會所經歷的一切去嘲笑這些知識份子的表
現，實在是虛妄荒謬的。在波伏瓦看來，「介入社會政治鬥爭」是抗
日戰爭爆發後中國作家們凝聚起來的共識，這一光榮信念在社會主義
建設時期繼續鼓舞他們「履行作家的使命」。[16]

　　陪同波伏瓦參觀的作家、翻譯家陳女士[17]也成為她觀察、訪談的
最佳對象，她對陳女士評價極高，「她是中國知識份子和那一代婦女
的傑出典型。她充滿智慧，受教育程度很高，觀察能力很強，在各個
方面都給了我很有價值的信息。她從來不宣傳什麼，堅信新政府的願
望是好的，……她獨立、率直、和藹、善談」。[18]陳學昭在二〇年代曾
參加淺草社、語絲社，是五四新文學影響下成長的青年作家，之後又
赴法國深造，接受西方的現代文化，三〇年代中期回國後逐步走上革
命道路，一九三八年赴延安，一九四二年參加了延安文藝座談會，曾
任延安《解放日報》副刊編輯。她的人生道路和創作道路都具有「範
例」意義，從她身上，波伏瓦看到作家擁有創作的「主動權」，同時
又有「介入社會生活」、「下去鍛鍊」的自覺性。陳學昭解放後發表的
第一部作品（《工作著是美麗的》），「不符合任何綱領」，那是她個人
的成長敘事。然後她像丁玲、周立波一樣，積極參加土地改革，她如
實反映所見所聞，「既為了創作的快樂，也為了讓作品對社會有
用。」她還曾去一家紡織廠工會工作數月，打算寫紡織女工，但因缺
乏靈感遂放棄，她覺得自己更熟悉農民的生活，便到浙江農村生活了

16 〔法〕西蒙娜・德・波伏瓦：《長征：中國紀行》，胡小躍譯，作家出版社2012年
　　版，第252、253頁。

17 陳學昭（1906-1991），一九三五年獲法國克萊蒙大學文學博士學位。代表作有長篇
　　小說《工作著是美麗的》、《春茶》，短篇小說集《新櫃中緣》，詩集《紀念的日
　　子》，散文集《倦旅》等。

18 〔法〕西蒙娜・德・波伏瓦：《長征：中國紀行・前言》，第17頁。

兩年，「滿懷激情」地寫出了《春茶》。[19]

（三）「遵命文學」的辨析

在「作協與文化部」的號召下寫作，必然產生「遵命文學」，「讓靈感沒有自由的空間」，這是不能迴避的問題。波伏瓦以法國古典戲劇家拉辛的作品為例，試圖證明「遵命文學」也能出傑作，「向作家推薦題材，哪怕是以命令的形式，並不一定會使作品平庸。」但她又警示：「最有害的，是事先要求作家採取哪種創作方式。」這裡可以看出波伏瓦陷入了悖論情境，一方面新中國文學根本沒有「傑作」來證明「遵命文學」的成功──這一點她十分清楚──毫無疑問這樣的情形「不利於普魯斯特或卡夫卡這樣的作家誕生」；她對中國與法國的文化差距、對中國當代作家與世界偉大作家之間的巨大差距，有居高臨下、理性的審視眼光。可另一方面，她又降低視點力求為中國找到合情合理的「辯護」。比如，她看好來自人民的作家，「許多年輕的工人、士兵和農民渴望用文字來表達，卻缺乏方法和技巧」，所以應該指導、幫助「初學者」──這就違背了她關於「有害做法」的批評；她對中國專業作家「對自己的作品實行嚴格的自我檢查，儘量『循規蹈矩』」的「保守」表現也予以理解，認為他們是嚴肅對待「如何創造出具有文化價值的大眾文學」這一命題和使命，因而她提示西方同行們，根據「西方的標準去判斷它是荒謬的。」[20]長期以來，西方與東方不僅在地理空間上相距甚遠，更在文化空間中橫亙著深淵。西方文化早已建構了代表文明與進步的價值體系，形成西方中心話語權力，在這一權力鏡像下，東方則完全處於愚昧與落後的劣勢

19　〔法〕西蒙娜・德・波伏瓦：《長征：中國紀行》，胡小躍譯，作家出版社2012年版，第244頁。

20　〔法〕西蒙娜・德・波伏瓦：《長征：中國紀行》，第244、245、246頁。

地位。正如薩義德在《東方學》中所深刻揭示的,「西方與東方之間
存在著一種權力關係,支配關係,霸權關係」,「這一霸權往往排除了
更具獨立意識和懷疑精神的思想家對此提出異議的可能性。」[21]波伏
瓦反對以「西方標準」看中國,一方面顯示出客觀理性的獨立見識,
另一方面,她強調「標準」的差異是否又隱含了西方的文化優越感
呢?可以明確的是,在波伏瓦的主體精神構築中,雖有多元文化影
響,但核心文化價值的主導性不容置疑,因而她的文化「標準」背後
或亦不能排除將東方割裂於西方之外的潛在意識。

三 困惑與批評:妨礙新中國文學發展的「教條」

作為一名具有深厚哲學思想和美學修養的學者、作家,波伏瓦一
再以寬容的態度去理解新中國文學在「普及」導向下內容與形式的簡
單、粗淺,對於過於直露的政治宣傳目的,她也試圖找出應合時代要
求的合理性。她多次表達了有些無奈卻不乏善意的看法,「中國人的
文化意識剛剛被喚醒,對他們來說,看懂一篇文章差不多等於創造了
一個奇蹟,他們把所有印刷品都當做是聖典,當然也就不可能鑑別出
差錯,……所以,當局要給他們提供乾淨的食糧。如果面對的是內行
的讀者,作家的作用就是讓世界從模糊變得清晰,是批評和爭論,但
前提是讀者必須達到批評和爭論的水平。否則,模糊會變成混亂。」
她認為,具備批評和爭論水平的讀者才能夠接受意蘊深邃、豐富、複
雜的作品,而思想蒙昧、文化素質較低的國民大眾,「首先需要的是
明瞭和簡單,複雜是以後的事。」[22]今天我們可能難以認同波伏瓦的

---

21 〔美〕愛德華・W・薩義德:《東方學》,王宇根譯,生活・讀書・新知三聯書店
1999年版,第8、10頁。
22 〔法〕西蒙娜・德・波伏瓦:《長征:中國紀行》,胡小躍譯,作家出版社2012年
版,第247頁。

這一觀點，因為這意味著作家只能遷就低層次人群的接受水平而忽略知識份子群體——哪怕只是少數——的思想與審美期待，也就意味著知識份子在「向下」降低自我的過程中放棄了啟蒙立場。雖然波伏瓦強調這是「初始階段」的舉措，她對未來的文化「提高」滿懷信心，但是從之後二十多年間（五〇年代後期至七〇年代後期）的狀況看，民族的整體文化素質不僅沒有逐步提高，反而在某種程度上出現滑坡。在「文革」運動中，文化甚至遭到野蠻踐踏，嚴酷的歷史教訓警示我們，避免一個民族的倒退，就決不能再為思想蒙昧尋找諒解的理由。

前文已提及，波伏瓦有時會在悖論情境中表露個人的疑惑和思考，其實，她對新中國社會存在的落後現象，特別是對文化建設中暴露出的問題與缺陷，不僅表達了自己的困惑，而且也提出了一些懇切的批評。

（一）「簡單」與「真實」

波伏瓦對新中國初期文學缺失「複雜」的蘊涵尚能夠理解，但她強調：「簡單與真實並不矛盾，藝術家可以把它們結合起來。」這是她對現實主義文學最基本的要求和評價原則。真實的底線應該是不歪曲、不粉飾現實，不迴避現實矛盾，摒棄「假、大、空」的文風。因而，她直言不諱地批評說：「在毛澤東的指示裡，被加入了一些與文學的真實不相符的規定。」[23]「被加入」顯然是指一些文藝界的官員在貫徹《講話》精神時存在片面化認識，或者在機械照搬「指示」的過程中脫離了文學的自身規律，因此製造出新的「教條」。比如周揚提出「作家在選擇題材和寫作方式時需要自由。」可他又要求作家們

---

23 〔法〕西蒙娜・德・波伏瓦：《長征：中國紀行》，胡小躍譯，作家出版社2012年版，第247頁。

「應該描寫英雄，而不要提他不具備英雄色彩的那一面。」[24]這讓波伏瓦深感荒唐，她坦言：「我承認在一個正全力以赴走向未來、創造新人類的社會裡，文學應該反映這種前進，表現『正面英雄』。遺憾的是，人民的日常瑣事和真實的一面被否定了，取而代之的是一些套話。」[25]她對茅盾的「矛盾」觀也進行了質疑和批評，五○年代蘇聯文學界關於「缺乏矛盾衝突」的論爭影響了中國文學界，茅盾提醒作家們要反映矛盾，要深入研究矛盾，他曾指責說：「豐富而複雜的社會現象在作家的筆下成了簡單的東西，沒有任何曲折，內容貧乏，公式化。」、「我們的小說中的主人公既沒有生命，也沒有活力，而是可悲討厭的木偶。」這些批評在波伏瓦看來是中肯的，揭示了本質問題。然而茅盾的結論「卻讓人不知所措」：為了讓人物更加真實，必須把他們描寫得更加高、大、全——「必須要求我們的作家努力塑造人物，尤其是正面人物……他們應該給我們提供一個比現實生活中的人物更有力、更全面、更典型、更理想、更有活力的形象。」[26]波伏

---

24 周揚1953年在第二次文代會所作報告中說：「社會主義現實主義不但不束縛作家在選擇題材、在表現形式和個人風格上的完全自由，而且正是最大限度地保證這種自由」；「我們的作家為了要突出地表現英雄人物的光輝品質，有意識地忽略他的一些不重要的缺點，使他在作品中成為群眾所嚮往的理想人物，這是可以的而且必要的。」參見《為創造更多的優秀的文學藝術作品而奮鬥！》，《周揚文集》第2卷，人民文學出版社1985年版，第249、252頁。

25 〔法〕西蒙娜・德・波伏瓦：《長征：中國紀行》，胡小躍譯，作家出版社2012年版，第247頁。

26 茅盾1953年在第二次文代會上作了《新的現實和新的任務》報告，他指出：「我們許多作家還不能大膽地去表現社會生活各方面的矛盾，……因而複雜的、豐富的社會現象，在作家筆下簡單化了，片面化了，變成了乾癟的公式。」他批評作品中的人物「往往缺乏個性，缺乏感情，缺乏思想的光輝，……結果英雄人物喪失了生活的光彩，成了毫無生命的形象。」但他又舉出一些現實中的英雄，認為「我們應該把他們的生活形象比實際存在的更強烈地、更集中地、更典型地、更理想地、更有生氣地在小說中、電影中、戲劇中、詩歌中描寫出來」。《茅盾全集》（第24卷　中國文論七集），黃山書社2014年版，第302、309-210、318頁。

瓦在當時就尖銳指出：「正面人物的這種完美而理想的特徵極其嚴重地妨礙了中國當代文學的發展。」針對這一明顯的危機，她毫不客氣地向茅盾建言，要提高中國當代文學的思想藝術水平，「首先必須改善的，……是面對現實，哪怕是主人公的現實，表現它的複雜性和曲折性。」[27]波伏瓦對新中國文學問題的準確判斷，對未來發展的預見和遠見，對現實主義文學的價值取向，都體現出她敏銳的洞察力和深厚的理論素養。可惜她的真知灼見對彼時的文藝界領導未產生觸動，之後當代文學的人物塑造出現更為嚴重的失真現象。

（二）「衝突」與「模式」

　　文學的「資料價值」幫助波伏瓦瞭解中國社會，使她「獲益匪淺」。小說、戲劇等作品中對現實生活中的各類衝突都有反映，比如婚姻、家庭中的新舊觀念衝突；農業、工業生產勞動中革新要求與落後條件、官僚主義與實幹作風之間的衝突；宗教迷信與進步思想的衝突等等。她評價說：「這些內容都比資產階級有氣無力的文學有意思」，但是「衝突描寫得比較表面」，「過分的樂觀也使這些故事受到了扭曲。」特別是一些雷同的敘事結構使她「感到很震驚」——「在大多數的小說中，批評和否定的前一部分都比通往光明結局的後一部分要好得多。」她以《太陽照在桑乾河上》、《暴風驟雨》為例具體分析了兩部作品，認為前半部分都寫出了濃厚的生活氣息，描寫的農民們「紮根於過去，謹慎地面向未來。有壞人，也有好人，有的人猶豫不決，有的人受矇騙，有善良者，也有落後分子，還有一些人腦子清醒，但心裡擔心。他們在矛盾中搏鬥，這些矛盾來自環境，也來自自身，他們的生活和故事真實可信。」然而在情節需要充分展開的時

---

27 〔法〕西蒙娜・德・波伏瓦：《長征：中國紀行》，胡小躍譯，作家出版社2012年版，第248頁。

候,「突然,出現了一個『正面英雄』,黨的一個幹部,他一下子克服
了所有的困難,輕易得讓人不可思議。」草明的《原動力》和徐光耀
的《平原烈火》也同樣,開頭的故事很吸引人,後面的情節發展「卻
完全陷入了英雄主義之中。」[28]聽了波伏瓦的意見,茅盾等作家們雖
然承認其批評有理,卻又表示「不打算修改他們的原則」。波伏瓦知
道是一些客觀存在的困難阻礙著文學的「提高」,但不能否認的是,
當那些固有的「原則」變成僵化的「教條」,就必然成為束縛創作活
力的鎖鏈。

(三)「生活」與「經驗」

關於生活與經驗的關係,波伏瓦也有獨到的思考和見解。她質疑
中國作家所謂的「體驗生活」,「即使他在工人或農民中體驗了幾個月
的生活,他也不會成為他們中的一員。」因此她從文學創作的自身規
律和根本意義出發,闡發了自己深刻的認識。她說:「寫作,不是抄
錄自己所知的東西,而是延伸一種經驗。毫無疑問,這是涉及到了主
觀性這個棘手的問題。」波伏瓦進而揭示了我們不敢去探究、甚至不
願正視的真相——讓作家接受思想改造、拋棄或遮蔽自己的主體性去
基層鍛鍊,「這種機制實際上並不足以填補作家與廣大民眾之間的鴻
溝。」而創作中不能投入主體思想和自我積澱的經驗,顯然這樣的創
作不能抵達精神的深邃空間,也就談不上實現文學的審美價值。這也
是她視我們的文學作品為「材料」而非「藝術」的根本原因。她以丁
玲為例,進一步說明,「一種經驗,只有成了『我的經驗』,才能有效
地把它傳授給別人。」丁玲個人經歷過的苦悶、絕望、掙扎、鬥爭等

---

28 〔法〕西蒙娜・德・波伏瓦:《長征:中國紀行》,胡小躍譯,作家出版社2012年
版,第248、249頁。

曲折豐富的人生，「她真的深入到了人民的生活當中。」但現在時代變了，知識份子們「與工人和農民一起勞動，這永遠是『瞭解情況』的一種方式，而不是『體驗生活』。」[29]茅盾號召作家「深入生活，以馬列主義作為指路明燈，激發起真正的革命熱情，從生活中獲得知識」[30]，在波伏瓦看來「既不具體，也不足夠。」她截然相反的觀點是：「只要局限於『到人民中去』，作家就無法表現他們，正確的應該是『來自人民』。」她的這一創見倒是更符合文化「普及」的目的，當然，不盡人意的是，來自人民的寫作者「還沒有成為真正的作家。他們沒有傳統，缺乏信心，語言掌握得不夠牢固；……於是便循規蹈矩，陳詞濫調。」波伏瓦進而指出：「老作家有技巧，但對於他們想反映的東西缺乏親身體驗；年輕人代表著歷史運動，但缺乏技巧和知識。二者結合起來，中國的文學也許才有希望。」她熱情支持毛澤東延安時期的預言：文化只有廣泛傳播後才能得到提高。所以，她樂觀地相信，「總有一天，文化會成為工人和農民熟悉的東西，……他們就能真實地講述自己的生活了。」[31]

（四）「雙百方針」與文藝鬥爭

　　波伏瓦回到法國開始著手撰寫《長征：中國紀行》的過程中，繼續跟蹤關注中國文學的動態，她瞭解到，「1956年路線的改變給人們帶來了巨大的希望。」[32]、「陸定一給文學、也給意識形態開闢了自由

29　〔法〕西蒙娜・德・波伏瓦：《長征：中國紀行》，胡小躍譯，作家出版社2012年版，第250-251頁。

30　參見茅盾：《新的現實和新的任務——一九五三年九月二十五日在中國文學工作者第二次代表大會上的報告》，《茅盾全集》（第24卷　中國文論七集），黃山書社2014年版，第318頁。

31　〔法〕西蒙娜・德・波伏瓦：《長征：中國紀行》，第251頁。

32　「路線的改變」即指「雙百方針」提出後文學界的變化。

之路。必須有多種流派競爭：社會主義的現實主義不再是唯一允許的文藝流派。」她為此而感到欣慰，但對「百花齊放」是否產生令人滿意的「結果」也抱有懷疑，至少是不樂觀的。她斷定：「短時有效的政策依然存在，它顯然會危害作品的豐富性和真實性。」她還敏感地發現，「當代中國文學貧乏的原因，是它所起的作用太大。」[33]「作用太大」可謂一語中的，當文學的政治工具功能被過度強化，必然總會受到來自政權機構的操縱、控制，受到意識形態的規約、牽引。周揚曾明確要求：「我們的文藝必須服從政治；必須以黨和政府的政策作為指針，這是確定不移的。」[34]因而，波伏瓦預示，只有當中國的文學度過這一特殊階段，「當它不用再與社會保持一致的時候，它就能表現社會、討論社會了。那時，它不再是『服務』，而是有更廣泛、更長遠的目標」。支持這個預示的顯然是文學的普世價值觀——當文學回歸「人學」，回歸「審美」，「文學就會得到真正的自由，就像原子能釋放那樣的自由。」[35]

　　波伏瓦的美好期待很快破滅。她在中國考察時曾對「《紅樓夢》研究批判」、「胡風反革命案」等事件表述了自己的擔憂，認為「把錯誤變成罪行」的文藝鬥爭，這是在「鼓勵文化蕭條」[36]。波伏瓦的批評在當時無疑是「忠言逆耳」，但她敏銳的預見不僅很快應驗，而且形勢惡化之快尤令她始料不及。不久前陪她參觀的陳女士，她登門拜訪過、或曾一起交流的大作家丁玲、艾青等都被打成了右派分子。

　　《長征：中國紀行》的第六章《防衛鬥爭》中，波伏瓦對「胡風

33　〔法〕西蒙娜・德・波伏瓦：《長征：中國紀行》，胡小躍譯，作家出版社2012年版，第253、254頁。

34　周揚：《毛澤東同志〈在延安文藝座談會上的講話〉發表十周年》，《周揚文集》第2卷，人民文學出版社1985年版，第149頁。

35　〔法〕西蒙娜・德・波伏瓦：《長征：中國紀行》，第254頁。

36　同上書，第254頁。

事件」的發生和演變過程做了較多的調查和評述，當然，她得到的調查材料在當時只能來源於大陸、香港的報刊和其他途徑獲得的信息，她不可能對當事人進行訪談，所以她的困惑與疑問也就更多。她對這一事件的基本判斷是準確的，「它是由一場文學辯論開始的，後來發展成揭露反革命陰謀，而這又成了一個藉口，用來針對不同觀點的知識份子。」接下來的批判與鬥爭愈演愈烈，運動席捲了全國，鬥爭性質也開始向另一個方向發展。波伏瓦對這樣的結局發出一連串的詰問：

> 是否有人覺得要消滅胡風的文藝觀點，就必須讓他身敗名裂？或者，警方設了圈套，他完全是個受害者？再或者，他真的與某些隱藏得很深的反革命集團有聯繫，他的反對確實帶有政治色彩？總之，這一事件的操作方式，……都讓人感到困惑。[37]

特別讓波伏瓦感到震驚的是，周揚一九五六年在作協大會上說：「與胡風反革命集團的鬥爭，……在政治上，這是革命與反革命之間的一場戰鬥……胡風的理論之所以是反革命的，不僅是因為它建立在資產階級的世界觀之上，而且它有助於掩蓋反革命活動。」[38]她實在無法明白這一批判「邏輯」。所以當她聽聞一九五六年中國文藝界開始貫

37　〔法〕西蒙娜・德・波伏瓦：《長征：中國紀行》，胡小躍譯，作家出版社2012年版，第313、315頁。

38　周揚原話：「胡風反革命集團的揭露卻是最複雜、最激烈的一場鬥爭」，胡風「混在人民和作家的隊伍裡，替反動統治者執行從內部來破壞革命的奸細的任務。」、「胡風文藝思想之所以特別反動，不但是由於他的理論的基礎是反動的資產階級主觀唯心主義的世界觀，而且更由於在他的全部活動中始終貫串著一個用五光十色的『理論』外衣所巧妙地掩蓋了的反人民的反革命的目的」。參見周揚《建設社會主義文學的任務——在中國作家協會第二次理事會會議（擴大）上的報告》，張炯主編《中國新文藝大系　1949-1966 理論史料集》，中國文聯出版公司1994年版，第182、183、186頁。

徹「雙百」方針的消息，懇切期望「如此幸運地修改了文化政策之後，中國共產黨應該對其思想史上影響最大的事件之一真正表明自己的看法。」[39]這樣尖銳深刻的批評顯示出波伏瓦在對待文藝論爭問題上立場的鮮明和公正，強烈表現出她尊重人權、崇尚思想自由、追求真理的精神自覺。

當波伏瓦對她的中國紀行做最後總結時，以真誠的態度如是說：「文化的『繁榮』與『提高』，二者之間的關係非常複雜：它們根據情況的不同或衝突，或和諧。毫無疑問，大眾的文化程度已經大大地提高了，至於藝術和文學的更高形式的發展，樂觀主義和悲觀主義現在都太心急了。……新中國儘管有我曾指出的猶豫、極端和錯誤，但我覺得它的努力和成就是值得讚賞的。」[40]

關於中國文學的評述僅是《長征：中國紀行》第五章《文化》中的一節，然而在不長的篇幅裡，豐富厚重的內容令人嘆服。波伏瓦對中國文學現象與問題的觀察判斷，對中國作家與作品的梳理評析，對文學本質的深刻認識與精闢闡述，都彰顯出視野的開闊，思想的敏銳。但由於客觀條件的限制，波伏瓦收集到的中國文學資料不可能是全面的，也肯定存在諸多差錯，特別是文獻的翻譯水平參差不齊，必然給她的研究帶來各種困難，或者使她受到誤導。波伏瓦的個人觀點和見解也難免存在局限性和片面性。然而，我們今天通過波伏瓦對新中國初期文學的批評，開啟了一扇曾被封閉的歷史視窗，在中西差異性、互補性的文化語境下，展開關於當代文學性質與特色、經驗與教訓的「對話」，是具有特殊意義的反思形式，期望能對中國當代文學史研究，提供一個有參考價值的個案。

---

39 〔法〕西蒙娜‧德‧波伏瓦：《長征：中國紀行》，胡小躍譯，作家出版社2012年版，第316頁。

40 同上書，第389-390頁。

第二節　斯諾等對新中國文藝的觀感

　　西方來華訪問者對中國文化藝術最直觀的感受更多來自舞臺表演藝術、繪畫和雕塑藝術等。請外賓觀看各類文藝演出是中國外事活動中必不可少的環節；向他們贈送中國字畫、工藝品等，也是友好交流的重要方式。因而，通過西方作家的中國紀實敘事，他們對新中國文藝形式、藝術成就的描述和評價，自然成為「中國形象」引人矚目的部分。

一　斯諾觀賞的舞臺藝術

　　一九六六年之前，新中國的舞臺世界擁有極為豐富多樣的表演藝術種類——傳統的、現代的、民族的、西洋的，也擁有龐大的職業藝術家群體——國家的、地方的、軍隊的、民間的……所以，正如斯諾所看到、所感受到的，「中國共產黨給予各種藝術新的內容，並使一些舊的（好的）內容得到了新生。外來訪客可以反對其他的事情，但很少人會對這個說法產生爭論：那就是戲劇，舞蹈與音樂和人民群眾間的接近是前所未有的。」他以自己調查得來的事實材料證明這一判斷的可靠性：

　　　　不論大小的國營工廠都組織了業餘戲劇俱樂部，甚至大學和中
　　學都是一樣。在二萬四千個人民公社中，每個公社平均有七隊
　　業餘演出隊。數以百計的劇場在中國建築起來了。……基本上
　　每個省份都維持有一個以上的劇團，以本地區的形式、方言和
　　傳統搞戲劇演出。這些劇團有時會到遙遠的邊疆地區如雲南及

東北等地演出。[41]

　　讓斯諾感到驚訝的是，建於一九五〇年的北京舞蹈學校，一九五四年就已經開始教授芭蕾舞，專任教師是莫斯科留學歸來的，也曾有蘇聯教師在此校協助教學。斯諾訪問了這所學校並在新建成的劇院觀看了學生們表演的《天鵝湖》。他評價說：「樂隊相當好，燈光和舞臺特技甚佳，服裝色彩華麗。從技巧上看，她們的舞藝已臻化境，跳躍及單足尖旋轉與我以前看過的表演一般靈活。然而，與波爾塞舞劇團（蘇聯）和中央舞劇團（英國）的表演來比較，這場演出不知怎的總是缺乏力量，情感與召喚力也未處理得完善。」接受採訪的副校長虛心接受了斯諾的批評，她很有信心地說：「當我們的舞劇團有所改進時，我們可以環遊世界旅行演出了。到時，我們希望能改良一些我們目前在預習中的全中國式的芭蕾舞——一些較接近本國人民和革命的新事物。」[42]由此可見，「藝術為人民服務，為社會主義服務」是藝術家和藝術教育家積極響應、踐行的號召。

　　為了進一步瞭解各類藝術形式在豐富中國文化、增強中外思想溝通中起到的作用，斯諾特意去上海音樂學院參觀訪問了一整天。他驚喜地看到，學院眾多的教職員工「自由地以英語和法語交談」，他們中「有十九位是國際知名的人物；為數不少的人曾在外國留學並取得很好的聲譽。」[43]兩位十一、二歲的孩子以熟練的技巧為斯諾演奏了蕭邦和莫札特的鋼琴曲，民樂專業的學生表演了琵琶彈奏，小提琴手和大提琴手演奏了一曲絃樂四重奏，斯諾對她們的美妙的琴聲極為讚

41　〔美〕埃德加‧斯諾：《大河彼岸　又名：今日的紅色中國》，《斯諾文集4》，新民譯，新華出版社1984年版，第199頁。

42　同上書，第200、201頁。

43　同上書，第431、434頁。

賞。「一位年紀約二十二歲的藏族姑娘——才旦卓瑪——運用她那悅
耳非常的女高音,先唱了幾首高原民歌,然後又高歌了『卡門』中的
一個選段。她是一個高大的、令人難忘的西藏姑娘,穿著藏族人民的
服裝,飾上許多銀色和天藍色的裝飾品」。斯諾瞭解到,她是一個翻
身的農奴,兩年前還不識字,如今幸運地成為音樂學院的大學生,
「她的臉上永遠帶著開朗的笑容」,[44]幸福之感洋溢在她的表情中。音
樂學院中還有其他多名藏、蒙、黎、瑤、壯等少數民族學生。

在採訪中,斯諾記錄下法國留學歸來的「最富盛名」的女高音歌
唱家周小燕的經歷和她的肺腑之言:

> 在上海勝利解放後,我馬上回到祖國來,那是一九四九年的事
> 了。我是在本市認識我的愛人的。⋯⋯他是美國耶魯大學留學
> 生,我們生活得很愉快。⋯⋯當然啦,我們也會遇到困難的,
> 但現在我覺得這裡是世界上最令人興奮、最有創造力的地方。
> 我願意永遠在這裡生根開花、永不離開。

周小燕坦誠地告訴斯諾:

> 我們每年都有一個月到農村去與農民一道工作,並且向他們學
> 習。開始時,由於種種思想顧慮,我真是怕得要死哩。但現在
> 我們都發現這樣做對我們是最有益的。只有這樣,我們才能成
> 為更好的藝術家和作曲家,才能更接近人民。[45]

---

44 〔美〕埃德加·斯諾:《大河彼岸 又名:今日的紅色中國》,《斯諾文集4》,新民
   譯,新華出版社1984年版,第431-432頁。

45 同上書,第436、435頁。

　　由上海音樂學院主持的上海交響樂團，有著悠久的歷史，是中國最優秀的交響樂團。據統計，當時中國已有數百支中西樂隊，一些已經達到很高的水平。斯諾說：「一九六○年，一些外國人在北京聽到中央樂團演奏貝多芬的『第九交響樂』，人人皆大贊已達一流水平。」[46]當斯諾在中國看到一個個大樂團人才濟濟、樂器齊全先進，不禁撫今追昔，一九三九年他有幸在延安觀看了《黃河大合唱》的首次演出，這是年輕的作曲家冼星海在戰爭中完成的作品，他用屈指可數的中西樂器和臨時製作的土樂器，「演奏出樂曲的主題和優美的過門」，「當時的聽眾是一群穿著粗衣麻布的學生和八路軍戰士，此外還有一大群農民。」[47]當時群情激奮的演出場景一定深深感動、震撼了斯諾，所以他更加理解中國人民的革命事業，也更加理解文藝為人民服務的意義和強大力量。

　　一九七○年斯諾訪華時，敏感地注意到，「文化大革命後，中國的文藝起了翻天覆地的變化。」他說：「外國習慣勢力對中國文化藝術的影響力已差不多完全消失。一切藝術、文藝、音樂、戲劇、歌劇和電影都被要求要符合毛的著作《在延安文藝座談會上的講話》中所提的思想標準。」[48]他沒有發表尖銳批評，但對中國文化藝術界越來越「左」的政策和導向，對越來越單一化、概念化、模式化的文學藝術創作現象是失望和遺憾的。

---

46 〔美〕埃德加・斯諾：《大河彼岸　又名：今日的紅色中國》，《斯諾文集4》，新民譯，新華出版社1984年版，第433頁。

47 同上書，第437頁。

48 同上書，地429頁。

二　克里斯蒂娃眼中的農民畫家

　　克里斯蒂娃一九七四年去陝西戶縣銅井人民公社參觀，見識了這裡的農民畫家和他們的作品。她和農民女畫家李鳳蘭進行了深入交流，試圖探究她走上繪畫之路背後的動機。

　　李鳳蘭當時是公社的大隊黨支部副書記，她的繪畫事蹟已經在國內外傳揚，多幅作品曾獲全國創作獎、被國內外權威藝術館收藏，她的畫作還在世界諸多國家展出。但是在克里斯蒂娃的眼中，她首先是一位四十歲的、泡在棉花地裡的農婦，「那雙粗糙發紅的手訴說著三十多年沒日沒夜、不分時節辛苦的勞作。她是從窮人中的活躍分子轉變成共產黨黨員的。」然後克里斯蒂娃敏感地觀察到李鳳蘭與眾不同的神態氣質：「這個黨書記奇怪地有著一種感傷的眼神：睜大然後回轉，又直直地瞪著遠方，微笑的背後藏著焦慮。她不正視我們，田野來風和陽光柔和地描出臉龐，她似乎專注於某個內心的世界，我無法看穿。」[49]克里斯蒂娃還關切李鳳蘭的「母親」身份，知道她是四個孩子的母親，最大的孩子已經二十歲，可見這是個早婚早育、辛苦操勞的農村婦女。在李鳳蘭懷第二個孩子時她萌發了繪畫的想法。

　　當克里斯蒂娃看到李鳳蘭的畫作《棉地裡的生產大隊》和《豐收》，對勞動的主題「不覺得驚訝」——她評價說：「如果我們能從全力以赴收麥的畫面有所識別的話，那就是女人。」李鳳蘭說：「我不會畫那些和自己工作無關的東西。」當被問及她作畫背後的動機，她回答說：「它們從夢裡來。從田地下來後我總是比較累，晚上夢到它們後，我就會畫下來。我的夢大部分都是彩色的」。她又補充說：「繪畫幫助一個女人完善自己。古時候的女人受盡了恥辱。……現在我們

49 〔法〕朱麗婭‧克利斯蒂娃：《中國婦女》，趙靚譯，同濟大學出版社2010年版，第155-156頁。

很幸福了，但拿起畫筆時我覺得最幸福。聽到刷刷的聲音我會非常激動。」克里斯蒂娃表達了自己的疑問：「是樸素天真，還是教條刻板？我好奇地追問李和她的畫家朋友，他們繪畫背後有著何種個人動機：他們不斷地歸因於過去的窮苦，歸功於新時代的幸福，還認為繪畫是比文學更直接地接觸群眾的宣傳手段。」或許克里斯蒂娃對樸素的農民繪畫正在演變成為政治宣傳工具而抱有遺憾，但她對李鳳蘭還是讚賞的。「無論如何，李同志是唯一一個跟我提到夢、提到混合色彩時的快樂，比如調和不同的黃色，比如給她的棉花採摘圖尋找具有細微差別的白色。」[50]她看了其他女農民的畫作後評價道：「現實主義不會干預女人們的繪畫，她們的畫比自然還真實，一隻動物、鳥或者一棵植物，意外地覆蓋著現實主義的人口，具有了一種諷刺般的漫畫效果。」[51]

三 文慕貝對新中國藝術的獨特感受

文慕貝在北京和上海參觀了一些畫展、觀看了多場文藝演出和中國電影，還拜訪了著名藝術家。她自身是個標準的文藝女青年，有獨特的藝術審美眼光，所以她對中國當代藝術的鑑賞和評價代表了西方青年人的判斷力和接受力。

（一）畫展觀感

文慕貝沒有站在為藝術而藝術的立場審視中國的文藝性質與形態，而是立足中國特定的文化語境觀照藝術與社會的關聯。因此，當

---

50 〔法〕朱麗婭‧克利斯蒂娃：《中國婦女》，趙靚譯，同濟大學出版社2010年版，第156、157頁。

51 同上書，第158頁。

她觀賞了畫展，就領悟到，「在文化革命運動中，繪畫能起教育作用。」她如實記述、描繪了對一個畫展的觀感：

> 這個「秋天的沙龍」有許多流派的畫：首先是具有思想性的畫，形式傳統或現代；然後是表現大自然的畫，花鳥，還有政治漫畫、年畫和木刻，……
>
> 在題材現代的傳統畫中，有「黃河邊的水電廠」，「引來山水灌農田」和「人定勝天」。表現大自然的油畫有「北京郊區的秋色」，「春雪」很有特點，有歐化傾向，印象派色彩。
>
> ……
>
> 年畫則突出「樸實」，這是繪畫中的民間芭蕾，色彩歡快、鮮豔。有節奏地鼓掌。農村景象，穿著民族服裝的人物。
>
> 剪紙表現的是民間英雄或者是十分「中國化」的景色，十分細膩。

從這些簡潔的描述中，傳遞出新中國的政治宣傳特色，時代潮流導向，勞動生活氣息以及大自然的風貌，而中國繪畫鮮明的民族特色也生動地映入西方文藝女青年的眼簾。她為這樣的藝術追求找到了可靠的文化基礎和理論依據。她指出：「要弄懂『文化革命』這一偉大的主張，應該讀一讀毛澤東的《在延安文藝座談會上的講話》。他在講話中說，藝術應該為工農兵服務，說明廣大群眾推動歷史，讓矛盾與鬥爭具有典型性。」[52]

---

52 〔法〕卡特琳・文慕貝：《每個人的中國（1964-1965）》，彭怡譯，社會科學文獻出版社2013年版，第97、98頁。

（二）觀看現代京劇與民間藝術

婦聯給文慕貝派了一名年輕女翻譯小張，在小張的陪同下，她觀看了現代京劇《紅燈記》。演出前她到後臺採訪了鐵梅的扮演者劉長瑜，當年劉長瑜才二十二歲，已經扮演過四十個不同的角色，還常常出去巡演，甚至去過東京。她一邊化妝一邊很直率地回答文慕貝提出的問題。她說：「我喜歡傳統音樂，喜歡代表著幸福的紅色，喜歡城市、電影、蘇聯的當代小說。我曾在一個人民公社勞動，開荒，拔草，摘棉花。天暖的時候那裡非常舒服。我有時喜歡在嘴唇上塗口紅。」文慕貝對《紅燈記》做了這樣的評介：

> 這是一齣現代戲，一部音樂劇，一個懸念劇，有著偵探小說的元素和情節劇的劇情。一方是好人，另一方是壞人。……正反雙方針鋒相對，分成許多場，節奏很快。……
>
> 導演的風格很樸實，京劇中的某些象徵手法（軍隊前進、馬奔跑和某些內心狀態都用寥寥幾個動作表現出來）根據現代戲的需要做了一些改變。[53]

文慕貝被《紅燈記》打動了，儘管一天的活動很累，但她回到旅館房間竟然興奮得睡不著，腦海裡還在重播《紅燈記》。她十分讚賞李鐵梅這個角色，認為她「可愛而活潑」，「從無知的小女孩成長為早熟的年輕人，知道革命的重擔落在了她的肩上，其間的變化把握得很有分寸。」、「她準備獻出自己的生命，不僅僅是為了一個事業，也是為了

---

53 〔法〕卡特琳・文慕貝：《每個人的中國（1964-1965）》，彭怡譯，社會科學文獻出版社2013年版，第116頁。

尊重對捍衛這個事業以及為這個事業而犧牲的英雄。」[54]文慕貝以自己的理解闡釋出這部劇的主題意義，不乏獨到的見解。

文慕貝注意到，在一些戲劇裡，「音樂往往都帶有西方色彩，但是由中國人創作的。」、「在許多現代戲中，使用的依然是傳統音樂。」她發現「對話富有形象性，充滿了諺語、比喻和對現實的象徵，⋯⋯如同思想宣傳運動和新聞一樣，有的指示由於不斷地重複，給人印象深刻，成為新生活中的詞彙，使現代戲成了大家模仿的愛國歌曲。」她對中國文藝創作中主題單一、雷同等弊端提出自己的批評，指出：「現代戲的主題幾乎都是一樣的：解放臺灣，抗美援朝，美國侵略越南，抗日鬥爭，反國民黨，長征，把全國人民從地主惡霸的枷鎖中解放出來，反封建，揭示舊社會的悲慘生活，反映新生活，昨天和今天的婦女狀況⋯⋯」。她特別批評了人物塑造的模式化、臉譜化，「如果說每個戲的劇情不一，人物卻幾乎都差不多。他們的角色大家都很熟悉，一眼就能看出來。就像是口號。」[55]這些批評都切中要害，體現出文慕貝敏銳的觀察力和較高的藝術鑑賞力。

在天壇，文慕貝饒有興致地觀看雜技、魔術、喜劇、摔跤、皮影戲⋯⋯那裡是中國傳統藝術的大聚會。以前那裡是露天表演場所，現在建起了十多個小劇場。藝人們的表演都十分精彩，「但即使在這些民間娛樂中，也到處有政治標語，但多少都被巧妙地掩飾著。」星期天，許多家庭來看節目、娛樂、吃飯，他們度過開心的一天。文慕貝很快和其中的一些人結成了朋友，「幾個家庭接待我，請我吃麵條，小女孩們還跟我講我不知道的故事，然後像住校生一樣笑起來。」[56]

54 〔法〕卡特琳‧文慕貝：《每個人的中國（1964-1965）》，彭怡譯，社會科學文獻出版社2013年版，第118-119頁。

55 同上書，第117、118頁。

56 同上書，第120、119頁。

她被北京普通市民的熱情所感染，在那裡流連忘返⋯⋯

（三）拜訪工人作家和留洋歸國導演

　　文慕貝知道上海是新中國第一大工業城市，因此特別想瞭解上海工人的文化生活。她參觀了工人文化宮，發現那裡的設置非常先進、豐富，有圖書館、遊戲室（打牌、下棋）、乒乓球、檯球、射擊室等，工人除了在這裡閱讀、鍛鍊、遊戲，還唱歌、演戲，反映他們自己的生活和勞動。

　　當她聽說工人中產生一位傑出的青年作家——胡萬春，就特意去文聯採訪了他。胡萬春在文慕貝眼中衣著整潔，形象高大，容貌俊美，神態自信，言談流利。他向文慕貝講述自己出生的苦難家庭和成長的艱辛之路，他十三歲就進了一家酒廠當學徒，因不堪忍受虐待逃出去流浪。後來進了一家機械製造廠幹活。十六歲的時候參加了工人階級的反抗鬥爭，進入上海第六鋼鐵廠。解放後，胡萬春在工廠領導的鼓勵關懷下，開始識字讀書、練習寫作，進入一個文藝創作班學習，他首先學習了毛主席《在延安文藝座談會上的講話》。他說：「明白了文學不是一種消遣，它在新社會中起著一個相當重要的作用。文學應該為農民、工人和解放軍服務，⋯⋯我們不能忘記先輩留下來的寶貴遺產，而應該帶著馬列主義的思想來讀。所以，我們雖然承認孔子的價值，但他也有我們不能允許的東西，就是太理想化。⋯⋯我們是現實主義者。」[57]一九五四年，胡萬春發表了第一篇小說《青春》，之後出版了更多的作品，兩個電影劇本都被拍成了電影，全國有一千多萬觀眾看了他編寫的故事片。黨把他培養成幹部，他負責工人們的思想教育。胡萬春告訴文慕貝，他系統學習馬列著作，也喜歡讀巴爾

57 〔法〕卡特琳・文慕貝：《每個人的中國（1964-1965）》，彭怡譯，社會科學文獻出版社2013年版，第163頁。

扎克、莫泊桑、莫里哀、高爾基的作品，還喜歡莫札特、李斯特、貝多芬、柴可夫斯基的古典音樂。

當文慕貝和胡萬春討論作品中的愛情觀時，有了觀點分歧。胡萬春認為，無產階級的愛情觀是建立在信任、互助和對革命事業的忠誠基礎上的，文慕貝表示不相信，結果胡萬春對她講了一個半小時的無產階級的愛情觀。這樣的思想交鋒很真實、很有趣，在其他西方作家筆下不多見。

上海人民藝術劇院院長黃佐臨先生曾求學於英國，師從蕭伯納，在大學裡開始涉足戲劇。一九三五年在劍橋大學皇家學院研究莎士比亞，並在倫敦戲劇學院向米・聖丹尼學習導演，兩年後獲得劍橋大學文學碩士學位。之後回到中國，開始導演生涯。他導演的話劇、電影有幾十部，代表性的如話劇《樑上君子》、《夜店》、《蛻變》等，電影《假鳳虛凰》、《表》、《思想問題》、《雙推磨》、《為了和平》、《布穀鳥又叫了》、《黃浦江的故事》，等等。他還執導了十多部外國劇作家的作品，如布萊希特的《勇敢的母親》，莎士比亞的《羅密歐與茱麗葉》等。他對布萊希特和現代題材的心理劇很感興趣，寫了許多研究文章。在黃佐臨接受文慕貝採訪的談話中，他表達了對毛澤東文藝思想的領悟，認為戲劇應該如毛澤東所說的那樣，「應該更崇高、更強烈、更典型、更接近理想，來源於生活而高於生活。」[58]

黃佐臨向文慕貝介紹了他正在導演的一個新戲《幾代人》——表現幾代人的觀念衝突，年輕的知識份子向思想過硬、經驗豐富的老工人學習，把知識與勞動結合起來，成了一個「又紅又專」的優秀工人。這齣戲由創作組集體完成，演員都下工廠去現場體驗角色，彰顯了時代特色。

---

58 〔法〕卡特琳・文慕貝：《每個人的中國（1964-1965）》，彭怡譯，社會科學文獻出版社2013年版，第166頁。

下篇
新時期紀實（1977-2019）

第六章
見證中國新時期的改革開放

　　一九七六年十月，「四人幫」被打倒，長達十年的「文化大革命」內亂結束。中國全社會開展撥亂反正的政治教育活動，思想界掀起「實踐是檢驗真理的唯一標準」的大討論。一九七八年十二月，中共十一屆三中全會做出英明決定：把全黨工作的重點轉移到社會主義現代化建設上來。中國從此開啟了改革開放的偉大歷史轉折，進入振奮人心的新時期。改革的浩蕩潮流快速而深刻地改變著中國的社會結構和經濟體制，也激烈而深入地影響著中國的文化環境與中國人的思想觀念。一九七八年之後來中國訪問或長期在華工作、生活的西方人士，見證了中國的改革和巨變。他們中的許多人都以紀實寫作方式，向西方展現了新時期的中國形象，也為中國人提供了觀察自己國家和社會的別樣視角，為中西跨文化交流與對話開拓了新的廣闊空間。

第一節　時代背景與國際關係

　　改革開放以來，中國新的時代背景以及擴大發展的友好國際關係，是西方作家得以全面考察、認識中國變革與進步的先決條件，也是他們能夠深入瞭解、體驗中國國情與民生的必要前提。

一　改革開放浪潮下的時代巨變

　　建設和發展中國特色社會主義，是新時期以來中國共產黨肩負的

偉大使命，也是中共中央制定方針政策的總目標。鄧小平曾精闢概括了實現總目標的主要途徑：「第一，鞏固社會主義制度；第二，發展社會主義社會的生產力；第三，發展社會主義民主，調動廣大人民的積極性。」[1]從這段話中可以看出，社會主義現代化建設首先要有強大的制度保障，加速經濟發展，推動政治民主進步。一九九二年，中共十四大確立建設社會主義市場經濟體制的方針，經濟改革發展上了快車道。十六大提出「發展社會主義民主政治，建設社會主義政治文明，是全面建設小康社會的重要標誌。」[2]這些舉措更密切地將經濟改革與政治改革有機地統一起來。十七大的思想內核是：「深入貫徹落實科學發展觀，繼續解放思想，堅持改革開放，推動科學發展，促進社會和諧，為奪取全面建設小康社會新勝利而奮鬥。」[3]習近平在十九大報告中宣告：「中國特色社會主義進入新時代，意味著近代以來久經磨難的中華民族迎來了從站起來、富起來到強起來的偉大飛躍，迎來了實現中華民族偉大復興的光明前景」[4]改革開放四十年，中國取得了舉世矚目的成就，中國的綜合實力已經進入世界前列。

　　經濟改革成效是隨著非國有制經濟成分逐漸發展壯大而顯現的。其結果激發了經濟活力，全面調動了生產者的積極性，生產力水平得

1　鄧小平：《關於政治體制改革問題（一九八六年九月至十一月）》，《鄧小平文選》第3卷，人民出版社1993年版，第178頁。

2　江澤民：《全面建設小康社會，開創中國特色社會主義事業新局面──在中國共產黨第十六次全國代表大會上的報告（2002年11月8日）》，《人民日報》2002年11月18日第1版。

3　胡錦濤：《高舉中國特色社會主義偉大旗幟　為奪取全面建設小康社會新勝利而奮鬥──在中國共產黨第十七次全國代表大會上的報告（2007年10月15日）》，《人民日報》2007年10月25日第1版。

4　習近平：《決勝全面建成小康社會　奪取新時代中國特色社會主義偉大勝利──在中國共產黨第十九次全國代表大會上的報告（2017年10月18日）》，《人民日報》2017年10月28日第1版。

到極大提高，生產總值增長迅速，實現了從封閉型經濟弱國向開放型全球經濟大國的轉變，中國已經成為全球第二大經濟體。據國家統計局2020年公佈的國民經濟和社會發展統計公報顯示，2019年國內生產總值990865億元，國民總收入988458億元；年末全國就業人員77471萬人，其中城鎮就業人員44247萬人；國家外匯儲備31079億美元，貨物進出口總額315505億元，外商直接投資新設立企業40888家。[5]這些數據表明，中國的綜合國力與國際影響力實現了由弱到強的歷史性巨變。與此同時，經濟結構也發生著深刻變化，產業結構進一步得到優化，區域發展、城鎮化進程都明顯加快。農產品和其它商品的供給能力不斷增強，新興服務業發展迅速，實現了由短缺到豐富充裕的大轉變。隨著經濟的快速發展，民生保障事業向長遠目標邁進。中國民生逐步實現從溫飽向小康的整體性轉變。政府通過積極探索，提高國民就業率，增加平均收入，以最大力度減少貧困人口。在住房、交通、教育、醫療、就業創業、生態環境等重要民生領域，政府的管理能力不斷提升，使人民群眾更高的願望和期待逐步得到滿足。

　　必須承認，中國的經濟改革探索也存在失誤和教訓。以發展經濟為中心，忽略了科學發展宗旨，形成過分追求經濟增長速度的導向，沒有顧全協調與平衡、公平與保障。中國的城鄉差距、地區差距、貧富差距明顯擴大，一些貧困落後地區的脫貧任務依然十分艱鉅。在中國特色社會主義發展的新時代，中國社會所要解決的主要矛盾，由社會主義改造基本完成以後的「人民日益增長的物質文化需要同落後的社會生產之間的矛盾」，轉化為「人民日益增長的美好生活需要和不

5　國家統計局：《中華人民共和國2019年國民經濟和社會發展統計公報》，2020年2月28日，中華人民共和國中央人民政府網站http://www.gov.cn/xinwen/2020-02/28/content_5484361.htm

平衡不充分的發展之間的矛盾。」[6]因而，在新的國情民生變化中調整改革的指導思想和策略成為黨中央擔當的重任。

為適應經濟體制改革的深入發展，中國進行了政府行政管理體制及其職能轉化的改革。在現代化的訴求下，全面提升黨和政府治國理政的理念與水平。在建設社會主義市場經濟體制這一新的歷史機遇到來之際，必然推動制度創新。一九九七年中共十五大召開，明確提出「依法治國，建設社會主義法治國家」的戰略目標，[7]標誌著當代中國政治形態的轉型。

經過不同階段漸進式的政治體制改革，中國的政治民主化取得多方面的顯著進步。國家權力機構的民主政治建設、黨內民主建設、基層民主建設等得到程度不同的推進；民主政治制度和人民代表大會制度、多黨合作與政治協商制度、民族區域自治制度等不斷健全和完善；政治選舉制度也得到改進。

依法治國方略的深入落實，使國家的執政制度法制化建設進一步加強，政府行為通過行政法制加以規範和監督，法制政府建設取得新成效，政府提供基本公共服務的能力顯著增強。隨著一批保護公民基本權利的法律法規的頒佈和實施，人權法律保障體系已經形成。著力於政治文化生態的改善，進一步健全民主制度、加強民主監督機制，

6　《中國共產黨中央委員會關於建國以來黨的若干歷史問題的決議（一九八一年六月二十七日中國共產黨第十一屆中央委員會第六次全體會議一致通過）》，中共中央文獻研究室編：《三中全會以來重要文獻選編》下，人民出版社1982年版，第839頁；習近平：《決勝全面建成小康社會　奪取新時代中國特色社會主義偉大勝利——在中國共產黨第十九次全國代表大會上的報告（2017年10月18日）》，《人民日報》2017年10月28日第1版。

7　江澤民：《高舉鄧小平理論偉大旗幟，把建設有中國特色社會主義事業全面推向二十一世紀——在中國共產黨第十五次全國代表大會上的報告（1997年9月12日）》，《人民日報》1997年9月22日第1版。

重視公民的道德與法理教育，是保障政治民主化健康發展的重要任務。

　　中國新時期的巨大變革與發展，從根本上離不開發軔於文化場域的思想大解放。同時，社會機制的改革與社會環境的開放又會促使文化生態的劇變，強烈影響著文化語境的開放程度和文化價值的多元追求。文化語境形成寬鬆開放、多元共生的良好生態，又必然成為吸引西方人士更全面、更深入、更真切地關注中國、認識中國的重要視窗。

二　中外關係拓進發展的新階段

　　改革與開放，是中國新時期以來向上騰飛的兩翼。改革的深入探索，需要開放的國際視野和「引進來」的資源；對外開放的擴大，則得力於改革的成效和推動。在二十世紀七、八〇年代激變的國內外的形勢下，中共領導人正確判斷國際形勢，堅定不移地把握和平與發展的外交大方向，同時應對新的時代命題，調整外交戰略，以現代化的理念和方式建構更為廣闊的外交平臺，在堅持實行獨立自主、和平共處五項原則的基礎上，努力同世界一切國家建立和發展友好關係，為中國社會主義現代化建設打破一切壁壘，營造良好的國際環境。鄧小平曾提出要「大膽吸收和借鑑人類社會創造的一切文明成果，吸收和借鑑當今世界各國包括資本主義發達國家的一切反映現代社會化生產規律的先進經營方式、管理方法。」[8]這一指導思想不僅極大地推動了改革開放的前進步履，也有力地促進了中國外交事業的發展。隨著經濟、科技、國防等綜合實力的增強，中國已經建立起全方位的外交體系。

8　鄧小平：《在武昌、深圳、珠海、上海等地的談話要點（1992年1月18日-2月21日）》，
　　《鄧小平文選》第3卷，人民出版社1993年版，第373頁。

一九七八至一九八九年間，中國外交事業成就卓著。中美、中日關係在七〇年代已經實現了關係正常化，雖然經歷一些波折，但發展態勢向好。中蘇兩黨、兩國關係結束冰凍期，恢復正常交往。與印度、越南、朝鮮等周邊國家的關係也得到改善、鞏固和發展。中國全面加入各種國際公約和國際多邊條約，在國際和地區事務中，堅持以發展中國家的身份和地位主持正義、擔負責任，國家影響力不斷擴大。中國的建交國總數由1978年的118個上升到1989年的137個。中國根據「一國兩制」的科學構想，同英國、葡萄牙通過外交談判圓滿地解決了歷史遺留的香港問題、澳門問題。[9]

一九八九年北京發生政治風波後，以美國為首的一些西方國家粗暴干涉中國內政，宣佈對華採取制裁措施，中國在國際關係中面臨嚴峻挑戰。中國採取「韜光養晦、有所作為」的戰略方針應對國際局勢，最終扭轉了被西方制裁的嚴重事態，中國外交再次迎來拓進發展的新機遇。一九八九年十一月鄧小平在會見美國前國務卿基辛格時指出：「那種按社會制度決定國與國關係的時代過去了。不同社會制度的國家完全可以和平共處，發展友誼，找到共同的利益。」[10]在新的歷史階段，中國與美國、日本、蘇聯等國建立了不同性質和類型的「夥伴關係」，積極參與、推進以聯合國為重點的國際組織的多邊活動。截至2001年，中國已經同160餘個聯合國成員建立了正常的外交關係。[11]

東歐劇變、蘇聯解體之後，西方輿論泛起唱衰中國的「中國崩潰

9　參見齊鵬飛、陳宗海等：《改革開放40年的中國外交》，中共黨史出版社2018年版，第9-10頁。

10　冷溶、汪作玲主編：《鄧小平年譜1975-1997》下，中央文獻出版社2004年版，第1297頁。

11　參見齊鵬飛、陳宗海等：《改革開放40年的中國外交》，第14-15頁。

論」。而隨著中國的持續發展，面對已經崛起的中國，「中國威脅論」又再次充斥西方媒體。複雜的形勢下，中國特色的大國外交在諸多挑戰中擔負新的使命，鑄造新的形象。二〇〇五年，中國國務院新聞辦公室發表《中國的和平發展道路》白皮書，提出「順應經濟全球化發展趨勢，努力實現與各國的互利共贏和共同發展」主張，強調「堅持和平、發展、合作，與各國共同致力於建設持久和平與共同繁榮的和諧世界」的外交理念。[12]在複雜多變的國際形勢下，中國同西方發達國家加強對話與交流，增進互信與合作，探索處理分歧的有效途徑，在建設鞏固新型大國關係、與廣大發展中國家加強團結合作關係等方面取得顯著成績。

　　二十一世紀之初，中國加入了世界貿易組織（WTO），使「引進來」的開放政策迎來更加廣闊的實施空間，市場准入擴大，諸多行業領域進一步對外拓寬。與此同時，中國加快步伐「走出去」——「一帶一路」等倡議與舉措彰顯了開放的新思路和新空間，獲得國際社會的廣泛認同和積極反響，發展中國家開始研究、學習中國經驗，中國的國際責任承擔更為厚重。中共十八大召開以來，構建人類命運共同體的價值理念成為「中國特色大國外交」的指導思想和行動綱領。習近平多次在國際重大會議上闡釋這一理念，為人類社會的發展進步描繪出宏大藍圖。2017年3月17日，構建人類命運共同體理念首次載入聯合國安理會決議。[13]中國大力倡導各國共同推動建立以合作共贏為核心的新型國際關係，積極參與並融入全球治理變革和全球化發展的進程，一個開始擁有國際話語權的大國形象展現在西方視野中。

---

12 參見中華人民共和國國務院新聞辦公室：《中國的和平發展道路（2005年12月）》，《人民日報》2005年12月23日第15版。

13 參見齊鵬飛、陳宗海等：《改革開放40年的中國外交》，中共黨史出版社2018年版，第24頁。

第二節　親歷新時期中國巨變的西方作家

　　當中國邁進社會主義現代化建設的新時期，風雷激蕩的社會大變革，日新月異的經濟建設與發展，積極推進的政治民主化進程，蔚為大觀的文化繁榮，再度觸發了西方社會對中國的關注熱情。隨著中國綜合實力的迅速增強，中國對外開放和交流的進一步擴大，外國官員、外交使者、投資商與企業家、科學家和漢學家、外籍教授、自由遊客……絡繹不絕地湧入中國。他們在中國的活動有了更大自由，可以基本不受限制地訪問參觀，考察遊玩，許多人甚至長期留在中國謀業生活。他們因此更為深入地融入中國社會和民間，不僅親歷見證中國的改革開放成就，也切身體驗中國的變化與發展。在與中國人民交往、共事、結友、同甘共苦的歲月裡，發生過千滋百味的故事，產生了深厚豐富的感情感觸，留下深刻難忘的記憶，於是他們中的一些人萌生了強烈的寫作欲望，希望記錄在中國的見聞感受並與世界讀者分享，中國成就他們成為受歡迎的作家。那些本身懷有明確寫作目的西方記者和作家則以實地探訪的嚴謹態度、以個人獨立發現和判斷的智慧，報道、書寫中國的巨變，向世人展現新時代的中國形象。

一　以求實精神和文化情懷考察中國的作家

　　中國改革開放取得的成就令世界矚目，也激發了西方學者的研究興趣，還吸引了西方漢學家、文學家、經濟學家們奔赴中國進行考察、調研、交流。他們的身份首先是探察者、研究者、合作者，然而當他們在中國大地進行田野調查、現場採訪、合作交流的過程中，中國改革開放的實踐歷程和每一步進展都不僅僅是「政策」、「計劃」、「報告」、「總結」、「數據」等具有強大說服力的材料，更是交織著中

國人民的理想、精神、訴求、勇氣、智慧、血汗的壯麗圖景——有呼吸、有生命的圖景。被這樣的圖景震撼、感動，於是在考察調研之間，就誕生了他們的紀實作品。美國著名漢學家伯頓・沃森、著名劇作家阿瑟・米勒、經濟學家羅伯特・勞倫斯・庫恩，澳大利亞文教專家馬克林等，他們擁有大視野和厚實的知識儲備與專業修養，擁有調研的科學方法和嚴謹的治學精神，因此能夠在歷史的縱深處觀察、評判當代中國的變革與發展。在他們的紀實作品中，不僅展現了中國現代化建設宏圖，也描繪了中國人民在改革開放大潮流中的前進步履和精神狀態，他們以極大的熱情促進了中西方的文化交流。

　　奔赴中國的文化之旅，是西方作家所熱衷的「行動」。國門開放後，他們紛至遝來，忘情於鐘靈毓秀的名山大川，陶醉於博大精深的歷史文化，於是多姿多彩的紀行文學從他們的筆端流淌出來。其中最令世人矚目的是美國著名漢學家、作家比爾・波特所寫的系列文化探秘作品，在海外引起研學中華文化的熱潮。

（一）伯頓・沃森
Burton DeWitt Watson, 1925-2017[14]

　　伯頓・沃森：美國著名漢學家、日本學家、翻譯家。

　　沃森一九二五年六月十三日出生於美國紐約州紐約市的新羅謝爾，在那兒完成了大部分學業。在他小時候，一家開洗衣店的中國人曾送給他一份中文畫報，借給他一本小開本的中英對話手冊，那是他最早接觸的中文。後來他的父親在紐約做生意，經常帶他去唐人街，在那兒買中國飾品和玩具，還品嚐過中國菜。

---

14 伯頓・沃森生平經歷參見巴爾科姆：《美國著名翻譯家伯頓・沃森專訪：我的翻譯之路》，豆瓣網，2012年4月24日。https://site.douban.com/153099/widget/notes/7887560/note/211226803/

　　一九四三年春，沃森十七歲，自願到美國海軍服役。一九四六年年底，沃森從海軍退役後申請去哥倫比亞大學讀書，因為那裡提供教授漢語和日語的課程。

　　在哥大的第一年，教授漢語課的是英國人陸義全牧師，他曾在四川做過傳教士。第二年和第三年由古德里奇教授教漢語，他父母是傳教士，他在中國出生，從小就說中文。沃森讀完本科接著在哥大讀研究生，師從王際真教授，他是中國人，教中國文學，出版過不少中國古代和現代文學作品的優秀英文譯著。在他的指導下，沃森的翻譯水平大大提高。

　　一九五〇至一九五一年，沃森在王際真教授的指導下，翻譯了《遊俠列傳》，把它作為碩士學位論文。一九五一年的秋天，沃森被日本京都大學的中國語言文學系錄取為研究生，在那裡他繼續學習漢語。在日本學業完成後，回到哥倫比亞大學讀博士學位，博士論文選題以《史記》為對象，一九五六年獲得博士學位。之後沃森致力於翻譯。

　　五〇年代，沃森曾在日本京都的美國第一禪學研究所做兼職。之後，他到創價學會做翻譯，在為這個組織工作時，拓寬了他對佛教思想和歷史的認識，他把鳩摩羅什翻譯的中文版《妙法蓮華經》（即《法華經》）譯成英文，那是大乘佛教最重要的經典之一。

　　沃森在哥倫比亞大學斷斷續續地教了幾年書，在斯坦福大學也教過一年。後來到日本在「國際教育信息學會」的日本機構工作。《日本文學傳記辭典》和《日本歷史傳記辭典》的所有詞條基本上都是他翻譯的，這項工作為他後來翻譯日本文學開闢了道路。

　　一九八三年七月，他到中國進行了一次為期三周的旅行，行程包括北京、洛陽、西安、杭州、紹興和天臺山等地。這次的中國之行，他寫出紀實作品《我的中國夢：1983年中國紀行》（1985年日文初

版，2015年中文出版），以樸素而生動的文筆描述了中國歷史古蹟和名勝風光，感受到人民創造偉大變革的時代氣息。

一九九〇年春天，沃森接受了香港中文大學翻譯研究中心提供的譯者獎學金，並在香港度過了六個月的愉快旅程。

沃森的漢學、日本學研究成果卓著，代表性的有：《司馬遷：偉大的中國史學家》（1958）、《中國古代文學史》（1962）、《中國抒情詩：2世紀到12世紀的古詩史》（1971）、《日本的中文文學》（兩卷本，1975-1976）、《良寬：日本的禪僧和詩僧》（1977）、《臨濟義玄大師的禪宗學說》（1993）。他出版了大量譯著，如《史記》（兩卷本，1961）、《墨子文集》（1963）、《荀子文集》（1963）、《韓非子文集》（1964）、《蘇東坡詩選》（1965）、《莊子全集》（1968）、《白居易詩選》（2000）、《杜甫詩選》（2002），等等。

二〇一七年四月一日，伯頓・沃森在日本千葉縣家中去世，享年九十一歲。

（二）阿瑟・米勒
Arthur Miller, 1915-2005[15]

阿瑟・米勒：美國著名劇作家。

一九一五年十月十七日，米勒出生在紐約市一個猶太富商家庭。他成長的年代正值美國蕭條時期，米勒中學畢業後便參加了工作。他利用空餘時間閱讀了大量書籍，對文學產生了濃厚興趣。

一九三四年，米勒進入密西根大學，靠獎學金及做《密西根日報》晚班編輯的工資上完大學。大學期間他寫過幾個劇本，並兩次獲戲劇創作獎。

---

15 〔美〕阿瑟・米勒生平經歷參見《阿瑟・米勒自傳》，藍玲、林貝加、梁彥譯，華東師範大學出版社2016年版。

　　一九四一年到一九四四年，米勒當過卡車司機、侍者和工人，業餘時間進行戲劇、小說創作。劇作《鴻運高照的人》在紐約上演，卻並不成功。

　　米勒的創作高峰始於一九四七年，他發表劇本《都是我的兒子》，獲紐約戲劇評論家獎。一九四九年，《推銷員之死》取得極大的成功，在紐約連續上演七四二場，使他又一次獲得紐約戲劇評論家獎，還獲得普利策獎。之後，他的《煉獄》、《薩勒姆的女巫》（1953）、《兩個星期一的回憶》、《橋頭眺望》（1955）等都產生了廣泛影響。阿瑟·米勒的作品多以現實主義的手法表現小人物的悲情人生，但他充分肯定人對自我尊嚴和自由的追求。他將古典形態的悲劇精神與現代悲劇意識進行了融匯，創造出獨特的悲劇審美形態，對當代世界戲劇的藝術創新和發展做出了傑出的貢獻。一九五六年，密西根大學授予米勒榮譽文學博士學位。一九五八年，美國文學藝術研究院授予他金質戲劇獎章。一九六五年，米勒被選為國際筆會主席。

　　一九五六年，阿瑟·米勒與好萊塢著名影星瑪麗蓮·夢露結婚，五年後離婚。一九六二年，他與攝影家英格·莫拉斯結婚。

　　一九七八年，米勒和妻子英格第一次訪問中國，見到二十幾位作家和藝術家。一九八三年，米勒受北京人民藝術劇院之邀到中國執導《推銷員之死》，在中國的演出十分成功，他返美後出版了紀實作品《阿瑟·米勒手記：「推銷員」在北京》。同年他獲得肯尼迪之心榮譽獎。

　　一九九五年，米勒榮獲威廉·英格戲劇節獎；一九九六年，獲愛德華·阿爾比新領域戲劇家獎。

　　二〇〇五年二月十日，阿瑟·米勒在美國因心臟衰竭去世，享年八十九歲。

（三）馬克林
Colin Patrick Mackerras, 1939-[16]

　　馬克林：澳大利亞格里菲斯大學榮譽教授、澳大利亞聯邦人文學院院士，現為中國人民大學講座教授、國家級文教專家。

　　馬克林一九三九年出生於澳大利亞悉尼。他的母親在很早的時候就意識到了中國對澳大利亞未來的重要性，在母親的鼓勵下，馬克林開始對中國產生興趣。一九五八年，馬克林來到澳大利亞首都堪培拉，在堪培拉大學漢斯·別蘭斯坦教授的指導下，開始學習中文和中國歷史。

　　一九六二年至一九六四年，馬克林在英國劍橋大學攻讀碩士學位。在劍橋期間，他完成了有關唐朝晚期回紇人歷史（西元744-840年）的論文。在劍橋大學的時候，馬克林還對中國音樂和戲曲產生了興趣。

　　完成劍橋大學的研究之後，馬克林於一九六四年偕妻子愛麗絲來華。他在北京外國語學院（現北京外國語大學）教授英文直至一九六六年九月。這期間，他們的兒子斯蒂芬在北京出生，成為在中華人民共和國出生的第一位澳大利亞公民。

　　在到達中國之前，馬克林對任何與共產主義有關聯的事件和人物都持批評態度。但在北京工作和生活了一段時間後，他結交了很多中國朋友，懷著濃厚的興趣研究京劇和傳統戲曲，他逐漸理解了中國人的生活方式，開始熱愛中國文化，並且對這個社會主義國家的政治路線也有了新的認識，過去的觀點發生了極大的改變。雖然中國那時還很落後，人民的生活水平很低，但當他返回澳大利亞時，他成了中華

---

16 馬克林的生平經歷參見張勇先、吳迪：《譯者序言》，馬克林：《我看中國：1949年以來中國在西方的形象》，張勇先、吳迪譯，中國人民大學出版社2013年版，第1-7頁。

人民共和國有力的支持者和辯護者。

一九七〇年，馬克林在澳大利亞國立大學獲得博士學位之後留校任教。一九七四年，他開始在昆士蘭格里菲斯大學任教，擔任教授二十多年。其間撰寫出版了十多本有關中國的專著。

目前，馬克林最為關注的是中西方關係以及中國在西方的形象等研究課題。據《世界名人錄》介紹，鑑於馬克林的研究成果在國際社會的廣泛認可度，吉爾吉斯-土耳其瑪納斯大學和格里菲斯大學曾分別授予馬克林榮譽博士學位；由於他在跨文化研究領域的突出貢獻，馬克林曾獲得由聯合國相關機構、美國愛因斯坦國際研究院（AEIAF）、澳中理事會（ACC）以及澳大利亞聯邦授予的金質獎章和勳章。

一九七七年之後，馬克林平均每年至少來中國一次。他的足跡幾乎遍及中國的所有省、直轄市、自治區，其中有些地方他去了不止一次，收集了大量珍貴的第一手資料，這些資料是批駁某些西方媒體對中國妖魔化的有力證據。

一九八六年，馬克林重返北京外國語大學任教，開設跨文化交流方面的課程。一九九九年，馬克林當選澳大利亞聯邦人文學院院士。同年，由於他在中澳文化交流方面的突出貢獻，澳中理事會授予他傑出成就獎，他還獲得澳大利亞一級勳章（2007）。近年來，馬克林教授在澳大利亞大力倡導亞洲研究和漢語語言文化的學習。目前，馬克林兼任格里菲斯大學孔子學院名譽院長。此外，他還兼任另外兩個亞洲研究和教育委員會的主席職務。

馬克林的學術研究堅持了近半個世紀，成果斐然。他的專著《我看中國：1949以來中國在西方的形象》，顯示出作者開闊的學術視野和深邃的歷史意識，也表現出作者尊重事實、摒棄偏見、批判謬誤、堅持真理的可貴勇氣。

（四）羅伯特・勞倫斯・庫恩
Robert Lawrence Kuhn, 1944-[17]

　　羅伯特・勞倫斯・庫恩：美國庫恩基金會主席，國際投資銀行家和公司戰略家；美國 CNBC 和彭博（Bloomberg）電視網的特約評論員；人民日報社旗下《環球人物》雜誌社高級國際顧問，中國問題專家。

　　庫恩出生於美國紐約一個富裕的猶太家庭，父親是紐約一家時裝成衣公司的老闆，曾擔任美國時裝協會主席。

　　一九五九年庫恩十五歲，進入約翰・霍普金斯大學讀書，獲人類生物學學士學位。二十二歲在加利福尼亞大學洛杉磯分校獲得大腦解剖學博士學位。一九八〇年獲麻省理工學院管理學碩士學位。

　　一九七二至一九七八年，庫恩曾是美國世界上帝教會的主要成員。後脫離教會轉向商界，開始在亞洲發展。他作為日本幾家大型企業的代表通過並購、收購以及問題資產剝離等方式開展戰略擴張。庫恩一直致力於並購方面的研究，領導了對美國一些公司的並購和接管業務，是花旗集團全球投資銀行的高級顧問。庫恩還就高新技術的商業化問題為中國、美國、德國和以色列政府做諮詢顧問。

　　一九八九年一月庫恩首次受邀訪華，他曾說「我從第一次來中國，就迷上了這個國家，中國給了我全新的感受，中國人熱情好學，並有堅定決心提高自己的物質和精神生活水平。」[18]這一年開始，他

---

17 羅伯特・勞倫斯・庫恩生平經歷參見百度百科，https://baike.baidu.com/item/%E7%BD%97%E4%BC%AF%E7%89%B9%C2%B7%E5%8A%B3%E4%BC%A6%E6%96%AF%C2%B7%E5%BA%93%E6%81%A9?fromModule=lemma_search-box

18 新華社記者楊士龍、長遠：《專訪：除了經濟成功，中國還有兩個歷史性轉變——訪美國庫恩基金會主席羅伯特・庫恩》新華社紐約9月30日電，新華網，http://www.xinhuanet.com/world/2019-09/30/c_1125060777.htm

的事業進入了新高峰。在中國，庫恩曾經與諸多部門或機構進行過合作，其中有國務院新聞辦公室、國務院政策研究室、中宣部、中央文獻研究室、國家經貿委、國家科學技術委員會、中央電視臺、中國社科院、人民日報社、文化部、新聞出版總署等，還有十多個省市政府部門。

二〇〇六年，庫恩接受美國國際管理集團（IMG）董事長兼首席執行官特德‧福斯特曼邀請成為IMG的合夥人，他參與制定在中國的發展戰略，幫助IMG進入中國政府文化產業市場。

一九八九至二〇一九年，庫恩二百多次飛赴中國出差、調研，通過出版書籍和製作紀錄片等，致力於向世界講述一個全面、真實的當代中國。

庫恩著述頗豐，撰寫或編輯了《投資銀行文庫》、《走近真實》等二十五部著作。他撰寫的《他改變了中國：江澤民傳》，由蘭登出版社和皇冠出版社在世界範圍內出版發行，中譯本成為二〇〇五年中國銷量最大的書籍之一。二〇〇八年他出版了《中國30年：人類社會的一次偉大變遷》，全景式掃描中國改革開放歷程，如實反映了中國各個領域所取得的成績及需要進一步解決的問題，此書被認為是「中國故事國際表達的範例」[19]。

庫恩為中美兩國的友好關係做出了突出的貢獻，二〇一八年十二月八日，黨中央、國務院授予國際友人羅伯特‧庫恩中國改革友誼獎章。

---

19 新華社記者楊士龍、長遠：《專訪：除了經濟成功，中國還有兩個歷史性轉變——訪美國庫恩基金會主席羅伯特‧庫恩》新華社紐約9月30日電，新華網，http://www.xinhuanet.com/world/2019-09/30/c_1125060777.htm

（五）比爾・波特
Bill Porter, 1943-[20]

比爾・波特，筆名赤松，美國當代作家、翻譯家和著名漢學家。

波特一九四三年十月三日出生於加利福尼亞州洛杉磯。少年時代他被送到洛杉磯和三藩市的寄宿學校讀書。一九六四年入伍服兵役，他拒絕去越南參加越戰，被派往駐德國的部隊。三年後他在加州大學聖芭芭拉分校讀書。一九七〇至一九七二年，波特在哥倫比亞大學讀人類學博士。一九七二年用獎學金從美國去臺灣的佛教寺院佛光山，後就讀於臺灣中國文化學院。在臺灣他結識了做莊子研究的中國女友，後來成為他的妻子。那時他以「赤松」的筆名翻譯出版了《寒山詩集》、《石屋山居詩集》和《菩提達摩禪法》等英文著作。

一九九一年波特在香港的一個廣播電臺工作，一九九三年，他在東亞地區居住了二十二年之後，攜妻子和兩個孩子回到了美國。一九九九年和二〇〇〇年，他在美國萬佛城教授佛法。目前，他住在華盛頓州西雅圖附近的港口小鎮湯森。

波特的大陸之行始於一九八九年，他和攝影師朋友史蒂芬結伴踏上了終南山探訪之旅。他詳細記錄下他與隱士們的交流，以及他所看到的隱士們的生活現狀，他將此行經歷和見聞寫出《空谷幽蘭》一書，在國內外掀起了一場文化熱潮。之後，他每年都會到中國環遊旅行，他考察了黃河之源，走過絲綢之路，到過少數民族聚居地，寫出系列行旅作品——《禪的行囊》、《黃河之旅》、《彩雲之南》、《絲綢之路》、《江南之旅》、《一念桃花源》等，都在中外產生了一定的反響。

---

20 比爾・波特生平經歷參見百度百科，https://baike.baidu.com/item/%E6%AF%94%E5%B0%94%C2%B7%E6%B3%A2%E7%89%B9?fromModule=lemma_search-box

二　以沉浸式體驗和共情意識紀實中國的作家

中國改革開放的新時期，吸引了一些西方年輕人，他們懷著強烈的好奇心和探索精神來到中國從事教學或新聞報道等工作，他們在節假日裡興致盎然地遊歷山川、尋訪古蹟、見識中國文化，同時也在日常工作和生活中進一步融入中國民間，和普通知識份子、農民、打工者成為同事、朋友，體驗、感受老百姓的喜怒哀樂。中國高校最早引進的 MBA 課程外籍教師潘威廉，美國當代世界問題研究所研究院唐興，美國作家彼得·海斯勒、張彤禾夫婦，邁克爾·麥爾，史明智等都曾在中國「紮下根」。他們不僅見證中國社會的變化，而且善於通過一個個中國人的個體生活記述當代中國的改革歷程，展現被「社會形象」覆蓋或遮蔽的普通人物形象。

（一）潘威廉
William N.Brown, 1956-[21]

潘維廉：美國人，廈門大學工商管理教育中心外國專家，廈門大學管理學院教授。他是福建第一位外籍永久居民。潘維廉也是一位書寫中國的作家。

潘維廉一九五六年四月出生於美國路易斯安那州，在他六週大的時候隨父母到了佛羅里達州巴托市。八歲時他嚮往去澳大利亞，上高中時又一心惦念著去尼加拉瓜或者危地馬拉。他努力參加各種社會活動，加入了美國未來農場主協會（Future Farmers of America），他學習了畜牧學、園藝學和林學。

---

21 潘威廉生平經歷參見潘威廉：《我不見外：老潘的中國來信》，韋忠和譯，外文出版社2018年版；《最美奮鬥者潘威廉》，人民網，2019年7月22日。http://zmfdz.news.cn/108/index.html

　　一九七四年四月，潘威廉高中畢業前，偶然看到的一張徵兵海報讓他改變了去中美洲的計劃，他成為一名空軍士兵。一九七六至一九七八年，他在中國臺灣服役期間，因偶然發現的中國大陸宣傳單，從而瞭解到海峽對岸的中國大陸，萌發了到中國大陸去看看的想法。

　　在美國空軍特別調查辦公室擔任特工時，潘威廉獲得過警察學和刑事司法學的學位。後來他回美國轉向跨文化研究，獲文學碩士學位；之後又進入美國瓦爾登大學攻讀管理學，獲得博士學位。期間他創辦了一家公司，同時存錢準備去中國。一九八一年十二月他與出生於臺灣的美國姑娘蘇珊‧瑪麗結婚。

　　一九八八年八月，在美國從商的潘維廉毅然賣掉公司，和妻子、兩個幼小的兒子來到廈門大學。他開始學習漢語，瞭解中國文化。不久後，他成為廈門大學 MBA 首位專任外籍教師。一九九二年，他申請在中國的永久居留證，成為福建省第一個拿到「中國綠卡」的老外。潘維廉曾負責《比較管理學》等多門課程的教學工作，他非常注重跨文化傳播，在廈門大學執教的三十年裡，他為中國改革開放後國際貿易人才的培養竭盡全力，對中國的教育及國際化做出了重要貢獻。二〇一四年他被評為中國十大「功勳外教」。同時還多次參加總理接待會，受到國家領導人的接見。

　　潘維廉充滿愛心，樂善好施。中國實施「希望工程」後，他立即向西藏寄去二千元人民幣捐款，此後他又向希望工程捐款無數次。潘維廉被譽為廈門精神文明建設的先進模範，曾榮獲國家外國專家友誼獎、福建省榮譽公民等稱號。

　　潘威廉熱心向世界傳播中國文化、展現良好的中國形象。二〇〇二年，他曾作為廈門市的發言人，傾情講述廈門人與自然和諧共生的故事，為廈門獲得國際花園城市金獎立下大功。此後幾年，潘維廉還幫助福建泉州等地獲得國際花園城市金獎。

　　來華三十年，潘威廉的足跡踏遍中國沿海和邊遠地區，領略無限風光，感受民俗人情，體驗現實生活，見證改革發展。他在致親朋好友的書信中介紹他所看到的真實的中國。從二〇〇〇年開始，他陸續出版了《魅力廈門》、《魅力福建》等「魅力」系列叢書。潘維廉還建立了一個網站，向世界介紹中國，主持過四百多集關於中國歷史文化的電視節目。

　　二〇一九年二月一日，潘維廉的新書《我不見外：老潘的中國來信》在寄送給習近平總書記後，習近平覆信感謝他把人生的寶貴時光獻給了中國的教育事業。總書記說：「我相信，你將會見證一個更加繁榮進步、幸福美好的中國。一個更多造福世界和人類的中國。你筆下的中國故事也定會更精彩。」[22]

　　二〇二〇年五月十七日，潘威廉當選為「感動中國二〇一九年度人物」。頒獎詞寫道：「打開心扉，擁抱過就有了默契。放下偏見，太平洋就不算距離。家鄉的信中寫下你的中國，字裡行間讀得出你的深情。遙遠來，永久住，深刻愛，我們都喜歡你的這種不見外。」

　　二〇二一年潘威廉出版了新著《中國人中國夢——中國人的生活變遷與脫貧攻堅》。

（二）彼得‧海斯勒
　　Peter Hessler，中文名：何偉，1969-[23]

　　彼得‧海斯勒：美國記者、作家。

22　《習近平給廈大外籍教授潘維廉回信——讚賞他「不見外」並致以新春祝福》，《福建日報》2019年2月3日第1版。

23　彼得‧海斯勒生平經歷參見黃輝：《行者，記者，作者：何偉和張彤禾的中國故事》，豆瓣網，2016年9月5日。https://www.douban.com/note/580008259/?_i=3810060c6PVE8F

　　一九六九年六月十四日出生於美國匹茲堡，成長於密蘇里州的哥倫比亞市。

　　海斯勒小時候對外國的事情並不感興趣，後來是他的父親影響了他。他的父親是密蘇里大學的醫學社會學家，因職業緣故對什麼人都感興趣，也採訪過好多人。父親偶爾帶著他們幾個孩子去監獄、精神病院、鄉村診所參加訪談活動。父親在匹茲堡大學讀博士期間，他的老師是著名的社會學家牛康民（Peter New），他是生長在上海的中國人，有敏銳的觀察力和吸引人的幽默感，也喜歡講故事。海斯勒小時候對這個中國人留下深刻印象。

　　海斯勒一九八八年進入普林斯頓大學英文系讀書，一九九二年畢業時獲得羅德獎學金，赴英國牛津大學讀研究生，獲得英國語言與文學碩士學位。海斯勒讀書期間曾自助旅遊歐洲三十國，畢業後從布拉格出發，由水陸兩路橫越俄國、中國到泰國，跑完半個地球。

　　一九九六至一九九八年，海斯勒以美國「和平隊（Peace Corps）」志願者的身份在四川重慶涪陵師範高等專科學校（後改名為長江師範學院）英語系任教。一九九九年進入《華爾街日報》北京記者站擔任記者，翌年轉入《波士頓環球報》北京記者站，二〇〇〇年到二〇〇七年，他是《紐約客》雜誌的駐京記者。

　　二〇〇六年春，海斯勒和美籍華裔女記者張彤禾（Leslie T. Chang）結婚，翌年他們回到美國，住在科羅拉多州專心寫作。二〇一一年秋天海斯勒夫婦移居埃及開羅，他們決定用幾年時間瞭解、記錄中東的社會文化。

　　二〇一九年八月，海斯勒夫婦帶著雙胞胎女兒再次回到中國，海斯勒在四川大學匹茲堡學院教授非虛構寫作。他一邊教書，一邊繼續寫作特稿，二〇二〇年中國新冠疫情爆發後，他在《紐約客》發表了幾篇關於中國抗疫防疫的報道。二〇二一年七月初舉家離華返美。

海斯勒在遊歷世界的過程中寫了大量旅遊文學作品，發表於美國各大雜誌，他數度獲得美國最佳旅遊寫作獎。

長達十多年的中國經歷，成為海斯勒豐富的寫作素材，他目前已經出版了四部長篇紀實作品：River Town: Two Years on the Yangtze (2001), Oracle Bones: A Journey Through Time in China (2006),Country Driving: A Journey from Farm to Factory (2010),Strange Stones: Dispatches from East and West (2013)。這些作品均已在中國翻譯出版——《江城》、《甲骨文》、《尋路中國：從鄉村到工廠的自駕之旅》、《奇石》。《江城》一經推出即獲得「奇裡雅瑪環太平洋圖書獎」，《甲骨文》則榮獲《時代週刊》年度最佳亞洲圖書等殊榮，《尋路中國》一書也獲得了「奇裡雅瑪環太平洋圖書獎」。海斯勒本人亦被《華爾街日報》贊為「關注現代中國的最具思想性的西方作家之一」。

很多中國讀者喜歡海斯勒對於中國社會細緻入微的觀察，認可這位外國作家放下偏見，試圖呈現更立體的中國的努力。

二〇一一年九月二十日，因長期報道改革中的中國，海斯勒獲得麥克亞瑟天才獎。

（三）張彤禾
Leslie T. Chang, 1969-[24]

張彤禾：美國華裔女記者、作家。

張彤禾一九六九年出生在美國紐約的華裔家庭。她的祖父張莘夫祖籍吉林，一九二〇年從北京赴美國留學，在芝加哥大學學習礦業，回國後成為有名的地質學家。她的父親張立綱十幾歲去往臺灣，臺大

---

24 張彤禾生平經歷參見：《專訪〈打工女孩〉作者張彤禾：出走才能找到方向》，豆瓣網，2014年12月1日。https://www.douban.com/note/462790163/?type=rec&_i=3900324 c6PVE8F

本科畢業後去美國留學，於斯坦福獲博士學位，在 IBM 從事半導體研究工作近三十年，是著名的物理學家。張彤禾從小被父母要求學習中文課程，因而她能講流利的中文。張彤禾的家族非常重視教育，長輩們都是努力讀書的典範，張彤禾從小熱衷讀書，五六歲時就開始寫故事，立志長大了要當一名作家。

張彤禾一九九一畢業於哈佛大學，所學專業為美國歷史和文學。畢業後她曾在布拉格給一份外僑報紙作有關捷克政治社會的報道；一九九三年去香港，成為《華爾街日報》的記者，此階段開始閱讀中國歷史書籍；兩年後去臺灣謀職。

一九九七年以《華爾街日報》駐華記者身份從事新聞採訪、報道工作。同時，她也為《紐約客》、《國家地理》和《旅行者》等媒體撰稿。她專注於探索中國經濟社會變遷中的人與事。

二〇〇六年與美國作家彼得‧海斯勒結婚，翌年回到美國，他們定居在科羅拉多州大章克辛市，兩人開始寫關於中國的長篇紀實作品。張彤禾在那兒生下一對雙胞胎女兒。二〇一一年秋天她一家去了埃及開羅，他們的觀察興趣轉向中東的社會文化。

二〇一九年八月，張彤禾全家回到中國，丈夫海斯勒在四川大學匹茲堡學院任教。張彤禾主要精力花在照顧一對雙胞胎女兒和家務方面，同時抽出時間整理在開羅採訪、收集的資料，為寫新書做準備。二〇二一年夏末舉家離華返美。

二〇〇四年，張彤禾去廣東東莞工廠調查採訪，隨著調查的深入，她決意要為那些打工女孩寫一本書，記錄她們的青春和人生。為此，張彤禾從《華爾街日報》辭職，在近三年的時間裡一次次前往東莞，她與女工交朋友，傾聽她們的故事和心聲。二〇〇八年，她的長篇紀實作品 Factory Girls: From Village to City in a Changing China 出版，在國外引起很大反響。中文版《打工女孩：從鄉村到城市的變動

中國》於二○一三年出版。該作品曾獲得美國筆會非小說研究文學獎，亞裔美國文學散文獎和泰爾紮尼國際文學獎等，曾被《華爾街日報》評為年度十大好書，被《紐約時報》評為當年「百本應讀書」，也被《華盛頓郵報》等媒體提名年度優秀讀物之一。此書已被翻譯成法語、意大利語、西班牙語、荷蘭語、芬蘭語、葡萄牙語、日文、泰文和阿拉伯文在世界多國出版。

（四）邁克爾・麥爾
Michael Meyer，中文名梅英東，1972-[25]

邁克爾・麥爾：美國作家，美國匹茲堡大學亞洲研究中心教授。

麥爾一九七二年四月二十六日出生於美國明尼蘇達州，大學畢業於威斯康辛大學麥迪遜分校。二○○七年他又就讀於加州大學伯克利分校，師從亞當・霍克希爾德和瑪克辛・洪・金斯頓學習寫作。

麥爾一九九五年作為美國「和平隊」志願者首次來到中國，在四川省內江的一所職業技術學校培訓英語教師。一九九七年他在「和平隊」的志願者工作結束，應聘去北京的一所國際學校教英語，在清華大學學習了一年中文。麥爾與東北姑娘馮丹在他們任教的國際學校相遇相愛。後來馮丹去美國加州大學伯克利法學院讀研究生，畢業後在曼哈頓、香港做律師。二○○五年八月，麥爾搬進了位於大柵欄楊梅竹斜街的一個大雜院裡，以「梅老師」的身份在胡同裡生活了兩年，他在炭兒胡同小學裡教英語。在北京胡同生活的日子積澱了豐富的素材和濃厚的情感，麥爾寫出第一部作品 The Last Days of Old Beijing: Life in the Vanishing Backstreets of a City Transformed (2009)，中文版《再會，老北京》二○一三年出版。

---

25 邁克爾・麥爾生平簡歷參見其紀實作品《再會，老北京》第二章，何雨珈譯，上海譯文出版社2013年版；《東北遊記》第二章，何雨珈譯，上海譯文出版社2017年版。

　　麥爾從伯克利研究生畢業後曾去香港大學教授紀實文學寫作。二
○一○年冬，麥爾決定去妻子的東北家鄉瞭解中國的鄉村生活，他在
荒地村租下屋子，使自己入鄉隨俗，在近三年的沉浸式體驗中，貼近
中國農民的日常生活，感受他們在時代變遷中的喜怒哀樂。幾年中，
麥爾以荒地村為核心，在東北行程四萬公里，先後到過哈爾濱、大
連、滿洲里、昂昂溪、綏芬河等地，探查東北歷史。麥爾將荒地村的
見聞寫成散發著濃厚的東北鄉土氣息的紀實文學——In Manchuria: A
Village Called Wasteland and the Transformation of Rural China，於二○
一五年由世界著名的布魯姆斯伯裡出版社在美國與英國同時出版。二
○一七年，中文版《東北遊記》由上海譯文出版社出版。

　　麥爾的第三部作品是 The Road to Sleeping Dragon: Learning China
from the Ground Up《通往沉睡的龍之路：從頭開始學習中國》。他的
作品曾被評為《華爾街日報》年度最佳亞洲圖書，獲得了懷廷作家獎
非虛構類獎項，古根海姆獎，紐約市公共圖書館獎，洛克菲勒‧白拉
及爾獎，美國旅行作家協會頒發的洛厄爾托馬斯最佳旅行圖書獎。麥
爾的文章曾多次在《紐約時報》、《華爾街日報》、《時代》、《金融時
報》、《外交政策》、《洛杉磯時報》、《芝加哥論壇報》、《愛荷華評
論》、《巴黎評論》等媒體發表，也出現在國家公共廣播電臺的《美國
生活》節目中。他曾獲得國家人文公共學者獎、柏林獎。

　　麥爾在麥克道爾、紐約公共圖書館的卡爾曼學者和作家中心、洛
克菲勒基金會在意大利的貝拉吉奧中心和牛津大學的生活寫作中心擔
任駐校研究員。他還是美中關係全國委員會公共知識份子項目的成員。

（五）羅伯・施密茨

　　Rob Schmitz，中文名史明智，1973- [26]

　　史明智：美國記者、作家。

　　史明智在美國明尼蘇達州的一個小鎮出生、長大。他的父親是建築工人，母親是小學教師，父母都是工會的成員，這樣的家庭背景與成長環境，是史明智思想觀念形成的來源，他說過，「我不認為有一個真正的西方視角，西方是一個很寬泛的概念，而不同的個體都有自己獨特的經歷與體驗。」、「我不認為我的視角和其他美國人是一樣的，因為美國也是一個很多元的國家，不同的地域和階級背景，構造了人們看待世界的不同方式。」[27]他很小就熱愛旅行，父母也一直鼓勵他瞭解更廣闊的世界，所以他在明尼蘇達大學德盧斯分校讀的是西班牙語言文學，計劃畢業後去南美洲工作一段時間。

　　一九九六年，二十三歲的史明智作為「和平隊」志願者來到中國四川，同行的隊友有海斯勒和麥爾。史明智分在四川自貢的鄉下教書，兩年後結束支教工作返回美國。二〇〇〇年他第二次來到中國，回到四川，在成都住了一年，從事自由職業記者的工作。而後他又回到美國，進入哥倫比亞大學新聞研究生院攻讀碩士學位，畢業後進入媒體行業。

　　二〇一〇至二〇一六年，史明智成為美國國家公共廣播電臺（NPR）、廣播媒體（Marketplace）駐上海記者，他與妻子和兩個兒子一起，在上海長樂路上安了家。他在上海看到了快速變化的中國，

---

26 羅伯・施密茨的生平經歷參見《〈長樂路〉作者史明智：不瞭解普通人生活，就無法瞭解中國》，澎拜新聞，2018年4月8日，必應網，https://www.npr.org/people/493268 904/rob-schmitz；http://k.sina.com.cn/article_5044281310_12ca99fde02000cfyn.html

27 同上。

他希望瞭解中國人個人的故事，向西方展現更為真實的中國形象。他的第一部作品 Street of Eternal Happiness: Big City Dreams Along a Shanghai Road（2016），就是在他「聽故事」和沉浸式體驗上海生活後誕生的。中文譯本《長樂路》二〇一八年由上海譯文出版社出版。

　　二〇一二年，史明智因撰文批判美國知名廣播節目 This American Life 對富士康工廠的不實報道，他獲得了「調查記者與編輯獎」（IRE Awards）。

第七章
改革開放的領航者與指導思想

「文化大革命」結束後，擺在中國共產黨面前的艱鉅任務是總結歷史經驗教訓，探索社會主義發展的新道路。在複雜的時代背景下，在中國命運轉折的關鍵時期，需要擁有豐富的馬克思主義思想修養和社會主義實踐經驗的老一輩革命家來把握方向、指導決策。以鄧小平為代表的掌舵者，不僅成為中國人民愛戴、擁護的領袖，也成為世界各國首腦們特別希望瞭解、交往的重要人物。一些敏感的西方作家更是以快捷的行動在中國收集資料、爭取對中國領導訪談的機會，他們在外媒發表相關的人物報道、評論，還寫出了人物傳記。像英國外交官員理查德・伊文思，曾擔任英國駐華大使，他寫的鄧小平傳記 Deng Xiao Ping and The Making of Modern China（1993），被譯成多國文字在世界傳播。一九九六年中譯本《鄧小平傳》出版後也在中國多次印刷，長期熱銷不衰。羅伯特・勞倫斯・庫恩撰寫的《他改變了中國：江澤民傳》，所記述和展現的不僅僅是江澤民的生平業績，也是中國歷史風雲和當代變革潮流的一幅大畫卷。

第一節　鄧小平啟動改革開放大決策

「在20世紀80年代，中國乃至整個國際社會都一致認定，鄧小平是中國的國家領導人。然而，……他不是黨的主席或總書記，也不是政府首腦，……他的地位來自他的權威，而這種權威源於他過去的經歷、領導才能以及隨著時間的推移他作為一名決策者、發言人和設計

師所取得的成就。」[1]這是理查德・伊文思對鄧小平地位和影響力的中肯評價。美國著名記者、作家哈里森・索爾茲伯里在《成功》雜誌上撰文盛讚鄧小平,認為他使中國走上了一條新的、成功的「快車道」。還有許多西方評論者,都承認鄧小平創下的豐功偉績。「他造福於千萬民眾,這的確是一項偉大的成就。」[2]

一　解放思想,確立方向

　　一九七七年七月十六日,中共十屆三中全會在北京召開,鄧小平恢復了原任的黨政軍領導職務,站到了中國變革大潮的前沿。他不負眾望,以敏銳的頭腦判斷中國貧弱落後的根本問題,以果斷的魄力狠抓當務之急的重要工作。他率先在科學、教育領域打開撥亂反正和改革的突破口,恢復了中斷十年的高校招生考試制度。緊接著,在全國掀起真理標準問題大討論的熱潮下,鄧小平態度鮮明地支持了這場思想解放運動。

> 1978年11月10日至12月15日,中共中央召開了一次重要的工作會議,鄧小平為這次會議準備了一篇題為「解放思想,實事求是,團結一致向前看」的發言。……這篇文章提出了兩個重要的觀點:擺脫舊的教條和讓一部分人先富起來。……鄧小平講話為接下來在當年12月晚些時候召開的關鍵性的十一屆三中全

1　〔英〕理查德・伊文思:《鄧小平傳》,田山譯,國際文化出版公司2014年版,第343頁。

2　參見〔澳〕馬克林:《我看中國:1949年以來中國在西方的形象》,張勇先、吳迪譯,中國人民大學出版社2013年版,第62頁。哈里森・索爾茲伯里原話見Harrison E. Salisbury, "China's CEO", Success! Vol.33,no.1 (January/February1986), p.72.

會奠定了基調。這次全會成為中國歷史的轉捩點，並永久地改變了這個國家。[3]

庫恩為了詳細瞭解中國思想解放運動的發端與過程，深入認識鄧小平思想產生的深遠影響，他採訪了諸多知名的參與者和見證人，如邢賁思（當時是中國社會科學院哲學研究所副所長，曾任中共中央黨校副校長，《求是》雜誌社總編輯），滕文生（當時先後在國務院政治研究室、中央辦公廳政策研究室工作，曾任中共中央政策研究室主任），于光遠（當時先後擔任國務院政策研究室負責人、計委經濟研究所所長、中國社會科學院馬列主義、毛澤東思想研究所所長）。在對于光遠的訪談中，他回憶了一九七八年十二月二日，他和胡耀邦一起到鄧小平家裡共同討論講話草稿的情景，「鄧小平闡述了他的經濟和政治思想，並提出了系統性的和深刻的指導方針。」他草擬了講話的提綱，列舉出七個議題並逐條闡明自己的想法，其中突出的問題是「解放思想，開動機器」、「發揚民主，加強法制」、「克服官僚主義、人浮於事」、「允許一部分先好起來」、「新措施新問題」等。之後，「在修改稿子的過程中，鄧小平又多次找于光遠等人談話。在這些談話中，鄧小平談到要為敢想敢做創造條件，對新事物要採取鼓勵態度，要真正搞『雙百』方針；提出要建立健全黨規黨法，要制定必要的法律；談到權力下放、責任到人問題，批評了把個人擺在中央之上的『新式迷信』；還提出稿子要加寫『按勞分配』的內容等。」[4]這些真實的談話記錄和細節的披露，不僅對西方人瞭解中國社會的重大轉折與發展策略十分重要；對於中國人民來說，詳實瞭解新時期改革的探索歷

3　〔美〕羅伯特・勞倫斯・庫恩：《中國30年：人類社會的一次偉大變遷》，呂鵬、李榮山、徐辰等譯，世紀出版集團、上海人民出版社2008年版，第68頁。

4　同上書，第71、73頁。

程、深入認識其時代意義和歷史影響，也是彌足珍貴的。從中可以看到鄧小平為代表的老一輩領袖對中國前途命運殫精竭慮的付出。因此，庫恩從一個西方學者的立場，對鄧小平在中國偉大歷史轉折中的遠見卓識和領導能力表達了欽佩和讚賞，他的敘述和評價都是完全符合事實的。

在鄧小平的指導下，中共中央十一屆三中全會突出了解放思想、實事求是的思想路線，終止了「以階級鬥爭為綱」的錯誤口號，明確「把全黨工作的著重點轉移到社會主義現代化建設上來」作為改革開放的重大決策。這次會議標誌著以改革開放為特徵的新時期已經勝利開啟。

二　堅持四項基本原則，建設有中國特色的社會主義

改革開放既是新時期的偉大開端，又是一個延伸到未來的充滿挑戰和考驗的漫長探索過程。因此需要全黨、全國人民堅定信念、萬眾一心、凝聚力量、攻克難關。一九七九年三月三十日，在北京召開的理論工作務虛會上，鄧小平代表中共中央作了《堅持四項基本原則》的講話。他強調：「為了實現四個現代化，我們必須堅持社會主義道路，堅持無產階級專政，堅持共產黨的領導，堅持馬列主義、毛澤東思想。」[5]一九八七年十月，中國共產黨第十三次全國代表大會把「四項基本原則」作為重要內容寫進了黨在社會主義初級階段的基本路線中。

一九八二年九月一日，中國共產黨第十二次全國代表大會召開，

5　鄧小平：《堅持四項基本原則（一九七九年三月三十日）》，《鄧小平文選》第2卷，人民出版社1994年第2版，第173頁。（注：一九八二年，全國人大將《中華人民共和國憲法》中的「無產階級專政」改為「人民民主專政」。）

鄧小平致開幕詞，他提出：「把馬克思主義的普遍真理同我國的具體實際結合起來，走自己的道路，建設有中國特色的社會主義」。[6]中國特色社會主義理論主張和實踐策略是鄧小平對馬克思主義中國化的新貢獻。在鄧小平建構中國特色社會主義理念中，經濟改革和政治改革一直密切相關聯，體現出他的英明遠見和大格局意識。他多次談論經濟改革和政治改革的關係，指出：「我們提出改革時，就包括政治體制改革。現在經濟體制改革每前進一步，都深深感到政治體制改革的必要性。不改革政治體制，就不能保障經濟體制改革的成果，不能使經濟體制改革繼續前進，就會阻礙生產力的發展，阻礙四個現代化的實現。」[7]

中國經濟改革率先在經濟落後的農村打開突破口。發端於安徽省鳳陽縣小崗村的「大包幹」啟動了農村大變革，因為成效顯著，家庭聯產承包責任制很快得到鄧小平和黨中央的支持。這「是新中國繼土地改革之後又一次偉大的農業革命。它帶來了中國農村經濟的飛速發展」。[8]一九八四年，中央出臺政策將土地承包期延長至十五年以上。翌年，又對農產品統購統派制度進行改革。這些改革措施對農業產量、農民收入都是利好的。工業和商業改革的重心是擴大企業的自主權，對計劃管理體制縮小了指令性計劃的範圍，擴大了指導性計劃和市場調節的範圍，實行政企分開。改革搞活了企業但同時也出現一些問題，比如，中央政府對企業產品種類與銷售的控制不斷削弱後，物價上漲過快，一度出現較嚴重的通貨膨脹。

6　鄧小平：《中國共產黨第十二次全國代表大會開幕詞（一九八二年九月一日）》，《鄧小平文選》第3卷，人民出版社1993年版，第3頁。

7　鄧小平：《關於政治體制改革問題（一九八六年九月至十一月）》，《鄧小平文選》第3卷，人民出版社1993年版，第176頁。

8　陳桂棣、春桃：《中國農民調查》，人民文學出版社2004年版，第144頁。

在理查德·伊文思撰寫的《鄧小平傳》中，作者梳理了鄧小平對政治改革的態度所經歷的三個階段：

> 1978年到1982年是第一階段。在這一時期，……重新界定黨、軍隊和政府的職能，……加強政府部門的作用；重新恢復與八個民主黨派的統一戰線；恢復人民代表大會的立法權；引進並宣傳法制觀念。……
>
> 第二階段是從1982年到1986年。在這一階段，鄧小平主要致力於黨和國家機構的年輕化。……
>
> 第三階段始於1986年。在這一階段，鄧小平提高了政治改革的目標。……黨的各級領導幹部必須更具革命化、年輕化、知識化和專業化。……

伊文思指出：「但是，真正所實施的改革並不多，人們對政治改革的反應並不強烈。」[9]

一九八七至一九八九年，政治體制改革有了實質性進展——對國家權力機構實行「黨政分開」，對政府行政管理部門及其職能轉化進行改革。一九八九年春夏之交發生政治風波之後，使維護政治穩定成為首要工作。一九九二年黨的十四大確立建設社會主義市場經濟體制的目標，經濟改革發展上了快車道，而政治改革明顯滯後於經濟改革。然而這並不意味著停止，一九九七年中共十五大召開後，「依法治國」的戰略目標更加明確，中國政治改革進入新的歷史階段。

9　〔英〕理查德·伊文思：《鄧小平傳》，田山譯，國際文化出版公司2014年版，第357-359頁。

三 對外開放的謀略

　　伊文思評價鄧小平「是一位外交天才」，「鄧小平在國際上的威望來自他所積極參與的外交活動。」[10]一九七八年冬天，他訪問了緬甸、尼泊爾、泰國、馬來西亞、新加坡和朝鮮。「1979年1月，中國和美國重新建立了外交關係。幾個星期之後吉米・卡特總統款待正式來訪的鄧小平夫婦。這也是1949年中華人民共和國成立以來，中國領導人第一次對美國進行正式訪問。美國人對中國人的觀感開始改變。人們說，鄧小平這個戴上牛仔帽的小個子是美國方面可以與之『打交道』的人。」[11]一九七九年年底，鄧小平出訪了日本，「再次顯示出一位微笑大使的風度，掀起一股『鄧旋風』。」[12]

　　鄧小平主張「對外開放」，這是推動中國經濟改革和快速發展的最有力的政策。一九八九年十月，他在會見美國前總統尼克松時表達了自己這樣的觀點：「考慮國與國之間的關係主要應該從國家自身的戰略利益出發。著眼於自身長遠的戰略利益，同時也尊重對方的利益，而不去計較歷史的恩怨，不去計較社會制度和意識形態的差別，並且國家不分大小強弱都相互尊重，平等相待。」[13]

　　對待國家統一大業，鄧小平始終放在自己心頭。伊文思記述了「一國兩制」政策形成的經過：

10　〔英〕理查德・伊文思：《鄧小平傳》，田山譯，國際文化出版公司2014年版，第362、346頁。

11　〔美〕羅伯特・勞倫斯・庫恩：《中國30年：人類社會的一次偉大變遷》，呂鵬、李榮山、徐辰等，世紀出版集團、上海人民出版社2008年版，第74頁。

12　〔英〕理查德・伊文思：《鄧小平傳》，第346頁。

13　鄧小平：《結束嚴峻的中美關係要由美國採取主動（一九八九年十月三十一日）》，《鄧小平文選》第3卷，人民出版社1993年版，第330頁。

1981年他告訴美國一個參議員代表團，中國統一後，臺灣可以
保留自己的社會和經濟制度，甚至還可以保留自己的軍隊。同
年9月，葉劍英提出了「九點方針」，具體補充了鄧小平的這一
提議。⋯⋯

緊接著，中國方面又根據葉劍英的這九點提出「一國兩制」的
概念。鄧小平並沒有說是他提出這一概念的，也沒有人正式將
其歸功於鄧。但大家都認為這是鄧的概念，鄧小平本人經常把
它掛在嘴邊；⋯⋯[14]

八〇年代以後，臺灣和大陸之間各種形式的民間往來逐漸增多，臺灣
對大陸的投資迅速增加。在香港和澳門問題上，經過一系列的外交活
動，取得了很大進展，最終簽署了正式協議。伊文思寫道：「事實表
明，鄧小平對中英兩國關於香港問題的談判給予了極大的關注。1984
年出版的《鄧小平文選》中，有7篇涉及中英談判和『一國兩制』問
題。由此可見，他對這一問題是非常重視的。他本人10月間在中央顧
問委員會第三次全體會議上的講話中也提到，1984年他只做了兩件
事，其中之一就是用『一國兩制』的方式解決香港問題。」[15]

四　他順應了時代的潮流

一九九二年年初，鄧小平前往中國的南方視察，他在武漢、深
圳、珠海和上海發表了講話，講話內容很快在香港的報紙、電臺和電
視節目中報道出來。不久這一消息又傳遍中國各地。二月二十一日，

---

14 〔英〕理查德·伊文思：《鄧小平傳》，田山譯，國際文化出版公司2014年版，第
　　365、366頁。
15 同上書，第368-369頁。

鄧小平發表視察南方的最後一次講話。二十八日，他講話的部分內容就以中央委員會文件形式大量下發到各級黨組織。

　　在視察南方的談話中，鄧小平突出了一個鮮明的觀點：「發展才是硬道理。」他闡明：「計劃多一點還是市場多一點，不是社會主義與資本主義的本質區別。計劃經濟不等於社會主義，資本主義也有計劃；市場經濟不等於資本主義，社會主義也有市場。計劃和市場都是經濟手段。社會主義的本質，是解放生產力，發展生產力，消滅剝削，消除兩極分化，最終達到共同富裕。」他批評了那些對經濟改革持否定態度的人，他說：「現在，有『右』的東西影響我們，也有『左』的東西影響我們，但根深蒂固的還是『左』的東西。」[16]伊文思特別指出：「鄧小平的講話在《人民日報》發表後，在中國的政治生活中產生了很大的反響，成了中國政治的轉捩點。從此，中國的政治形勢向著鄧小平所希望的方向發展。」[17]伊文思對中國形勢的判斷是符合實際的。一九九二年十月中共十四大召開，江澤民總書記在政治報告中把鄧小平比喻成改革開放和中國社會主義現代化建設的總設計師。大會確立了鄧小平「建設有中國特色社會主義」理論在全黨的指導地位，明確中國經濟體制改革的目標是建立「社會主義市場經濟體制」，要求全黨抓住機遇，加快發展，集中精力把經濟建設搞上去。

　　伊文思在《鄧小平傳》中對鄧小平的功績和影響給予了高度評價，他說：「他有遠見且實幹，他能夠並且已經按照自己的思路設計了中國未來的發展藍圖。當一個問題出現時，他不是等待和觀望，而是立即採取行動加以解決。」、「作為一位國家領導人，鄧小平取得的

---

16 鄧小平：《在武昌、深圳、珠海、上海等地的談話要點（一九九二年一月十八日至二月二十一日）》，《鄧小平文選》第3卷，人民出版社1993年版，第377、373、375頁。

17 〔英〕理查德·伊文思：《鄧小平傳》，田山譯，國際文化出版公司2014年版，第408頁。

兩大成就是使中國走上了經濟迅速發展的道路；把中國引入了國際生活的主流。在經濟發展方面，他的主要貢獻是把經濟工作列為全黨工作的重點，並且打開了中國的大門。他得到了其他人的幫助，他順應了時代的潮流。」[18]

伊文思、庫恩以紀實敘事呈現鄧小平形象，沒有拔高和神化，沒有膜拜和讚頌，卻通過大量的可靠史料和現場採訪記錄，全面、真實地還原了鄧小平時代的歷史邅變、政治風雲、文化思潮、以及改革開放巨浪席捲下的中國國情。在宏闊的背景下，鄧小平高瞻遠矚、旋轉乾坤、把舵領航的領袖形象矗立起來，這一形象和中國人民心中的鄧小平是吻合的，甚至在一定程度上更加豐富了中國人對鄧小平的認識和理解，使他們更加貼近了這位傳奇人物。對於西方讀者而言，鄧小平的形象毫無疑問可以代表他們想要認識的中國形象。

第二節　江澤民創立「三個代表」重要思想

一九八九年六月，在中共十三屆四中全會上，江澤民當選為中共中央委員會總書記。中國的改革開放在二十世紀九〇年代處於新的歷史機遇中，在經濟全球化不斷加快的大趨勢下，以江澤民總書記為核心的中共中央領導進一步領會、貫徹鄧小平南巡講話精神，全黨達成共識──要進步、要發展，就必須加快改革步伐，加大對外開放，加強同世界各國的經濟、科技、文化的交流合作。中共十四大召開之後，中國的改革開放進入加快推進的新階段。

18　〔英〕理查德・伊文思：《鄧小平傳》，田山譯，國際文化出版公司2014年版，第344、411頁。

一　在穩定中推動改革

從一九九二至一九九七年，中國經濟持續增長，但是經濟結構不合理的矛盾仍然比較突出，改革又到了一個新的關口，關係到下一個五年規劃的指導方針。中國人在期待中共十五大將傳遞出的重要信息。

「自1996年秋開始，一個由大約40名專家組成的班子，在溫家寶和曾慶紅的領導下，開始起草江澤民在十五大上要作的工作報告。時任國務院發展研究中心副主任的陸百甫也是起草小組成員之一。」庫恩通過採訪陸百甫瞭解到，「那段時期，江澤民會見學者和官員，閱讀雜誌和來信，聽取口頭彙報，還看專業文獻，重讀一些馬克思主義經典著作，並重溫中國改革的歷史。他逐漸認識到，最好是以漸進的方式推進改革。」[19]

一九九七年九月，中共十五大開幕，江澤民代表黨中央表明了積極的改革立場。他向全黨全國人民發出召喚：「把我們的事業全面推向二十一世紀，就是要抓住機遇而不可喪失機遇，開拓進取而不可因循守舊」。如何抓住機遇推動改革，就是要「一切以是否有利於發展社會主義社會的生產力、有利於增強社會主義國家的綜合國力、有利於提高人民的生活水平這『三個有利於』為根本判斷標準。」江澤民提醒所有幹部群眾牢記鄧小平南方談話時提出的「三個有利於」。他重申要在變革中保持穩定，「正確處理改革、發展同穩定的關係，保持穩定的政治環境和社會秩序，具有極端重要的意義。」[20]

---

19 〔美〕羅伯特・勞倫斯・庫恩：《中國30年：人類社會的一次偉大變遷》，呂鵬、李榮山、徐辰等譯，世紀出版集團、上海人民出版社2008年版，第129、130頁。

20 江澤民：《高舉鄧小平理論偉大旗幟，把建設有中國特色社會主義事業全面推向二十一世紀——在中國共產黨第十五次全國代表大會上的報告（1997年9月12日）》，《人民日報》1997年9月22日，第1版。

一九九八年庫恩曾採訪了市場經濟倡導者之一、著名經濟學家厲以寧，他向庫恩介紹說：「中國正在轉型，既是從計劃經濟向市場經濟的轉型，同時也是從傳統農業社會向現代工業社會的轉型。很少有國家同時經歷這兩種轉型，但這正是中國目前面臨的狀況。」庫恩關心未來會不會發生「逆轉」，厲以寧回答：「我不擔心改革會出現什麼反復，因為事實已經徹底證明，市場經濟是發展中國最好的道路。這已經成了常識，所以我對未來非常樂觀。」[21]然而，急速的「雙轉」並進，既對經濟發展產生強大推動力，也不可避免地產生機制摩擦。由於中國市場經濟缺少正常的歷史積累過程，增加了改革的難度與複雜性。因此，在中國經濟指標持續快速增長的同時，社會利益差別擴大，新的現實矛盾不斷出現，政府官員的腐敗現象也日趨嚴重。一系列新問題考驗著中央決策者的應對能力，雖然困難重重，但是改革卻不能因為弊病的存在而廢止。如何攻破難關、興利除弊、根治腐敗、消除不公乃是深化改革和科學發展的關鍵。

二　與時俱進的指導思想

「在世紀之交的這一年裡，江主席強調三個主旋律：科教興國、開發中國的『西部』、提出共產黨的一種新思想：『三個代表』。」庫恩在江澤民傳記中記述了二〇〇〇年江澤民的工作業績。面對新的情況，「江澤民相信，經濟建設實踐與理論的指導是不能分家的。中國的發展離不開實事求是，與時俱進，要發揮政策與理論的作用。因此，

---

21 〔美〕羅伯特‧勞倫斯‧庫恩：《中國30年：人類社會的一次偉大變遷》，呂鵬、李榮山、徐辰等譯，世紀出版集團、上海人民出版社2008年版，第120-121、123頁。

江打算提出新的理論。」[22]二月二十五日，江澤民在廣東省考察時發表講話，他說：「要把中國的事情辦好，關鍵取決於我們黨，取決於黨的思想、組織、作風、紀律狀況和戰鬥力、領導水平。」、「總結我們黨七十多年的歷史，可以得出一個重要結論，這就是：我們黨所以贏得人民的擁護，是因為我們黨在革命、建設、改革的各個歷史時期，總是代表著中國先進生產力的發展要求，代表著中國先進文化的前進方向，代表著中國最廣大人民的根本利益，……在新的歷史條件下，我們黨如何更好地做到這『三個代表』，是一個需要全黨同志特別是黨的高級幹部深刻思考的重大課題。」[23]五月，他在江蘇、浙江、上海考察工作時進一步闡述了「三個代表」的有關重要思想。指出：「始終做到『三個代表』，是我們黨的立黨之本、執政之基、力量之源。……推進黨的思想建設、政治建設、組織建設、作風建設，都應該貫穿『三個代表』要求。」[24]

時任廣東省委書記李長春對庫恩說，「三個代表」和鄧小平南方談話一樣，對中國「是一個巨大的推動力量。」然而，「在外國人眼中，江澤民提出的『三個代表』不過是共產主義修辭中又一個晦澀複雜的概念，是上面對下面幹部的又一次洗腦運動而已。」針對外媒的攻擊和嘲笑，庫恩反駁說：「江很清楚，要領導中國全球化的知識型經濟，他必須對黨的思想進行現代化改革，而『三個代表』正是這樣一種機制。」通過強有力的原則，「共產黨就可以使馬克思主義適應

---

22 〔美〕羅伯特·勞倫斯·庫恩：《他改變了中國：江澤民傳》，談崢、于海江等譯，世紀出版集團、上海譯文出版社2005年版，第329、331頁。

23 江澤民：《在新的歷史條件下更好地做到「三個代表」（二○○二年二月二十五日）》，《江澤民文選》第3卷，人民出版社2006年版，第1、2頁。

24 江澤民：《始終做到「三個代表」是我們黨的立黨之本、執政之基、力量之源（二○○二年五月十四日）》，《江澤民文選》第3卷，第15頁。

現代化，與時俱進，並確保其作為社會先鋒隊的地位。」[25]

　　二〇〇二年初，江澤民開始對中共十六大的籌備工作做出部署，他多次與胡錦濤以及文件起草組成員共同商討，闡明對一系列重要問題的觀點。他強調：「貫徹『三個代表』要求，關鍵是要解放思想，實事求是，與時俱進。……十六大報告要充分反映，如對待馬克思主義的正確態度、從革命黨到執政黨的轉變對我們提出的挑戰、兩個先鋒隊的問題、增強黨的階級基礎和擴大黨的群眾基礎等問題。」、「特別要強調繼續推進社會主義市場經濟取向的改革。要突出改革，勇於推進各個方面的改革。」、「反腐敗是幹部群眾很關心的問題，我們必須旗幟鮮明，態度堅決。」[26]江澤民主持召開了多場座談會，先後聽取軍隊、省區市黨政主要負責同志以及各民主黨派中央負責人和無黨派人士對十六大文件稿的意見和建議。十一月八日中共十六大隆重開幕，大會確立的主題是：「高舉鄧小平理論偉大旗幟，全面貫徹『三個代表』重要思想，繼往開來，與時俱進，全面建設小康社會，加快推進社會主義現代化，為開創中國特色社會主義事業新局面而奮鬥。」[27]

　　從一個西方人的視角，庫恩對江澤民執政期間的功績做出如是評價：

　　　　臨危受命的江澤民既不是共和國的締造者，也不是軍界強人。當年他接任總書記時，正值1989年風波發生之後，中國政治出

25　〔美〕羅伯特・勞倫斯・庫恩：《他改變了中國：江澤民傳》，談崢、于海江等譯，世紀出版集團、上海譯文出版社2005年版，第332、333頁。

26　江澤民：《關於十六大報告起草工作的批示（二〇〇二年二月十八日）》，《江澤民文選》第3卷，人民出版社2006年版，第439、440頁。

27　江澤民：《全面建設小康社會，開創中國特色社會主義事業新局面（二〇〇二年十一月八日）》，《江澤民文選》第3卷，第528頁。

現裂痕，社會形勢緊張，經濟發展停滯，民眾精神低落，在國
際上孤立無援。江面對著無數難以解決的問題——失業加劇，
腐敗蔓延，國有企業日漸衰落，貧富嚴重分化——他還必須時
刻防備著來自「左」的和右的意識形態方面的攻擊。

然而江澤民挺了過來，最終保持了社會穩定，放開了經濟，加
速了經濟發展，極大地提高了人民生活水平，擴大了經濟和社
會自由。……[28]

儘管庫恩的個人判斷和評價不盡全面、準確，但他竭盡全力調查研
究，研讀江澤民的文章和著作，採訪諸多人物，收集到大量的真實可
靠的材料，獲得一些重要事件發生現場的實況與細節，因此他的創
作表現出開闊的視野、嚴謹的態度、睿智的思考和細膩的刻畫。字裡
行間也流露出他對中國的熱愛之情，對鄧小平、江澤民的崇拜、尊重
之情。

第三節　和諧社會，科學發展

二十世紀九〇年代以來，中國以發展經濟為中心的決策，在實踐
過程中忽略了科學的、可持續性的發展規劃，導致社會在公平與保障
等方面出現各種問題。在新的挑戰面前，中共決策者提出構建和諧社
會、科學發展的新理念和新策略，對中國當代改革產生積極而深遠的
影響。

28　〔美〕羅伯特・勞倫斯・庫恩：《他改變了中國：江澤民傳》，談崢、于海江等譯，
　　世紀出版集團、上海譯文出版社2005年版，第449頁。

一 構建和諧社會與科學發展觀的時代意義

庫恩通過調查，羅列出改革中逐漸暴露出的系列問題——收入不平衡已經成為中國的嚴重問題之一，農民約占總人口的三分之二，他們的生活水平遠遠低於城市人口；下崗工人、流動農民工與新增勞動力這三個群體給就業市場帶來了巨大壓力；快速工業化帶來了環境的嚴重污染。[29]

上述情況，共同構成了當代中國的複雜局面。二〇〇四年九月，中共第十六屆中央委員會第四次全體會議上正式提出了「構建社會主義和諧社會」的重大戰略任務。二〇〇六年十月十一日，中共十六屆六中全會審議通過《中共中央關於構建社會主義和諧社會若干重大問題的決定》，提出：「堅持以科學發展觀統領經濟社會發展全局，按照民主法治、公平正義、誠信友愛、充滿活力、安定有序、人與自然和諧相處的總要求，以解決人民群眾最關心、最直接、最現實的利益問題為重點，著力發展社會事業、促進社會公平正義、建設和諧文化、完善社會管理、增強社會創造活力，走共同富裕道路，推動社會建設與經濟建設、政治建設、文化建設協調發展。」由此可見，以胡錦濤為核心的中央領導已經明確地將構建「和諧社會」與「科學發展觀」密切聯繫起來，將其作為統領一切的指導原則。這一重大策略的根本宗旨是「必須堅持以人為本」。[30]二〇〇七年十月中共十七大召開，胡錦濤在政治報告中再次闡明：「『科學發展觀』是同馬克思列寧主義、毛澤東思想、鄧小平理論和『三個代表』重要思想既一脈相承又與時

---

29 〔美〕羅伯特·勞倫斯·庫恩：《中國30年：人類社會的一次偉大變遷》，呂鵬、李榮山、徐辰等譯，世紀出版集團、上海人民出版社2008年版，第141-142頁。

30 《中共中央關於構建社會主義和諧社會若干重大問題的決定》（2006年10月11日中國共產黨第十六屆中央委員會第六次全體會議通過），《人民日報》2006年10月19日，第1版。

俱進的科學理論」、「是發展中國特色社會主義必須堅持和貫徹的重大戰略思想。」他指出：「科學發展觀，是立足社會主義初級階段基本國情，總結我國發展實踐，借鑑國外發展經驗，適應新的發展要求提出來的。」、「科學發展觀，第一要義是發展，核心是以人為本，基本要求是全面協調可持續，根本方法是統籌兼顧。」[31]

庫恩把胡錦濤的科學發展觀的基本內涵概括如下：

> 經濟發展、社會公平、文化發展、教育出色、科技進步、環境保護、持續發展、政治進步等——總的來說，這些就是胡錦濤心目中優化整合的系列目標，他試圖通過「科學發展觀」的指導來實現這些目標。[32]

二 落實科學發展觀初顯成效

二〇〇七年九月，庫恩在南京拜會了時任江蘇省委書記的李源潮。他向庫恩講述了科學發展觀如何推動了江蘇的政策制定。

> 江蘇的民營企業數量連續四年排名全國第一，2006年底，全省民營企業數量達到65萬家，……江蘇的實際外商直接投資額也連續四年排名第一，……占外商在華直接投資總額的1/4。各經濟部分基本保持均衡：國有企業39%，民營企業35%，外資企業26%。

31 胡錦濤：《高舉中國特色社會主義偉大旗幟 為奪取全面建設小康社會新勝利而奮鬥——在中國共產黨第十七次全國代表大會上的報告（2007年10月15日）》，《人民日報》2007年10月25日，第1版。

32 〔美〕羅伯特·勞倫斯·庫恩：《中國30年：人類社會的一次偉大變遷》，呂鵬、李榮山、徐辰等譯，世紀出版集團、上海人民出版社2008年版，第143頁。

除了經濟成就外，李源潮還介紹了江蘇省取得的其他成就，他認為這一切都體現了科學發展觀的寬廣視野。

- 國家生態市、環保模範城市、衛生城市、森林城市數量分別占到全國的2/3，1/4、1/4與1/8，均排全國首位。
- 大學招生數保持全國第一。毛入學率達35.6%，高出全國平均水平13.6%。
  ……
- 中國科學院院士與中國工程院院士數排名全國第三。

儘管江蘇省的城鄉之間（特別是經濟發達的蘇南地區和相對落後的蘇北地區）也存在很大的差距，但是這個差距（二〇〇六年的比率為二點四二比一）也是全國最小的。

庫恩想知道為什麼江蘇能夠取得如此成功？在李源潮看來，除了江蘇的自然歷史優勢以外，還得歸功於貫徹實施科學發展觀以來推行的一些基本發展原則。他也詳細列舉了江蘇實現科學發展需要攻克的四大難題：

- 如何升級大量低質的鄉鎮企業。
- 如何提高工薪階層的平均收入。
- 如何調節蘇北蘇南的巨大差距。
- 如何恢復遭到破壞的生態系統。[33]

通過李源潮所介紹的江蘇省的發展原則、規劃、具體措施以及面

---

33 〔美〕羅伯特・勞倫斯・庫恩：《中國30年：人類社會的一次偉大變遷》，呂鵬、李榮山、徐辰等譯，世紀出版集團、上海人民出版社2008年版，第146、147頁。

對的難題，可以看出「科學」理念和指導宗旨，這個經濟大省成為全國表率，更為典型地體現了中國改革的前進方向和優化調整的成果。庫恩詳細記錄下這一切，傳達出他對「科學發展觀」的認同和讚賞立場。庫恩曾說，他自己的世界觀「是建立在科學以及科學的思維方式上的」。他還指出：「科學提高了我們的辨別能力；科學的思維方式使我們得以判定事實是否與理論相吻合，或者，在政治領域，實際情勢是否支持所建議的立場。……通過提升世界範圍內的科學精神，我們可以催生一種趨同的思維方式。」[34]因此，庫恩付出大量的時間與精力，把有關胡錦濤總書記的觀念和政策所作的訪談文章發表在美國和各類國際媒體上，向外國讀者闡述這位中國領導人的政治抱負。

---

34 〔美〕羅伯特・勞倫斯・庫恩：《中國30年：人類社會的一次偉大變遷・序言》，第2-3頁。

第八章
中國在新時期的進步與發展

　　羅伯特・勞倫斯・庫恩先生長期關注中國當代社會的政治經濟發展，他以敏銳的觀察和科學的判斷，精闢地概括出中國在新時期發生的巨變——「30年的改革開放，將中國從國家貧弱、人民困苦、孤立於以西方國家為主導的國際體系的境況，變為國家欣欣向榮、人民充滿幹勁、經濟突飛猛進、廣泛參與重大國際事務。完全可以認為，中國發生了歷史上最令人感到驚訝的轉型。」當然他也發現，「今天的中國，伴隨著舉世矚目的發展，也積聚了大量未曾遇到的難題」。[1]馬克林在其著作中寫道：「在自1964年至今對中國的多次造訪中，我親眼見證了這個國家巨大的，甚或說是天翻地覆的改變。這些變化在我看來，有好的一面也有不好的一面。……但是，從個人長期的經驗來看，相較於我第一次造訪中國時，絕大多數中國人民的整體生活圖景已經變得更加自由、繁榮、自信和多元。整體形勢與過去相比可謂是天壤之別。」[2]改革開放給中國帶來哪些顯著進步，又出現哪些新的矛盾和問題？西方的觀察者們都希望看到最真實的中國，但都有可能出現「盲人摸象」的結果。在這樣的情形下，西方對中國的任何誤判或偏見，西方輿論對中國的任何不實報道和抨擊，都會對中國在世界的地位和形象產生負面影響，對中國的持續發展也是不利因素。所

1　〔美〕羅伯特・勞倫斯・庫恩：《中國30年：人類社會的一次偉大變遷・序言》，呂鵬、李榮山、徐辰等譯，世紀出版集團、上海人民出版社2008年版，第1、2頁。

2　〔澳〕馬克林：《我看中國：1949年以來中國在西方的形象》，張勇先、吳迪譯，中國人民大學出版社2013年版，第11頁。

以，以庫恩為代表的一些西方人士認為，「對美國和其他國家的讀者而言，瞭解有關中國的真實故事極其重要。」[3]為此，他們開始更為深入地置身於中國社會進行考察和判斷，瞭解中國人民的真實想法和感受，試圖從中發現最接近真相的中國現實。

第一節　中國人民的幸福感和向心力

在古老中國幾千年的歷史發展中，中華民族走過了漫長曲折的道路，經歷了無數次深重的災難和嚴峻的考驗。支撐這個民族堅韌生存、砥礪前進的強大力量始終是自強不息的民族精神。然而，如果沒有推翻腐朽黑暗的封建專制統治，沒有打敗帝國主義的野蠻侵略，沒有創立人民民主政權，中華民族就不可能實現真正的自強。中國共產黨領導中國人民經過艱苦卓絕的鬥爭，實現了民族獨立和人民解放，締造了社會主義新中國。由於中國共產黨在探索社會主義道路的過程中出現了「左」傾錯誤，使國家的經濟建設和發展遭遇挫折。特別是「文化大革命」運動的爆發，導致社會秩序混亂、教育科技落後、物質供應匱乏。中國與世界先進國家之間形成巨大的差距。當「文革」結束，中國人民迫切需要打破思想桎梏，以現代意識照亮新的自強之路，加快現代化建設的速度，追趕世界先進水平。庫恩來到中國後就敏感地發現，「外國人通常認為，中國的改革開放完全集中在經濟領域，其實大謬不然。中國在經濟領域取得的巨變，無疑令人吃驚，但是，它還算不上中國最根本的變遷，……如果你瞭解中國，你就會知道發生在這個國家的最重大變化，是中國人的精神的轉型」，「中國人

---

3 〔美〕羅伯特‧勞倫斯‧庫恩：《中國30年：人類社會的一次偉大變遷‧序言》，呂鵬、李榮山、徐辰等譯，世紀出版集團、上海人民出版社2008年版，第3頁。

思維方式發生的變化才是這個史詩般宏偉的故事裡最重大、最精彩的部分。」⁴

一　國家興旺帶給人民的幸福感

研究了半輩子漢學的伯頓・沃森，親臨中國考察、交流、參觀是他多年的夙願。一九八三年七月六日，五十八歲的沃森終於抵達北京。在飛機降落前，他就迫不及待地透過舷窗想看看中國到底是什麼模樣。「鳥瞰下的中國，林蔭交錯，鬱鬱蔥蔥。」這是他沒有心理準備看到的景象。因為以前他聽說華北貧瘠、荒涼，樹木稀疏。中國給了沃森第一個意外的驚訝，當他乘車進入市區時，透過汽車視窗看到「那麼綠，那麼多的樹⋯⋯」他以詩意的筆調寫道：「街道兩旁，樹木成行，高大挺拔。樹蔭下的大街宛如綠色通道，自行車、汽車和行人穿梭其間。這樣的林蔭長廊越過城區，向前延伸至鄉村，點綴著遠處望不到頭的鄉間小路。」⁵據他所知，在美國和日本，沒有哪個城市可以看到綿延數裡的綠蔭大街。

來到北京的第二個驚喜是在日壇公園吃的第一餐，他品嚐到了過去在中國的小說和故事裡讀到過的五香花生，黃魚和風味獨特的茄子也都非常好吃。次日一早，沃森和他的陪同山口弘務先生乘坐公共汽車，去參觀附近的一個早市，「早市的街道兩旁擺放著成堆的茄子、番茄、黃瓜、西瓜和桃子，以及有味道的大蒜、生薑、香蔥和青蔥等。人行道上，到處都是排隊的人，等著買油鍋裡現炸的油條，類似

4　〔美〕羅伯特・勞倫斯・庫恩：《中國30年：人類社會的一次偉大變遷・序言》，呂鵬、李榮山、徐辰等譯，世紀出版集團、上海人民出版社2008年版，第6頁。

5　〔美〕伯頓・沃森：《我的中國夢：1983年中國紀行》，胡宗鋒譯，陝西師範大學出版社2015年版，第5、6頁。

的晨景在我後來旅行的很多中國城市裡屢見不鮮。」[6]八〇年代初期，全國各大城市的百貨大樓或農貿市場裡，商品豐富，人氣旺盛，老百姓在吃、穿、用等方面的消費水平得到極大的提高。中國已經徹底改變「文革」結束前經濟蕭條、物資匱乏、副食品供應單一緊張的狀況。從民眾日常生活的側面，就已經反映出中國取得的進步。

沃森在北京參觀名勝古蹟時，常常說自己的興趣不在建築物或傳說，「說到底，我到中國來，不是為了看乾癟久遠的歷史文物，而是為了見這裡的人。」他特別留心觀察遊園和景區的普通老百姓——「不論老少都玩得很盡興。人們的穿著隨意休閒，實際上，這就是我此次旅行中遇到的所有中國人的真實寫照。」當他看到有小孩在水渠裡游泳戲水，會聯想到美國和日本的孩子不能在其城市周圍的小河和水渠中戲水。他「真心希望中國伴隨著其現代化的進程，能避免重複其他國家在發展過程中出現的一些失誤。」在天壇公園，沃森又發出感慨：「北京的居民實在太幸運了，有這麼多漂亮的公園和綠地。需要插一句，在這一點上他們比大阪的居民幸運得多」[7]在王府井大街的書店裡，沃森高興地看到購書和瀏覽的人很多。在西安參觀時細心的沃森發現給他們開車的年輕司機抽空就拿出《隋唐演義》閱讀，自學歷史。他還常常遇到陌生的青年和他說英語或日語，他們大多是自學外語的積極分子。在北京，沃森和著名翻譯家楊憲益、戴乃迭夫婦、北京大學的卞立強教授進行了會晤交流。這些經歷了「文革」動盪的知識份子重新獲得施展抱負和才華的舞臺，成為中國學界的翹楚人才。

結束了北京參觀，沃森和山口在張翻譯的陪同下乘火車前往鄭州。無邊無際的田野從窗外掠過，寬闊的農田裡種植著玉米、黃豆和

6　〔美〕伯頓・沃森：《我的中國夢：1983年中國紀行》，胡宗鋒譯，陝西師範大學出版社2015年版，第12頁。

7　同上書，第23-24、29頁。

穀子，還有蔬菜、棉花地，村莊周圍是成行的白楊樹。「田野中勞作
的男男女女隨處可見，孩子們在水坑裡嬉戲，黃昏時有人趕著驢車回
家。」[8]沃森對一路的景色和抵達鄭州後看到的寬闊的街道也是讚賞
有加。

　　沃森一行赴洛陽參觀了龍門石窟和白馬寺等古蹟，接著去西安感
受了厚重的歷史文化，又去杭州欣賞了西湖美景、品嚐了美食與美
酒，去紹興參觀了魯迅故居。雖然中國古代文學是沃森的研究專長，
但是魯迅是他喜愛的現代作家，二十世紀六〇年代他在哥倫比亞大學
教授漢語、日語翻譯時，常給學生佈置魯迅的作品。走在紹興街頭，
沃森觀察到街旁居民的生活場景，因為天熱，住戶人家門都敞開著，
「房屋狹小、破舊，但很乾淨。……幾乎家家有電風扇，好多人家裡
還有電視。屋裡頭，小孩子被安置在有蚊帳的床上。外面的街頭，男
人和男孩子們有的穿著短褲，用桶往頭上澆水沖涼，有的在路燈下打
撲克，還有的在幫女人洗衣服。」[9]沃森捕捉到的場景是很典型的，
那時中國人的生活不富足，但安逸平凡，沒有膨脹的物欲壓迫，沒有
十年後開始突顯的諸多民生問題，因此老百姓安居樂業，其樂融融。
在蘇州遊覽時，他還特別注意到中國人的儀錶，他寫道：

　　　　自從我來到中國以後，令我印象深刻的是，我周圍的人──年
　　輕人或是帶著孩子的父母等，個個都是那麼整潔和大方。雖然
　　我們所見過的城市的房屋和商店通常都很破舊，並且總有一些
　　凌亂的垃圾散落在周圍，但每天早上我們都會看到有人賣力地
　　清掃著自己區域內的大街小巷，……在我停留的三週時間裡，

8　〔美〕伯頓・沃森：《我的中國夢：1983年中國紀行》，胡宗鋒譯，陝西師範大學出
　　版社2015年版，第35頁。
9　同上書，第99頁。

> 我幾乎還從未見過一個很髒的人，當然更沒有遇到過在美國和
> 日本大街上或公園裡碰到的那些衣服髒亂、頭髮凌亂的人。或
> 許今天的中國不允許有流浪街頭的人吧！[10]

只有一點讓沃森覺得影響了中國人的幸福感——那就是四處可見
的計劃生育宣傳畫和標語。他質疑：「要求人這樣限制自己繁衍會怎
樣呢？據我所知，這在人類歷史上史無前例。在沒有兄弟姐妹的環境
下長大，被父母的溺愛窒息，這些孤單的孩子將來的生活會怎樣呢？
對於那些為了國家而不顧自己的願望和本能的父母來說，等待他們
的老年又將是如何呢？這的確是個大問題。」[11]時間已經證明，沃森
所擔憂的問題及其後果都浮現出來了。然而，沃森也理解，對於尚不
富足的人口大國來說，通過計劃生育控制人口過多增長也是唯一的
措施。

結束了三週的參觀遊覽，沃森發出肺腑之言：「我堅信自己打心
眼裡喜歡這個國家和她的人民，我更確信多年前決定從事中國文化研
究沒錯。」、「即便在此得以久居，也不會消磨我熱愛這個國家的初
衷。」他以學者的嚴謹態度總結了自己對中國人的印象——堅韌、歡
快、樂觀。「近幾十年來所發生的事情顯示，中國人一旦相信需要變
革，他們也就完全有能力創造偉大的變革。但同時，我認為這也與中
國人在其悠久和動盪的歷史中一次又一次所顯示的忍耐精神息息相
關。這種精神使得他們雖然歷經『文革』和隨之而來的動盪，但依舊
頭腦清醒、心地善良。不管怎樣，這種平靜的快樂，這種處變不驚的

---

10 〔美〕伯頓·沃森：《我的中國夢：1983年中國紀行》，胡宗鋒譯，陝西師範大學出
　　版社2015年版，第145頁。
11 同上書，第108-109頁。

能力是我最羨慕的中國特色」。[12]

就在沃森訪問中國的同一年，比沃森年長十歲的美國著名劇作家阿瑟‧米勒和夫人也來到北京，米勒的主要使命是指導北京人民藝術劇院排演他的代表作《推銷員之死》（相關內容後述）。但是在緊張繁忙的工作之餘，米勒和妻子常常騎車在城裡轉悠，米勒對北京進行了細緻觀察，以生動的文筆勾勒出北京城與北京人濃郁的生活氣息和祥和面貌。

> 儘管有不少貧窮和落後的景象，整座城市讓人覺得如此親切。街上有人聊天，路邊有人買賣東西，沿街的店鋪有人閒逛，老人、小孩都被照顧得很好，有人在修自行車，有人比較各自買來的東西，小至青菜，大至整張的聚合板，幾乎所有的東西都能用自行車攜帶。對比之下，新建的住宅樓顯得冷漠蕭索，少了小院的人情味。古老的小院，鋪著磚地，這裡眾人品評眾人的花草，無疑更知道彼此的隱私。[13]

米勒發現，北京的街上總是「人如潮湧，像被海浪沖來沖去的石子」。但他能夠感受到「每個人都在追求更好的生活。……從無數神態安詳的臉上，從靜靜閃爍的無窮智慧裡，我感覺這個城市的人似乎個個都是賢者。」有次在散步時，一個騎自行車的年輕人在米勒夫婦跟前停下，友好地和他們搭訕，「他的英語出奇地流利，……他說自己是卡車司機」，米勒議論說：「無產階級絕不是目不識丁的群氓，他

12　〔美〕伯頓‧沃森：《我的中國夢：1983年中國紀行》，胡宗鋒譯，陝西師範大學出版社2015年版，第156、157-158頁。

13　〔美〕阿瑟‧米勒：《阿瑟‧米勒手記：「推銷員」在北京》，汪小英譯，新星出版社2010年版，第123-124頁。

們受到了很好的教育，尤其是在近幾年。」年輕人有著積極的上進
心，老年人則生活安逸從容：

> 老大媽拍打起被褥，開始了忙碌的一天。過一陣兒，老頭
> 兒——絕沒有老太太——開始在路邊下象棋，……拐角上蹲著
> 個租書的，二三十本書裝在紙箱子裡，旁邊有兩三個人也蹲
> 著，看從他那兒租來的書……[14]

在後海新建的小公園裡，米勒看到：

> 這裡的畫面美不勝收。這時是下午兩三點鐘，中國的小皇帝
> 們——一群一歲左右的男孩由他們的爺爺奶奶帶出來玩。亭子
> 裡坐著一位八十來歲的老爺子，用蒼老的聲音唱著什麼，……
> 我能覺察出他唱的是家鄉的山和流水及家鄉的天空的特別的顏
> 色。……故鄉的景色好像就在他的眼前，他把它唱出來，連聽
> 眾們也能看見。這才是真正的文化——那是一種信心，恰如其
> 分，不加虛飾。

這是藝術家的細膩感觸，當然也有理性的歷史思考。米勒特別指出：
「儘管歷史上有無數殘暴的事件，街上仍能見到很多溫和的富有同情
心的人們。也許，謹慎已經成為生存的必需融入到了人們的血液中。
但是，毫無疑問，不少人仍然遵從社會主義的道德標準。」[15]
　　改革開放後中國恢復了自由市場，米勒所描述的畫面使人如身臨
其境：

---

14 〔美〕阿瑟・米勒：《阿瑟・米勒手記：「推銷員」在北京》，汪小英譯，新星出版
　　社2010年版，第140、141頁。

15 同上書，第157-158頁。

　　小販們的生意挺紅火。……多年來，買賣和買賣人在這裡受到
　　歧視，商品在沒有人情味的國營商店的櫃檯上才能買到。現在
　　做生意的人重又出現，……他們招徠過往的路人，招手、吆
　　喝、抖動貨物使其看上去光鮮亮麗。[16]

生機勃勃的市場，熱熱鬧鬧的市井生活，無不展示出改革開放帶給中
國的美好前景，也充分表現出中國老百姓的滿足和幸福。

二　自尊、自豪、自強凝聚成的向心力

　　馬克林二十世紀八〇年代重返中國，他看到這個遽變中的國家充
滿鼓舞人心的新氣象，深深觸動他的，「第一點就是中國人民所展現
的蓬勃生氣。」[17]改革開放帶給中國人無窮的動力——那是由自尊、
自豪、自強凝聚成的向心力。

　　庫恩以自己在中國的經歷和受到的觸動提醒外國人，不要天真地
以為中國人批評、指責政府就意味著愛國之心在逝去。事實是中國人
民「為祖國而自豪、為傳統而自豪、為歷史而自豪、為經濟實力而自
豪、為個人和社會自由而自豪、為國際地位持續提升而自豪、為國防
力量不斷增強而自豪，這就是中國人的根本特徵」。[18]庫恩記述了最有
說服力的兩個歷史性大事件，一是一九九七年七月一日莊嚴的香港回
歸儀式：

16 〔美〕阿瑟‧米勒：《阿瑟‧米勒手記：「推銷員」在北京》，汪小英譯，新星出版
　　社2010年版，第119頁。

17 〔澳〕馬克林：《我看中國：1949年以來中國在西方的形象》，張勇先、吳迪譯，中
　　國人民大學出版社2013年版，第71頁。

18 〔美〕羅伯特‧勞倫斯‧庫恩：《中國30年：人類社會的一次偉大變遷》，呂鵬、李
　　榮山、徐辰等譯，世紀出版集團、上海人民出版社2008年版，第18頁。

> 6月30日，江澤民主席成為歷史上第一位踏上香港土地的中華
> 人民共和國領袖。他從國航747的舷梯上緩步走下，……他立
> 即被熱情澎湃、揮舞著鮮花和國旗的歡迎人群團團圍住。
> ……
> 200萬民眾聚集在維多利亞港，觀看歷史上最為豔麗多彩的聲
> 樂燈光景觀表演，萬餘名賓客參加了這一盛典。盛大宴會結束
> 後，回歸交接儀式開始，……午夜一過，中國軍樂隊奏起了中
> 華人民共和國國歌《義勇軍進行曲》，鮮豔的五星紅旗與香港
> 特別行政區區旗——紫荊花旗一同升起。
> 在北京，10萬民眾聚集在天安門廣場上，通過電視轉播觀看回
> 歸儀式。中國國旗在午夜剛過八秒……準時升至旗杆頂端，欣
> 喜若狂的人群沸騰了，他們歡呼吶喊，又蹦又跳，不停揮舞著
> 中國國旗和香港區旗。155年的屈辱史宣告終結。這是一個新
> 時代的開始。[19]

在激動人心的時刻，中國人民愛國的向心力凝聚在一起，築起了新的堅不可摧的長城，讓祖國無比驕傲，令世界感到震撼。

第二個歷史性事件發生在二〇〇一年七月十三日那天，大約四十萬北京市民聚集在天安門廣場，翹首企盼，等待國際奧委會宣佈二〇〇八年夏季奧運會的主辦城市。

> 結果一公佈，在莫斯科進行現場轉播的中央電視臺在螢屏上打
> 出象徵勝利的鮮紅字幕：「我們贏了！」天安門廣場的大螢幕

---

19 〔美〕羅伯特·勞倫斯·庫恩：《中國30年：人類社會的一次偉大變遷》，呂鵬、李榮山、徐辰等譯，世紀出版集團、上海人民出版社2008年版，第24-25頁。

　　上播報了這條新聞，剎那間，欣喜若狂的歡呼聲響徹了宛若夢
境的天安門廣場，響徹了整個城市。
　　男女老少、各行各業的人們拋灑鮮花、揮舞彩旗、敲鑼打鼓，
汽車在京城大街上鳴笛不止、疾馳而過。……[20]

這一群情激昂、熱烈歡樂的慶祝場景描寫，真真切切地展露出中國人
民自豪、自尊、自信的共同心情。二〇〇八年八月八日晚八時，第二
十九屆奧林匹克夏季運動會在北京勝利開幕，中國在世界面前閃亮登
場。令人嘆為觀止的開幕式「堪稱奧運會歷史上製作最為精心的盛
宴，既弘揚了中國文化，也傳遞了國際善意。……體現出恢宏的全球
眼光」。這場盛宴「深深紮根於這個國家5000年的文明，象徵著一個
大國的當代復興。」[21]響徹全球的主題口號「同一個世界，同一個夢
想」，更是彰顯了中國人民立於世界之林、共同追求進步和夢想的寬
闊胸懷和崇高信念。出席北京奧運會的國家元首或政府首腦超過了八
十位，這個數位創造了奧林匹克紀錄。

第二節　改革取得的成就

　　庫恩從二〇〇五年開始，「走訪了中國20多個省份的40多個城
市，會晤地方官員（包括黨、政、商、學各方面），接觸普通百姓
（有學生、工人、農民、警察、解放軍戰士、下崗工人、退休人員、
記者等）。」庫恩對於中國不同地區的實際情況，對於各級領導人和
普通百姓真正的所想所言，都獲得了詳實的第一手資料。於是他決意

20　〔美〕羅伯特・勞倫斯・庫恩：《中國30年：人類社會的一次偉大變遷》，呂鵬、李
　　榮山、徐辰等譯，世紀出版集團、上海人民出版社2008年版，第18頁。

21　同上書，第21、20頁。

將自己的見聞和感想寫下來，向西方「講述事實，全部的事實」[22]，描述真實的、也是多樣性的中國。

一 浙江：新型企業家精神

庫恩考察各地之前，時任中國社會科學院常務副院長的冷溶給了他很好的建議，建議他依據實際情況制訂調研計劃，考察中國各主要區域——東北、華中、東南、西部、邊疆，瞭解不同區域的特殊情況。冷溶對庫恩強調說：「如果看不到中國整體所具有的多樣性和面臨的種種挑戰，也就不可能理解中國，不可能意識到胡錦濤總書記提出科學發展觀的重要意義。」[23]此外，他特別提醒庫恩注意民營經濟和企業家的「浙江模式」。庫恩採納了冷溶的建議到了浙江，首先把聚焦點投射到「民營企業」。他發現，最能代表「浙江模式」的浙商精神，可以說就是民營企業共有的新型企業家精神。成就這種精神的因素有兩個，「第一，它沒有根深蒂固的大型（通常也是陳舊的）國有企業基地；第二，浙江人具有企業家創業的充沛幹勁與吃苦精神。綜合這些條件，浙江具備了競爭優勢。」[24]

庫恩瞭解到，「時任省委書記的習近平率先推行民營與公有經濟一體化改革，深化了全省行政管理體制改革。在浙江，民營經濟部門占到了全省經濟總產值的70%，……並提供了全省90%的工作崗位。」、「中國民營企業500強中，有118家位於浙江，這在所有的省份裡是數

---

22 〔美〕羅伯特‧勞倫斯‧庫恩：《中國30年：人類社會的一次偉大變遷‧序言》，呂鵬、李榮山、徐辰等譯，世紀出版集團、上海人民出版社2008年版，第4、13頁。

23 同上，第4頁。

24 〔美〕羅伯特‧勞倫斯‧庫恩：《中國30年：人類社會的一次偉大變遷》，第163頁。

量最多的。」[25]

　　在浙江，庫恩有幸多次與習近平交談，習近平對他的考察、對於如何以最好的方式向世界介紹中國，給予了許多指導性建議。習近平說：「儘管對很多外國人來講，會很自然地試圖用一句話來描述中國，或者是用單一的方法對中國一概而論，但中國太過複雜，無法如此描述或概括。」他給庫恩提出看中國的兩個維度──「可以在不同的地區之間『橫向』來看，也可以追隨它悠久的歷史『縱向』來看」。[26]庫恩深受啟發，他說：「習近平的建議打動了我。它們成為我工作的一個靈感來源，促使我更加努力地向世界講述中國的真實故事。」[27]

　　二〇〇六年五月，庫恩和他的老搭檔朱亞當為浙江省在美國舉辦的「2006年美國浙江週」活動擔任顧問，活動包括：經濟與金融對話、人才招聘、攝影展以及電視節目展播等。庫恩高度評價了這個由地方獨立舉辦的活動，認為「集中展現了在當代中國，地方為了參與全球經濟競爭而必須具備的資源、創造力、靈活性以及相對獨立的思維。當中國的各省、自治區、直轄市都在展示各自的特質時，不僅是因為這些特質的確能夠推動地方發展，而且也是在不斷促進中國的多元化。」[28]

25　〔美〕羅伯特・勞倫斯・庫恩：《中國30年：人類社會的一次偉大變遷》，呂鵬、李榮山、徐辰等譯，世紀出版集團、上海人民出版社2008年版，第162、163頁。

26　〔美〕羅伯特・勞倫斯・庫恩：《中國30年：人類社會的一次偉大變遷・序言》，第5頁。

27　同上書，第6頁。

28　〔美〕羅伯特・勞倫斯・庫恩：《中國30年：人類社會的一次偉大變遷》，第162、163頁。

二　浦東：璀璨的東方明珠

上海市浦東區，在開發之前是一大片農田，縱橫交錯著泥濘的小路，散落著簡陋的棚屋。開發後的浦東已經成為高樓林立、生機盎然的國際金融貿易區。浦東不僅是上海向世界展示的耀眼明珠，也是中國改革開放和現代化建設取得巨大成就的標誌。

二十世紀八〇年代，相比於廣東省，上海的改革比較緩慢、滯後。為此，鄧小平一九八四年在深圳、珠海、廈門特區視察後來到上海，看到上海的「老樣子」與深圳的興旺發達形成反差，回京後同幾位中央同志談「辦好經濟特區和增加對外開放城市的問題」，他讚賞深圳人的口號：「時間就是金錢，效率就是生命」。[29]之後他和很多高層領導親自參與了振興上海的規劃。一九九一年年初，鄧小平到上海視察，他對上海市的領導說：「浦東如果像深圳經濟特區那樣，早幾年開發就好了。開發浦東，這個影響就大了，不只是浦東的問題，是關係上海發展的問題，是利用上海這個基地發展長江三角洲和長江流域的問題。抓緊浦東開發，不要動搖，一直到建成。」他鼓勵上海人民說：「希望上海人民思想更解放一點，膽子更大一點，步子更快一點。」[30]

一九八八年的五月，浦東新區開發國際研討會在上海西郊賓館召開，時任上海市委書記的江澤民發表講話，他的講話振奮了上海千餘萬市民的心。曾任上海市副市長、浦東新區工作委員會黨委書記、管理委員會主任的趙啟正，回憶在江澤民擔任上海市市長期間，「對浦東開發計劃作出了許多指示，其中既有戰略性的，也有涉及具體事務

---

29 鄧小平：《辦好經濟特區，增加對外開放城市（一九八四年二月二十四日）》，《鄧小平文選》第3卷，人民出版社1993年版，第51頁。

30 鄧小平：《視察上海時的談話（一九九一年一月二十八日至二月十八日）》，《鄧小平文選》第3卷，人民出版社1993年版，第366、367頁。

的。」在江澤民擔任總書記之後,「每當回到上海時,都要視察浦東。」、「1990年12月,時任上海市市長的朱鎔基召開會議,評估浦東新區的整體規劃。根據規劃,工程將從開發陸家嘴金融貿易區開始,目標是把它建設成為上海的新象徵,連接中國與世界、現在與未來的橋樑。它將是一個中國政府批准的、國家級的金融貿易區。」[31]庫恩瞭解到,浦東開發吸引了來自國際社會的眾多建築師、設計師和城市規劃者。歷時兩年之久、先後二十多次開會協商之後,一份世界級的陸家嘴中心區發展計劃完成了。

> 到2008年,浦東開發18年後,浦東發生了讓世界都為之震驚的巨大變化:一個外向型、多功能、高度現代化的新城誕生了,上海的面貌發生了難以想像的變化。
>
> ……
>
> 浦東已經從簡單的基礎設施建設邁向了注重功能開發和生產效率。它開創了城市化、工業化和國際化的新模式。
>
> ……
>
> 1996年至2000年間,浦東又斥資1000億元人民幣進行重大工程建設,包括浦東國際機場、深水港工程、信息設施、地鐵和高速公路,幾乎所有項目都應用了國際先進技術。……[32]

庫恩用詳細數據證明浦東開發取得的輝煌成就,向西方讀者打開了一扇極富吸引力的視窗,使他們由衷為這一東方奇蹟發出讚嘆。

---

31 〔美〕羅伯特・勞倫斯・庫恩:《中國30年:人類社會的一次偉大變遷》,呂鵬、李榮山、徐辰等譯,世紀出版集團、上海人民出版社2008年版,第185、184頁。
32 同上書,第186、187頁。

三　貴州：開啟西部扶貧大業

　　一九九七年十月，美國當代世界問題研究所的研究員 Daniel Burton Wright（唐興）攜家帶口來到了都勻──中國貴州省的一個小城市，這是一個少數民族聚居地，人口中有百分之六十是少數民族，主要是布依族、苗族和水族。他把家安頓在這裡，自己開始了長達兩年的田野調查，之後寫出了《我看中國：美國學者在中國西部的百姓生活劄記》這部書稿。從貴州這個視窗，觀照中國的扶貧政策實施及其取得的進展。

　　初到都勻，唐興感到印象深刻的是這個小城的差異和多樣性。「都勻雖然是個城市，但是挑扁擔的、趕馬車的和自行車、汽車一樣普遍。」但是都勻的街上也有「個體經營，卡拉 OK，電子遊戲機，麻將，影碟出租店，上海、廣州和香港的時裝（兩寸高的厚底方頭鞋眼下正入時）。」[33]這一印象恰恰反映出落後地區沒有被時代遺忘，已經處在變革中。

　　變革帶給窮鄉僻壤的第一變化，是人們不再死守土地和家園，千百萬民工湧向需要大量勞動力的城市。一位貴州駐深圳代辦處官員告訴作者，一九九七年，貴州民工往家鄉投寄了五十億元的現金。民工所作的最大貢獻之一是把資金直接投放到中國內地的貧困家庭當中。唐興在《貴州經濟日報》看到一則報道，貴州某村三十名在沿海打工的民工組建了一個支援家鄉的「協會」，民工們對家鄉的貢獻不只是資金。唐興採訪的幾個民工都說，「除了往家裡寄錢，他們自認為自己的角色是給家鄉人開眼界，向他們介紹新的做事方法，使他們不僅

33　〔美〕Daniel Burton Wright（唐興）：《我看中國：美國學者在中國西部的百姓生活劄記》，壽國薇譯，廣西教育出版社2000年版，第10頁。

滿足於有吃有穿的生活。」[34]一些民工也開闢了把資金、技術和經驗從富裕地區轉移到家鄉的渠道。

　　改革帶給貧困地區的利好政策是對口扶貧。唐興瞭解到，一九九五年九月在中共十四屆五中全會上，中央提出「堅持區域經濟協調發展，逐步縮小地區發展差距」。唐興說對他最有吸引力的是中央倡導的對口扶貧政策，「即富裕的沿海城市收養貧困的內地表親。」[35]唐興探訪了三都希望學校，這是深圳特區和三都水族自治縣對口扶貧的成果之一，由十七家深圳公司捐資四百三十五萬元興建的。學校有一千四百名學生（八百名小學生，六百名中學生），是深圳贊助的二十一所分散在三都縣山區的學校中最大的。深圳選擇教育作為他們扶貧的重點，是看到了教育對一個地區發展的重要性。

　　作者還瞭解到，「中央挑選了四個富裕的沿海城市（深圳、寧波、大連和青島）來扶助貴州裡的兩個地、州。黔南州與深圳特區對口。建立關係後的頭幾個月，四城市與貴州簽了100多個項目，主要是教育、醫療保健和旅遊開發，共計約26億人民幣。」關於對口扶貧，唐興認為來自黔南州的一位生意人說得到位，他說：「在我們國家，錢遠不如對口扶貧對我們民族來得重要。它可以把我們連在一起，幫助我們相互瞭解。」[36]這就表達出了扶貧與民族團結雙贏的訴求。

　　數據是最有說服力的。唐興採訪了希望工程創始人徐永光，在書中記述了他創建「希望工程」的緣起和做出的貢獻。「到1997年底，中國青年基金會在不到10年時間內已募集12億元，大量貧困兒童因此獲得上學的機會。蓋起5000所希望學校（分別配有500冊圖書）；發放

34　〔美〕Daniel Burton Wright（唐興）：《我看中國：美國學者在中國西部的百姓生活劄記》，壽國薇譯，廣西教育出版社2000年版，第51頁。

35　同上書，第72頁。

36　同上書，第73、75頁。

6000份中學和大學獎學金；為中國的貧困地區設立教師培訓項目。」[37]
唐興對中國的「希望工程」極為讚賞和敬佩，他認為中國青年基金會
在為中國創造一種新的機制上帶了個好頭，「有利於推動中國整體的
公益事業。」[38]

唐興用較大的篇幅記述了他在大坡村、大網村、仡佬村等地親眼
目睹的農民生活，傾聽他們幾代人的經歷。展現在讀者眼前的是鄉村
的落後，生活的困苦。通過二十多天的親歷體驗和考察，使他更為清
楚地認識到中國扶貧工作的艱鉅性和急迫性。在這種情形下，弘揚與
貧窮抗爭的精神尤為重要。唐興在作品中詳述了大關人的奮鬥故事以
及「大關精神」。大關村位於貴州南部羅甸縣偏僻的喀斯特高山上，
喀斯特地形不適宜人類生存，移民是唯一的出路。上個世紀七〇年
代，大關村支書何元亮九次試圖為大關人外出尋找搬遷地。為了籌得
路費，他甚至揭下自家房上的瓦片，換得六十元路費，但外遷的願望
均未能實現。當時大關村人的溫飽問題尚未得到解決。一九八三年，
大關人炸山石成砂礫，平地鋪上碎石和土，他們想以此法將山地變成
耕地。當年冬天，何元亮召開全村大會，大家統一了思想，提出「當
槽開田，兩山栽樹，以糧食安家，多種經營發家」的發展思路。在何
支書頑強的、公僕式的領導下，大關人開始了改造自然的艱苦卓絕的
勞動，靠的是鋤頭、大錘和土炸藥這樣的原始工具，石坡變成了臺階
樣的塊塊梯田。十年奮鬥鑄就了奇蹟。陪同唐興參觀大關村的羅甸縣
委副書記在對他講述了大關村英雄業績後，唐興請李書記談談大關作
為模範的意義，李書記指出：「這種艱苦奮鬥，苦幹實幹的『大關精
神』也是中國人民的民族精神，需要鼓勵。」[39]

---

37 〔美〕Daniel Burton Wright（唐興）：《我看中國：美國學者在中國西部的百姓生活劄
記》，壽國薇譯，廣西教育出版社2000年版，第79頁。

38 同上書，第86頁。

39 同上書，第130、132頁。

　　唐興又奔赴惠水縣的渡口鎮、荔波縣的大河鄉、三都縣的九阡鎮、獨山縣的甲定鄉進行考察，他總結說：「在貴州這樣面臨艱苦的自然條件的貧困內地，我所觀察和瞭解到的基層官員介於這樣一個廣泛的範圍之間：具有創造性的、無私的帶頭人和濫用權力，從有限資源中謀取私利的貪官。」[40]以實事求是的態度，唐興既正面報道基層幹部在脫貧攻關中的無私奉獻，也抨擊了腐敗現象，表達了一個西方觀察者堅持追尋真相的態度和原則。

四　各有千秋的改革領域

（一）企業改革先鋒

　　為了瞭解中國的企業改革，一九九八年，庫恩參觀了多家在改革中開風氣之先的知名企業，如雙星、海爾、聯想，採訪了這些企業的總裁或主要負責人。

　　雙星曾經是一家虧損的中等規模企業，只生產橡膠鞋。汪海成功地領導了這家企業向市場經濟轉變。一開始，他們不知道虧損是市場的問題，也不知道市場是什麼。汪海決定背上鞋子去百貨商店推銷，以此試著理解市場是怎麼回事。在舊的體制中，高級管理者總是高高在上，他們不屑於去做像「賣貨」這樣的事情。汪海打破舊體制，開闢新戰場。到二〇〇八年，雙星成為中國最大的鞋業生產企業，有著世界一流的設備、三千家連鎖店和良好的經營業績，已是一家跨國界、跨行業、跨所有制的企業集團。

　　在海爾集團，庫恩參觀了現代化的廠房。他的嚮導是海爾的總裁

40　〔美〕Daniel Burton Wright（唐興）：《我看中國：美國學者在中國西部的百姓生活劄記》，壽國薇譯，廣西教育出版社2000年版，第147頁。

和首席執行官張瑞敏。庫恩評價這位總裁「是中國最為成功和最受尊敬的企業家之一，是中國真正的『企業英雄』。一九八四年，三十五歲的張瑞敏接管了瀕臨破產的青島電冰箱總廠，並將它改造成了世界一流的競爭者。他有一套有力的管理風格，綜合了西方的質量控制方法、中國的文化感受力和他自己獨特的眼光。」[41]從一開始，張瑞敏就狠抓產品品質。有一則軼事眾口流傳——在海爾創業早期，他曾命令工人將有瑕疵的七十六臺冰箱砸得粉碎。

二○○一年，沃頓商學院教授馬歇爾·梅耶也參觀了海爾。張瑞敏向他解釋，海爾不打價格戰，「消費者想要什麼，我就給他們什麼，他們給我最優的價格，我給他們滿意的產品」。[42]海爾在美國的銷售經理想要一種有拉出式抽屜的冷藏櫃，海爾在十七個小時內，就設計和造出了一種「微型冷藏櫃」的雛形。

庫恩在海爾還特意瞭解管理層和員工中黨員的比例、黨組織活動、獨特的企業文化等。在和副總裁楊綿綿交談時，他詢問了女性在中國企業中的角色。楊綿綿對他說：「在中國傳統文化中，女性被認為是弱者，認為婦女不能幹。但市場經濟給女性提供了前所未有的機會。一些女性證明她們和男性一樣出色，她們努力工作，去實現商業上的成功。面對的壓力越大，她們越有動力。」接著，應庫恩的提問，她談到自己的幸福家庭，同時聲稱：「當事業和生活衝突的時候，我的生活就服從事業。」[43]這個回答不僅表現出楊綿綿自信、強大的精神主體，也真實反映了新時代中國女性的社會地位和發展水平。

一九九八年庫恩採訪聯想創始人、董事局主席柳傳志時，他告訴

---

41 〔美〕羅伯特·勞倫斯·庫恩：《中國30年：人類社會的一次偉大變遷》，呂鵬、李榮山、徐辰等譯，世紀出版集團、上海人民出版社2008年版，第192頁。

42 同上書，第193頁。

43 同上書，第195頁。

作者，「聯想是中國科學院投資20萬元人民幣於1984年成立的。」、
「一開始，我們是11個人在一棟小房子裡創業。現在，我們已在香港
公開上市，我們的美國存託憑證在紐約交易。我們的市值接近20億美
元。」庫恩後來瞭解到，二〇〇七年，聯想已經是世界第四大個人電
腦生產商，它以接近一百七十億美元的收入擠進了神話般的《財富》
「世界五百強」排行榜。二〇〇八年，聯想市值大約七十億美元。聯
想為何能成功？柳傳志說：「中國科學院是中國最好的研究機構之
一。在過去，它們曾造出過一些世界上最先進的機器，但是沒有被利
用起來。後來，隨著市場經濟的發展，價值觀改變了。我們開始思考
將我們的科技轉化為商品。過去，我們的成就靠出版物和科學獎勵的
清單來衡量。現在，衡量我們成績的，是我們賣出去了多少產品獲得
了多少利潤。」[44]庫恩還採訪了多名員工，其中一位是聯想工廠的黨
支部負責人，他們的對話如下：

　　庫恩：「為什麼一個現代的電腦企業需要黨組織呢？」

　　　李：「我們在這裡確保黨的政策能夠在這家企業得到貫徹。」

　　庫恩：「你確定的那些得到貫徹的政策裡，能不能舉幾個例
　　　　　　子？」

　　　李：「黨支部可以團結工人完成任務，企業就可以創造更多
　　　　　　的利潤。」

　　庫恩：「所以共產黨對增加企業利潤感興趣？」

　　　李：「當然。工人、黨組織與企業的利益是一致的。社會主
　　　　　　義也要創造利潤。」[45]

---

44 〔美〕羅伯特・勞倫斯・庫恩：《中國30年：人類社會的一次偉大變遷》，呂鵬、李
　　榮山、徐辰等譯，世紀出版集團、上海人民出版社2008年版，第195頁。
45 同上書，第198-199頁。

從上述對話中，可以看出庫恩一直希望探究中國特色社會主義的市場
經濟到底有何特別，所以他對企業部門黨組織的領導作用、政策導向
等問題格外關注。而親眼所見、親耳所聞，幫助他理解了這些很重要
的問題。

（二）科技教育領域的改革

1　科技改革的力度

　　二〇〇三年，中國發射了神舟五號飛船，這是中國首次載人航太
飛行。二〇〇八年九月，胡錦濤來到酒泉衛星發射中心，參加神舟七
號的出征儀式。「這次計劃將包括中國的首次太空行走。後來，當宇
航員完全探出軌道艙，揮舞著手中的一面小國旗時，控制大廳的技術
人員一片歡呼，這象徵著中國的驕傲和對科學的執著。」[46]

　　庫恩對中國科技事業取得的巨大進步和卓著成果給予充分肯定，
尤其是對於中共領導人在推動科學發展方面的有力舉措評價很高。庫
恩一九八九年第一次來中國因為受宋健邀請，所以與他結下深厚友
誼。每次來中國庫恩都會去拜訪他，討論一些最新的科學理論。「中
國高層領導中間，宋健博士是真正的科學家，控制論、系統工程與航
天科技是他的專長。……他是中國科學院和中國工程院的雙院士，還
是很多外國科學院包括美國國家工程院和俄羅斯科學院的外籍院
士。」[47]所以，庫恩說認識宋健他很榮幸。一九八四至一九九八年期
間，宋健擔任國家科委主任，在這個充滿挑戰的時期，宋健對中國科
技領域的改革與發展做出重要貢獻。庫恩詳細記述了宋健探索的「新
路子」——

46　〔美〕羅伯特‧勞倫斯‧庫恩：《中國30年：人類社會的一次偉大變遷》，呂鵬、李
　　榮山、徐辰等譯，世紀出版集團、上海人民出版社2008年版，第290頁。

47　同上書，第291頁。

他的第一個重大行動，就是倡議實施「星火計劃」，……「星
火計劃」意在向農村傳播科學知識與新技術。

……

截至1995年底，一共實施了66736項計劃項目，覆蓋了85%以
上的縣。數以千計的科學家、農業專家以及工程師被邀請去擔
任縣市領導。大約有100萬工程師與技術人員來到農村，用新
技術幫助農民培育農作物、飼養牲畜、建立小型企業。[48]

一九八七年，宋健與國家科委制訂了「火炬計劃」。這項新計劃的目
的是發展高新技術產業，生產高新技術產品，並在全國設立高新技術
產業開發區。「火炬計劃」在新材料、生物技術、電子信息、機電一
體化、新能源、高效節能等諸多新技術領域都取得了成功。

在中國主要城市的重點大學，已經創建了諸多的高新技術產業開
發區和國家級科技園。這些開發區吸收上百萬名學生以及有各種專業
證書的科技人才。很多海外歸國人員到這些新科技園開設了電子機
械、微電子、通信與電腦等行業公司。

經過數十年的不斷努力與改革，中國的科技體制已經基本轉變過
來，適應了市場體制。

2　教育改革探索

「我認為改革開放近30年來改革最不成功的是教育的改革，而導
致教育改革不能成功根本的原因是什麼呢？表面看是因為教育問題本
身太複雜，實際上還是我們的教育制度安排及其實施問題。」[49]清華

48　〔美〕羅伯特・勞倫斯・庫恩：《中國30年：人類社會的一次偉大變遷》，呂鵬、李
　　榮山、徐辰等譯，世紀出版集團、上海人民出版社2008年版，第295、296頁。

49　萬俊人：《再談教育公平問題》，《現代大學教育》2010年第1期，第3頁。

大學萬俊平教授的這個論斷或許代表了學界很普遍的看法。早在一九九三年，中共中央、國務院頒佈的《中國教育改革和發展綱要》中就明確提出，國家財政性教育經費支出占 GDP 比例要在二十世紀末達到百分之四，但是這個目標到二〇一二年才實現，在之後十年中，保持了不低於百分之四的水平，由此可見教育發展速度相對緩慢。然而，教育改革也一直在探索中進行，庫恩根據自己的調查，披露了問題，也看到了教育領域攻克難關做出的努力。

庫恩關注了中國基礎教育狀況，「進入新世紀，中國計劃用10年時間完成基礎教育目標，將國家的基礎教育水平提升到世界相對發達國家的水平。」、「大致從2002年到2007年間，財政部將投入50億元人民幣改善農村貧困地區的基礎教育。」然而，庫恩也瞭解到，「一個長期存在的問題是，農村教育的質量在不同地區差異很大。」[50]

庫恩批評了中國的應試教育模式，認為「在某些方面中國教育的基本方式仍然具有與科舉考試的相似性」，「傳統仍在綿延。多半情況下在中國的小學和中學階段，都會局限於傳授書本知識，並且學生要忍受一次次的高強度考試，為最終通過參加競爭激烈的高考進入大學而作準備。」二〇〇一年，教育部頒佈了《基礎教育課程改革綱要（試行）》。《綱要》提出，要改變課程過於注重傳授書本知識的傾向，強調將學校與社會聯繫起來的重要性。但是由於高考制度的存在，中小學階段的書本知識傳授和考試模式依然是牢不可破的堡壘，並沒有得到根本的改變。

值得肯定的是，從一九八〇年以來，中國的高等教育得到快速發展。宋健告訴庫恩，到二〇〇六年，普通高等學校的數量增加到一九八〇年的二點五倍（從675所增加到1867所）；年度本科生入學人數增

---

50 〔美〕羅伯特·勞倫斯·庫恩：《中國30年：人類社會的一次偉大變遷》，呂鵬、李榮山、徐辰等譯，世紀出版集團、上海人民出版社2008年版，第305、306頁。

加到幾乎二十倍（從28.1萬增加到550萬）；大學畢業生人數增長近二十五倍（從14.7萬增加到380萬）；研究生入學人數增長到一百倍（從4000增加到40萬）。二〇〇六年，高等教育的毛入學率達到百分之二十二。此外，一九七八年以來，政府鼓勵和資助年輕人去國外學習。宋健說，許多歸國人員，現在都已經是研發機構、教育機構和高技術企業的領軍人才。「這證明了自由赴海外留學的政策，在目前以及將來對於中國實現現代化都會起到推動作用。」[51]

　　針對中國的教育現狀，庫恩以充滿鼓勵和希望的語氣提出個人的觀點：「教育是中國不斷成長的事業，而政府也為加快其發展作出了專門的努力。我認為，不論是在世界範圍內還是在中國，這種增長都會超過預期，因為推動它的是一種迫切的需要：消除社會發展的不平衡。對於那些才開始發展的地方，中國的農村和內地，國家應該向那裡的中小學提供個人電腦，或者是便宜的可攜式電腦，以及互聯網設備。沒有什麼比激發人的好奇心和創造力，開發他們的知識與技能，能更好地提升素質教育了。除了教育，沒有什麼能更快地實現公平。」[52]這段精闢議論體現了科恩的前沿眼光和契合中國實際問題的判斷與思考。

（三）醫療衛生領域的改革

　　受到廣大人民群眾批評最多的改革領域是中國的醫療體系，這已是不爭的事實。看病難、看病貴成為最突出的民生問題之一。

　　二十世紀八〇年代中後期，伴隨經濟體制改革的持續深入，原有的醫療衛生體系失去了計劃經濟制度的依靠，在對經濟體制轉變的被

51　〔美〕羅伯特・勞倫斯・庫恩：《中國30年：人類社會的一次偉大變遷》，呂鵬、李榮山、徐辰等譯，世紀出版集團、上海人民出版社2008年版，第307、308、309頁。
52　同上書，第310頁。

動適應中啟動機構轉型的初步改革，政府的財政投入逐年遞減。一九
九二年開始構建市場經濟環境下的醫療衛生體制，實施「給政策不給
錢」的市場化改革。醫療機構在「創收」壓力和經濟利益誘導下，
「逐漸脫離公益性質轉變為以利潤為導向的市場主體。廉價而有效的
技術和藥物不再受到青睞，醫院和醫生越來越熱衷於使用昂貴的技
術、設備和藥物，為患者提供超過需要的大檢查、大處方，醫療費用
因而快速上漲。」[53]皮尤全球態度調查項目曾對中國人作了一次全面
的調查。在這次調查中，他們發現大約一半的調查對象（48%）以及
大多數低收入被訪者（54%）說他們覺得在承受醫療費用上有困難。
大城市的居民表示在醫療上有困難的比例尤其大（56%）。[54]中國醫療
保障體系發展得不充分、不完善，主要表現在以下幾個方面：

- 薄弱的公共衛生體系。
- 不同地區、社會經濟群體和性別的人群在醫療覆蓋面、效
  率、質量、途徑和結果上的差異和不平衡擴大。
- 營利性醫院體系缺乏整合，在醫療服務體系內導致過度供
  給、供給不足以及誤導性供給並存。[55]

　　庫恩也將中國衛生部所要進行的醫療改革要點寫入他的書中：

- 堅持公共醫療衛生的公益性質，堅持預防為主、以農村為重
  點，中西醫並重。

---

53 《團結》雜誌編輯部課題組（張棟執筆）：《新中國以來醫療衛生事業的發展軌
跡》，《團結》2011年第2期，第31頁。

54 〔美〕羅伯特・勞倫斯・庫恩：《中國30年：人類社會的一次偉大變遷》，呂鵬、李
榮山、徐辰等譯，世紀出版集團、上海人民出版社2008年版，第317頁。

55 同上書，第318、319頁。

- 強化政府責任和投入，完善國民健康政策，建設覆蓋城鄉居民的公共衛生服務體系、醫療服務體系、醫療保障體系、藥品供應保障體系。
- 完善重大疾病防控體系。
- 加強農村三級衛生服務網絡（覆蓋縣、鄉鎮、村）和城市社區衛生服務體系建設，深化公立醫院改革。[56]

　　這些改革措施是否能夠更有效地實施，是否可以讓廣大人民群眾滿意，依然是中國醫改面對的考驗。在快速變化的形勢下，中國醫改必須要與時俱進，繼續不懈地努力。

第三節　文學藝術的創新時代

　　新時期以來，中國的文學藝術領域也經歷了變革，迎來了繁榮，呈現出開放、自由、活躍、多元化的景象。與上個世紀六、七〇年代的封閉、禁錮、沉寂、單一化形成鮮明對比。文化視窗更為生動地傳送出蓬勃向上的時代氣息，展演著現實社會的精彩生活，顯現了群體與個人的豐富表情和精神軌跡。

　　許多西方作家都注意到，中共每一時期的高層領導都特別重視文化建設，毛澤東《在延安文藝座談會上的講話》八十年來一直是中共宣傳部門貫徹執行的綱領文件。在每一次中國共產黨全國代表大會的政治報告中，也都有體現《講話》精神的關於文化建設工作的指導方針和策略。庫恩就此評價說：「美國總統向國會所作的年度國情咨文演說中，很少以任何形式提到文化，更不會將之作為重要議題。然

---

56 〔美〕羅伯特‧勞倫斯‧庫恩：《中國30年：人類社會的一次偉大變遷》，呂鵬、李榮山、徐辰等譯，世紀出版集團、上海人民出版社2008年版，第319頁。

而，胡錦濤總書記在十七大上所作的正式工作報告中，卻花了相當大的篇幅來討論文化問題。」[57]中共領導人之所以從不放鬆對文化領域的管理，不僅因為進步文化關係到中國當代社會的精神文明建設，讓中國人民享有豐富健康的精神生活，也關係到中國對外形象的塑造與展示，是加強、提升國家軟實力的必要策略。

一　文學創作的當代嬗變

改革創新的環境和氛圍釋放了作家與藝術家的創造力，思想解放潮流推動文學形式與內容向多元化發展。馬克林對於中國當代文學藝術領域的變革有敏感的認識，因為二十世紀六、七〇年代他曾在中國生活，所以作為親歷者就有了新舊對比的眼光。他說：新時期「藝術變得更加自由、多元和鮮活。從事藝術創作的人們似乎也衝破了意識形態的束縛，不再循規蹈矩，而是渴望創造出吸引目標讀者和觀眾的作品。」[58]

庫恩以女作家鐵凝為例，描述中國當代文學界迎來一個新時代的風貌。一九八二年，鐵凝年僅二十五歲，便因她的短篇小說《哦，香雪》獲獎而享譽全國，這篇作品描寫了一個渴望瞭解外部世界的農村女孩誤上了火車的曲折經歷。之後，鐵凝又發表了許多作品，成為中國知名度最高的作家之一。二〇〇六年，鐵凝當選為中國作家協會主席。鐵凝屬於與中國改革開放共同成長起來的那一代作家。她說：「中國文學界自20世紀80年代以來就已經逐漸變得多元化，那些眾人

57　〔美〕羅伯特・勞倫斯・庫恩：《中國30年：人類社會的一次偉大變遷》，呂鵬、李榮山、徐辰等譯，世紀出版集團、上海人民出版社2008年版，第320頁。

58　〔澳〕馬克林：《我看中國：1949年以來中國在西方的形象》，張勇先、吳迪譯，中國人民大學出版社2013年版，第71頁。

肅然起敬的巨人引領文學風格的時代一去不復返了。」、「我們中的一
些人終於有機會來實現當作家的夢想了」、「改革開放對我和我的同事
來說是一個最好的機會」。鐵凝這一代人經歷過「文革」動亂，經歷
過底層社會的磨礪，也經歷了思想解放的洗禮。所以他們富有反思精
神和使命感，也具有開放的視野和創新意識。鐵凝總結說：「文學治
療創傷，反映過去，推進改革。它為人民說話，結果作家受到了尊
重。當中國開始打開大門時，正是文學把中國介紹給全世界，重塑了
中國的形象。」[59]

　　庫恩採訪鐵凝時，問了一個敏感的問題：「西方一向認為，中國
的作家和藝術家是不自由的，他們的創作受到了嚴格的限制和檢查，
你如何看待外國人這樣的態度和意見？在中國，尤其是對於作家和藝
術家的作品來說，審查制度到底是什麼樣的？改革以來這些制度是如
何改變的？」

> 　　鐵凝回答說：「看看自1978年以來的30年，再與以前比一比，
> 任何一個對中國有瞭解的人都知道，我們在言論、媒體、文學
> 和藝術等方面的自由遠遠大於以前。……」
> 　　她接著說：「『80後』的年輕作家正在大量湧現。他們可以自由
> 選擇題材、體裁、故事，以及講述故事的手法。他們往往會以
> 一種市場驅動的姿態來宣傳他們的作品。這充分體現了現在中
> 國作家享有的自由。」

說到自由問題，鐵凝又著重指出：「世界上的任何地方都沒有絕對的
自由。」、「一個人的寫作應該符合相關的法律法規。……宣傳色情、

---

59 〔美〕羅伯特‧勞倫斯‧庫恩：《中國30年：人類社會的一次偉大變遷》，呂鵬、李
　　榮山、徐辰等譯，世紀出版集團、上海人民出版社2008年版，第323、324、325頁。

暴力、邪教、反人類、反科學的文章都應該被禁止。自由不能被用來傷及他人、危害社會。」她補充說：「在現在這樣一個互聯網無處不在的信息時代裡，人們有了越來越多的自由，⋯⋯互聯網成了普通百姓發表言論的最重要的平臺。」所以，對各種文學現象、作品的思想和風格，人們可以自由爭論，「但是作家不再受到人身傷害，也不用因為寫作而『被批鬥』受到壓力。」[60]

鐵凝的回答既符合客觀實際，又立場鮮明，同時精要地概述了新時期以來中國文學界的創作活力和探索創新熱情。若沒有自由保障，是不可能出現蔚為大觀的新景象——各類的文學題材、敘事形態、審美追求「百花齊放」，不同的文學思潮、文學觀念、批評方法「百家爭鳴」，變幻多彩的文壇熱點此消彼長⋯⋯當然，不能否定，二十世紀九〇年代以經濟發展為主導的社會轉型，加快了文化生態的裂變，文學探索在市場化制約下出現分化，甚至出現泡沫化狀態。

二　電影和其他視覺藝術走向世界

中國的電影行業誕生於一九〇五年，在一個多世紀的滄桑歲月裡，電影藝術以鏡頭畫面展現中國每一歷史時期的社會形象、民族形象、文化現象。新時期以來，中國電影成為生動反映改革開放大潮下時代發展、生活變遷和中國人民精神狀態的主要藝術形態之一，不僅在中國民眾中有著極為重要而特殊的地位和影響，也在國際影壇贏得良好聲譽。

時任國家廣播電影電視總局副局長趙實在接受庫恩採訪時，說起新時期以來的電影佳片如數家珍，這一時期湧現出一大批多種題材、

---

60 〔美〕羅伯特・勞倫斯・庫恩：《中國30年：人類社會的一次偉大變遷》，呂鵬、李榮山、徐辰等譯，世紀出版集團、上海人民出版社2008年版，第325、326頁。

多種風格的影片。像謝晉導演的《芙蓉鎮》、《牧馬人》、《天雲山傳奇》與《人到中年》，陳凱歌導演的《黃土地》，吳天明導演的《老井》，李前寬導演的《開國大典》，丁蔭楠導演的《周恩來》，張藝謀導演的《紅高粱》，等等。在電視尚未普及的年代，電影觀眾一年最高達二百九十三億人次，創造了世界之最。二十世紀九〇年代初到二十一世紀初，電影業開始從計劃體制轉到市場體制。趙實說：「我們弘揚主旋律，提倡多樣化」。國家採取了多項措施來支持電影行業的發展，比如啟動發行機制改革，開放電影市場，推進影視合流改革，實施「電影精品工程」，推進電影企業繁榮改革等。二十一世紀以來，中國電影產業逐漸進入快速發展軌道。「2007年，中國海內外市場票房和綜合收入達到65億元。國內電影票房連續五年保持20%以上的增長幅度。」[61]

中國電影沒有只追求票房，而是在貼近群眾、豐富人民的精神生活的思想指導下，不斷提升電影的思想藝術水平和審美作用。特別需要指出的是，中央政府把解決農民看電影的問題列為工作的重點。

庫恩在中國最難忘的經歷之一，就是作為發起者和製作人，與中央電視臺合作，製作了一部九十分鐘的紀錄片《探索中國》。「這部紀錄片於2000年由美國公共廣播公司面向全美國播出，受到了廣泛的好評。」庫恩曾擔心紀錄片通不過審查，但他表示自己希望用各種各樣的真實故事來如實展現當代中國的面貌，講真話是最好的宣傳方式。令他高興的是，中國媒體官員最終對美國公共廣播公司播出的紀錄片表示滿意，儘管片子裡面報道了「負面」故事——譬如中國第一宗重大的企業破產案阿城糖廠破產案及其中包含的人生悲劇。「中國幾所頂尖名牌大學的新聞傳播學教授表示要用整部紀錄片作為課堂教學的

61　〔美〕羅伯特・勞倫斯・庫恩：《中國30年：人類社會的一次偉大變遷》，呂鵬、李榮山、徐辰等譯，世紀出版集團、上海人民出版社2008年版，第359、361頁。

案例。」[62]

「改革開放後，中國當代藝術蓬勃發展，增長勢頭之快讓無數人為之驚嘆。」這一句總結十分到位，而庫恩正是不斷發出驚嘆的人。他贊同著名的藝術評論家楊衛的看法，「中國當代藝術家有兩大優勢。一方面，外面的世界想要瞭解中國，而藝術家則是向世界講述中國的重要渠道。另一方面，中國想要向世界展示除了長城、故宮之外的新鮮事物。」在庫恩看來，上海的當代藝術界十分活躍，上海的活力推動著藝術家們的創新。一九九二年後，上海中青年藝術家開始參加國外藝術展。一九九九年末，在上海舉辦藝術博覽會期間，「上海新視覺」展覽引起轟動，二十位年輕藝術家展出了他們的作品，儘管風格各異，但是他們共同追求新的視覺感受，創造獨特的視覺空間。策劃者、參展者之一李磊說道：「中國年輕藝術家們在看世界，他們為西方文化所鼓舞，與此同時，他們也十分關注中國傳統。他們知道他們不應該只是模仿。」[63]如果沒有改革開放，中國的各類藝術創造都不可能在自由、多元化的生態中追求個性張揚和創新實驗。

三　阿瑟・米勒在北京人民藝術劇院：一次成功的合作交流

　　一九七八年，美國著名劇作家阿瑟・米勒曾訪問中國，他見到了北京人民藝術劇院院長曹禺和劇院的導演及主要演員英若誠。曹禺和英若誠希望把二戰後的世界戲劇介紹給中國人，同時，他們也希望藉著觀察西方戲劇，找到新的當代中國的戲劇形式和表演風格。因此，曹

---

62 〔美〕羅伯特・勞倫斯・庫恩：《中國30年：人類社會的一次偉大變遷》，呂鵬、李榮山、徐辰等譯，世紀出版集團、上海人民出版社2008年版，第366、367頁。

63 同上書，第328頁。

禺和英若誠在訪美時邀請米勒來北京人藝親自執導他的代表作《推銷員之死》。

　　一九八三年春，米勒接受了邀請來到人藝，開始指導演員們排演。雖然米勒擔心中國人是否可以理解這部劇中的人物及其生活的背景，但是經過近兩個月的排練後，他發現中國的演員和西方的演員同樣才華橫溢，儘管存在文化差異，但是感情上是相似的——「愛、憐惜、幻想，等等」。這部劇上演後，「中國觀眾的熱烈反響再次證明了這種相似。這齣戲上演了數月，又在全國巡迴演出，同時電視轉播。」

　　米勒回國後出版了一部日記體作品《阿瑟·米勒手記：「推銷員」在北京》，他之所以要將在中國的經歷和觀察記錄下來，是因為他想為中國的那個時代留下一部特別的「日記」。他有感於中國正處於告別過去、迎接未來的關鍵時期，雖然新舊交織的現實社會依然存在矛盾和問題，人們的思想觀念也有待進一步打破桎梏、充分解放。但是，米勒說：「古老的中國不會倒下，她會沿著曲折的歷史道路繼續前進——時而是世界的師表，時而是笨拙而固執的學生。《推銷員之死》排演之時，正趕上中國大有希望的急劇發展的波峰。本書的記錄只是驚鴻一瞥，反映了一些平常中國人的心境。」[64]

　　在和中國演員們初次會面交流時，米勒看得出，他們過於尊重「外國專家」，不敢主動發言，米勒提出討論建議後遭遇「死一般的沉默」。後來米勒就改變方式，不斷地讓演員們提問，藉此判斷他們對這齣戲以及對美國的認識。在之後的排練中，演員們提出了問題，而這些問題背後已經包含了他們的理解和思考，這一點讓米勒感到高興。在表演方面，米勒注意到有的演員說話的方式顯得不真實，他認為「傳統的中國藝術重視形式甚於真實，總是設法改變而非反映真實的視覺和

64　〔美〕阿瑟·米勒：《阿瑟·米勒手記：「推銷員」在北京·序言》，汪小英譯，新星出版社2010年版，第2、3頁。

聽覺的感受。中國人揚棄了當局不久前推行的幼稚化的自然主義，開始在戲劇和其他藝術領域觸及生活的複雜性，但他們缺乏表現方式。這是中國現在的問題。」[65]他的這一發現和判斷是敏銳、準確的。

米勒很欣賞英若誠、朱琳這樣「重量級」的傑出演員。英若誠有深厚的文化藝術修養，說一口流利的英語，他在劇組不僅是主角威利的扮演者，還是翻譯和代表劇團的「外交官」。排演不久，「英若誠的演出已經爐火純青。他是行家，感覺機敏」，他「對威利的感覺越來越準確」[66]。朱琳扮演女主角林達，她有非常豐富的經驗和靈敏的藝術悟性。米勒誇讚她：「好演員總是能讓導演放心。她有那種智慧的火花，也有人稱之為機敏，她知道演員對某種感覺應當收放自如。」朱琳在米勒的點撥下對角色的理解和把握更加到位，一次在排演「挽歌」時，朱琳「把她對這個女人清楚的認識──她的那種克制、勇敢和痛苦──都表現了出來，而且表現得那麼簡潔並有節制，優雅而有詩意。」[67]米勒和他的夫人、女兒都被她的表演感動得流下眼淚。當然，在排練期間也時而出現糟糕場景，即使兩位主角也有「退步」表現，米勒認為中國演員經常會「過火表演」，或因討好觀眾而分散了對劇情的注意力。

除了專注於排演《推銷員之死》，米勒也抽出時間觀看了中國當時反響較高的實驗話劇《絕對信號》，批評該劇「過分形式主義的表現」，認為「北京還沒有前衛藝術的跡象」[68]。他和妻子一起拜訪了楊憲益、戴乃迭（Gladys Yang）夫婦，對戴乃迭編輯、翻譯的五位中國當代女作家的小說集十分讚賞，認為這些作品開始追求真實。之後，

65 〔美〕阿瑟・米勒：《阿瑟・米勒手記：「推銷員」在北京》，汪小英譯，新星出版社2010年版，第43頁。
66 同上書，第51、52頁。
67 同上書，第44-45、81頁。
68 同上書，第100、101頁。

在楊憲益夫婦邀請下，再次去他們家，與漫畫家華君武、小說家張潔
一起交流。張潔隨中國作家代表團訪美時與米勒見過面，所以米勒問
了她一個問題：「你是否在美國見到了某些中國可能的未來？」張潔
回答說：「完全沒有，美國的東西並不適合中國。我們不一樣。我們
要尋找自己的道路……」華君武也去過紐約，但他對紐約沒有興趣。
米勒感覺到，「沒有任何國家願意被別的國家的陰影所籠罩──在相
當長的歷史時期內，美國在他們看來就是陰影。」改革開放打破了文
化封閉，楊憲益這些年一直在編輯《外國文學》刊物，「在被允許的
有限條件下，這個刊物打開了通向世界的一扇門。」在與楊憲益的談
話中，米勒覺察到，被迫做很多行政事務使他疲憊無奈，和許多知識
份子的處境一樣。「但他們並不抱怨，一點也不。他們是茫茫人海裡
地位低微的一個小部落，但至少他們不再為這種降格辯護，甚至把它
看成歷史性的偉大事業的必要組成部分。」[69]

　　米勒應邀去《外國戲劇》雜誌社與一些編輯、作家和研究者座
談，他直言不諱地批評了中國文學藝術創作中的某些教條和規約，闡
述了自己的觀點和見解。他指出：「人們被困在黑屋子裡，轉來轉
去，想要找到通到外面的出口。政治規制總是不允許敞開這樣一扇
門，而藝術就是尋找這樣一扇門的許可證。一部作品要表達的意見當
然是重要的，但不是唯一重要的。我們可以把莎士比亞要表達的意見
寫滿一本書，可對於這些是否是他的意見，還可以寫出更多的書來。
但莎士比亞將永遠不朽。我的意思是，應當讓藝術活下去。」[70]顯
然，米勒的批評並不是僅僅針對中國特定歷史語境中的現象，而是從
普遍性的問題中抽象概括出個人的認識，對於我們反思當代文學藝術
的發展困境，具有重要的啟示意義。

69　〔美〕阿瑟·米勒：《阿瑟·米勒手記：「推銷員」在北京》，汪小英譯，新星出版
　　社2010年版，第167、168、169、170頁。
70　同上書，第194頁。

　　在曹禺家裡做客時，曹禺拿出大畫家黃永玉寫給他的信，逐字逐句地念給客人，其中有對曹禺尖銳無情的批評：「作為藝術家和作家的你，曾經是大海，可是現在卻變成了一股溪流。何時你才會在紙上再寫出波瀾壯闊的場面？1942年以來，你沒有寫過真的、美的、有意義的東西。」曹禺在外國友人和同行面前讀出這些批評意見，可見他在內心對自己懷有失望、慚愧、痛苦、反思交織一起的複雜感情。只見曹禺「眼含淚水，目光熾烈」，在一旁傾聽這些話語，米勒「雖然感到有些尷尬，但是對他又多了一分敬意。」[71]

　　在《推銷員之死》彩排之際，總有記者、學者和話劇導演問米勒「這齣戲的寓意是什麼」，米勒對此深感疑惑。他說：「我不禁猜想：也許多年來的禁錮已經讓他們提不出關於作品的其他問題了；也許他們被禁止以任何個人的方式思考，接受或認識一部作品的內在力量。在此背景下，《推銷員之死》就成了打破那種思維模式的一記重錘——我甚至已經在他們身上看到了變化。」的確，中國的文學藝術需要破除表現與接受的僵化思維模式，喚醒審美訴求。因此，著名的學者葉君健教授預言：「《推銷員之死》將帶動戲劇界的革新，因為它在形式上如此自由，又如此打動人心；這種革新也將普及到其他藝術領域。」[72]

　　《推銷員之死》首演大獲成功，「觀眾們的反應一直都很熱烈。結束時，他們不停地鼓掌，不願意停下。沒有人離開。」米勒激動地說：「我再一次驚奇地感到這個事件的重要性，它的意義已經超出了一出話劇或是一部作品。」在他的期望中，中國的觀眾「應當盡可能近距離地吸收這齣戲，把它作為一種人生經驗，豐富自己對世界的認

---

71 〔美〕阿瑟．米勒：《阿瑟．米勒手記：「推銷員」在北京》，汪小英譯，新星出版
　　社2010年版，第231、233頁。

72 同上書，第207、245頁。

識。」他強調：「我總是認為，文化的作用不是使人們捍衛自己的文化免受其他文化的影響，而是讓人們品味核心的共通之處。」[73]這一精闢論斷道出了人類文化藝術所追求的價值歸屬。

第四節　新聞、出版、互聯網的新發展

中國的新聞出版受到官方很嚴的管控，負面新聞和消息都被封鎖，中國老百姓對發生的天災人禍都無法通過媒體瞭解真相和實情……這是西方對中國指責最多的問題。當然，在改革開放之前，中國的新聞報道迴避現實矛盾，遮蔽社會的一些陰暗面，不能快速、真實地報道災變現場實況等問題確實程度不同地存在。但是新時期思想解放運動的爆發首先得力於新聞界的大膽支持和率先引領。而之後的新聞和出版變革也是速見成效，進步顯著。

一　新聞「三貼近」：貼近實際、貼近生活、貼近群眾

庫恩以二〇〇八年汶川大地震發生後中國媒體的反應和相關報道為例，說明新聞領域的進步。他評價地震災情的報道「迅速精准」、「透明公開」，「中央電視臺的災情特別報道非常生動，充滿活力，很像美國的24小時有線新聞頻道，加入了地圖、圖形、專家解說，以及突發新聞報道。很多地方媒體紛紛派出有進取心、有創造力的報道隊伍，發回報道，通過網絡傳播給廣大觀眾和聽眾。」國務院新聞辦公室主任王晨提到，汶川發生特大地震以後，中央決定，對外國記者實行開放的政策，允許他們去災區採訪。因為外媒報道及時，很多國家

73　〔美〕阿瑟·米勒：《阿瑟·米勒手記：「推銷員」在北京》，汪小英譯，新星出版社2010年版，第258、255、256頁。

給中國支援帳篷、派出救援隊。新聞報道起了很大的作用。庫恩還注意到，「準確的報道不僅指報道像地震、洪水之類的自然災害，而且包括人為的失誤或失職造成的災難。這導致了一個結果，那就是負有責任的官員現在更多地被公之於眾，不再那麼高枕無憂了。」、「官員們必須對可能發生的問題非常瞭解，並且努力防患於未然。這就是媒體能夠起到的作用。」[74]

二〇〇二年，中國新聞出版總署署長柳斌杰等向胡錦濤總書記請示新聞出版發展的重點工作，胡錦濤要求他們做到「三貼近」——「貼近實際、貼近生活、貼近群眾。」之後他們開始貫徹執行「三貼近」精神，新聞精簡對常規會議、外事活動和領導講話的報道。還設定了新要求，要求將報紙的主要版面和廣播電視的黃金時段「讓給普通大眾」。[75]

庫恩在他的書中列舉了一些很有說服力的例子，證明中國新聞在貼近現實方面的積極姿態。

> 2008年9月，中國媒體上突然遍佈著關於問題奶粉事件的報道。問題奶粉致使一些嬰兒出現腎結石和腎功能衰竭的症狀。……
>
> 中國新聞媒體非常積極地將那些有問題乳製品的品牌公之於眾，並加以抨擊，這張大名單裡包括了中國最大最知名的品牌。……
>
> 中國媒體表現出色，他們對乳製品行業危機進行不懈的跟蹤報道，不久後有問題的產品就被召回……[76]

---

74 〔美〕羅伯特‧勞倫斯‧庫恩：《中國30年：人類社會的一次偉大變遷》，呂鵬、李榮山、徐辰等譯，世紀出版集團、上海人民出版社2008年版，第330、331頁。

75 同上書，第333頁。

76 同上書，第339、340頁。

這次的新聞大曝光，也懲治了一批不作為的官員，可謂大快人心。那些揭黑幕的媒體人受到群眾的敬佩和擁護。

二　全球視野，包容多樣

二〇〇六年創刊的《環球人物》，被西方人士視為中國新聞出版改革的一個成果。這份刊物由人民日報社主管，曾任《人民日報》駐美國首席記者劉愛成擔任總編輯。《環球人物》的辦刊宗旨是「滿足中國人瞭解和適應外部世界的強烈願望」。劉愛成向庫恩介紹說，辦這個刊物「對中國的發展非常有用」，「可以說《環球人物》給中國讀者打開了一扇看世界的新窗戶，使他們更容易也更清晰地瞭解新聞人物，比如政治家、商界領袖、企業家、科學家及藝術家等，還有在經濟、工商、科技及文化領域的最新進展和先進經驗。我們的新聞往往是獨家的。」[77]《環球人物》已經成為中國最具影響力的綜合時政類期刊。

「中國的出版業緊跟著改革開放的腳步突飛猛進。」庫恩瞭解到，二〇〇七年九月舉行的北京國際圖書博覽會，有數百家中國出版商展出了他們最新出版的圖書。二〇〇八年北京國際圖書博覽會上，來自五十一個國家和地區的一千三百多家出版商參加了這次博覽會，簽訂了五千多份版權交易合同。「為了宣傳和促進中國的新聞出版業，全世界47個大型國際書展中國都參加了。通過這些書展，中國文化傳播到國際社會。在紐約、莫斯科、法蘭克福及巴黎的展會上，中國是一支重要力量，……通過參加國際行業展會與外國同行交流、合作，中國不僅學會了先進的經營方法，也增加了與他人的共識。」[78]

77　〔美〕羅伯特·勞倫斯·庫恩：《中國30年：人類社會的一次偉大變遷》，呂鵬、李榮山、徐辰等譯，世紀出版集團、上海人民出版社2008年版，第344、345頁。

78　同上書，第346、347頁。

　　中國新聞出版領域的重大變化還表現在政府的指導思想方面。過去，政府只強調新聞出版業為政治服務，現在則是以豐富廣大群眾的精神文化生活為根本目的。柳斌杰署長對庫恩解釋，「過去我們強調一種聲音，一種觀點，一種文化」，「現在我們把尊重差異、包容多樣性作為我們新聞出版業的基本工作要求。」他自豪地說道：「我們支持出版社翻譯引進國外的好書，世界各國的優秀產品我們都要引進，在市場上要能夠及時買到。這在過去是不可想像的事情。我們還有專賣進口原版書的各種書店。我們現在引進的書報刊和音像製品是出口的五倍，版權引進也達到出口的五倍。」[79]

　　柳斌杰署長還講述了中國新聞出版體制和行業結構的重大變化。過去新聞、出版機構都是黨和政府的附屬單位，被統一管控。「現在是形成了一種宏觀管理——黨委領導、政府管理、行業自律、企事業單位自主經營的新聞出版管理制度。黨委決定重大方針政策，政府依照法律發揮行政管理許可權，行業協調自律同行，建立誠信體系，報社、出版社在市場上自主經營。」新體制「大大增強了新聞出版單位的獨立性和公信力。」[80]

　　庫恩以採訪和調查得到的事實材料，揭示中國新聞、出版行業變革後取得的進步和成就，對西方的偏見和誤解是有力的糾正。

三　互聯網新空間

　　互聯網的發展水平，已經成為衡量一個國家全球化程度的標尺。馬克林在其著作中指出：「互聯網早已存在，但直到21世紀的第一個

79　〔美〕羅伯特‧勞倫斯‧庫恩：《中國30年：人類社會的一次偉大變遷》，呂鵬、李榮山、徐辰等譯，世紀出版集團、上海人民出版社2008年版，第348-349頁。
80　同上書，第349、350頁。

10年，它才真正成為形象構建中的最為重要的媒介，包括中國西方形象的構建。互聯網既是形象的塑造者也是表現者，換言之，人們既通過互聯網被動地接受形象也通過互聯網主動地創造形象。」[81]馬克林歸納出中國互聯網在西方視野中的三種形象：

> 首先，中國是一個現代化、全球化、網絡化的社會，並且經歷了「信息革命」。……這一點無論是在西方觀念中還是以任何標準來衡量都是令人嘆為觀止的成就。
>
> ……
>
> 第二個重要的形象就是互聯網極大地拓寬了人們的視野和信息自由度，特別是在年輕人中間。……
>
> 儘管自由度大幅提升，有關中國互聯網的第三個西方主要形象卻是審查制度。在互聯網進入中國後不久，西方媒體就開始報道政府的干涉……

馬克林認為：「儘管當代中國社會比以往更為自由，與全球社會的信息融合更為流暢，所代表的形象也更加突出和正面，但在光輝之下總有著一點點負面的陰影，因為西方世界認為在互聯網這一點上政府阻礙了融合的進行。」[82]關於這個批評，譯者張勇先加了一條注釋，他指出：「西方的這種看法是片面的，其實考慮到國家安全及色情犯罪等問題，西方國家本身對互聯網的審查也是很嚴格的。」[83]張勇先這裡的指正是有說服力的。

81　〔澳〕馬克林：《我看中國：1949年以來中國在西方的形象》，張勇先、吳迪譯，中國人民大學出版社2013年版，第78頁。

82　同上書，第172、173、174頁。

83　同上書，參見第174頁，原注②。

　　關於互聯網的利與弊，庫恩亦有自己的看法，他說：「互聯網是一個沒有邊界也沒有任何限制的交流工具，是人類智慧的總匯。但是互聯網上的信息，真與假、聰明與頑劣、美麗與醜陋、深刻與膚淺……菁蕪並存。」[84]那麼，是限制信息？還是不加限制而承擔不穩定的風險？庫恩認為，中國領導人都非常重視互聯網對於中國的發展所具有的重要意義，他們希望盡可能地發揮互聯網有助於改革開放的作用，而同時限制那些不利於穩定的因素。

　　二〇〇八年，中央宣傳部部長劉雲山告訴庫恩，到目前為止，「我們有200萬個網站，8000萬博客。西方還老是攻擊我們管制；如果管制，怎麼可能有這麼多網站和博客？怎麼可能有這麼多人去發表他們的評論？」但是，「互聯網上也要有秩序，沒有秩序不行，那會阻礙了互聯網的發展。……在法律框架下，互聯網上完全自由，包括言論自由，發表意見的自由，是一個完全自由的社會。」[85]庫恩還就互聯網的問題專門採訪了國務院新聞辦公室副主任蔡名照，他告訴庫恩，中國登載新聞的網站的流覽量，占到了全國流覽總量的百分之九十五以上。他說：「我們知道互聯網在各國都是個新事物，大家都在探索。這幾年我們去了20多個國家考察學習，……中國互聯網目前的管理模式，是把世界各國的有益經驗組合起來的、適應中國國情的管理模式。」蔡名照強調說，中國對互聯網的管理「不是控制人們的思想和言論的問題」，「我們只是設法控制社會衝突，防止它們在互聯網上被擴大化。」[86]這些言論都合情合理，充分說明了中國在對待互聯網問題方面即開放、又理性的態度和立場。

---

84 〔美〕羅伯特・勞倫斯・庫恩：《中國30年：人類社會的一次偉大變遷》，呂鵬、李榮山、徐辰等譯，世紀出版集團、上海人民出版社2008年版，第369頁。

85 同上書，第370頁。

86 同上書，第373、376、377頁。

第九章
時代變遷中的民間中國

　　早期西方人士撰寫的遊記中所呈現的古老中國形象，二十世紀三〇至七〇年代西方作家紀實敘事中書寫的革命歷史故事以及紅色中國形象，深深印在那些對中國充滿想像和好奇心的西方人的腦海裡，他們嚮往去實地找尋那些來自他人作品中的印記，更想看看當代中國的新面貌。當他們深入當代中國，才深切感知了中國的博大與豐富，任何一部關於中國的紀行、紀實著作，都不可能呈現完整的、全面的中國社會，也都不可能描繪出豐富的中國人形象。與「三Ｓ」等老一代西方作家相比，海斯勒、麥爾、張彤禾、史明智等新一代作家們，幾乎都放棄了對中國進行史詩性的宏大敘事——建構以歷史、政治、民族、局勢等為主體的宏大敘事。他們不刻意探尋具有震撼力的大事件、大題材，也無意追蹤時代偉人或精英的足跡，他們選擇更為個人化的沉浸體驗式寫作姿態，將關注目光投向民間，在普通的人群中、在日常的生活狀態中，發現「當下中國」的時代投影，感受「接地氣」的民生與民情。

第一節　江城・長城：尋路中國的起點

　　「涪陵是我開始認識中國的地方，也是讓我成為一個作家的地方。在那裡的兩年生活經歷是一種重生：它把我變成了一個全新的人。」[1]

1　〔美〕彼得・海斯勒：《江城・中文版序》，李雪順譯，上海譯文出版社2012年版，第1頁。

海斯勒曾懷著感恩之情如是說。歷史何等相似,六十多年前,也是中
國將斯諾、海倫等外國友人成就為世界著名作家。和海斯勒一樣作為
美國「和平隊」志願者而來到中國執教的麥爾、史明智等,也都緊跟
海斯勒的步伐走上寫作之路,出版了紀實中國的作品。走在前面的海
斯勒奠定了探索中國的起點和路徑,確立了書寫中國的身份和姿
態——以雙重身份觀照特定的地域空間和密切接觸的人物,如海斯勒
說明的那樣,「有時是一個旁觀者,有時又置身於當地的生活之中」,
「這種親疏結合的觀察」[2]成了海斯勒寫作的前提,也成為他追求的
敘事倫理。

一 江城映照的「中國表情」

回顧過往,海斯勒感慨地說,上個世紀九〇年代他與涪陵的相
遇,註定了不尋常的意義——「那是一個不尋常的時刻,涪陵是一個
不尋常的地點——一座一切都處在變化邊緣的城市。」[3]涪陵在當時
就是四川省的貧困落後地區,那裡沒有鐵路,公路非常糟糕,交通工
具主要靠緩慢行使的輪船。然而,海斯勒在那兒住下來後,他很快發
現這是個「叫人嘖嘖稱奇的地方」,「像涪陵這樣的小地方其實意味著
更多。」特別是海斯勒在他任教的涪陵師範高等專科學校逐漸與他的
學生們、他的同事們熟悉起來之後,與當地更多的朋友們交往之後,
他覺得「這些人的生活複雜多樣,豐富多彩」,「他們長期被外界忽
視,是一個錯誤。」[4]隨著瞭解的深入,他要寫涪陵的創作欲望越來
越強烈,他說:「那個城市和那裡的人們總是滿懷著生命的激情和希

2　〔美〕彼得・海斯勒:《江城・作者說明》,李雪順譯,上海譯文出版社2012年版。

3　〔美〕彼得・海斯勒:《江城・中文版序》,第9頁。

4　〔美〕彼得・海斯勒:《江城・中文版序》,第1、3頁。

望，這最終成為了我的寫作主題。」[5]

（一）在江城見識中國特色

　　海斯勒和另一位志願者亞當‧梅耶初來涪陵師專執教，他們發現，在大學裡，「每件事情都有嚴格的時間表」——早操，早讀，上課，晚自習，夜晚十一點全校準時熄燈，這是每日固定的節奏；其他有規律的活動是學生清掃校園和教室，各種政治性的會議，演講和唱歌，新生的軍訓……這一切與中國各地的高校都一樣，而與美國的大學極為不同。在學生們的日記或習作中，海斯勒看到他們瞭解世界的渴望，但還存在一些懷疑或偏見。根據海斯勒對當時中國社會狀況的瞭解，他認為「改革開放還是引起了巨大的社會變革，包括日益增加的地區間流動，以及受外國文化影響而形成的新的生活方式和新的處事態度。多數中國人把這視作良性的發展，因為伴隨著這些變革而來的是日漸提高的生活水平。」然而，他也發現，在相對封閉落後的地區，「人們的思想中仍然潛藏著一種無聲的恐懼。涪陵出現的頭兩個美國老師足以引發人們的這種不安。」[6]比如在學生的日記裡，他讀到令他震驚的三個短句：「現在的中國對外國實行了開放政策。犯罪增加了。維護公共秩序十分重要。」這樣的偏狹思維和推斷必然會引起海斯勒的不適，但是他試圖去瞭解這些學生的成長背景，他寫道：

> 　　他們的父母成長在中國歷史上最艱難的年代。這一切都對我的學生有著影響，並形成了他們一些相似的特徵。但同時，他們又是完全不同的。……他們上了大學。他們學了七年的英語。他們看到了巨大的變化，……他們又獲得了極大的自由。

5　〔美〕彼得‧海斯勒：《江城‧作者說明》，李雪順譯，上海譯文出版社2012年版。
6　〔美〕彼得‧海斯勒：《江城》，第23頁。

> 他們這一代人，如同一道分水嶺，就像「開放」對於中國是一
> 個具有分水嶺性質的問題。我能感覺到，在這一代人身上承載
> 了很多東西……

海斯勒逐漸理解了並真心愛上了他的學生們，「我很難想像還有比這
更好的工作。我的學生求知欲強，尊敬師長，也很聰明。……這裡的
學生身上有我從未見過的未經打磨的品質。」[7]涪陵大學生們的品質
其實也充分體現了中國青年身上普遍性的特質。

在海斯勒、亞當教授的英美文學、寫作等課程中，他們重新認識
了「有中國特色的莎士比亞」，也遭遇過雞同鴨講的尷尬。學生們表
現出對莎士比亞十四行詩的欣賞，這種審美意識超越了民族和文化界
限，海斯勒覺得在浮躁的社會裡中國學生保留對讀書、背誦詩歌的熱
情特別珍貴，不僅優於美國學生，甚至感到他自己也「自愧不如」。
但是，學生們在解讀世界名著時，又常常不自覺地帶著中國的意識形
態眼光和思維。比如，有學生認為，「莎士比亞代表無產階級，因為
他批判了英國的資產階級」；有的學生還指出，「哈姆雷特是一個偉大
的人物，因為他深切地關懷著農民。」海斯勒對這樣的「詮釋」顯然
不能苟同，但他認為這也是文學批評普遍存在的問題。他說自己「讀
不懂文學評論了，因為其中晦澀的學術性與作品的優美性相去甚
遠。」、「不過，我最為煩心的卻是文學在西方的政治化傾向：人們閱
讀文學的時候，把它當成了一種社會評論，而不是一種藝術形式；書
本被強迫用作這樣或那樣的政治理論的服務工具。很少有文學批評針
對文本本身做出反應，反而是文本被扭曲了，只有對評論家供奉的理
論做出反應。」[8]西方文學批評暴露出的過度「闡釋」弊端——無論

7　〔美〕彼得·海斯勒：《江城》，李雪順譯，上海譯文出版社2012年版，第24、25、
　　26頁。

8　同上書，第49、50頁。

是學術的還是政治的——在中國當代文學批評中也普遍存在，所以海斯勒的觀點儘管比較偏激，但也具有鑑戒意義。

隨著課程的進展，學生們對英美文學經典著作的欣賞能力在提高，當海斯勒觀看學生們排演的《哈姆雷特》後，他受到了觸動。給自己取的英語名字叫索迪的班長，是來自川北鄉下的農民後代，英語口語很糟糕，但是他在全班面前扮演哈姆雷特，「他結結巴巴地念著那段獨白，有幾句甚至聽不太清。但沒有關係，因為突然之間，他的才華盡顯。……他在教室裡踱著步子。他的動作中間夾雜著川劇的痕跡……他控制著自己的步子和腔調，恰如其分地表現了哈姆雷特那怒海狂濤般起伏不定的內心世界。」在那之後，海斯勒說，每當看見索迪，「看見他方方的下巴，看見他傲然的眼神，以及他那農民一樣黝黑的膚色時，我就看到了丹麥王子。在四川的鄉下，那活脫脫就是哈姆雷特該有的模樣。」[9]若從文學經典的審美意識和文學接受（批評）的能力來看，學生們自然欠缺源自西方文化長河的滋養，但是他們一旦把自己與文學生命融為一體，就會產生獨特的感悟與共鳴，在這樣的文化交融與碰撞中迸發出的活力，觸動、甚至震撼了海斯勒所固有的「他者」意識。

「中國特色」還體現在一些細節中，比如飯桌文化，熱情好客等，而且中國人的熱情與好意卻又往往難以拒絕。他們開始入鄉隨俗，海斯勒努力使自己從名字到身份都轉向那個新生的「何偉」——他請了中文老師學習漢語課程，每天跑步時從牆上的宣傳標語中，認識漢字以及它們構成的時代文化。

（二）在江城感知中國人

涪陵師專為海斯勒和亞當安排了中文系的廖老師和孔老師教他們

9　〔美〕彼得・海斯勒：《江城》，李雪順譯，上海譯文出版社2012年版，第55、56頁。

漢語，這是近距離接觸中國人的機會。最初海斯勒感到有些沮喪，兩位老師「也像兩架會教授漢語的機器」，教學方式極為刻板。他發現，「在中國，老師應該受到絕對的尊重，師生關係往往是一種非常正式的關係。教師處於教的地位，永遠都是對的；學生處於學的地位，永遠都是錯的。」廖老師不斷從口中發出的「不對」二字，尤其讓海斯勒聽著刺耳，「這就是中國的方式。成功是預料中的，失敗則要受到批評，並且立刻加以糾正。要麼正確，要麼不對，沒有中間狀態。」隨著時間推移，海斯勒的漢語水平進步顯著，而輔導老師「也發生著緩慢地變化，他們終於從糾正聲調的機器變成真實鮮活的人了。」[10]廖老師是個嚴謹、自尊、執著的女性，海斯勒和她曾經在一些問題的看法上針鋒相對，但這並沒有影響他們逐漸建立起來的理解和友誼，海斯勒對她的態度從懊惱轉為欽佩。他真誠地寫道：

> 我喜歡廖老師，因為我現在已經看出來，她是非常傳統的中國女性——在我看來，她是我在涪陵認識的最有代表性的中國人。……因為她有著極強的自尊心。……
> 我喜歡上廖老師的課，還因為我只需要簡單地問她幾個問題就可以借此瞭解中國人對任何問題的一般看法。[11]

　　三十出頭的孔老師成了海斯勒第一個真正的中國朋友。海斯勒評價說：「我跟孔老師這樣的人待在一起會感到非常舒坦，因為他有思想，興趣廣泛，毫不市儈。」孔老師早年生活在豐都縣的大山裡，童年遭遇雙親離世的不幸，生活極為貧困。但是他心態平和，「臉上時

---

10 〔美〕彼得‧海斯勒：《江城》，李雪順譯，上海譯文出版社2012年版，第75、76、78、81頁。
11 同上書，第251頁。

常帶著淡淡的笑容」。孔老師是黨員，「每個人都需要一點信仰」，他對海斯勒說，「每個人都應該信點什麼。我的信仰是共產黨。我第一次想到入黨是在讀大學的時候，但當時沒被批准。」孔老師顯然知道許多西方人對中國共產黨有一些不正確的認識，他坦誠地告訴海斯勒，「我覺得，共產主義的基本目標——幫窮人，求平等——我覺得這樣的目標定得很好。當然，我們黨內存在著一些問題，有人入黨是為了一己私利。……但我相信，絕大多數人仍然會支持共產黨，我肯定會同意它的許多主張。問題總會存在，但它的基本目標是好的。」海斯勒很欣賞孔老師的這種樸實又真誠的態度和思想，在談到不斷到來的市場經濟變革對「鐵飯碗」、福利住房、孩子的教育等民生問題產生的衝擊時，海斯勒發現孔老師的「平和心態跟其他許許多多中國人一樣，在外人看來排山倒海般的種種變革面前，他們保持著出奇的平靜。」[12]這也許就反映出，中國人對自己國家的制度、對共產黨的領導具有堅定的信心和信賴。

　　海斯勒以散點透視的方式觀察中國普通人，除了涪陵師專的師生，還有涪陵城市裡從事各種職業的普通人，他更喜歡接觸一些小飯店的經營者、燒烤攤主、茶樓服務員、船工、出租車司機等。與海斯勒交情最深的一家人，是涪陵師專附近「學生食家」的小老闆黃小強和他的父母妻子，這一家子做人實誠善良，待客慷慨熱情，對海斯勒、亞當這樣遠離家鄉的外國客人又多了一份關切和同情之心。在海斯勒留在學校過寒假時，黃小強邀請他去家裡吃年夜飯，海斯勒知道這對中國人來說是非常重要的團圓飯，由此可見他們把海斯勒當成自家親人對待的熱忱。黃小強「對於經營麵館也很滿足。對於中國的政治，他既沒有太多的抱怨，也沒有寬廣的視野。他那些同樣沒有單位

---

12 〔美〕彼得・海斯勒：《江城》，李雪順譯，上海譯文出版社2012年版，第298、309、310、312頁。

的顧客也大抵如此。他們只想有一份工作，能夠好好地過日子。」[13] 當然，好好過日子離不開錢。海斯勒說，「人們每時每刻都在談論錢，但我並不覺得他們有多貪婪：我在涪陵認識的所有中國人都極其豪爽真誠。如果我跟某個人一起吃飯，付錢的總是對方。」[14]從黃小強的人生願望、幸福訴求以及他父母妻子為人處世的態度上，海斯勒最貼近地感受到、認識到中國普通百姓的傳統思想和品德，這一切離人的「現代性」精神可能很遠，但是發自人性之本的善良與愛，卻閃爍著親切溫暖之光。

　　海斯勒經常跑到插旗山、白山坪一帶，喜歡在田野裡駐足看農民們勞作，或者走進農家瞭解他們的生活。在插秧的季節，他注意到農民們都在學習使用「拋秧」法，也就是把秧苗拋撒出去。以往，秧苗要用手工一行一行地移栽。在收割麥子的季節裡，他又看到農民們忙碌的身影：

> 農民們正在自家的街簷坎用棍子擊打小麥垛子。這種活計發出的聲音——有規律的嗖—嗖—嗖——在鄉村裡四處回蕩。稻田裡有蛙鳴聲，小水塘裡的鴨子呱呱亂叫，微風吹拂著正在生長的玉米苗發出一陣陣沙沙聲。
>
> 南邊的山腰上，有人正在一塊狹長的田地裡忙收割，人們把麥秸堆成垛，再用麥稈捆成捆。……一個年輕人手拿一根結實的長擔子，一頭刺進了麥捆的中間，挑到肩上。隨即，他借著麥捆的重量把擔子的另一頭深深地紮進另一個麥捆。然後，他挑起兩個麥捆，在肩上調整了一下平衡。他的腳步很快，姿態輕

13　〔美〕彼得・海斯勒：《江城》，李雪順譯，上海譯文出版社2012年版，第272頁。
14　同上書，第279頁。

盈地往家裡走去。[15]

這些場景極富有地域特色和鄉土生活氣息。海斯勒也發現，農民們常常抱怨生活艱辛，把貧窮的原因歸咎於自然條件或天氣，但是，「他們談論著自己的家鄉是多麼艱苦，臉上卻帶著無與倫比的快樂表情。」其實在海斯勒看來，山谷裡的農民們勤勞能幹，日子過得不錯，他尤其喜愛春天生機盎然、清新迷人的田園風光——「泡桐花競相開放，黃燦燦的油菜花迎風飄舞，一畦畦胡蘿蔔、萵筍、洋蔥、扁豆正在瘋長。竹弓撐著的塑料大棚之下，水稻的嫩秧一片碧綠，色彩豔麗。」[16]海斯勒在四川偏僻落後的山村看到的是沒有遭到「現代化」改變的農耕生態，民風民情都極為淳樸自然，農民們都特別熱情好客，總會請他進屋一起吃飯。

海斯勒也善意地批評了中國人封閉、狹隘的心理。在涪陵最初的日子裡，海斯勒和亞當成為人們圍觀的對象，這讓他們極度不適，甚至恐懼厭煩。但他儘量去理解這些小城百姓對外國人的好奇心，所以他並沒有直接抨擊他們的做法。

在一九九七年元旦過後，海斯勒參加了涪陵市舉辦的迎新春長跑比賽，他奪得冠軍，獲得一張抬頭寫著「何偉同志」的獎狀，他還上了電視，報紙用了整個頭版來報道這次比賽。海斯勒再次在人們的反應和議論中，看到愛國主義取代了體育精神的「中國特色」。被採訪的大學生說：「在中國的土地上舉辦比賽，卻讓一個老外搶了先，我覺得是莫大的恥辱。」西南武校的一位老師說：「老外搶了先，這種精神值得學習。我們只有潛心鍛鍊、科學鍛鍊、刻苦鍛鍊，我們才有

15　〔美〕彼得・海斯勒：《江城》，李雪順譯，上海譯文出版社2012年版，第350-351頁。

16　同上書，第382、375頁。

成為冠軍的那一天。」[17]

　　隨著時間推移，讓海斯勒感到不解的事情逐漸多起來，比如直接對涪陵造成重大影響的事件——三峽大壩工程，人們「缺乏興趣和漠不關心達到了不一般的程度」。他說，「涪陵缺乏一種嚴格意義上的社區感，……同時，也伴隨著對於公共事務缺乏瞭解意識。對於當地的重大事務，涪陵的人們沒有渠道獲取可靠的信息，……最為重要的是，他們既不期望、也不主動要求得到這樣的信息。」這種對公共事務的疏離現象使海斯勒困惑，也讓他對「集體主義」產生質疑。他觀察到，集體主義更多表現在緊密的家庭關係和朋友社交圈子裡，對老年人顯得尤為重要，這一切優於美國。然而，另外一些現象則讓人反感，比如在排隊買票時，一夥人為達到目的而「凝聚起來」；再比如在公車上或者在其他公眾場所，「一大群人可以圍觀事故的受害者而不出手相救。」他接著寫道：「出事了——可能是一場交通事故，或者是一場光天化日之下的爭吵鬥嘴——一大群人馬上就會圍過來，人群的能量逐漸蓄積，更多的人過來圍觀，純粹出於一個十分簡單的理由：出事了。」不能不承認，海斯勒描述的這種情況中國人自己都十分熟悉，這類圍觀看客者的心理和言行，暴露出讓人羞愧的「劣根性」。從現場感極強的畫面中，我們彷彿又看到魯迅先生筆下的「看客」形象。海斯勒也指出：「魯迅，也許是20世紀中國最偉大的文學家，在寫到共產黨執政前中國人的這一傾向時，既飽含情緒又滿懷挫折」。[18]這一評判沒有錯，儘管魯迅在七十年前對國民性的批判尖銳深刻、振聾發聵，但是剷除劣根卻是極為艱鉅的任務，在改革開放後的新時期，精神文明建設依然是中國人民的重任。

17　〔美〕彼得‧海斯勒：《江城》，李雪順譯，上海譯文出版社2012年版，第103頁。
18　同上書，第121、122、124、125頁。

二　長城守望的「中國路」

　　海斯勒在一本《中國汽車司機地圖冊》上看到，中國的東部和南部到處有縱橫交錯的路網，密密麻麻的城市星羅棋布，證明那些地區正在快速發展；地圖上顯示的西部地區不僅道路少，城鎮也不多。無論密集還是稀少，公路是無處不在的紐帶，「它們連接著一個個正在建設中的工業區，以及規劃中的公寓住宅區。它們在一片片梯田之間蜿蜒伸展著，而這些地方不久就將成為城市的郊區。它們連接著一個個村莊，二十多年前，這裡的村民們只能步行出門。」[19]正是想到那些正在快速出現的新路，以及即將被改變的景觀，促使海斯勒決定在中國申領駕照。之後，他租了一部吉普車，從長城的起點山海關出發，開始了沿著長城一路向西的考察之旅。

　　一個西方人，在長城「引導」下行駛在漫長曲折、崎嶇不平、荒蕪寂寥的路途上，有時誤入長滿野草的斷頭岔路，有時甚至找不到泥土路，面對的是散佈著礫石的乾涸的河床……如此「尋路中國」的體驗，足以讓他產生一種歷史況味——百年來中國在追尋現代性的道路上經歷了怎樣的艱辛和考驗。萬里長城雄偉壯麗，氣勢磅礴，是人類建築奇蹟，讓海斯勒感到震撼。作為舉世聞名的防禦工事，它成為中華民族智慧與勤勞的見證，也是古代人民堅守家園、抗拒外侵的英雄氣概的象徵。另一方面，城牆圍護下形成民族的保守心理，思維與視野受到地理人文的局限，統治階級閉關鎖國的治理模式對中國歷史產生了久遠的影響。在改革開放的時代，長城被賦予的歷史意義是否正在受到時代的消解？長城巋然不動地俯瞰一個個荒涼的村落，俯瞰那

---

19 〔美〕彼得・海斯勒：《尋路中國：從鄉村到工廠的自駕之旅》，李雪順譯，上海譯文出版社2011年版，第1頁。

無盡的貧瘠土地和世代艱辛生存、勞作的農民。長城還在守望，村落卻可能消失，人也會漸漸背離。這就是追求現代性而必不可免的文化鄉愁。海斯勒希望用他的記錄留住一些記憶。

在寧魯堡海斯勒結識了一位默默無聞獨自研究村史和長城的老陳，他是農民，也曾是村黨支部書記，現在退休了。他只讀到六年級，卻撰寫出《寧魯堡年鑑》。為了查資料、調研，老陳經常跑到二十多公里遠的左雲縣檔案館去。海斯勒問老陳為什麼要進行這樣的研究，他說：「如果沒有人做這樣的研究，今後就沒有人瞭解這些歷史。」[20]老陳帶海斯勒去看了北魏時期修建的一段城牆，還有一段漢牆，它們都已是斷壁殘垣，明朝修建的防禦工事有一點八米高，只有四百年歷史。通過老陳講解，海斯勒知道了一些地名的由來，寧魯堡這個村子的全名是「寧息胡虜」，另外這一帶還有「威魯」、「破胡」、「鎮胡」、「殺胡」等地名。在歷史上，這些地名傳遞出平息「蠻夷」入侵的寓意，今天看顯然帶有不合時宜的排外色彩。在之後的旅途中，海斯勒看到刷在明代城牆上的標語寫著「抓住世行貸款機遇，幫助山區脫貧致富」。從抵禦外族到到歡迎世行，這一巨大轉變勢在必行，是歷史向前發展的必然趨勢。在海斯勒途經「破胡」、「殺胡」時，這些歷史上曾經「重兵把守」的地方，現在卻正迅速地成為空城，當地的人們告訴他，年輕人大多已經離家外出了。沿途有一些人搭乘海斯勒的車，大多是離開家在外地打工的婦女。

望著貧瘠的黃土高原，海斯勒寫道，「長城不是這個地區環境惡化的主要原因，但是毫無疑問，它起到了部分作用。城牆修到哪兒，它就吞噬掉那兒的自然資源」。目前當地政府的主要重任是「保水固土」。「在右玉縣，當地政府為他們承擔的世行項目深感自豪，提供的

20 〔美〕彼得・海斯勒：《尋路中國：從鄉村到工廠的自駕之旅》，李雪順譯，上海譯文出版社2011年版，第20頁。

各種數字密密麻麻地寫滿了我的記錄本。他們打算在明代城堡附近植樹一千四百公頃，右玉縣百分之二十八的土地面積已經達到水土保持目標，而最終目標是要達到百分之五十三。」[21]海斯勒記錄了他在政府部門瞭解到的情況，但他對官員們提供的數據不感興趣，他要實地考察一番。他驅車來到山腰，看到一群人在挖樹坑，一個年輕人告訴他，「看見這些坑窩了嗎？全是空的。兩三代人，就挖了這麼些坑，可現在依然一棵樹也看不見。為什麼？因為我們的勞動是義務的，買樹是要花錢的。讓我們就這麼挖坑窩，一分錢也不花。他們這麼幹，為的是讓領導們路過的時候，看得見這些坑窩，讓他們相信正在植樹。地方上的幹部們把錢貪污了。」這些農民挖坑的報酬是每天五袋方便麵。後來，海斯勒向北京的一位世行官員反映情況，他認為是農民們弄錯了。他告訴海斯勒，世行貸款在黃土高原上扶持的項目已經讓一百多萬農民受惠。海斯勒則認為，這僅僅是另外一個統計數據而已，「那一百萬個受惠者當中，肯定不包括跟我說過話的那幾個人。」[22]這就是海斯勒眼見為實後的獨立判斷。

　　海斯勒關注中國各級政府對北方遭受沙漠化威脅地區的改良措施，「這些項目小至栽種樹木，大至灌溉工程。」比如烏審旗，上世紀六、七〇年代是模範公社，那裡挖掘灌溉水渠，種植稻穀。但後來在人口增長和非本土莊稼的雙重因素作用下，這一地區寶貴的水資源迅速枯竭。海斯勒瞭解到，「近年來，當地政府採取了全新的策略。人們放棄了水稻種植，改種柳樹，然後用柳樹葉子來飼養綿羊。他們把這種模式叫作『空中草場』——採下的柳葉直接作為綿羊的飼料，柳樹本身還能起到阻止沙漠面積擴大的作用。這種做法的作用體現在

---

21 〔美〕彼得‧海斯勒：《尋路中國：從鄉村到工廠的自駕之旅》，李雪順譯，上海譯文出版社2011年版，第34、36頁。

22 同上書，第38、41頁。

好幾個方面：全旗的農業用地占土地總面積的比例持續保持在百分之
十左右，當地的牧民們也能夠進一步擴大飼養規模。」他到一戶蒙古
人家中進行了參觀，他們總共飼養了二百頭綿羊，這家的男主人說：
「買糧食、買衣服都容易多了。」[23]他告訴作者，他從小就在蒙古包
裡長大，現在住進了磚房。不過，當海斯勒在北方看到一些村莊的景
況後，他還是道出了自己的擔憂：「我在各個村莊停車的時候，看到
的只有老年人、殘疾人，還有就是年齡很小的小傢伙。……那麼多小
孩子仍舊需要在農村長大，他們可能是在這些地方住過的最後一代
人。」在安寺村，幾個留守兒童給海斯勒當嚮導參觀了一座很有氣魄
的長城廢墟，告別孩子們，他寫道：

> 在駕車穿越這些即將消失的村鎮的過程中，我還是感受到了些
> 許酸楚。那是我瞥見的最後一線生機——最後的小鎮，最後的
> 鄉村少年，也許還有最後的家庭，兄弟姐妹俱全的大家
> 庭。……駕車離開安寺村的時候，我有些傷心。[24]

　　中國西北地區疆域遼闊，但是由於自然條件較差，經濟發展落
後，貧困人口數量龐大。在二十世紀九〇年代以來，中國改革的速度
與力度都在加大，沿海地區的經濟實力不斷增強，但是東部和西部地
區之間的差距越來越大。作為中國改革與發展不可割裂的部分，西北
疆域的開發、改造至關重要。因此二〇〇〇年中央政府提出「西部大
開發」的戰略部署。在開發實施的過程中，也不可避免地會出現新的
問題，但是西北地方落後貧困的現狀終究要改變，「最後的小鎮」與

---

23 〔美〕彼得・海斯勒：《尋路中國：從鄉村到工廠的自駕之旅》，李雪順譯，上海譯
　　文出版社2011年版，第52、53頁。

24 同上書，第85、87-88頁。

「最後的少年」終究要迎來改革的浪潮。海斯勒對他經過的落後地區下了這樣的定論——「這是些被人遺忘的偏僻之地，偏僻得只能吃點中國經濟大發展留下來的殘羹冷炙。」顯然，這個定論在當時看、在局部看是符合實際的，但是一切的變動都在路上——正如他進入河西走廊後，看到「現代公路從走廊中心穿過」，古老的絲綢之路已換新顏。在海拔三千二百多米的地方，他領略著詩意的景象：「春日的天空一片湛藍，寬闊的草地一片蔥綠。空曠的草地上，牲畜們在啃食嫩草，溪流從水田邊上匆匆流過。這是一片大農場——寬廣無邊，喜迎賓客……」[25]這是海斯勒尋路長城接近終點的地方，他或許還沒意識到，這也是古老長城將被賦予新的時代意義的開始。

第二節　變動的鄉村與農民

《尋路中國：從鄉村到工廠的自駕之旅》是海斯勒繼《江城》、《甲骨文》之後寫出的第三部長篇紀實作品。在此書中文版的封底，印有海斯勒的「夫子自道」，他說這部作品「如前兩本書那樣，它研究中國的核心議題，但並不通過解讀著名的政治或文化人物來實現這個目的，也不做宏觀的大而無當的分析。」海斯勒的關注焦點依然是「探究個人對變革的應對」，他相信，「通過敘述普通中國人的經歷來展現中國變革的實質」[26]，更真實可靠。

同樣是由「和平隊」志願者身份而轉型為作家的邁克爾·麥爾，與海斯勒不僅有著共同的「四川」經歷和民間體驗，也有著相似的書寫中國的感情傾向和創作動機。

---

25 〔美〕彼得·海斯勒：《尋路中國：從鄉村到工廠的自駕之旅》，李雪順譯，上海譯文出版社2011年版，第88、100、103頁。

26 同上書，封底。

一　三岔村：個體命運的起伏軌跡

　　海斯勒對中國的考察不是走馬觀花式的，為了深入瞭解並親身體驗中國的民生民情，他經常在一地連續待上數月、甚至數年，跟蹤變化。他說：「我不會僅僅聽主人公自己講述，我會睜大眼睛，看著他們的故事在我面前一點點展開。」[27]正是出於這樣的動機，他在懷柔縣渤海鎮三岔村，租了可以抬眼看到長城的民房，這是他的第二個「家」。他安居此地，很快與當地農民熟悉起來，並與魏子淇一家成為親近的朋友。

　　三岔村只有不到一百五十人留守，「20世紀90年代初期，這兒的一所學校關閉了。村民們都沒有買車，也不用手機。沒有餐館，沒有商店——想找個花錢的地方都沒有。每隔一兩天，會有個小販開著敞篷貨車從溝裡上到這裡來，車上裝著大米、麵條、肉，以及其他簡單的日常用品。到了秋天，另外有卡車開上來收購村民們手裡收獲的東西。」海斯勒瞭解到，「當地居民的年收入在兩千元左右。這點收入差不多全來自果園：山中生長的核桃、板栗、杏仁等。他們把這些堅果全都賣了，栽種的其他東西則當作食物。人們養雞，餵豬，種著玉米、大豆，還有蔬菜。周圍這一帶極其乾燥，水稻種不出來，連小麥的長勢都很差。」雖然這裡離北京不算遠，但是這兒卻沒有得到開發和發展，「幾十年來，這個地方一直處於衰敗狀態。」[28]

　　在三岔村生活的日子久了，海斯勒對村裡農民的情況也有了更多的瞭解，魏子淇的故事就一點點展開。這個身體粗壯、個頭不高的農民，一九八七年高中畢業後，去北京郊區的工廠打工，也做過保安，

27　〔美〕彼得‧海斯勒：《尋路中國：從鄉村到工廠的自駕之旅》，李雪順譯，上海譯文出版社2011年版，封底。

28　同上書，第121、120頁。

九年後他厭倦了打工，回到村子務農。他是個聰明人，參加了法律函授課程的學習，收集了三十多本法律書籍，是三岔村讀書最多的人。魏子淇明白單靠種莊稼種核桃沒前途，所以一直琢磨著幹點別的事情。他常去懷柔親戚家看電視瞭解商機，看到中央電視臺第七頻道關於養殖水蛭的一個節目後，立馬決定投資養水蛭，結果以失敗告終。看到北京買私家車的人多起來，魏子淇開始考慮在三岔村搞農家休閒樂園，他查勘周圍環境，繪製遊覽長城的路線圖。二〇〇二年，當地政府把通往上村的土路鋪成水泥路，越來越多的城裡人自駕到鄉下探尋美景。魏子淇和妻子曹春梅開始在自己的家裡給遊客做一些簡單的飯菜，生意還相當不錯，他決定趁熱打鐵，把餐館和招待所建起來。經過辛勤的籌備和勞作，他的「長城驛棧」開張了。海斯勒說，魏子淇把握了最佳時機——「自2003年開始，政府在農村地區啟動了一項為期兩年的建設工程，修建了近二十萬公里的鄉村道路。……與此同時，城市的消費模式也在發生變化。……2003年近五十萬北京居民拿到了駕照，平均每天達到了一千三百人。」[29]

　　「2004年是三岔的建設之年」，海斯勒親歷了三岔村大搞土木建設的過程。政府在鄉村修建道路不僅為鄉村改善了交通，也給三岔村的村民們帶來了掙錢的機會。原來停滯、蕭條的三岔村熱鬧起來，海斯勒寫道：

> 他們修建了新的長城，他們幫魏子淇翻修了房屋，建起了招待所，他們把那條鋪好的公路進行了修整。他們拿到手的酬勞一點點地累積增多，其他村民很快便開始對自己的房屋改造起來。……從我來到村子的第一年至今，好像已經過去了很多

29　〔美〕彼得・海斯勒：《尋路中國：從鄉村到工廠的自駕之旅》，李雪順譯，上海譯文出版社2011年版，第184頁。

年。那個時候，那條道路還是一條土路，我可以坐在桌子邊上
一邊寫作，一邊聽著核桃林那邊傳來的沙沙風聲。那是2001
年：寂靜無聲的最後一年。

在快速變動的時代，魏子淇的個人追求有了新的目標。「也是在
那一年，魏子淇加入了中國共產黨，拿到了駕照。」海斯勒問魏子淇
申請入黨的動機，他說：「我想為國家多作貢獻」，「我想為村裡面多
作貢獻。這才是最好的方式。」魏子淇在村子裡的地位已經上升，
「他的收入位列三岔村榜首，但他在生意上制定的計劃依舊顯得豪氣
沖天」。[30]

對比北方遊走時看到的鄉村情形，海斯勒感慨道：「然而在三
岔，我發現了不一樣的東西。前進的步伐已經邁出：每一年都會有一
些新的重大變化，時常會有一種時光匆匆往前沖的感覺。」過快的變
化就會誕生出一些不和諧的產物，特別是在人的精神世界，既塞滿功
利企圖，又縈繞著虛浮混沌的意識。「魏子淇的生活理念基本上是一
種實用主義，他所關心的是那些有形的威脅：貸款的重擔，村裡的政
治，兒子的健康和教育等。對於剛剛經商，他感受到了一些壓力，但
他有信心，只要努力工作，肯定會有結果。」而曹春梅卻不一樣，對
於一個生活圈子局限在三岔村的婦女而言，生活發生的變動往往讓她
擔心和不安，「家庭的收入在增加，但她從中沒能夠得到什麼樂趣，
她跟外界的接觸常常轉瞬即逝。她從他們那兒學到的最重要的東西是
宗教」，她開始燒香拜佛，以此尋求精神寄託。「但即便是佛教帶給她
的也只有一些說不清道不明的慰藉。」這家人房間裡的佈局，暗示了
他們的「存在與虛無」：

---

30 〔美〕彼得・海斯勒：《尋路中國：從鄉村到工廠的自駕之旅》，李雪順譯，上海譯
文出版社2011年版，第195、197、198頁。

　　這間房在上一次重新裝修的時候在空間上進行了擴展，從那以後，魏家人的財富便開始越聚越多。房間的佈置說明，他們對對比搭配進行過研究：離浸泡野豬仔的白酒罎幾米開外的地方，就是佛教神龕；……一共有兩瓶尊尼獲加威士忌，與魏子淇幾年前從長城上拆毀的明代信號炮比肩而立；還有一幅紀念懷柔基礎設施建設成就的日曆。有時候，當我們圍著桌子吃飯的時候，我看了看四周，便思忖著：「這樣的世界，有誰能夠看得明白呢？」[31]

　　海斯勒在作品中一直沒有放棄他個人的反思與批評。時代在快速發展，經濟收益在日益提高，人們的物質生活和欲望追求在不斷刷新他們的過去。但是生活的意義、精神的歸屬、價值的取向都出現迷惘或困境。這是人類在現代社會共有的現代性焦慮，但這絲焦慮在變動的三岔村似乎無處可尋。魏子淇享受著生意帶來的收益，他對家庭的興趣越來越小，時常接連幾天不在家，在外應酬。曹春梅也曾渴望改變，她冒過單獨做生意的念頭，她染髮、減肥、買時尚的衣服，但最後就像減肥反彈一樣，一切照舊。

　　在見證三岔村變化的同時，海斯勒也見證了一個男孩的成長。魏嘉是魏子淇曹春梅的獨生子，也是留在三岔村唯一的兒童。海斯勒和同在三岔村租房的美籍華人郭眯眯，初來村子時，他們都喜歡這個男孩。魏嘉的父母和大多數農村家長一樣，對孩子的成長（身心健康）沒太多關心和操心，魏嘉得了免疫性血小板減少性紫癜，魏子淇夫婦對醫療缺乏常識，表現出茫然和遲鈍，海斯勒和郭眯眯出手相幫，讓孩子住院得到治療。魏嘉上學後，父母很在意老師家長會上的批評，

---

31 〔美〕彼得・海斯勒：《尋路中國：從鄉村到工廠的自駕之旅》，李雪順譯，上海譯文出版社2011年版，第203、193、230頁。

因為那些批評魏嘉在家裡遭受了爸爸的打罵。魏子淇夫婦逼著兒子刻苦學習，但是對於孩子的健全成長依然是忽視的。在魏子淇的經濟條件越來越好的同時，他們全家人的健康狀況卻明顯趨向不良。魏嘉在家裡無節制地看電視、吃垃圾食品，九歲的孩子長出了滾圓的小肚腩，走幾步路就氣喘吁吁，他還經常肚子痛。魏子淇對孩子健康問題的反應，竟然是要把他的名字改掉以辟邪。海斯勒一針見血地指出：「他們似乎是本能地抓住了兩個世界裡最糟糕的東西：最糟糕的現代生活，最糟糕的傳統觀念。」[32]這種現象不僅表現在魏子淇一家人身上，也表現在許許多多中國人身上，是我們在追求現代化的過程中時時需要警惕和反省的。

二　荒地村：農村變革的一個縮影

邁克爾·麥爾因為娶了東北籍妻子而與她的老家結緣。其實，他感到非常滿意、非常幸福的婚姻也算是中國改革開放的「成果」——若沒有改革開放，麥爾就不可能隨「和平隊」來中國，他的妻子也不可能離開東北成為「京漂」，北京也不會雨後春筍般冒出那麼多「國際學校」——他們正是同在一所國際學校任教而相識相愛。麥爾決定去吉林的荒地村紮紮實實做一回「東北女婿」。二〇一一年他在荒地村租到房子，一邊在中學當外教，一邊開始融入鄉村生活。麥爾妻子的三舅、三表姨和其他親友們，這些土生土長的荒地村人，他們的經歷、見聞和人生際遇通過日常「嘮嗑」，在麥爾眼前展開他完全陌生的歷史和現實，這正是他渴望瞭解的一切。

---

32 〔美〕彼得·海斯勒：《尋路中國：從鄉村到工廠的自駕之旅》，李雪順譯，上海譯文出版社2011年版，第252頁。

　　與海斯勒筆下的三岔村相比，兩個村子都屬於發展緩慢、經濟落後地區。不同在於，三岔村靠近首都，信息傳播途徑多、速度快，在鄉村築路工程實施後，汽車行業迅猛發展，這一切推動了那裡的經濟模式變革；荒地村地處東北邊關，傳統民俗與觀念在特有的生態裡擁有不衰的生命力，正如那兒肥沃的泥土孕育了珍稀的稻米一般，但是在經濟改革背景下若要靠大米致富，就必然得改變傳統的耕作、生產和銷售方式。鄉村的社會結構、人倫關係、風俗文化都將隨之變化。麥爾說，他去荒地村採風，開始是打算寫一本關於東北民間風俗的書，描述鄉下安靜的生活。「但到大荒地村之後，我發現我在北京目睹的那些變化同樣發生在鄉下」——「大荒地村就是整個中國農村變革的縮影。」[33]

　　二〇一一年，「荒地迎來一個前無古人的新經濟階段：成為一個企業城。」最大的公司「東福米業」成立於二〇〇〇年，是村裡的兩個合夥人創辦的。不同於墨守成規的村民，他們試種了不同的種子，實驗種出荒地村第一棵有機作物，之後他們的有機大米上了政府各部門宴會的餐桌。「2007年，時任國家主席的胡錦濤視察了荒地村和東福米業的總部。一張他在檢視產品的巨幅照片掛在公司新開的溫泉度假村入口。」[34]大米經濟帶動旅遊經濟，每到週末，城裡人紛紛來此一日游，溫泉度假村的門票是一百二十元，相當於當地農民兩週的收入。

　　這家公司向村民宣傳，公司為他們提供種子，並雇他們來操作日本進口的拋光機和包裝機，會以高於市場價的價格向大家購買大米，

---

33 參見崔瑩採寫的訪談《美國女婿如何書寫中國鄉村的變遷？》，中國作家網，2017年2月3日。http://www.chinawriter.com.cn/gb/n1/2017/0203/c405057-29056207.html
34 〔美〕邁克爾・麥爾：《東北遊記》，何雨珈譯，上海譯文出版社2017年版，第12、13頁。

保證說每家至少能付給他們一萬五千五百元，這個數字是中國農民平均年收入的兩倍。幾年功夫，和東福米業簽署土地出讓合同的農民數量翻了番。東福米業幾乎承包了荒地村所有十三平方公里的土地。只有三舅家和其他幾家人還沒被說動。企業的崛起將迅速改變著村子的面貌和生活秩序，雖然人們一時還不能適應或接受。

> 村裡正在形成新的天際線。紅旗路的一頭，起重機正在轟鳴，棟棟五層樓房已經有了雛形。東福米業為農民提供公寓，交換他們原有的居住面積。到手之後就會把老房子鏟平，變成耕地。同意搬遷的人寥寥無幾：放棄了老房子，也就沒有了院子，沒有了雞籠，沒法自給自足，還沒法用這個副業去補貼家用。這樣很多人會遠離土地，不符合中國人篤信的接地氣的傳統。[35]

麥爾對東福米業公司開發的神農溫泉度假村頗感興趣，他特意去造訪了這個溫泉度假村，「繞著露天的溫泉，看水面在四月春寒料峭的空氣中冒著煙。……一溜藤編的躺椅，接著是個茅草屋頂的酒水飲料吧，還有間翠竹掩映的茶室。看上去和中國南部沿海那些高檔度假村毫無二致。」麥爾看到室內游泳池裡的孩子們在高聲笑鬧，濺起水花，麥爾嘆道：「游泳一次的錢差不多可以租個打穀機來弄一片地的稻子了。」[36] 這樣的娛樂，村民的孩子們是消費不起的。

春夏之交，荒地村在麥爾眼中詩意盎然。他寫道：「5月姍姍而來，節氣立夏降臨。冰雪融化，活水流淌在灌溉的溝渠，溝邊高大的白樺也開始吐出嫩綠的新芽。在荒地，其實比較應景的節氣名字應該

---

35 〔美〕邁克爾・麥爾：《東北遊記》，何雨珈譯，上海譯文出版社2017年版，第13頁。
36 同上書，第87頁。

是驚蛙。它們呱呱的聲音四下響成一片，聽久了，我就會想，中文裡會不會專門有個詞叫蛙歌。」但是三舅這樣對他說：「我不敢說對自然的世界一點感覺都沒有了，因為我是個農民」，然後接著說：「但農民擔心自然，擔心我們不能控制的東西。千萬別來洪水、乾旱、蟲害之類的東西。就希望夏天安安靜靜地過去，什麼毛病也沒有。希望自然自己管好自己，別來禍害莊稼。」[37]麥爾覺得荒地村很多東西都充滿著田園意味，三舅卻覺得都挺工業化的。

麥爾聽三舅講述了他去北京上訪的事兒，這在農村也極有代表性。麥爾瞭解到，「2010年，中國有65%的群體性事件都與農村土地有關。一般衝突雙方都是農民和開發商或當地政府。」三舅的官司也和土地有關，他以前把一塊地租給村裡一個熟人，當地政府批准了。後來這塊地的稻米產量比預期高出很多，政府又想把地拿回去重新分配。三舅翻閱了相關法律書籍，還在聽廣播時打熱線電話諮詢了一位法律專家。他到吉林市法院提交了訴狀，要求村裡遵守合同條款。法院駁回了訴狀，三舅就去北京上訪，他就抓住法律指南上的一條重要條款——「農民集體所有的土地，由縣級人民政府登記造冊，核發證書，確認所有權」。[38]他把證書和文件拿給一個當官的看，那人寫了個條子建議「按照相關法律法規妥善處理此事」讓他帶回去，結果三舅打贏了官司。

三舅拒絕把自己的莊稼承包給東福米業，也拒絕搬到新蓋的樓房裡去。他依然像過去一樣，自己精心挑選稻種，做秧床，不同的是現在有了插秧機取代人工。年輕人都不愛種田了，麥爾注意到，那些在忙著準備秧床的都是像三舅這樣六、七十歲的老人。

「怎麼就能知道一個地方已經發展得正好了呢？」這是三姨向麥

37　〔美〕邁克爾・麥爾：《東北遊記》，何雨珈譯，上海譯文出版社2017年版，第88頁。
38　同上書，第90頁。

爾提出的一個很有深度的問題，麥爾聽了深受觸動，他在北京用四年時間，採訪了很多居民、官員和城市規劃者，沒有一個人問過他這樣的問題。這是一個關涉到有沒有過度發展的問題，他認為美國曾經有過，但已經在修正。而中國目前卻在重犯美國的錯誤，這主要體現在北京等大城市的無計劃擴張和建設上。在農村的情況如何判斷呢？麥爾瞭解的數據是，中國仍然有十分之一的人口在貧困線以下，他們大多數生活在偏僻落後的農村。他根據自己的觀察，寫道：「荒地算是比較富裕的農村了，土地肥沃，建有火車站，集市興旺，街道也鋪設得平平整整。然而，……紅旗路在村外的延伸部分越來越窄，越來越破，最終就是一條小土路。我跑過一些小村莊，路旁沒有商店和學校，只有令人掩鼻而逃的垃圾。木結構的平房油漆剝落，周圍的籬笆也只是用樹枝草草纏在一起。」[39]發展不平衡是中國比較複雜的國情，需要時間來改變。

帶著三姨的、也是自己的困惑，麥爾去東福米業公司探訪，遇到公司農學負責人劉博士，她是吉林市農學院的教授，在帶領麥爾參觀中向他講述了公司創建的過程。一個家境貧困的鄉村司機和另外一個青年人決意合夥在村子裡開一家大米加工廠，劉博士被他們的創業精神打動，親自指導他們種有機大米，僅在二十二天內，他們建起一座農場。她幫助他們搞公關、打廣告，後來獲得了國務院的撥款，大米加工廠就建起來了。劉博士還告訴麥爾，每年豐收之後，他們就把農民們召集起來開個會，給他們講講怎麼挑選高品質的種子和優質秧苗。

後來麥爾找到東福米業的總經理進行了一次訪談，他是公司創始人的弟弟，創始人已經擔任荒地村黨支部書記了。總經理向麥爾介紹了集約化農業模式和未來發展規劃，告訴他這是中國農業的大方向。

---

39 〔美〕邁克爾‧麥爾：《東北遊記》，何雨珈譯，上海譯文出版社2017年版，第97、98頁。

「我們是首批試點之一。……中央政府也會給一些補助：我們買了設
備，每年向每戶按一坰地（十畝）一萬三的價格來租。政府另外付兩
千五。簽三年合同就能享受這個級別的補助。他們可以去幹別的，這
樣就會有第二收入。」他說：「因為集約化種糧在安全上比較好管理，
種植也比較高效」，所以「中央政府很欣賞我們的這種模式」。說到未
來的規劃，劉老闆要改善農民的生活環境，修一個人工湖、造一座假
山，給農民建溫泉別墅、體育館、劇院；建個現代的校園，從城裡請
老師，提升農村的教育質量，填補城鄉差距……[40]劉老闆的宏大藍圖
讓麥爾心存疑慮，但是一直想自己種地、住在有院子的平房裡的三舅，
卻認為東福米業做的事情對這片兒是好的。合併土地，改善食品安
全，增加基礎設施，都是積極的改變。他對麥爾說：「我尋思吧，這
是我這個農民經歷過的最好時代了」。然後又說出自己的預言：「但新
的時代要開始。」[41]在這一點上，東西方兩種血統的兩代人達成共
識，麥爾意味深長地說：「我很清楚，在東北，能夠對中國的過去一
探究竟。但沒有料到，在荒地，我能一瞥這個國家的未來。」[42]

第三節　經濟快車上的務工人群

　　從一九九六至二〇〇九年，海斯勒的中國紀實跨越了十多年，正
如他所說的那樣，「這是中國歷史上最關鍵的時期之一。正是在這十
年中，中國經濟實現了騰飛，中國對外部世界的影響力開始增大。」
他強調：「中國巨變的推動者變成了普通人——走向城市的農民、邊

---

40 〔美〕邁克爾‧麥爾：《東北遊記》，何雨珈譯，上海譯文出版社2017年版，，第
　　276-281頁。

41 同上書，第285頁。

42 同上書，第12頁。

學邊幹的企業家，他們的能量與決心是過去這十年中的決定因素。」
[43]那麼，海斯勒、張彤禾等西方作家所記錄的這些普通人——農民、
工人、企業家們的人生經歷和悲歡故事，正是展現了中國巨變中最為
真切、最為動人的「中國形象」。

一　麗水開發區：創業者的打拼經歷

　　如果想瞭解中國迅速崛起的民營企業，浙江省是最值得考察的地
區。從二〇〇五年夏天開始，海斯勒開始頻繁前往南方的一些城鎮。
他在沿途看到大量的工廠冒出來，「生產出各種最不可思議的產
品」——下斜村的路邊，一排排體育器材堆在一起，一眼望不到邊；
橋頭鎮有三百八十多家工廠，生產的鈕扣占到了中國服裝行業需求量
的百分之七十；武義縣年產撲克一百萬副，占到了中國國內市場份額
的一半；義烏市生產的塑料飲管占全世界總產量的四分之一……[44]

　　海斯勒第一次到達麗水市時，他發現這正是他要尋找的地方。那
裡的工業剛剛起步，城市居民人均收入在全省各市排名最低。不過，
變化已經開始了，一塊塊農田正在被向外擴展的工業園區替代。在麗
水的開發區，他結識了兩位將要在這裡辦企業的溫州老闆高曉萌和他
的叔叔王愛國。高老闆三十三歲，他出生在農民家庭，上過兩年財貿
學校，學的是機械。十年前，他跟家人一起開了一間生產褲子襯料的
小作坊，賺到足夠的錢以後，擴大了廠子的規模，但是隨著同類廠子
增多，生產利潤下降，高老闆轉向和生產胸罩襯骨的叔叔合夥。王老
闆的父母也都是農民，他一直以生產雜七雜八的東西為業，比如塑料

---

43 〔美〕彼得‧海斯勒：《尋路中國：從鄉村到工廠的自駕之旅》，李雪順譯，上海譯
　　文出版社2011年版，封底。

44 同上書，第269、270頁。

管材的零配件、自行車鈴鐺的部件等，最終進入了胸罩襯骨行業。儘管做了多年，他卻沒有真正富起來。王老闆打算把畢生積蓄的大部分都投入到胸罩調節環加工廠裡面來。

三個月後，海斯勒再來開發區，兩位老闆在麗水開發區租的廠房就已經改造好，裡面裝滿了等待安裝的各種設備。他們現在不僅要生產胸罩襯骨，還要增加胸罩肩帶調節環這一新產品，這個調節環雖然小得不起眼，但從技術上來說卻很複雜，生產者一定要具有完成三道工序的生產線。他們從另一家工廠挖過來一位技術人員羅守雲師傅，在測試機器那天，海斯勒在現場目睹了測試失敗。羅師傅花了兩週時間，拆開機器進行改制，終於讓它可以投產了。

羅師傅屬於技術好的「大師傅」，他才三十多歲，可已有二十三年的打工史。他也是在農村長大的，父母在湖北省松滋縣種植棉花。一九八四年，羅師傅就開始外出打工，換過許多地方和工種。羅師傅明白學習知識和技術的重要性，在深圳時，羅師傅在繁重的工作之餘堅持上夜校，取得了函授高中畢業證。因為有技術，他也不停地跳槽來增加工資收入。來到麗水這家廠，出於同樣的套路──他不會跟原來的老闆說別人對他拋出了繡球，而是說需要回老家處理點緊急的家庭事務。之後，他只需要換個電話號碼，就可以在新廠上班了。後來海斯勒知道，羅師傅的這個「經驗」在打工人群中算不上什麼秘密。他對此類現象只能做出這樣的評價──「在經濟開發區，沒有人想什麼長遠的事情，也沒有人反思過什麼事情。」[45]

在胸罩調節環製造廠的一次招聘中，年僅十五歲的女孩陶玉鳳拿著姐姐的身份證虛報年齡成功被錄用，之後他的姐姐也進了廠。以前她們生活在安徽省太和縣陶樓村，靠父母種田為生的日子比較窮困。

---

45 〔美〕彼得·海斯勒：《尋路中國：從鄉村到工廠的自駕之旅》，李雪順譯，上海譯文出版社2011年版，第348頁。

在玉鳳還小的時候，她的爸爸媽媽就決定離開家鄉外出打工，她跟著爺爺奶奶生活。玉鳳告訴海斯勒，上到初二她就輟學了，因為每年八百元的學費給家裡造成很大負擔。現在他們全家人在麗水租了一套面積不到十四平方米的農房，五口人擠在一起。玉鳳的願望是十八歲後進入大廠，學更多的本領，將來自己開一家工廠，賺好多好多的錢，回老家蓋一棟樓房，讓爺爺奶奶住進去。這個願望也是大多數打工青年共有的。來自貴州貧窮山村的龍春明，是個有多年打工經歷的著色技術工，拿到的薪水是可觀的，但他並不滿足現狀，他的目標是掙到足夠的錢，然後回到家鄉做生意。在他宿舍的牆壁上，刻寫著勵志的口號，他的日記裡摘抄了許多格言警句，他經常讀《方與圓》這樣教人行事之道的書，但是海斯勒發現「這本書花了大量的篇幅教人怎樣為利益撒謊，操控工友」。小龍還經常閱讀中文版的《哈佛大學 MBA綜合卷》、《生活成功寶典》、《經典故事集》等。他對海斯勒說：「如果我遇到了什麼問題，又沒有法子跟人去講──在那方面，我是很孤單的，這樣的書籍可以給我提供一些意見，教我怎麼去處理類似的問題。」[46]他想讓自己的內心平和，對加班從不抱怨，並且用誓言激勵自己「堅持不懈」。海斯勒真心希望這位苗族青年有一天實現他牆壁上刻寫的誓言。

從胸罩調節環製造廠開始投入生產，半年多時間過去了，銷路並不好，產品積壓在廠房裡，工人的工資已經幾個月未發，技術「大師傅」想著跳槽。海斯勒從這個廠看到民營企業不完善的體系和運作缺陷，「工廠沒有設立管理委員會，沒有制定投資計劃，沒有人在乎法律契約，也沒有人在乎預先訂好的規約。……對於正式的營銷規劃，哪怕一丁點最細微的線索分析都沒有做過，卻指望著通過送幾瓶五糧

---

46 〔美〕彼得・海斯勒：《尋路中國：從鄉村到工廠的自駕之旅》，李雪順譯，上海譯文出版社2011年版，第339頁。

液白酒和幾條中華煙就能把未來的客戶給搞定。」雖然幾個月後這家
工廠挺過了難關，生意開始好轉，他們甚至把工廠遷到了甌海市。但
是一些不確定因素依然會成為未來的困擾。比如，老闆一直沒有按照
承諾的標準給羅師傅發工資，羅師傅最終去了廣東；陶家姐妹這樣優
秀能幹的員工也離開了。海斯勒對中國廣大農民們所創辦的企業的命
運進行了深度思考和分析。

> 在中國，差不多每個工廠都有類似的故事。人們也許缺少正規
> 教育，但他們來到了這樣的環境裡，被強迫著邊幹邊學。……
> 工人們足智多謀，目的明確，創業者們更是無所畏懼。
> 而更大的問題，還在於中國的各個公司能否超越低利潤率的產
> 品發展起對創造力和創新性提出要求的相關產業。到頭來，這
> 才是中國的快速發展和西方工業革命之間的最大差異。[47]

作為開拓型的工廠，雖然不缺勞動力，但是缺乏的是思維變革和創新
力的激發。這就形成短期效益和長遠發展的矛盾。

二○○九年，「羅守雲終於完成了從大師傅到老闆的轉變。」二
十多年來他一直在為別人打工，輾轉奔波於各個城市和工廠之間，終
於成長為一個技藝嫻熟的技術人員。他在佛山開設了自己的公司。陶
玉鳳和姐姐跳槽到了華都仿皮廠，因為仿皮廠的污染對健康有害，所
以她們沒打算長久做下去。陶玉鳳就要滿十七歲了，「她想要說的就
是明天──新的工作、新的計劃、新的生活，以及隨著時光匆匆流
過，其他有望實現的所有事情。」[48]

---

47 〔美〕彼得・海斯勒：《尋路中國：從鄉村到工廠的自駕之旅》，李雪順譯，上海譯
　　文出版社2011年版，第349-350頁。
48 同上書，第406、407-408頁。

　　隨著金麗溫高速公路通車，麗水的變化之快是驚人的。開發區的負責人告訴海斯勒，「為了建廠之需，他們已經推平了一百八十座大大小小的山頭」。「從2000年到2005年，麗水的城區人口數量已經從十六萬增加到了二十五萬，……麗水市政府在2000年至2005年之間，共投資六百多億元用於基礎設施的建設。」海斯勒一向對官員報出的數字不夠信任，他依舊堅持「眼見為實」。他說：「我參觀的建築工地簡直多得數不過來。」[49]他甚至冒著危險去工地現場觀看了一次山頭爆破。

　　開發區的變化還體現在商店、超市、診所、髮廊漸次多起來。晚上，年輕人成群結隊地在大街上溜達、閒聊、娛樂。對海斯勒來說，在開發區聽到的各種聲音都是這個地區發生變化的證明。「工廠的聲音沒有停止過。每一種聲音都像心跳聲一樣穩定，也像呼吸聲一樣真實可信。就這樣，這片社區終於富有了生機。」[50]

　　麗水市作為海斯勒考察的一個樣本，呈現出的生機與暴露出的問題和中國所有急於發展的地方一樣。新的道路、橋樑、各種基礎設施建設大張旗鼓地進行，開發區範圍不斷擴大，對此，海斯勒道出自己的擔憂，如果投資者未出現，經濟開發區就是個半拉子工程。他也瞭解到，「中央政府已經意識到了這樣的體系存在著的巨大風險，從而力圖放緩發展速度。利息提高了，各個城市凡是大一點的擴建項目必須經過嚴格的申請審批程式。」[51]過熱的開發及其可能導致的問題，都需要全面、深入地研究，海斯勒的調查、觀察、反思以及他寫出的紀實作品，從一個側面對中國的「科學發展」理念和實踐提供了有參考價值的素材。

49　〔美〕彼得・海斯勒：《尋路中國：從鄉村到工廠的自駕之旅》，李雪順譯，上海譯文出版社2011年版，第290、295頁。

50　同上書，第311頁。

51　同上書，第331頁。

二　東莞：打工女孩的人生際遇

　　張彤禾的長篇紀實作品《打工女孩：從鄉村到城市的變動中國》出版後，在西方、在中國都產生了較大影響。這是作者沉浸體驗、共情寫作的產物。她說：「當我想寫本關於中國的書時，這個國家的農民工吸引了我——幾百萬人，離開村莊，去城市工作。直到後來，我才發覺，原來我跟我寫到的那些女孩有那麼深的聯繫。我，也離開了家。我瞭解生活在舉目無親的地方那種孤獨漂浮的感覺；我親身感受到人輕易就會消失不見。但我更理解那種全新開始生活的快樂和自由。在東莞這個遍佈工廠的城市，我是個外人，但我遇到的每個人也都一樣。我想，正是這種共同的身份，讓我們相互敞開了心扉，跨越了歷史、教育背景，社會階層的重重鴻溝，建立友情。」[52]對於寫作對象，她還有自己獨到的判斷與思考，「在中國，外出務工已經有二十個年頭，絕大多數的外國媒體，包括《華爾街日報》，都報道過工廠內部的惡劣環境。我希望能寫點兒別的——寫寫工人自己怎麼看待外出務工。我尤其對女性感興趣。背井離鄉，她們得到最多，或許失去也最多。」[53]

　　二○○四年二月，張彤禾第一次來到東莞，在接下來的三年裡，她每個月都在東莞住一到兩個星期。東莞給張彤禾的第一印象是：「到處都是打樁的工地，電鑽嘶嘶作響，摩托車呼嘯而過，塵土飛揚。街邊上的噪音震耳欲聾。」在東莞，「工廠就是公交車站，就是紀念碑，就是地標」。[54]

52　〔美〕張彤禾：《打工女孩：從鄉村到城市的變動中國·中文版序》，張坤、吳怡瑤譯，上海譯文出版社2013年版，第2頁。

53　〔美〕張彤禾：《打工女孩：從鄉村到城市的變動中國》，第26頁。

54　同上書，第19-20頁。

　　張彤禾在東莞結識了許多打工女孩，她與她們交朋友，傾聽她們既相似又不同的打工經歷，生活訴求和內心願望，還有她們的情感世界。在這些女孩中，呂清敏和伍春明與作者交往時間最長，她們的故事也就在彼此敞開心扉的交往中，呈現於張彤禾生動細膩、紀實傳真的文筆中。

　　呂清敏的老家在湖北，村子裡種水稻，油菜和棉花。敏的媽媽生了五個孩子，家裡經濟負擔重，在上個世紀九〇年代末期，敏的父母都曾出去打工，父母回鄉後，敏的姐姐又去了東莞打工，村裡的年輕人差不多都出去了。敏在姐姐的支持下上了中專，但還差半年畢業時，她想省了學費，就決定跟著回家過春節的姐姐出去打工，那一年她十六歲。敏是有個性、有自己主張的女孩，她在東莞換了幾家工廠，不滿意就跳槽，她敢於對老闆說：「你的廠不值得我在這裡浪費青春」。她利用不加班的時間去商業學校上課，學打字，學電腦製錶。一年後敏跳槽到奕東電子公司，成了設備部門的一名文員。「八個工人一間房；一餐伙食包括米飯，三菜一湯，有葷有素。辦公時間一天十個小時，有時候週六或週日休息。敏一個月賺八百塊，是她過去那個工廠基本工資的兩倍。」[55]敏為自己爭取到這個工作感到開心自豪，這是新的開始，她要好好規劃一下自己的人生。

　　二〇〇五年二月，敏離家打工整整兩年，她準備回老家過春節，受敏的邀請，張彤禾一起去湖北鄉下，趁這次機會正好看看中國農民的生活境況。在冬天還沒來到的時候，敏就和姐姐談論回家的打算，她興奮地買了回家穿的新衣，準備給家人的禮物，和張彤禾在一起時，敏說的都是家鄉。她們擠火車，乘大巴，再坐「摩的」，千里迢

---

55 〔美〕張彤禾：《打工女孩：從鄉村到城市的變動中國》，張坤、吳怡瑤譯，上海譯文出版社2013年版，第7、15頁。

迢回到村裡。敏家的房子是一九八六年蓋的，張彤禾細緻地描述了這個農家住宅，「大房間裡有一張木質餐桌，桌後是神龕，供著祖先的牌位。……樓上的地面有個深坑，用於存放糧食，整塊的生豬肉和鹹魚掛在鉤子上，還有一間房堆滿了齊膝深的棉花……」房間裡「沒有下水管道，也沒有取暖設施。在湖北冬季陰冷的天氣裡，全家人在屋裡都穿著厚外衣戴著手套」。[56]敏回到家裡，開始引導文明——她反對爸爸抽煙，給弟弟妹妹的房間裡放了垃圾袋，去武穴市購買了飲水機、電吹風等生活用品。敏的父母都是初中畢業，這在他們這一代農村人中很少見，敏和姐姐所受教育水平在村裡也是最高的。敏的媽媽說，希望家裡最小的兩個孩子上高中、考大學，現在有錢了，供得起。然而，在女兒們的婚姻問題上，敏的父母保留著守舊的觀念，他們反對女兒找外地人，嫁到太遠的地方。

　　「鄉村生活的焦點是電視。孩子們整天坐在螢幕前；……人們最喜歡的類型是古裝宮廷劇。看起來這些連續劇是村民們接觸歷史的主要方式，……巫術、傳奇、神仙、幫派、奇蹟、謀殺、通姦：孩子們統統看得如癡如醉。儘管政府宣揚道德，理性和科學發展觀，但電視娛樂的主要內容卻與之背道而馳。」張彤禾直言不諱地批評了鄉村的文化生活。她還發現，農村過節期間，「整天都會有客人來訪，一住就是幾天」，「人人都是親戚，關係錯綜複雜到甚至沒有相應的中文稱呼。」這就是鄉土中國的人情社會，只有離開，才能獲得個人的自由。在回東莞的車上，敏對張彤禾說：「家裡是好，但只能待幾天。」[57]張彤禾明白，年輕的一代農民工不會再回到原來的生活環境。

　　敏的生活在二〇〇五年又發生了變化，她找到一份新工作，在一

56　〔美〕張彤禾：《打工女孩：從鄉村到城市的變動中國》，張坤、吳怡瑤譯，上海譯文出版社2013年版，第238頁。

57　同上書，第248、260頁。

家五金廠的採購部當助理。她跟男友的關係隨著她的不辭而別而了結。敏在新廠幹了五個月之後，升職擔任了廠裡的鑄件採購員。新工作一個月的工資是一千二百元，還有每月六千到一萬的回扣收入。她上任的頭半年，寄回家一萬一千元。她第一次違背父母的意願在城裡開了一個銀行戶頭，存入三萬元。「2006年夏天，敏回了一趟家。她給家裡帶了一臺長虹彩電、DVD 機，還有五千元錢。她給父親買了一件價值八十元的襯衫。那是他生平最好的一件襯衫。」[58]敏因為掙錢多，在家裡有了權威，她可以左右父母的決定，開始指導弟弟妹妹的人生。

張彤禾是在東莞交友俱樂部的一次活動中認識了伍春明，她二十九歲了，做銷售工作。一九九二年夏天，十七歲的伍春明離開湖南農村出去打工，她和表姐借錢買火車票來到東莞，在一家做玩具塗料的廠裡找到了工作。車間裡刺鼻的化學品氣味讓她們頭疼，兩個月後她們回了家。第二年春天春明又出去了，她媽媽幫她借錢買了火車票。春明經人介紹到深圳的一家髮廊，她一看到裡面情形不對逃了出來，把箱子丟在那兒也不要了，箱子裡裝了錢、身份證和她媽媽的照片。春明在一個廢棄的雞籠裡躲了一天一夜，她在日記裡寫道：「記得從深圳逃回來，那時才是真正的一無所有，除了一個人沒有任何什麼。在外打流一個月，身無分文，甚至一連餓上兩天，也無人知道⋯⋯我時常想靠別人，是靠不住的，只有靠自己。」[59]伍春明撿到一張別人的身份證，她就用這張身份證進入一家玩具廠幹了一年。在伍春明的日記裡，經常出現一些給自己打氣的警示句，比如「我沒有時間煩悶因為我要做的事情太多了。」、「我們可以平凡但不可以庸俗。」、「目

---

58 〔美〕張彤禾：《打工女孩：從鄉村到城市的變動中國》，張坤、吳怡瑤譯，上海譯文出版社2013年版，第300頁。

59 同上書，第46頁。

前我什麼也沒有，我唯一的資本就是我還年輕。」有時她又在日記裡
向自我質問：「你為什麼這麼沒有用呢，你到底是不是很笨？」、「難
道你就是一個如此無用之材嗎？」春明不甘心做最低級的打工者，她
在極少的工餘時間看書，學普通話、廣東話，決心拿一個大學文憑。
但是她在日記裡哀嘆：「不管是身體還是精神都感到好累，這樣太累、
太累，不要這樣過了。」[60]春明很想媽媽，但是在東莞的頭三年，她
沒有回過一次家。她不想浪費時間，她要利用短暫的假期讀書。

　　通過對女性打工群體的調查，張彤禾分析了她們的優勢和劣勢，
她指出，「女性占中國流動人口的三分之一。她們往往比打工的男性
更年輕，也更可能是單身；她們離家更遠，在外的時間更長。她們更
有自我提升的動力，也更可能將打工視為改變一生的機會。」或許這
一現象背後的原因是性別歧視──在農村家庭裡，女孩不具備男孩的
地位，她們的歸宿是嫁人。因而一旦離開農村，更有改變命運的渴
望。張彤禾寫道：「我認識的那些打工女孩從不抱怨做女人所面對的
種種不公。父母重男輕女，老闆喜歡漂亮秘書，招工廣告公然搞性別
歧視，但她們卻從容面對這些不公──在東莞這三年，我從來沒有聽
到任何一個人說過任何女權主義論調的話。也許她們理所當然地認為
大家過得都不容易。唯一要緊的鴻溝橫在農村和城市之間：一旦你跨
過這條線，就能改變你的命運。」[61]

　　一九九五年，春明跳槽到東莞較偏遠的一家做水槍和 BB 槍的工
廠。她的工資從一個月三百塊漲到一千五。但是春明不滿足於升職漲
工資，她還要學會更多的知識和本領。一九九六年底，春明已經在廠
裡任總務部門的頭，但是她辭掉這份工，全職投入到銷售「完美健康

60　〔美〕張彤禾：《打工女孩：從鄉村到城市的變動中國》，張坤、吳怡瑤譯，上海譯
　　文出版社2013年版，第51、52、54頁。
61　同上書，第58、59-60頁。

品」中。接下來，她又跳槽到新的傳銷公司賣墓穴、賣藏藥，其實是
進入帶有詐騙性質的「金字塔」傳銷模式，她「一夜暴富」的神話僅
過了兩個月就終結，國家取締了大量的傳銷公司。後來春明為一份不
靠譜的報紙幹過記者，在一家建築材料公司做過銷售，還和男友合開
過一家建材批發公司，生意只持續了半年，她的積蓄全賠掉了，只好
再去某公司做銷售員。「十三年來，她在東莞的七個鎮生活過，據她
粗略估算，搬過十七次家。」對這位東跑西顛銷售建材的女子，張彤
禾評價說：「她的過去凝注在城市的建築裡，在華麗的酒店的供水管
道裡；她個人的歷史，寫在了鋼筋水泥和石材上。」[62]

　　二○○五年春天，春明跟合夥人投資十萬元創業，買賣模具配
件。不久，她又決定放棄模具公司，把股份轉讓給合夥人。春明對張
彤禾說：「掙錢，不代表生活全部的意義。」、「一個人的教育程度，
做什麼工作，一個月賺多少錢都不重要」，她強調：「對我來說，感情
最重要。」經歷了幾次不成功的相親後，她嘆道：「大多數中國人的
婚姻並不是建立在愛情之上」，接著說，「也許將來我的婚姻也是這
樣。但是我現在還不打算妥協。」[63]張彤禾在關注打工女孩的職場境
遇和個人發展的同時，更為關切她們的婚戀問題和情感世界，她的調
查顯示：

　　　城市生活改變了這些從農村來的女孩對婚姻的期待。……在一
　　次調查中，有超過百分之六十的外來女工表示她們結婚目的是
　　「建立美滿的家庭」，或是「找到事業奮鬥的伴侶」，而只有不
　　到百分之十的人選擇了「找一個生活的依靠」。[64]

62　〔美〕張彤禾：《打工女孩：從鄉村到城市的變動中國》，張坤、吳怡瑤譯，上海譯
　　文出版社2013年版，第261、262頁。

63　同上書，第287、166、184頁。

64　同上書，第180頁。

　　但在現實中，女性務工人員的婚戀境況並不樂觀。東莞的女性人口占百分之七十，因為務工人員流動性大，也就不容易尋找穩定、可靠的婚戀對象。「冒充未婚的已婚男人是東莞約會的頭號風險。春明的合夥人傅貴曾跟一個這樣的男人交往過；劉華春，那個最近買了別克車的朋友，也曾被騙過兩次。在一個人們條件反射性地為了工作而撒謊的地方，欺騙也就自然而然地滲透進了人際關係。撒謊經常是出於實用原因，因為能幫你得到你想要的東西。最終你的謊言可能會倒戈砸到你自己，但極少有人會想得那麼長遠。」作為將誠信看得極為重要的美國人，張彤禾對那些以欺騙和謊言謀取更好崗位的打工女孩（包括春明和敏），是保留了否定態度的。而對於那些膽大妄為、弄虛作假的老闆，欺騙女孩搞婚外情的男人們，更是鄙視反感。這些亂象在東莞司空見慣，張彤禾在如實記述筆下人物的故事時，總是不能迴避她對道德危機的擔憂。春明一直有追求真愛的理想，也想找個合適的人結婚，「但既然還沒找到，那麼跟不愛的人在一起也沒什麼。還是可以享受在一起的過程。累的時候，需要安全感的時候，可以把頭靠在他的肩膀上。」[65]她對張彤禾這樣解釋她和一些已婚男人的約會。

　　二〇〇五年的冬天，春明又開始幹起直銷。她在東莞市區租了套寬敞的公寓，家中的玻璃櫃裡擺滿了營養產品，她每天吃四種公司的產品。她的新「《聖經》」是《直銷致富》。春明向張彤禾宣告：「到2008年，我將拿到每月最少十萬到二十萬的收入。到那時，我會有自己的汽車，時間也可以自由支配。我可以想去哪就去哪，想什麼時候去就什麼時候去。」[66]然而，春明又一次掉入了直銷的陷阱。她不得

65　〔美〕張彤禾：《打工女孩：從鄉村到城市的變動中國》，張坤、吳怡瑤譯，上海譯文出版社2013年版，第278頁。

66　同上書，第314頁。

不在一家私人開的工廠找了份銷售員的工作，賣的是製鞋和皮包用的膠水。不久，她又沉迷於美國的健康大師哈維・戴蒙德的《健康生活》系列書籍，按照書中的健康指導，開始重塑自己的生活。

張彤禾結識的這些打工女孩，「她們都有悲劇性的缺點：那種幫助她們在世上闖出一番事業的無畏精神恰恰可能會變成她們跌倒的原因。」但是她們坦然獨自面對生活，靠自己打拼的精神都令人肅然起敬。張彤禾對自己長達三年的調查、採訪、寫作做了精闢總結。她說：「我不能說敏和春明是中國廣大農民工的典型代表。她們只是我碰巧寫到、關注，並且最為瞭解的兩個年輕女性。但她們的生活和奮鬥象徵著她們祖國的今天。最終，跨越了時間和社會階層，這就是中國的故事：離開家，吃苦受累，創造新生活。」[67]

第四節　大都市建設中的民生民情

北京、上海——作為中國政治、經濟、文化中心和現代化、國際化的都市，是展現大國崛起形象的重要視窗。改革開放國策加速著城市建設的擴張和發展，全球化浪潮推動了城市經濟、文化與世界的接軌。在不可逆轉的大趨勢下，和諧建構，科學發展，既是國家決策者高瞻遠矚的歷史擔當，也是庶民百姓發自心底的訴求。對於希望尋找、體驗古老東方魅力，而又希望描繪當代中國嶄新風貌的西方作家而言，他們懷著特殊的矛盾的情懷在尋找、體驗，也秉持理性與感性混合的立場記述一切，於是他們在紀實敘事中留下了對中國都市「別一番滋味」的印象和記憶。

---

67 〔美〕張彤禾：《打工女孩：從鄉村到城市的變動中國》，張坤、吳怡瑤譯，上海譯文出版社2013年版，第324、323頁。

一　北京大柵欄：接地氣的胡同生活

　　麥爾一九九七年結束「和平隊」志願者的工作後來到北京，他說自己對北京的感覺是「一見鍾情」。這座城市「處在一望無際的平原上，頭頂的天空總是清澈而高遠」。「市中心並不是一條條空蕩蕩沒有人情味的寬闊林蔭大道和千篇一律的公寓與寫字樓，而是一片片相連的中央湖區，周圍修著各式各樣看上去十分親切的建築，以及將它們聯繫起來的胡同。」但是在這一年，麥爾也看到這個城市的改造與翻新已經在如火如荼地進行了。「一條條胡同逐漸被大型購物超市、高層公寓樓和寬闊的道路所取代，那些代表城市歷史，留在老北京們心目中的地標正在逐漸地消失。」[68]於是在二〇〇三年，麥爾萌生了搬進胡同居住的想法，他想切身感受一下「老北京」的民生民情，更為重要的是，在看到北京那些老民居的外牆上越來越多地被刷上「拆」字後，他想去研究胡同的歷史及其存在的意義，從而對胡同應該保存還是消亡做出自己的判斷。二〇〇五年八月八日，他搬進大柵欄楊梅竹斜街。

　　八個世紀前就已經存在的大柵欄，是北京古老而著名的地標，現在是這個城市最為脆弱的老社區。「上溯到15世紀，這個地方的胡同兩頭都有柳條編織的大門，到晚上就緊緊關閉，以防小偷進入這個富庶的城市中心商業區打家劫舍。『大柵欄』因此而得名。」在清代末期民國初期，大柵欄街區是北京的商業中心和娛樂中心，聚集了手工業者、古董商、藝人。街區裡建有戲園、銀行、會所、書局，各條胡同裡有絲綢布店、書畫裝裱店、藥店、鐵匠鋪、繡坊等。如今，大柵

68　〔美〕邁克爾・麥爾：《再會，老北京》，何雨珈譯，上海譯文出版社2013年版，第13、14頁.

欄依然人氣旺盛，在國外也赫赫有名。「作為北京城的市中心，大柵欄這裡是遊客的必經之路，也是開發商眼中的風水寶地。街區的北邊就是人民大會堂和天安門廣場，東邊就是北京城命脈般的中軸線，連接著前門的城樓與宏偉的天壇。」然而，「整個大柵欄地區有一百一十四條胡同，……多數的四合院都有著低矮的平房」，這樣的舊城區會影響整個首都在二〇〇八年奧運會前聲勢浩大的美化工程。二〇〇一年為贏得奧運會舉辦權，中國喊出的申奧口號是「新北京，新奧運」。[69]「新北京」的現代化、國際化形象正以目不暇接的變化展現出來。麥爾見證：「這座城裡的第一家星巴克於1998年開張。九年後，城區大概有六十家咖啡館，將近兩百家麥當勞和規模不相上下的肯德基；數十家必勝客，還有一家貓頭鷹餐廳。每天城市的道路都在拓寬，上面行駛的私家車也以一天約一千輛的速度增長。……曾經荒涼的郊區，一座座鱗次櫛比的高樓拔地而起，而高爾夫球場（十一座）和滑雪度假村（十二家）也如雨後春筍般冒了出來。」[70]

　　為了更好地融入胡同生活，麥爾以志願者的身份在附近的炭兒胡同小學做起外教，「梅老師」的親切稱呼又開始縈繞耳邊。他教的學生都住在附近的胡同裡，家長有本土的，也有外來務工的。麥爾在大柵欄充分感受到了「接地氣」的生活和友情，住在對門的大娘會一大早給他端來一碗熱騰騰的餃子，對他下著命令：「多吃點兒，小梅！」走在胡同裡，不相識的人會招呼他「梅老師」，孩子們會跑到他的面前炫耀手裡的風箏，店鋪的小老闆囑咐他「脖子上圍個圍脖啊，別感冒嘍！」春節時，麥爾在偶然認識的老張家吃年夜飯，也是陪這家人在鮮魚口胡同過最後一個春節。老張的房子要拆遷，他一家

---

69 〔美〕邁克爾・麥爾：《再會，老北京》，何雨珈譯，上海譯文出版社2013年版，第5、6頁。

70 同上書，第14-15頁。

還在抗拒搬走。麥爾的房東很客氣，借給麥爾好些歷史書，還揣測他的興趣，剪報給他看。[71]麥爾細緻地描述了胡同裡的生活場景：

> 楊梅竹斜街上的人們會在麻將館搓上幾圈，或者三五兄弟聚在一起小酌；他們也會提著鳥籠出來走走，坐下來下一盤象棋；或者澆澆盆裡的花，給那一小塊田裡的豆莖和土豆苗施肥，擦窗戶，給牆上新漆，掃掃他們窄窄的門廊……廢品都不會直接丟在街上，而是賣給「廢品王」。很多還在學英語，好跟國際友人打招呼。

在胡同裡生活了一段時間後，麥爾對這一「和諧社會」縮影深有感觸。儘管一些人將老胡同稱為北京的「貧民窟」，然而在麥爾看來，這裡毫無貧民窟常見的絕望之氣。他說：「我的耳畔常常回蕩著哈哈大笑與熱烈的談話，偶爾也有哭泣與爭吵，就和其他所有地方一樣。人們彼此之間禮貌相待，每當我來到胡同之外，就會深深想念這種人情味。……街裡街坊之間，沒有劍拔弩張的『交戰』，而是倡導彼此原諒和寬容。」[72]他親眼所見、親身感受的這一切，才是北京人的老傳統，是「禮儀之邦」的體現。

當然，麥爾也體驗了另一種「接地氣」——雜亂、擁擠的環境，長年失修的房子冬冷夏熱，沒有衛生間給生活造成諸多不便。他體會到了這一切，也就逐漸理解了老城區居民在北京大規模的拆遷改造趨勢下產生的「盼拆，怕拆」的複雜心理。

雖然受到拆遷的困擾，但北京的生活總體上是美好的。品嚐四季

---

71 〔美〕邁克爾·麥爾：《再會，老北京》，何雨珈譯，上海譯文出版社2013年版，第1、44、84、88頁。
72 同上書，第189頁。

不同的小吃，吃熱騰騰的涮鍋，喝燕京啤酒，去前海、護城河上滑
冰、打冰球，看孩子們打沙包、踢鍵子。「每天清晨，公園裡到處都
是鍛鍊的老人。粗糙凸起的老柏樹前，大媽們摩挲著背部。大爺們則
蹓著步子，雙臂在胸前劇烈地交叉伸展，呼吸吐納，引頸高喊……」
不管世界怎麼變，熱鬧的除夕之夜是不變的：

> 整座北京城爆竹聲響徹天際，……我的學生們站在各自的爸爸
> 身後，充滿期待地看他們用香煙點燃各色煙花爆竹的引
> 線。……閃亮的火花雨點般從天而降。「羅馬焰火筒」向天空
> 發射，「旋風雷」的響聲把四合院的外牆都震得搖搖欲墜。一
> 個「蝴蝶王」旋轉而過，在我耳畔留下「嗡嗡」的餘響。一發
> 「牛魔王」帶著炫目的火光從我自行車的剎車上彈開。學生們
> 大聲叫喊著，好像永遠放不夠。[73]

二〇〇一年，政府重新組織恢復了「廟會」傳統，被列入「非物質文
化遺產」的名單，廟會上有傳統的舞龍舞獅、踩高蹺、變戲法、雜
技，等等。還有各種美食、小商品吸引著人們。這些也都成為「新北
京，新奧運」的閃光點。

麥爾從新聞報道中瞭解到，二〇〇〇年到二〇〇三年間，首都投
入三十億元鉅資，用於廣受旅遊者歡迎的古蹟維護。古蹟修復或重建
已經看到成效——

> 鐘樓和鼓樓都進行了修復，中軸線最南端的塔樓也縮減規模進
> 行了重建。工人們將舊城已經被填平為街道的菖蒲河重新開

---

73 〔美〕邁克爾·麥爾：《再會，老北京》，何雨珈譯，上海譯文出版社2013年版，第
76、83-84頁

挖，……沿河修建起了菖蒲河公園。舊城後海邊的古老商業胡同煙袋斜街上，簡陋衰朽的刺眼危房被拆除了。西鼓樓大街進行了修繕，但並未進行拓寬，這也使得大街上歷史悠久的洋槐樹可以繼續灑下濃蔭。[74]

　　麥爾雖然贊成北京在文物保護方面的舉措和投資，但他希望決策者能夠權衡「物」與「人」的輕與重，什麼最值得保護？這是構建和諧社會、以人為本之國策的重要問題。

　　麥爾通過文獻收集和研究，梳理了北京城的歷史變遷。他探究燕都的起源，考證皇城的興衰，尋覓民國往事，審視新中國以來的工業浪潮……為了從其他國家的城市改造中獲得經驗和教訓，麥爾親自去越南河內、法國巴黎和老撾的瑯勃拉邦，收集詳實的資料。他願意帶著自己的想法和困惑去和不同身份的人們交流，採訪了著名作家、文化遺產保護者馮驥才，著名建築師張永和，民間古城保護人士華新民，民間文化遺產記錄者張金起，梁思成的兒子梁從誡，美國設計師杜克，SOHO 中國有限公司首席執行官張欣，等等。他更是和朱老師、老寡婦、韓先生夫婦、廢品王、老張、劉老兵全家、小劉同學及其父親等眾多生活在胡同裡的老百姓成為至交朋友，如實記錄了他們的故事和感受。朱老師在胡同裡土生土長，看著香椿樹就回憶起小時候爬樹採摘樹葉的趣事，奶奶做的香椿雞蛋餅真是美味無比，但是她覺得老房子拆了好像也沒那麼值得悲傷，為了她的孩子她希望住進條件更好的公寓；被丈夫拋棄的老寡婦在胡同的陋室獨自帶大一雙兒女，經歷過人生風雨和苦難，感恩共產黨和新中國帶給她的安定，她

74　〔美〕邁克爾・麥爾：《再會，老北京》，何雨珈譯，上海譯文出版社2013年版，第130頁。

曾口口聲聲說堅決不搬離「接地氣兒」的胡同，但是害怕不確定的因素，還是在拆遷之前匆匆把自己的老房子賣了；老張一家抗拒搬遷最終以妥協告終，只是多拿到一些賠償金；劉老兵家的刀削麵館、韓先生的修手機小店、廢品王的活計也都因為拆遷或將要到來的拆遷而備受困擾，讓他們整日惶惶然卻又無可奈何；酷愛鴿子的小劉父親只有在胡同裡才可能保留這一愛好，麥爾最後一次光臨小劉家的屋頂，和她一起目送鴿群盤旋在一片貝殼型的屋頂上。麥爾深情地寫道：

> 我並非慣於懷舊之人，但只要我一離開胡同，就會想念北京，這樣的感覺越來越強烈。我並非想念那些搖搖欲墜的建築，而是想念貫穿於胡同之中，鮮活而又瀕臨消亡的生活方式。我想念那些「當時只道是尋常」，還沒來得及好好欣賞的事物，比如在「無形巨手」漲房租之前，可以閒逛散步的商業小街；比如淩晨五點，老奶奶們在外面閒聊的家長里短；比如身穿絲綢睡衣去市場買菜的男人；比如圍坐在熱氣騰騰的涮鍋周圍飽餐一頓，……每時每刻，我都在想念著北京。[75]

譯者何雨珈說：「翻譯這本書時，我帶著一個新聞人的質疑精神，曾在網絡上找到書中寫到的某些人的聯繫方式，有的是著名人物，有的則是大柵欄地區客棧店主這樣的小老百姓。電話打過去，大家都記得一個叫『梅英東』的老外，曾經跟他們說過什麼話，聊過什麼天，與書中寫的如出一轍。」[76]所以，毋庸置疑，麥爾的作品堪稱「非虛構」寫作的典型樣本。

---

75 〔美〕邁克爾·麥爾：《再會，老北京》，何雨珈譯，上海譯文出版社2013年版，第350-351頁。

76 何雨珈：《譯後記 一封寫給老北京的憂傷情書》，《再會，老北京》第390-391頁。

二　上海長樂路：夢想與情懷

　　長樂路大約三點二公里長，位於上海市中心地標人民廣場的西南方。史明智對長樂路的紀實寫作是從街道兩旁的梧桐樹和 CK 的三明治店開始的。「中國極少有這般綠樹成蔭的街道。……十九世紀中葉，當歐美國家瓜分這座城市、劃界而治時，法國人在他們的租界裡種下了這些梧桐。將近一個世紀後，法國人走了，樹留下了。」這條路見證了一個半世紀的歷史風雲和人世滄桑，而過往的一切又在歷史的洪流中被無情地裹挾而去，「唯有樹木恆立」。如今，無論是行色匆匆的本埠人，還是舉著相機狂拍的外地遊客，都感受到了「這裡的生活鬧騰，混雜，原汁原味」。史明智二〇一〇年和妻兒從美國來上海後就住在長樂路，他喜愛長樂路帶給他的這種感受，「在長樂路上閒逛之所以讓人如此心曠神怡，還要多虧像 CK 這樣的人，正是他們心中懷揣的理想和情懷，支撐起這條狹窄馬路兩邊琳琅滿目的各色小店和咖啡館。這些目光炯炯的外來者將各種夢想層層疊疊壘在一起，希望有機會在大城市裡將它們實現。」[77]史明智曾對採訪他的記者說：「人們總是心懷大夢，無論那是散落在全中國各地的個人夢想，還是宏大的中國夢、政治理念或是激勵所有人為祖國奮鬥的宣傳，我覺得這是一個獨一無二的時代，我希望能夠捕捉到這個時代的細微感受。」[78]

　　「城市，讓生活更美好」——這是二〇一〇年上海舉辦世博會的主題標語。史明智也曾作為「和平隊」志願者在中國四川自貢的鄉下教書，當他再次來到中國，看到翻天覆地的巨變，尤其是上海這座中國最繁華的大都市，展示出無窮魅力。「在上海，造型優美的現代化

77　〔美〕史明智：《長樂路》，王笑月譯，上海譯文出版社2018年版，第2、3-4頁。

78　參見林子人：《駐華記者羅勃·施密茨：在上海長樂路看懂中國》，界面新聞，2016年4月18日。https://www.jiemian.com/article/614254.html

摩天大樓和綠意盎然、枝繁葉茂的19世紀歐式街區相映成趣，城市發展已然登峰造極。政府花費450億美元重新打造這座城市，五年內修建七條地鐵線，建成了世界上最長的地鐵網絡。城市每天迎來送往，子彈頭列車在上海和其他城市間以每小時三百多公里的時速飛馳。如果說這個世紀是屬於中國的，那麼上海無疑獨領風騷。」[79]

在上海的常住居民中，已經有近一半是外地來上海的移民，這裡面當然有引進的人才，有高校畢業生，也有任何城市都有的農民工。史明智感覺二十世紀和二十一世紀之交的上海和十九世紀和二十世紀之交的紐約在許多方面相似，比如經濟高速發展，富裕階層紛紛崛起，現代化發展過程中對老街區的拆遷，還有就是外地湧入大量的移民，他們追求理想和夢想、追尋改變命運的機會。

CK 就是陳凱，一九八一年出生在湖南衡陽，小時候在父親的嚴格管教下學習手風琴，後來為了逃避家庭，他去廣州的一所學校學習音樂。從學校畢業後，他被中國最大的手風琴製造商珠江鋼琴集團錄用。但是不久後，他跳出這家工資待遇與福利都不錯的體制內單位，來到上海。意大利手風琴製造商博羅威尼在上海開了家小工廠，公司正在招聘一名助理，CK 應聘進入博羅威尼。在那裡不到一年的時間，CK 就掌握了每一個生產步驟，他成了這個領域的萬事通。他告訴史明智：「我是經理、翻譯、供應鏈專員、客戶服務專員。我製作模型、監控音質，到最後，我甚至可以從畫草圖開始，一個人完成一臺手風琴的製作。」[80]在四年內，CK 的月收入從四百美金漲到四千美金，國際化的大都市上海給了 CK 歸屬感。一次 CK 去美國旅遊，他在芝加哥的一家三明治店用餐後萌生了一個念頭，想自己也開上一家這樣的店。他把自己賣手風琴所得的多年盈利都拿出來，和一個朋友

79　〔美〕史明智：《長樂路》，王笑月譯，上海譯文出版社2018年版，第23頁。
80　同上書，第18頁。

一起，合夥在長樂路開了「二樓──你的三明治」這家店。「他們希望能夠創造一個空間，吸引像他們一樣的年輕音樂家和藝術家。」不知什麼原因，CK 的三明治店從開業以來還沒有扭虧為盈。CK 對此並不在意，「他每年光靠賣手風琴就能賺大約50000美元，這筆收入給了他嘗試其他可能的自由，比如開一家不賺錢的二樓三明治店，或是像現在這樣坐在窗前思考人生的意義。」[81]

對於 CK 這樣的文藝青年，史明智知道他們必須拼命工作，才能賺到足夠的錢來養活他們的興趣愛好。他認為：「CK 這代人成長在歷經漫長經濟冬眠期後漸漸崛起的中國，他們是中國近五十年來有機會在工作之餘研究存在主義、觀看獨立電影、參觀藝術畫廊的第一代人。文青把這些新的觀念融入他們的生活方式中，調整他們的價值體系，站在新鮮的、通常也是全球化的視角為自己的人生做出種種決定。」[82]

然而，壓力和疲勞讓 CK 不斷尋求能夠平息焦慮的東西。他研究佛教，並在城外一間小寺廟裡拜了一位師父，每個月都和幾個朋友一起去那兒。對於 CK 的宗教傾向，史明智理解為精神探索──追問生命的意義。史明智同 CK 一起去廟裡參加了一次活動，主持對信徒的「答疑解惑」在史明智聽來幾乎都是謊言。但是在敬拜儀式上，他看到 CK 的表情虔誠、肅穆，「CK 小心翼翼地繞開師父花言巧語、不甚可靠的一面，如同出淤泥而不染的蓮花，將禮佛視為追尋生命之光的最佳機會。」史明智懷著讚賞卻不乏憂慮的感情評價說：「窮其一生，CK 都渴望找到一個真正的歸屬地。」、「他是真的想要成為更好的人」。[83]但是，進入佛門，真的是心安之歸處嗎？

81 〔美〕史明智：《長樂路》，王笑月譯，上海譯文出版社2018年版，第3、135-136頁。

82 同上書，第145頁。

83 同上書，第261、262頁。

　　史明智認為，中文詞語「熱鬧」是專門用來形容喧鬧而不失溫馨的生活場景的，字面解釋就是「熱烈而喧鬧」，「對於中國的都市居民而言，生活就是場對熱與鬧永無止境的追尋。」[84]在長樂路一〇九號開著一間小小鮮花店的趙士玲，就是能夠讓她的周圍充滿熱鬧的女人。她愛笑，說話大聲，會開別人玩笑，更愛自嘲。所有人見她不到一分鐘就瞭解了她有兩個已經成年的兒子大陽和小陽。

　　一九九五年，在棗莊，二十九歲的趙女士向她的礦工丈夫宣稱，她要抓住機會去打工掙錢。然後她就拋家離子登上去上海的火車。在老鄉的幫助下，她進入位於上海郊區的貝尚電子廠，成為裝配線上的工人，但是只幹了兩年就因為年齡大被老闆解雇了。趙女士經工友介紹開始在一位老人經營的花店打工，這位老人教給她打理鮮花的知識，也影響了她的人生態度。他告誡她永遠不能依賴男人，要自己掌握一些技能在經濟上獨立。趙女士十幾歲時得了白血病差點送命，雖然身體康復了，但是在農村沒人敢娶她。只有一個來自山村的又矮又醜又窮的男人願意和她結婚，婚後兩人感情不好，男人在煤礦幹完活回到家常和她吵架，還打她。

　　趙女士開花店後，她的大兒子來到上海讀書，他功課優秀，是體育特長生。二〇〇二年他從上海比樂中學畢業被一所最著名的高中錄取，但是因為戶口不在上海，就不能在上海參加高考，所以只能回到棗莊礦區讀高中。在上海學習拔尖的大陽卻成為礦務局高中的差生，因為教材難度遠比上海高，大陽跟不上就逐漸喪失了學習動力，最後他選擇退學重回上海，成了和母親一樣的打工者。趙女士的小兒子留在家鄉性格變得孤僻，她給孩子辦了休學，把他送到離家很遠的特殊教育機構。在大陽回到上海後，小陽也逃離特殊教育機構跑去上海找

84　〔美〕史明智：《長樂路》，王笑月譯，上海譯文出版社2018年版，第41頁。

母親。後來兄弟二人都找到了工作，大陽在城郊的高爾夫球場當過櫃員，後又去杭州做美髮師；小陽在一家希臘餐廳做廚師。小陽二十四歲時結了婚，二〇一一年趙女士有了孫子。

　　趙女士一想到天資聰慧的大兒子沒有上大學就痛不欲生，大陽在上海的初中同學已經紛紛從中國最好的大學畢業，大陽原本也應該擁有這樣的人生。史明智也認為大陽是可塑之才，「他很聰明，閱讀面廣，願意花時間思考中國的種種問題。我尋思，如果他當時有機會在上海完成學業，未來會是一番怎樣的前景。以他的成績和敏捷的思維能力，恐怕最終能順利地從名校畢業。而如今，他只能在服務行業輾轉尋找機會，做一個理髮師哲學家。」[85]不過，大陽與那些懶散的美髮師不同，他利用空閒時間閱讀索羅斯和巴菲特的書，他研究股市行情有自己獨到的視角。靠著自學的知識，大陽在上海一家幫中國投資者在紐交所交易股票的公司工作，收入全靠傭金提成。小陽夫婦則面臨回棗莊的難題，因為他們不想讓自己的孩子重蹈覆轍，和大陽一樣在求學路上半途而廢，只有回到老家，孩子才能連貫讀完小學中學，參加高考。但是如果小陽夫婦僅僅把孩子送回去，這個孩子又像他爸爸當年一樣成了留守兒童。

　　趙女士的身上集合著新與舊，她敢於離開丈夫追求改變命運的機會，也收獲了財富，在老家買了兩套房；她懷揣夢想，比一般農村婦女看得遠。但她又逃脫不了為兒子、為孫子辛苦打拼、操心的宿命。她自己都在感嘆：「在這個小屋子裡我待了十五年。我從來沒旅行過，甚至沒有出門下過館子。有時候我都懷疑，究竟能不能等到為自己而活的那天。」[86]性格爽朗的趙女士雖然這麼抱怨，但是她依然每天快活地忙碌著，她富有感染力的笑聲在鮮花盛開的地方迴蕩。

85　〔美〕史明智：《長樂路》，王笑月譯，上海譯文出版社2018年版，第132頁。
86　同上書，第60頁。

　　馮叔和傅姨住在長樂路一六九號，他們曾經在新疆生產建設兵團度過了漫長的艱苦歲月，把青春貢獻給了邊疆。回到上海後馮叔曾在老錦江飯店的廚房工作，現在他每天賣蔥油餅。傅姨信仰基督教，殷勤地去一個非官方認可的教會參加活動，她還沉迷於賺快錢，將一輩子的積蓄和一些借來的錢都投入到一些亂七八糟的公司，深陷龐氏騙局。她和老伴成天互相指責、彼此鄙視。馮叔給安徽來上海的一個女人買了一套房，傅姨打官司把丈夫告上法庭。他們自己很想不通，勞累一生，怎麼會落到這個地步？旁觀者則清楚，「表面上，這對夫妻過著簡樸的生活（一套小公寓，微薄的退休金，週末子孫的探望），但底下，卻充斥著欺騙、心碎和貪婪。」[87]或許最好的選擇是各奔東西，傅姨打算回到日思夜想的新疆去養老。

　　史明智在《長樂路》這部紀實作品中，記錄了長達五年的時間裡他和周邊居民、店主、拆遷戶之間的交往與友情。他充分感受著長樂路上的煙火氣，分享了諸多人物和家庭的「生活」、「夢想」、「奮鬥」、「熱鬧」、「喜慶」、「回憶」、「堅強」、「毅力」、「爭吵」、「遺憾」……當然還有他們熱情奉上的咖啡、蔥油餅、水果。他成了他們中的一個，牽掛著他們的當下和未來。為了上個世紀五、六〇年代遺留下來的一鞋盒信劄，他苦苦尋找書信主人的後代，終於在大洋彼岸和他們的兒子王雪松見了面，填補了信中缺失的關於這一家人的命運結局。這些內容使得「長樂路」向歷史深處延伸，也向世界空間拓展。縱橫之比、今昔慨嘆，令人掩卷後心緒難平。麥琪裡拆遷戶的抗爭與糟心事，使「城市讓生活更美好」這一標語蒙上了一層陰霾，給「共築中國夢」的願景提出了不能迴避的現實問題。

　　作者和其他西方人士一樣，認為「中國是一個比我們意識到的更

---

87 〔美〕史明智：《長樂路》，王笑月譯，上海譯文出版社2018年版，第280頁。

多樣化的國度」。他客觀地指出：「我認為21世紀對幾乎所有中國人來說，都是一個顯著的進步時代，但經濟發展過於迅疾，對個人造成了不可避免的連帶性損害。」[88]不過，他對未來則充滿信心，「短短二十年，中國正在逐步轉變成一個現代、發達的國家。那麼，再過二十年，這個國家會變成什麼樣？」[89]史明智同樣在熱切追尋「中國夢」。

88　參見《對話史明智　一條街道裡的中國表情》，新京報2018年3月10日，https://www.sohu.com/a/225245217_114988

89　〔美〕史明智：《長樂路》，王笑月譯，上海譯文出版社2018年版，第287頁。

第十章
錦繡江山，魅力中國

　　西方作家在中國旅遊，追求的是山川景物、歷史文化、地域土俗、民族風情以及社會狀態相交融的體驗。優秀的文化行旅之作，亦是這樣的深度體驗的形象再現。它們是西方視野下中國形象的有機構成，既蘊含了深厚的歷史意蘊，又傳遞出鮮明的時代氣息。中國在改革開放後為這些文化行旅者打開了探訪大門——可謂江山萬里，行者無疆。他們以優美的紀行書寫，向世界展現了魅力中國。西方作家對時代演變下中國的風物文化、宗教文化、民間文化等確立了「陌生化」的文化對比觀察視角，也為中國讀者開拓了新的審美空間，形成中西文化在現代性層面進行交流的對話空間。

第一節　探尋中華文明之淵源

　　比爾・波特是一位走出書齋的漢學家，他研究中國文化的目的不是讓自己著作等身，名利雙收，而是聽從靈魂的呼喚去探訪、親近中國文化的命脈，並將自己的修行之「道」向世界傳播開去。他的《空谷幽蘭》、《黃河之旅》、《絲綢之路》、《禪的行囊》、《江南之旅》、《彩雲之南》等系列行旅文學，確如所願，已在海內外產生了極大的反響。

一　黃河孕育了中華文明

　　一九九一年春，波特決定沿著黃河進行實地考察，準備從黃河入

海口溯流而上，一直走到它的源頭。他說：「黃河水奔流不息，五千年的中華文明綿延不絕。」、「我要走遍整個黃河流域，更多地瞭解成就了如此偉大文明的事件、人物和景觀。」[1]

波特從上海乘船先到達青島，經煙臺、蓬萊、淄博到東營，費盡周折，他終於來到隔開黃河和渤海的最後一片灘塗，站在黃河入海口眺望了渤海。

在行旅中，波特時而追溯歷史，發思古之幽情；時而融入現實的某種情境，感受瞬間之愉悅；時而沉入神秘的禪思，超脫俗世之煩擾；時而記述遭遇的糗事，幽默地調侃自己一番。登泰山途中，在「孔子登臨處」，波特馬上想到「孔子故居離泰山七十多公里，他曾多次來泰山祭祀和憑弔，從泰山的靜穆蒼茫中獲取靈感」，又引用孟子在書中記載的「孔子登東山而小魯，登泰山而小天下」場景，[2]以此表達對孔子偉大抱負和胸懷的欽佩。參觀孔廟時，作者寫道：「奎文閣的後面，是一個特別大的院子和若干更宏偉的石碑。過了這個石碑大院，就到杏壇了。當年如果天氣好，孔子就會在杏壇講學。杏壇旁邊，一株杏樹正在享受兩千多年後的又一個春天，它應該是孔子時代那株杏樹的後裔吧。」[3]他騎了兩小時自行車從曲阜去石門山探尋歷史遺跡——「一千多年前的某個夜晚，詩人李白和杜甫曾一同下榻於此」，波特在一座亭子裡想像著兩位偉大詩人見面的情景——

> 西元745年的一個夏天，兩位詩人來到這裡。「李杜文章在，光焰萬丈長」，他們的光芒超越了所處的時代，是中國三千年詩史上最耀眼的雙子星座。我可以想像，他們長久地坐在那裡，

1　〔美〕比爾·波特：《黃河之旅·緣起》，曾少立譯，四川文藝出版社2018年第三版。
2　〔美〕比爾·波特：《黃河之旅》，第58頁。
3　同上書，第70頁。

> 指點江山，談興正濃，從紅日西沉到明月中天。當然，酒是要管夠的，最後都醉了……[4]

豐富的想像和生動的描述使讀者穿越了歷史，身臨其境，心中油然升起時空慨嘆。

抵達開封後，波特親眼看到了毛澤東稱之為「懸河」的黃河景觀——河床高出了開封城街道二十五米。「遠遠望去，它真的就像一條在田野間蜿蜒的高架水渠。」[5]在鄭州的「黃河博物館」，副館長幫波特修正了接下來黃河之旅的行程，還介紹給他幾個值得一看的地方，其中包括一個奉祀黃河水神的神廟——嘉應觀。這座神廟氣勢宏偉，與黃河南岸的邙山遙相呼應。波特特意去了黃河南岸的「花園口」，一九三八年蔣介石炸毀這裡的黃河堤壩，給百姓帶來了深重的災難。站在花園口重修的堤壩上，作者對中國苦難的歷史發出沉重嘆息。

洛陽之行，必去龍門石窟，波特瞻仰了中國最宏偉的石雕佛像盧舍那大佛，觀賞了峭壁上的佛像後，他穿過橋來到河對岸的公園，在白居易的墓前憑弔，神思著他「在天願作比翼鳥，在地願為連理枝」的情懷。

三門峽大壩曾是新中國水利建設的一座里程碑，建設這項水利工程是為了治理黃河水災，充分利用水資源，造福於黃河子孫。但是，由於設計問題，大壩落成使用後出現了不良後果，黃河河流生態環境、文化發祥地的珍貴文化古蹟等遭到不同程度的破壞。以文化考察為己任的波特沒有對此工程的是非功過多做評判，而是追溯歷史，還

4　〔美〕比爾·波特：《黃河之旅》，曾少立譯，四川文藝出版社2018年第三版，第78頁。

5　同上書，第82頁。

原大壩建造之前三門峽的地理狀態——

> 歷史上，三門是指峽谷中高高凸起的三塊巨石所形成的狹窄通
> 道，它們被稱為人門、神門和鬼門。唯一可以通船的，是靠近
> 北岸的「人門」。……但如今三道門都已被炸得粉碎。炸掉它
> 們，是為了修建黃河歷史上的第一座大壩。

站在大壩上，波特的思緒又穿越到久遠的歷史空間，他繼續寫道：

> 中國大多數歷史時代的首都都在西安一帶，而糧食必須從中原
> 運過去，來支撐龐大的朝廷和戍邊的軍隊，運輸量的巨大可想
> 而知，想走陸路越過黃河兩岸的山脈幾無可能，只能走黃河這
> 條水路。所以中國人別無選擇，必須想辦法通過三門峽。……
> 就在大壩下的懸崖上，木板棧道的痕跡至今清晰可見。一孔孔
> 的洞眼，一根根的木樁，猶如一個個的象形文字，詮釋著中華
> 帝國曾經的輝煌，也詮釋著是誰的力量撐起了這片輝煌。[6]

黃河孕育的中華文明史是輝煌的，中國勞動人民是勇敢頑強而又
充滿智慧的。然而，黃河生態曾遭受無數次的破壞，中華民族的母親
河反而成為「憂患」之河。科學治理、科學發展才是保護黃河生態的
正確舉措。

告別三門峽，波特去了函谷關——橫貫於一山一河之間的狹長隘
道，它南起終南山，北止黃河，全長十五公里，溝壁至少五十米高。
在中國的上古時代，函谷關是洛陽和長安兩都之間的必經之路。波特

6　〔美〕比爾·波特：《黃河之旅》，曾少立譯，四川文藝出版社2018年第三版，第
　　129、131頁。

講述了兩千多年前的歷史：函谷關迎來了中國歷史上聲譽僅次於孔子的偉大思想家、道家學派的創始人老子。老子在這裡揮毫寫下了千古奇書《道德經》。波特一邊追懷古賢，一邊走進黑森森的函谷關體驗「險隘」。隨後，他乘車前往小縣城閿鄉，在大禹渡再乘渡船從黃河南岸到了北岸，他在山西芮城觀賞了永樂宮的精美的壁畫之後，跨越黃河大橋，進入陝西境內。

到達韓城司馬遷祠，波特瞻仰了這位偉大史學家的石砌陵塚。他動情地寫道：「在陵塚的圓形寶頂上，一株從磚石中長出的古老柏樹，依舊蟠枝虯幹，繁茂老勁。在千餘載的歷史風煙中，它是陪伴長眠於此的史學家的唯一夥伴。陵塚東面一公里便是黃河，從平臺縱目遠眺，風光盡收眼底。司馬遷的記載之所以一直被奉為信史，原因之一是他曾雲遊全國各地，對所收集的資料進行過實地驗證。」[7]

去延安的途中，波特在壺口瀑布附近下車。「離它差不多還有四公里，就能聽到它巨大的轟鳴。黃河兩岸那些荒涼的山峰，猶如中國古代那些垂裳而坐的帝王。他們無聲地凝視著瀑布的沖天霧雨，傾聽著瀑布的地動山搖，一年又一年，一代又一代，無始亦無終。我暫時加入了這一凝視者和傾聽者的行列，在一個多小時裡流連忘返。」[8]在波特筆下，浪漫的遐想和驚心動魄的現實場景交融在一起，時與空、動與靜、古人與今人既形成反差又相聯於一體，意境開闊而悠遠。

抵達延安後，波特抱病參觀了延安革命紀念館，在楊家嶺和王家坪共產黨領袖住過的窯洞裡，他發現他們不同的個人習慣和愛好。毛澤東的窯洞裡都是書架，正是在這些窯洞裡，毛澤東寫了很多文章，延安成為「毛澤東思想的搖籃」。朱德的屋外有一個石頭製作的棋

7　〔美〕比爾·波特：《黃河之旅》，曾少立譯，四川文藝出版社2018年第三版，第149-150頁。

8　同上書，第164頁。

盤，可見這位紅軍總司令熱愛下棋。任弼時的窯洞裡放著一架織布機，它詮釋了延安當年「自己動手，豐衣足食」的大生產運動。[9]

在榆林市北幾公里處的沙漠裡，波特看到蒙恬長城的遺址。那段長城保存完好，還有一座叫「鎮北台」的巨大要塞，登上「鎮北台」，縱目遠眺，看到大大小小的沙丘無邊無際。但在遠處一片沙丘的後面，波特看見一塊綠色的田野。陪他參觀的王先生告訴他這是中國最成功的沙地複墾項目之一。波特欽佩地說：「這真是一項了不起的成就。如果親眼看見浩渺的沙丘旁邊有一塊綠色的田野，你是永遠不會忘懷的。」波特去了榆林沙地植物園，那裡試種著一百七十多種植物，他還瞭解到人們如何一步步先在沙地裡種地被植物，然後種灌木，最後種喬木。

> 最大的亮點出現了——在我走過植物園的時候，一隻花脖子野雞呼啦啦地飛出灌木叢，消失在喬木林子中。它一下子把整個心靈、整個世界同時點亮了。
>
> 看到沙地複墾項目正在大面積地進行中，心情為之一爽，⋯⋯到了一個名叫「紅石峽」的地方。這裡的風光比沙丘邊的綠地又勝一籌。峽谷兩邊的崖壁全是紅石頭，而崖壁之間是一條清澈的河。不過給我印象更深的，還是峽谷沿途的廟宇、窟龕和石刻。⋯⋯真是美極了，什麼是沙漠中的綠洲？這就是！[10]

沿著黃河上游波特向寧夏出發。寧夏是中國整個西北最高產的農業區之一，高產的原因不僅僅是因為有黃河，還因為有一套灌溉系

9　〔美〕比爾・波特：《黃河之旅》，曾少立譯，四川文藝出版社2018年第三版，第172、173頁。

10　同上書，第180、182頁。

統，這套系統的建造最早可以追溯到兩千年前。「一條最初在唐朝開挖的灌渠，現在仍然穿過銀川市西部。我蹬車去了那裡，毫無意外地看到灌渠充滿了水。」[11]為了親眼看看灌溉寧夏的水源，波特去了黃河渡口，再乘船過河，在橫城堡眺望黃河對岸，賀蘭山聳立在遠方。賀蘭山是中國最不尋常的大山之一，「它從平坦的沙漠中拔地而起，形成一道高聳的南北向的岩石屏障，綿延一百多公里，保護著黃河沿岸地區免受山那邊的騰格裡沙漠的風沙侵襲。」在出租車司機的帶領下，波特來到賀蘭山腳下，進入一個峽谷，司機告訴他，賀蘭山有二十多個峽谷有岩畫，這個峽谷有中國迄今發現的最古老的岩畫，有一些圖案可以追溯到五千多年前。波特一邊看岩畫，一邊聽司機介紹，司機懂得這麼多讓波特十分驚訝。野餐後，司機帶他進入了當年西夏朝廷的避暑勝地。「山坡上松樹成蔭，微風從雪山中吹來，山泉從高山上流下。在戈壁和沙丘占大部分的地區，如此絕佳之地真是太難得了。」他們登上山脊，波特寫道：「看著環繞的群峰，我頓生敬畏之心。在山脊上流連了一小時，把兩隻眼睛都看飽了。」[12]

波特很信任這位司機，繼續租他的車向黃河上游進發。他們到了吳忠市，司機帶波特去朋友家體會當地的茶道。主人端來八寶蓋碗茶，碗裡除了茶葉，還有冰糖、堅果、葡萄乾、棗和玫瑰花瓣果醬。喝過八寶茶，他們驅車到達青銅峽大壩。波特上了一條敞篷小船，經過黃河西岸的一百零八塔，這些小塔已經在這裡站了九百年，在山坡上排成一個金字塔似的等腰三角形。船進入青銅峽，之後進入黃河一百八十度大轉彎的河段。遊客在這裡紛紛下船爬到那些巨大的沙丘頂上。「這塊地方如果從高處鳥瞰，情景頗為奇特和震撼。一邊是紅的

---

11 〔美〕比爾·波特：《黃河之旅》，曾少立譯，四川文藝出版社2018年第三版，第205頁。

12 同上書，第207、211頁。

山，一邊是黃的沙，而不紅也不黃的黃河水則流淌在兩者中間。」[13]
來到「沙坡頭」，波特租了一匹駱駝去參觀沙地複墾項目。

> 正在複墾的那片沙地，看起來就像一個巨大的棋盤。沙丘完全
> 被「棋盤」覆蓋了。而「棋盤」的每一格是麥稈。這就是著名
> 的「麥草方格」，是中國治沙的殺手鐧。……只要沙不再流
> 動，作物就可以在沙上生長。同時，「棋盤」也有利於保水，
> 這是作物存活所必需的。趕駝人說這一片複墾區域，最終會種
> 上灌木，直至喬木。[14]

波特租了羊皮筏子在黃河漂流了三小時到達中衛，再從中衛乘火
車抵達蘭州，他參觀了甘肅省博物館，彩繪陶器、精美的青銅器，國
寶「馬踏飛燕」讓波特極為讚賞。在佛教石刻遺址炳靈寺石窟，波特
欣賞了數百件全中國最精美的佛像石雕和壁畫。參觀藏傳佛教聖地拉
卜楞寺時，波特又被那裡豐富的藝術遺產所震撼。但是，行車沿途看
到的荒山禿嶺也讓他鬱悶，他特意走訪了中科院蘭州沙漠研究所，向
幾位研究員瞭解本地沙漠化情況以及治理措施。

離開蘭州，波特奔赴黃河之旅的最後一個省——青海。探尋黃河
源頭的艱難旅程開始了，波特雇了一輛吉普車和一位藏語翻譯，他在
雜貨店買夠了十天的肉罐頭、硬麵包以及蠟燭等物什，然後就出發
了。他們驅車到了青海湖——「那是一片一望無際的瑰麗幻境。」在
鳥島，他們看到壯觀的鳥群，來這裡築巢的鳥類包括魚鷗、燕鷗、
鸕、斑頭雁等好多種。晚飯他們吃到了鮮美無比的湟魚。每年三月下

---

13 〔美〕比爾‧波特：《黃河之旅》，曾少立譯，四川文藝出版社2018年第三版，第
　　217頁。
14 同上書，第220頁。

旬，有成千上萬的湟魚聚集在流入青海湖的淡水河中產卵。傍晚站在小山上縱目遠眺，「在落日的餘暉下，青海湖變幻萬千，它先是一片紅色，繼而變成一片金色，最後成了一片紫色。」不想錯過任何一個值得去看的地方，他們又來到茶卡湖。「天空湛藍湛藍的，湖上卻呈現出一種十分美麗的白。而在將鹽採走後的空洞中，湖水又呈現出一種綺麗的翡翠色。」[15]飽覽了迷人的風景，他們開始向最終目標衝刺。

　　一路南行至花石峽鎮，道路沿著一條小河穿過了阿尼瑪卿山脈的一個山口，他們剛到瑪多，一場暴風雪就降臨了。次日他們冒著風雪繼續行駛在白茫茫的荒野，沿著黃河上游前行了一段路後，面前出現了一望無際的鄂陵湖，它西邊十公里還有一個扎陵湖，它們是中國境內海拔最高的湖，海拔達四千三百米。當他們行駛到星宿海，看到一大片盆地上滿滿當當地有幾百甚至上千個大小不等的湖泊。好在他們是五月下旬到達這裡，地面還凍著，據說到六月下旬，這裡就變成了一個真正的大泥淖，開車和騎馬都甭想過去，直到十月份地面重新凍合為止。穿過星宿海，他們已經進入蠻荒地區。

　　　　在我們吉普車的面前，一開始是衝出來一隻燕子，接著馬上又竄出來一隻紅狐狸，它們一一掠過，迅速鑽進了自己的巢穴。接著四隻狼出現了，在離車子不到一百米的地方惡狠狠地盯著我們。一對藏羚羊也停止了吃草，似乎在判斷我們會不會進入它們的領地。再接下來出現了更奇特的一幕，一大群野驢不知為什麼，一看到我們駛來就攔在路上，接著又跟在吉普車旁邊「護送」我們好幾分鐘，……它們大口喘氣，棕白相間的腹

---

15 〔美〕比爾・波特：《黃河之旅》，曾少立譯，四川文藝出版社2018年第三版，第251、255、257頁。

> 脅用力起伏著，幾百隻蹄子奔騰在乾草地上，將片片雪花高高
> 揚起。[16]

　　經過了瑪曲河，他們到達麻多鄉駐紮一晚。一位藏族官員聽說他們尋找黃河源頭，大笑著告訴他們成功的可能性極小，但是看到波特意志堅定，就委派他的兩個助手當嚮導，不過這兩人也沒到過黃河源頭。

　　一早波特他們上路，行駛了十多公里，翻過一道山脊，進入約古宗列盆地。「突然間，東方的暴風雪停了，黎明的陽光打在雪地裡，呈現出一種『紅妝素裹』的分外妖嬈來，或者說呈現出一種『白裡透紅』的與眾不同來。約古宗列盆地遼闊而空茫，四周環繞著白雪皚皚的小山。」他們才剛剛為美景陶醉一下，就陷入困境，吉普車陷入小溪的泥淖裡開不出來了。無奈，波特只能徒步前進了，一位嚮導陪他同行。他們跳過一叢叢枯草，繞過一個個水窪，開始了艱苦卓絕的跋涉。在海拔四千五百米的高原行走，呼吸已經十分困難，波特和嚮導機械地邁動雙腿，在意識模糊中他們竟然神奇地跨過了山脊。「看到黃河源頭了！石碑、牛頭標記，對！就是這裡。我們到了！」牛頭碑上寫著「黃河源頭」四個字。

> 此時此刻千思百感一齊湧上心頭，可是我大累太累了，沒力氣
> 笑，也沒力氣哭，只是和嚮導互拍了照片。……
> 天色向晚，又開始下雪了。在離開之前，我在用藏語寫著佛教
> 六字真言「唵嘛呢叭咪吽」的小石頭前，恭恭敬敬地鞠了三個

---

16 〔美〕比爾·波特：《黃河之旅》，曾少立譯，四川文藝出版社2018年第三版，第268頁。

躬。……我們開始往回走，速度比來時更慢了。高海拔讓我們付出了大代價，我們倆的體力都已消耗到了極限。[17]

在返回的路上，嚮導帶著波特走進一戶牧民的氈房，牧民給他們燒了酥油茶，租給他們馬，陪著他們一起趕路。在路上，他們唱起歌來。到達吉普車跟前時，看到車子已經開出泥淖，他們謝過牧民啟程上路。充滿英雄氣概的黃河之旅結束了，波特懷著無比崇敬的心情對黃河巨龍發出由衷的禮贊。

這一天是1991年5月25日，是我成功到達黃河源頭的日子。追隨著這條黃色的巨龍，我歷時兩個多月，行程五千公里。在這條河邊，中華文明從五千年前開始發軔；在這條河邊，中華帝國創造了空前的輝煌；在這條河邊，中國人形成了同一個國家同一個民族的心理和情感。[18]

波特此行走過的路，勘察的歷史遺跡，可能是許許多多中國人也不曾走過的、看過的；他敘述的歷史故事，引用的古代詩歌，瞭解的人文地理知識，可能也是許許多多中國人不盡熟悉或已忘記的。那麼，在讀波特的這部記遊作品時，我們無疑是在重新認識中華文明，回顧歷史傳統，感受時代發展，讚美壯麗山河，並在這種種過程中提升了民族自豪感。

---

17 〔美〕比爾・波特：《黃河之旅》，曾少立譯，四川文藝出版社2018年第三版，第274-276頁。

18 同上書，第279頁。

二　人民創造了文化瑰寶

通過波特的系列遊記文學中的內容，我們看到他對中國建築藝術、石窟雕塑、廟宇壁畫、彩色陶器等歷史文化瑰寶都充滿熱愛和讚美之情，這些歷史文物反映出中國人民卓越的創造智慧和才能。其他西方遊客也都如波特一樣，在中國參觀遊覽時，最著迷的就是體現古老東方文明和審美風格的風物景觀與文化遺跡。

一九九一年九月，波特開啟了他的江南之旅，他渴望飽覽江南的名山和湖泊，園林與古塔。他邀請好友芬·威爾克斯和史蒂芬·約翰遜同行。他們從香港出發，經廣州到湖南，去韶山瞻仰了毛澤東故居，波特評價說：「毛澤東當然是中國歷史上最偉大的英雄之一。很少有人能成功地領導如此大規模的革命或造福於如此多的人民。」[19]

在長沙，他們參觀了嶽麓書院，朱熹曾在這裡講學，他告誡學生的四個字是：忠、孝、廉、潔。他們走到愛晚亭歇腳，看到亭子四周古樹參天，枝葉繁茂，還有長滿了百合的池塘。「這裡也是青年時代的毛澤東愛來的地方，他和他的同學們常在這裡談論國家大事，指點江山。」[20]

馬王堆的出土文物是特別值得細看的，出土的物品裡居然有六十三匹保存很好的絲綢，上面編織著最複雜的圖案。墓室裡還有兩冊完整的《道德經》，有最早的關於天文學的書。「這本書中最引人注目的內容是推算出了星球的運行週期，同現代計算的結果只有1%的差距。」墓室裡還發現了地圖，其中有一幅是非常精確的中國南方地圖。「有一組畫描繪了整個中國的神話，從天堂到人間再到精神的世

---

19 〔美〕比爾·波特：《江南之旅》，朱欽蘆譯，四川文藝出版社2018年第二版，第46頁。

20 同上書，第53頁。

界。」[21]多不勝數的文化瑰寶令他們目不暇接，連連稱奇。

　　來到屈原的故鄉，一定要去憑弔這位偉大的詩人。屈子祠位於可以瞭望汨羅江的小山坡上。波特用詩句表達了自己懷念屈原的心情：

> 坐在屈原生活過的故址，
> 對著他投河的水流滔滔，
> 我們聞到了浮動的花香，
> 千年後還在空氣中飄飄。[22]

　　湖北之行最有意義的參觀地點是湖北省博物館。「出土的物品是如此之豐。這些物品的藝術性無與倫比，我還從來沒有看到過有什麼東西可以與之媲美。……但我的最愛是跟實物一樣大小的一件青銅動物，它有鶴的身體和鹿的角（這兩個動物分別象徵長壽和官位）。它鍛造得如此精緻，生活在當代的任何雕刻家看到這件作品都會心生妒意。」就在他們為展品驚嘆之時，聽到青銅鑄成的編鐘奏出低沉、渾厚的音樂，演奏編鐘的姑娘告訴他們，「中國的藝術史學家認為，出土的編鐘是整個墓室的藝術收藏品中最精彩的部分。」[23]

　　波特一行乘船到達九江，他們遊覽了雨霧籠罩的廬山，之後又乘車去湖口石鐘山公園觀看鄱陽湖與長江的相會奇觀。「正如我們所期待的一樣，眼前出現了奇異的景象：藍綠色的湖水和渾黃的長江水在這裡匯合，形成了涇渭分明的水流。它們就這樣匯合後浩浩蕩蕩地流向下游，在我們視力能及的範圍內兩種顏色都沒有混合。」[24]看過江

21　〔美〕比爾・波特：《江南之旅》，朱欽蘆譯，四川文藝出版社2018年第二版，第57頁。
22　同上書，第71頁。
23　同上書，第81頁。
24　同上書，第92頁。

湖匯合奇特景象，他們返回九江，再去廬山腳下的白鹿洞書院。書院被森林所隱蔽，旁邊還有一條潺潺流水的清溪，環境幽美。它在很長的歷史時期中都是一個卓越的學習中心，這裡也留下朱熹的足跡。

到南昌後，他們特意擠出時間去了「青雲圃」——明末清初畫家朱耷的紀念館，朱耷號「八大山人」，波特評價說：「很少有中國畫家畫得像八大山人一樣灑脫、風趣。任何人第一次看到他的作品都不禁會著迷。」波特對這位中國畫一代宗師十分敬佩。青雲圃中的牆也引起他們的好奇，「波狀起伏的圍牆穿過園子的東部沿著帶頂的走廊延伸，大約有四十米長。牆上還有十二個不同形狀的窗戶，透過窗戶看出去可以看到環繞著紀念館的池塘和稻田。牆的兩側，幾十幅八大山人的繪畫和詩作被刻在兩排石頭上。在這裡觀賞他的作品真是絕妙，可比翻畫集有趣多了。」[25]戀戀不捨地離開青雲圃，他們乘火車前往景德鎮。

在景德鎮的半天時間裡，他們先奔向最有名的宋代窯址參觀。這處窯址叫「湖田」，就是無處不在的、聞名於西方的青花瓷最早的生產場所。導遊告訴他們景德鎮有三百家陶瓷工廠，每年生產三億件瓷器。

瞭解了瓷器的生產工藝，他們下一個要參觀的文化寶物是安徽省歙縣的墨錠和硯臺。他們私自闖入當地著名的製墨廠，一位主任接待了他們，告訴他們歙縣墨的秘密是這個地區的薄霧，「薄霧有益於生長出優質的松樹，……優質的煙灰才能生產出優質的墨產品。」他們觀看了墨錠的製造過程，買了一些墨錠後離開墨廠，又去了一家著名的硯臺工廠參觀。歙縣的硯臺不僅石料有名，雕刻也非常出色。廠方人員介紹說：「每一方硯臺……要傳送到十個人手裡進行雕刻、打磨

25 〔美〕比爾·波特：《江南之旅》，朱欽蘆譯，四川文藝出版社2018年第二版，第127頁。

和拋光等不同工藝處理，使它好上加好。」[26]波特在這裡又買到造型特別美的硯臺，他已經急不可待地想把它帶回家，立即開始在它上面研墨。

登黃山是波特和同伴嚮往已久的。上到始信峰，就可以飽覽黃山最突出的景色——奇峰和勁松被雲海籠罩，只剩下一點峰尖漂浮在雲海中。

> 我們久久地站立在那裡，觀看雲來雲往形成的不同風景。這可不是單一的景。這好像是一個舞臺經理控制著不斷變換的背景。而我們這些演員忘記了臺詞，只是傻站在那裡，張大了嘴巴，在變幻無窮的背景前瘋狂拍照。[27]

波特一行到了長江下游南岸的當塗縣，詩仙李白多次遊歷當塗，寫下《望天門山》等千古絕唱，晚年定居此地。波特他們專程去拜謁了李白墓，在墓前朗誦李白的詩。隨後他們去採石磯懸崖憑弔，傳說李白在懸崖下的江水中溺亡。

結束了安徽之行，波特和同伴開始真正下江南——在南京瞻仰了雨花臺烈士陵園、中山陵，參觀了社會主義建設的傑出成果南京長江大橋。他們來到宜興丁蜀鎮參觀紫砂陶器廠。在丁蜀歷史最悠久、最大和最有名的陶器工廠，陶藝師李先生陪他們參觀了手工製作茶壺的工作室，他向客人介紹了一位國家級陶藝大師顧景舟。李先生說，「顧先生每年只生產四把茶壺。七年前，當他的一把茶壺被放到市場上，賣出了十二萬的價錢」，三位美國客人被驚呆了。參觀中，「印象

26　〔美〕比爾‧波特：《江南之旅》，朱欽蘆譯，四川文藝出版社2018年第二版，第139-140、142頁。

27　同上書，第149頁。

最深刻的是工作室裡照明的不是頭上的電燈，而是自然光。在自然光的環境裡，陶工們以從容不迫的工作態度，安靜地度過他們的時光。」波特有感而發：「我在家裡時，總是能滿意地用我那把老茶壺泡出香濃的茶。到過宜興我現在明白了，為什麼它的茶壺能泡出如此香味撲鼻的茶來。」[28]

從宜興到無錫馬鎮，他們是為了尋訪徐霞客紀念館，館長劉先生見到三位遠方來客特別激動，贈送給他們郵票上印有徐霞客畫像的首日紀念封，原來他們來的前一天——一九九一年十月十八日是徐霞客去世三百五十周年的紀念日。他們在徐霞客墓前鞠躬致敬，波特寫道：「感謝他的日記處處為我們指路。我們經常覺得，自己似乎是在沿著他的腳印行走。」[29]

蘇州園林是集中體現中國民間能工巧匠創造才華的景區。波特一行先來到網師園，它是蘇州最小的公共園林，但是它的景致被設計得千變萬化。

> 每走不了幾步，由水面、植物、岩石、假山和建築組合的令人賞心悅目的風景就呈現出一道新的景觀。……夜晚的園子仍然很美，但是我們這次是來欣賞音樂的。園中每一個亭子裡都有音樂師或歌手在演奏不同的古典樂器或唱著不同的曲子。沒有多少人意識到蘇州的傳統音樂的名氣其實一點也不遜於其園林。[30]

---

28 〔美〕比爾·波特：《江南之旅》，朱欽蘆譯，四川文藝出版社2018年第二版，第194頁。

29 同上書，第204頁。

30 同上書，第212頁。

看過最小的網師園和最大的留園，他們在運河邊租到小船去了寒山寺。八年前波特出版了寒山三百首詩的第一個完整的譯本。方丈帶領他們在廟裡四處參觀，其中一堵牆上完整地書寫著《金剛經》，這是宋代最著名的書法家之一張即之所書。牆上還有明代最著名的書法家之一董其昌的作品。「這堵牆真是一座國家寶庫！」[31]波特不住讚嘆。

儘管還有許多園林和廟宇值得參觀，但他們決定把有限的時間獻給蘇州第一絲綢廠。他們參觀了生產車間和樣品陳列室，「陳列室裡有各種絲裙、綢襯衫，……這些產品質地精良，色彩繽紛。」[32]

在浙江杭州，他們不僅租船暢遊西湖，還租了自行車環遊西湖。上了白堤，就自然想起公元九世紀的詩人白居易。他那時在杭州做行政主官，正是他制定了控制錢塘江洪水的方案，以後才逐漸形成了西湖。他們特意去參觀了西泠印社，那是在二十世紀二〇年代由四個醉心於研究和傳承印章雕刻藝術的人發起成立的。中國的印章藝術品讓他們嘆為觀止。探訪中國最著名的龍井茶的故鄉，他們碰到一位熱心的徐先生，他帶領客人去看了那口井的奇妙水波，向他們解說龍井茶的秘密，還把他們帶到自己家裡，請他們品嚐了芬芳甘醇的龍井茶。

紹興之遊，也有豐富的人文內容。會稽山的大禹陵，蘭亭與偉大的書法家王羲之，沈園與陸游的愛情悲劇，魯迅故居，當然，還有文人墨客都喜歡的紹興老酒。他們在咸亨酒店享用了茴香豆和老酒，乘烏篷船遊了東湖。

波特江南之旅的最後一站是寧波，他們對天一閣藏書樓格外敬仰，那兒的園林也美不勝收。從普陀山下來，他們結束了行程三千多

---

31 〔美〕比爾·波特：《江南之旅》，朱鋼蘆譯，四川文藝出版社2018年第二版，第216頁。

32 同上書，第221頁。

公里的旅遊。「走遍了中國經濟和文化的心臟地區」[33]，他們對中國的
瞭解與熱愛更為豐富和深厚，他們急不可待地要把中國人民創造的文
化瑰寶展示給世界。

　　美國漢學家沃森比波特早幾年遊覽了中國的一些名勝古蹟，但是
遠不如波特去的地方多。他的「遊記」也比較簡要。他曾經翻譯過
《史記》等古代文獻，所以他對漢代時的國都長安的地理很熟悉。他
在西安遊歷過的每一條河流、每一處地名，都會讓他聯想起歷史上的
一些事件，感嘆中國人民創造的文化奇蹟。他欣慰地看到，西安的城
牆保護完整，城牆四面有大門，城中有鐘樓和鼓樓，這些建築巍峨壯
觀，凝結著中國古代社會的發展成就，也成為中華民族悠久歷史文化
遺產中的重要組成部分。

　　參觀兵馬俑時，沃森為之震撼，他生動地描述道：「彷彿地裂，
忽然湧出了一隊真實的人馬，英姿颯爽，在兩千二百多年前偉大統治
者的率領下奔赴戰場。」[34]沃森之所以產生身臨其境的強烈感受和極
為豐富的想像，乃是因為形態逼真、精神活現的兵馬俑不僅體現出中
國勞動人民高超的工藝水平，也再現了中國人民的堅韌性格和英勇
氣節。

　　陪同沃森參觀的導遊劉先生，對考古遺址都非常熟悉，在考古領
域的知識非常淵博，所以他的講解十分專業，這使沃森對中國導遊的
文化素質刮目相看、敬佩有加。沃森參觀了陝西省博物館和碑林後，
他認為那是世界一流的文物。碑石中有在唐代篆刻的十三部儒家經典
著作。「兩千多年來，中國的歷朝歷代都支持（資助）在巨石上篆刻

33 〔美〕比爾・波特：《江南之旅》，朱欽蘆譯，四川文藝出版社2018年第二版，第
　290頁。
34 〔美〕伯頓・沃森：《我的中國夢：1983年中國紀行》，胡宗鋒譯，陝西師範大學出
　版社2015年版，第50頁。

古典著作，以便供學者和學生參考，也不會誤傳和流失。中國人就是這樣尊重自己國家的經典的。」[35]沃森高度評價了中國的文化成就和文化傳承。

遊覽天臺山是沃森中國之行的高潮，那裡風景迷人，空氣清新，民風淳樸，菜餚可口，而作為「佛門弟子」，他更加喜歡天臺山的寺廟，他發現中國的佛教對他來說要比預想的更奇特和新穎。他感嘆：「身處中國佛教異樣環境中的我，有了一種很熟悉的感覺。」[36]

沃森不僅對文物古蹟感興趣，更對中國人民的現代生活環境和各方面發展格外關注。他對蘇州留下美好的印象。他說：「蘇州可能是我們見過的最整潔、最繁榮和最具傳統風格的城市，漂亮的石橋點綴著無數小河，狹窄的街道和弄堂名稱各異，如巷、里、坊、塘、場、弄。整潔的白灰房子和風景如畫的街道讓我想起了美國的新奧爾良。」[37]既不丟失傳統，又不滯後於世界，這應該就是中國的未來願景。

第二節　感受各民族的風土人情

中華民族是多民族團結的和諧共同體，共有祖國錦繡江山，共享社會主義優越制度，共創經濟繁榮和精神文明。在新中國成立之初，西方作家就特別關注社會主義體制下少數民族政策的制定與實施，他們也更加關切少數民族在政治地位、生活水平、宗教信仰、文化教育等方面獲得的公平保障。改革開放以來，相對於內地沿海地區和經濟基礎雄厚、發展迅速的內陸省份，內蒙、新疆、西藏等民族自治區域

35 〔美〕伯頓・沃森：《我的中國夢：1983年中國紀行》，胡宗鋒譯，陝西師範大學出版社2015年版，第56-57頁。
36 同上書，第128-129頁。
37 同上書，第147頁。

的整體發展水平還比較滯後。但是從歷史變遷的視閾來看，二十世紀
八〇年代以來，這些地區的發展成就又是巨大的。所有變革浪潮和時
代精神都積極影響著邊遠的疆域。

在波特的中國旅行版圖中，中國少數民族聚居地自然是不可或缺
的重要目的地，他對各民族的歷史起源和發展、人文地理、風俗人情
以及現代生活等都懷有瞭解的熱情。一九九二年春他去西南一帶旅
行，秋天又從西安出發，沿著絲綢之路探訪了西北邊陲。

一　民族風情：像米酒一般醇厚

波特決定去探訪生活在中國西南邊陲的人文地理和少數民族部
落，他在哥倫比亞大學進修人類學時就對中國的少數民族產生了濃厚
的興趣。那時，他已經瞭解到在中國廣大的西南地區，生活著壯族、
瑤族、布朗族、苗族、侗族、布依族、基諾族、彝族等二十多個少數
民族。

在西南地區，波特探訪了許多少數民族村寨，觀賞了豐富多彩的
民族風俗和節慶歌舞。有時，他會在當地少數民族家中借住一晚，
「通過與主人面對面的交談和對他們實際生活的體驗，以及聽他們講
述本民族的歷史神話傳說，深層次地瞭解這些民族的飲食起居、歷史
文化與民族風情。」[38]

壯族是中國人口最多的少數民族，他們大多數居住在廣西。波特
輾轉來到龍勝，要去探訪中國最古老的壯寨平安村。平安村位於一條
山脊下面，這裡集中了全中國海拔最高的水稻梯田。梯田從谷底向上
一直延伸到山脊的頂部，有八百多米。「十一代壯族人把梯田修成了

---

38 〔美〕比爾‧波特：《彩雲之南‧序言》，馬宏偉、呂長清譯，四川文藝出版社2018
　　年第三版。

中國西南的奇蹟。北京、上海還有香港的攝影家不畏路途遙遠，每年都來到這裡，從頭到尾拍攝當地人全年勞作的場景，還有與梯田有關的各種儀式。」

進到村裡，路上碰到的村民都微笑著對他說「蒙尼額」（你好）。村裡的頭人把他帶到家裡，壯族人的房子都是兩層的，底層是牲口住的地方，還放置農具柴草，人住在二樓。波特腳踏進門的時候，女主人開始吹火塘裡的餘燼，飯菜都在房子的堂屋正中的火塘裡做，火塘的上方有一個架子，女主人伸手上去，撈到一塊火腿，切下幾塊肉。頭人給波特倒了一碗米酒，他品嚐後說那是他喝過的最好喝的米酒。主人不斷地往他碗裡添滿米酒，他也就一醉方休。「壯族人總喜歡說，他們從來不會讓客人清醒著離開，在我身上，他們不折不扣地保持了他們古老的傳統。」[39]主人的妻子和妻妹還輪流唱歌助興，波特入鄉隨俗，把米酒喝了個痛快。

波特走了八公里山谷小路找到一個瑤寨，幾位村婦都穿著瑤族傳統的上衣，「她們看上去都像盛開的櫻桃樹」。瑤族的刺繡應該是中國所有民族中最好的，一位婦女把波特帶進她家中，讓他看她織布用的織機，還有一滿筐子的彩線。波特買下了她的上衣，他還從來沒有見過這麼漂亮的刺繡，「而且一件衣服上集中了這麼多的圖案」。[40]在一位回村的老人邀請下，波特去他家裡，品嚐到了炒茶。據老人說，瑤族的房子都是用當地的冷杉建成，至少能用一百五十年，或者供五代人居住。

接下去要走訪的是林溪的侗族。侗族人並不把自己稱作「侗」，他們自稱為「幹」，有「樹幹」之意。通往侗寨程陽的一座橋讓波特大開眼界，「看著那座橋我簡直不敢相信自己的眼睛。侗族人遷徙到

---

39 〔美〕比爾．波特：《彩雲之南》，第25頁。
40 同上書，第36頁。

這裡的時候，帶來的木工技藝比任何部落都要高超。搭眼一看林溪河上的這座橋，就很清楚侗族人自稱『幹』的說法有多麼正確了。」他參觀其他寨子的時候，已經注意到，生活在這個地區的人們有在村旁的小溪或河上建造風雨橋的習俗。「風雨橋不僅便於通行，消除了山路上的某些危險因素，而且還代表了村寨在外人眼裡的臉面，各村各寨都想方設法把橋建得比其他村的更大、裝飾得更精美。在這方面，程陽的村民超越了所有人。」一九〇六年，他們建造了這座橋，並把橋裝飾成為全中國最令人稱絕的建築之一。

> 程陽橋有75米長，3.5米寬，兩側有一百多根木柱支撐起覆瓦的橋頂，橋上有五座多層的亭閣點綴其間。整座建築看上去像一系列由花崗岩石墩支撐的宮殿，貫穿整個河面。除了它奇特的造型外，這座橋還有一點令人稱奇不已：它沒有用一根釘子。所有的部件都是以榫卯結構連接在一起……[41]

一位侗族村民熱心地當了波特的嚮導，帶他參觀，給他講述侗族所供奉的女英雄薩歲的傳說。嚮導說，侗族人建新寨子的時候，所建的第一個建築就是祭祀薩歲的壇。每年年初，他們會連續三天三夜唱歌跳舞祈求薩隧回來，在新的一年裡繼續保佑他們。熱情的嚮導邀請波特到自己家裡吃了午飯。波特了解到，侗族人在孩子出生的時候，就會為嬰兒種下一排杉樹幼苗。杉樹苗長成大樹需要十八年的時間，正好用來為新婚的夫婦建新房。波特感慨：「想像一下，如果我們都這樣做的話，整個世界會是什麼樣子啊。今天，只有植樹節還在提醒著我們與樹木業已失去的聯繫。我們種下一棵小樹苗，它也許還活不到夏

---

41 〔美〕比爾·波特：《彩雲之南》，馬宏偉、呂長清譯，四川文藝出版社2018年第三版，第42、44頁。

天結束，然後我們轉身就回到被水泥包圍的生活中去了。」[42]

從廣西跨省到貴州，波特先來到施秉縣，他參觀了少數民族刺繡廠，在車間裡，他看到四十位苗族婦女正在繡著被罩、枕套和披肩。廠長帶他進入一間小展室，波特說，「就是在這裡我把身上所有的現金換成了我這輩子沒有見過也沒有摸過的、美得令人難以置信的繡品。」[43]那是一位民族婦女的藝術作品——一件雙面繡滿花卉和蝴蝶的絲綢披肩，波特認為自己花費一百美元買到這樣精美絕倫的繡品太值得了。

在施秉縣的中國旅行社，波特得到一個參加苗族婚禮的旅遊項目，導遊帶他去了附近的村子。舉辦婚事的家裡十分熱鬧，前來賀喜的親朋好友絡繹不絕，慶祝儀式已經進行了多日，真正完婚還要過幾天。導遊告訴他，新娘正坐在隔壁房間，她十天以前就來了。按照苗家的風俗，婚禮會在她到來十三天後舉行，慶典一結束，她就馬上回到自己的村寨，在接下來的兩年裡都住在娘家，孩子一歲之後她才能搬到婆家住。吃了豐盛的酒席，瞭解了奇特的婚俗，波特騰雲駕霧地離開了村子。

到了安順，生產蠟染布的工藝肯定要去參觀一下，安順最著名的特產是藍靛蠟染布。波特為讀者講述了關於發明蠟染的布依族姑娘的傳說。前往黃果樹瀑布景區觀賞了雄偉壯麗的瀑布，波特步行來到布依族寨子滑石哨。這裡的房子全是用石頭壘的，就連屋頂也是用石板覆蓋而成。一對從田裡回家的老夫妻邀請他到他們家中喝碗茶。這對夫妻家境殷實，妻子穿著傳統的布依族上衣，衣服上繡滿了雲團和波浪圖案。這個寨子裡住著百餘位村民，生產方式主要是耕田捕魚。波

---

42 〔美〕比爾·波特：《彩雲之南》，馬宏偉、呂長清譯，四川文藝出版社2018年第三版，第48頁。

43 同上書，第66頁。

特說：「中國任何一個部落都不如布依族會唱那麼多的飲酒歌。……他們的飲酒歌裡充滿了主賓之間互相自謙和誇讚對方的對話。」[44]

波特在行旅途中不僅勘察那些地區的人文地理特徵，探訪少數民族的風俗傳統以及他們的衣食住行，他還特別關注所到之地的生態環境保護狀況。為此，他常常中斷自己的行程，專門去環保機構採訪調查。在前往威寧的途中他看到一望無際的草海湖，這是貴州著名的自然保護區。於是他在車站下車返回到湖邊，進入自然保護區的總部採訪了陳局長。「陳先生對自己的工作充滿激情，他帶我觀看了滿是鳥類標本的展室。他說，湖上生活著一百多種不同的鳥類，其中四十多種在此地過冬。」[45]陳先生把波特帶到一艘小艇上，然後他們進入世界上最奇特的自然保護區。當船穿過水道前往沼澤地的時候，波特看到一對黑頸鶴正站在不到三十米外的田裡。黑頸鶴是世界上最稀有的鳥類之一，也是鶴家族中最珍稀的品種。波特近距離欣賞到黑頸鶴優雅的起飛姿態。在草海湖深處，他還看到了灰鶴、斑頭雁以及火鴨。波特對這次的生態考察十分滿意，謝過熱情的陳局長後揮手告別。他將要奔赴「彩雲之南」——雲南省了。

在火車上，列車員告訴波特，一九六五年她就開始跑廣州—昆明線，那時的昆明只有一片片的稻田和棚屋。波特還想起埃德加·斯諾一九三〇年到過昆明，斯諾在他的書中將昆明寫成一個「髒兮兮，效率低下得令人沮喪，危險的蠻荒之地」。[46]但是，時代已經發生巨變。波特說：「毫無疑問我來到的是一個中國西南部最乾淨、最有效率也最摩登的城市。街道都是很寬闊的林蔭大道，兩側的人行道和其他一

---

44 〔美〕比爾·波特：《彩雲之南》，馬宏偉、呂長清譯，四川文藝出版社2018年第三版，第96頁。

45 同上書，第114頁。

46 同上書，第122頁。

些城市的馬路一樣寬。這裡沒有象徵貧困的茅棚，……昆明各處的建築好像都被精心設計過一樣。」[47]波特將自己的親眼所見與斯諾筆下描繪的、列車員記憶中的昆明做了今昔之比。從這一個側面，也揭示了中國改革開放後取得的偉大成就。

雲南除了有諸多舉世聞名的景區，更吸引中外遊客的當然還是各民族多姿多彩的服飾、歌舞、習俗、節慶等。雲南境內的二十多個少數民族中，彝族是第三大族群，而在彝族人中，最出名的一支是撒尼人，他們就居住在雲南最有名的景區路南石林附近。參觀石林的過程中，穿著民族服裝的撒尼姑娘擔任波特的導遊，教他用樹葉吹出音樂，給他講述了石林形成的傳說，還講了阿詩瑪的故事。每年陰曆六月二十四日，這裡會舉行火把節，所有的撒尼人都會來到這裡祭奠阿詩瑪。火把節從賽馬、鬥牛和摔跤開始，接著有唱歌、跳舞和飲酒活動，最後的火把遊行是高潮。

對於西方人而言，西雙版納的吸引力總是強烈的。波特自然不會放過任何一個吸引他的景區。遊覽了野象谷自然保護區，他登上去勐侖鎮的一輛客車。勐侖位於景洪東南八十公里處，是中國唯一一處熱帶植物研究所的所在地。一九五九年，已故著名的植物學家蔡希陶帶著助手們創建了熱帶植物研究所。「迄今為止，研究所的工作人員已經達到400多人，其中150人擁有植物學、有機化學和藥學方面的學位。」熱帶植物研究所依羅梭江而建，「這裡種植了來自全世界的3000多種熱帶植物，以供研究使用，其中的幾種還引起了全世界癌症研究人員的興趣。」[48]景洪熱帶植物研究所引入一些新的更好的橡膠

---

47 〔美〕比爾・波特：《彩雲之南》，馬宏偉、呂長清譯，四川文藝出版社2018年第三版，第122-123頁。

48 〔美〕比爾・波特：《彩雲之南》，馬宏偉、呂長清譯，四川文藝出版社2018年第三版，第159、160頁。

樹品種之後，西雙版納已經成為中國第二大橡膠生產中心，僅次於海南島。橡膠已經超過茶葉、甘蔗和水稻，成為這個地區種植面積最大的經濟作物。

　　生活在西雙版納的少數民族以傣族和哈尼族為主，城子村是這個地區最大的傣族村寨之一。傣族村寨的房子都是木頭建成的高腳樓，二層是居住區，底層是豬圈、廁所和放置農具的地方。傣族種植水稻，因此村寨一般都建在平原或者水源充足的河谷地帶。波特和導遊在城子村一戶人家吃了午飯，隨後來到哈尼族寨子達卡村，碰巧這裡正在舉行婚宴，新郎一家大擺筵席，邀請了所有的親朋好友及新娘家的親朋。

> 家中聚集了至少上百人。有的在炒菜，有的在上菜，有的人圍著矮矮的竹桌坐在同樣矮矮的木凳上。他們不用杯盤，而是用香蕉葉盛飯菜，用竹杯飲酒。⋯⋯我們到達之前，這家人剛剛殺了一頭豬，不到一個小時，它已被做成五六種菜品上了桌。其中一道菜是豬肝，好吃得令人難以置信，⋯⋯另外一道美味又奇特的菜是自家做的豆腐布丁。[49]

在一輪明月之下，波特和新郎揮手道別。之後他們沿著飛滿螢火蟲的小路到了傣族寨子曼安，來到安排好要過夜的那個傣族家庭，全家人都圍坐在新買的電視機旁正在看電視劇。走鄉串寨的波特總能在鄉民的家中受到款待。

　　他從景洪的北部、東部地區返回後，開始探索南部。在參觀了曼飛龍白塔後，波特聽說曼坡寨正在舉行佛教節，於是就匆匆趕過去。

---

49 〔美〕比爾·波特：《彩雲之南》，馬宏偉、呂長清譯，四川文藝出版社2018年第三版，第166頁。

人們在每年陰曆的第二個月圓之日過節。離得老遠他就聽到了樂曲之聲，幾千名寨民早就聚集在一片寬闊的草地上，波特加入了圍攏著兩組舞蹈隊的人群。

> 每個舞蹈隊都圍成一個成對的圈子，姑娘在裡，小夥在外。一隊是已婚男女，另一隊是未婚男女。圈子的中央是敲鑼打鼓的樂隊，略顯笨拙的男人和身姿優美的婦女組成圈子圍著樂隊緩慢移動，往前走三步，再往後退一步，如風中楊柳般揮舞著雙手。[50]

慶祝活動一直持續到月亮升起，一位村民邀請波特去他家，款待他吃了一頓水牛肉晚餐，然後波特在這家住了一晚。

喜愛喝茶的波特去南糯山看了「茶樹王」。茶樹王高約六米，植物學家估計其樹齡超過八百年。不過，這個茶樹王的桂冠十年前就被摘掉了，因為研究人員在猛海西部的大黑山又發現了一棵高達三十四米的野生茶，推測其樹齡為一千七百年，是茶樹王的兩倍。買了許多茶葉，直到背包再也裝不下，波特結束了茶之旅。

在前往賓川的途中，汽車「轟隆隆地穿過齊膝高的大豆和冬麥田，路邊果園裡花滿枝頭，偶爾掠過白族村寨，他們的傳統民居基座是齊胸高的花崗石，二層是木料所建，粉牆黛瓦煞是好看。」、「白族婦女仍然穿著傳統的服裝：繡花圍裙半遮住長褲，長袖白上衣外罩藍色斜襟坎肩，頭上纏著繡花的長帕子。給人的印象樸實又優雅，而她們都是普通的農村婦女。」[51]

50　〔美〕比爾・波特：《彩雲之南》，馬宏偉、呂長清譯，四川文藝出版社2018年第三版，第181頁。

51　〔美〕比爾・波特：《絲綢之路》，馬宏偉、呂長清譯，四川文藝出版社2018年第三版，第208頁。

西南旅行的又一個必去之地是虎跳峽。波特坐一輛卡車從麗江出發前往納西縣的大具鄉，沿途飽覽了壯美的景色——玉龍雪山東側白雪皚皚的山峰盡收眼底，山脊下面是環繞雪峰的冰川。到達大具鄉後，在一位村民的帶領下，他前往一個能俯瞰最湍急的一段江水的地點。這是一段艱難的行程，他必須努力前傾著身子，才不至於被從峽谷吹來的狂風吹得倒退。終於來到一個岬角，「從這裡往西正好看到傳說中老虎在江面跳來跳去的地方。玉龍雪山和哈巴雪山的懸崖在此相距不過30米，據說這是整個長江最狹窄的一段。」[52]波特看到江水風馳電掣般奔騰而下，峽谷激起湍急的水流，那景象令人心驚膽顫。

在即將結束這次旅行之前，波特決定最後一次冒險進山，涼山對他有不可抗拒的誘惑。於是他開始在根本沒有路的「路」上徒步跋涉。他爬山近三小時，才來到一個村子。因為當天村民都去趕集去了，只有一個老婦人在村裡，她告訴波特，村子叫卡金，住著大約一百名傈傈人。這也是波特此行訪問的最後一個少數民族。

二　民族融合：像絲路一樣延綿

一到吐魯番，波特和他的同伴芬恩就感受到這裡原汁原味地保留著維吾爾族的傳統特色。白鬍子的老人在誦讀《古蘭經》，大巴紮裡是濃濃的「新疆風情」——「驢子拉著成車的杏子和葡萄，更多的白鬍子老人打開貨攤的遮簾，露出各式各樣的刀子、茶壺和絲披肩。街道兩旁是灌溉溝渠，掩映在棗樹和葡萄藤的綠蔭下。」他們「終於有了置身於絲綢之路上的感覺。」[53]此外，「絲綢之路」還體現著國際化

52　〔美〕比爾·波特：《絲綢之路》，馬宏偉、呂長清譯，四川文藝出版社2018年第三版，第263頁。

53　同上書，第115頁

風貌——不僅因為來這裡的外國遊客很多，還因為這兒有一家名聲遠播的約翰咖啡館——在此處享用咖啡和巧克力慕斯，加深了波特在絲綢之路上的感受。當然，咖啡館老闆並不是「約翰」，而是一位來自喀什的漢族青年。這又體現了漢族與少數民族的融合。幾年前，約翰從親戚朋友那裡借錢，在喀什開了第一家咖啡館，現在他計劃去敦煌開第三家。他的目標是讓自己的咖啡館貫穿絲綢之路。

吐魯番的怡人之處不僅僅是咖啡館，還有城區的維吾爾民居。他們漫步老城區，經過了幾百戶典型的維吾爾住宅，「土坯院牆，庭院掩映在葡萄架下。白天，大門通常是打開的，有一家人邀請我們進去喝了一杯茶——維吾爾風格的甜茶，加了冰糖、乾果和堅果。這一家人非常熱情，非要留我們吃午飯」。波特被熱情好客的維族人感動，但因為趕時間去看額敏塔，只好錯過這餐維吾爾美食。

波特和同伴參觀了絲綢之路上中國境內最美的建築額敏塔。「額敏塔為圓座，自下而上漸細，呈錐形；表面用土坯磚砌出十幾種不同的圖案。」管理員告訴他們，尖塔是一座紀念碑，代表著維吾爾族對清政府與北方遊牧民族作戰的大力支持。但是波特很「中國化」地評價說：「這座尖塔標誌著幾百年來漢族和維吾爾族的深厚友誼，這也是它屹立不倒的原因。」[54]高昌故城和交河故城曾是絲綢之路上的繁華之城，如今遺留的殘垣斷壁只給人荒涼寂寥的印象。

來到天山腳下天池湖畔，他們住進哈薩克牧民的氈房，抬眼就可以看到迷人的景色。「天池就在我們的氈房外面。它就像一塊鑲嵌在山巔的藍寶石，三面被五千米高的天山山峰圍繞著。從我們住的毛氈房門口望去，只見落日將白雪皚皚的峰頂染成了金色，湖水則映成一

---

54 〔美〕比爾·波特：《絲綢之路》，馬宏偉、呂長清譯，四川文藝出版社2018年第三版，第118頁。

片粉紅。」夜晚,「落日漸漸隱去,繁星似雪花般在天空聚集」。[55]哈薩克人每年夏天都會把自己的羊群趕到天池附近來放牧。自從政府把通往天池的路修好之後,他們就在這裡支起了氈房,專門招待遊客。九月底,他們就會拆掉氈房,回到山腳下的草場,在那裡的土房子裡過冬。波特和哈薩克人一起騎馬進山裡,四周是冷杉和青草,身邊是奔騰而下的溪流,抬頭可以眺望博格達峰的峰頂。他們感到心曠神怡,久久不願離開。在天池的每一天都沉醉於仙境之中,並享受著美好的生活。

> 月亮之下,又一個夢幻般的夜晚過去了,主人把我們叫醒,幫我們生起爐火,給我們送來新鮮的馬奶。我們來到外面,只見清晨的薄霧正慢慢地把它的面紗從湖面上撩起。我們問主人為何沒有人在這裡釣魚。他說,湖裡是有幾種鮭魚,但自從天池被列為自然保護區後,便不准在此垂釣。……而且對於獵殺熊、野山羊、長耳鹿和狼等野生動物也有類似的限制。[56]

古代的哈薩克族把狼作為他們部落的圖騰,他們尊崇的另外一種動物是獵鷹,甚至樹也是他們尊崇的對象,由此可見哈薩克人具有天生的生態保護意識。

在新疆首府烏魯木齊,他們驚喜地發現西方世界的老牌酒店「假日酒店」,每晚都有「歡樂時光」,作者感到改革開放的春風先於其他地方吹到了那裡。

離開烏魯木齊飛往伊寧,波特他們去霍爾果斯邊境貿易市場感受

---

55 〔美〕比爾‧波特:《絲綢之路》,馬宏偉、呂長清譯,四川文藝出版社2018年第三版,第143、145頁。

56 同上書,第152頁

了一下，伊寧與哈薩克斯坦共和國開放了邊境貿易以來，這裡吸引了眾多的內陸居民來此經商。但這個地區在人口構成上還是以維吾爾、哈薩克以及錫伯族為主。每年農曆四月十八日，錫伯族人都會舉辦射箭和摔跤比賽，以紀念自己的祖先集體遷徙的日子。

波特他們乘車經過巴音布魯克前往庫車。每年夏天，巴音布魯克大草原吸引了世界各地成千上萬的人前來觀賞可以稱之為「蒙古人奧運會」的那達慕大會。他們來的時間不對，不能一睹那達慕盛況。與他們同行的「全是維吾爾人和哈薩克人，他們實在是一群多姿多彩又和藹可親的人。沿途景色精彩壯觀，最後一段經過赤沙山的風景更是如此。」[57]因為有了這些熱情的同伴和沿途美景，長達二十小時的旅途不再困乏寂寞。

庫車是絲綢之路上最古老的城鎮之一。時至今日，這裡仍然有幾段漢唐時期建造的城牆可供人們參觀。古代的庫車人就能歌善舞，後來庫車音樂成為中國唐代最流行的音樂形式。琵琶和簫這兩樣樂器都是由庫車引入中原的，與之同時引入的還有服飾和舞蹈形式。「敦煌和其他絲綢之路沿線的佛教石窟中的奏樂以及舞蹈畫面絕大多數以庫車的樂舞為模本，很好地呈現了當時生活在古代沙漠綠洲上的人民的世俗生活場景。」[58]他們到蘇巴什古城牆遺址、烽火臺遊覽後，去參觀了坐落於懸崖峭壁之上的佛教石窟——克孜爾千佛洞。

到達喀什，波特見證了絲綢之路的新繁榮，「各個巴紮上都擠滿了來自邊境雙方的人群和商品。」他們在大巴紮購買了英吉沙小刀和彩色絲綢，這些都是他們打算帶回去的禮物。告別喀什，坐上大巴行駛在喀喇昆侖公路。途徑寸草不生的荒野之地，也有讓他們讚嘆不已的

57　〔美〕比爾・波特：《絲綢之路》，馬宏偉、呂長清譯，四川文藝出版社2018年第三版，第190頁。

58　同上書，第192頁。

最美的景色，「七千七百米高的公格爾山和七千五百米高的慕士塔格山雪峰倒映在卡拉庫爾湖那美得令人窒息的水面上，熠熠生輝。」[59] 這一地區除了是柯爾克孜牧人的家鄉，也是塔吉克人的家園，他們生活在帕米爾的最高處。到達紅旗拉普，他們後續的旅行將離開中國國境，他們的絲綢之路行旅在伊斯蘭堡結束。

波特為此行寫下一段總結：「一路上，我們跋涉沙漠戈壁，翻越高山雪原，遊歷河流湖泊，探訪沙埋下的綠洲文明與乾涸河流旁失落的古城，傾聽絲路沿線居民講述不朽的民族神話傳說及民族間的征戰與融合……這一切都將深深銘刻在我們的腦海中。」[60]

伴隨波特的腳步，他所觀賞的中國錦繡江山，所瞻仰的中華歷史文明，所感受的各民族風情，所目睹的新時代巨變，也深深地銘刻在我們的腦海中。波特的文本中展現了極為全面、豐富的中國文化形象，同時展現了一位西方學者、俠客、作家的探索精神和赤誠情懷。

第三節　魅力中國「不見外」

潘維廉的中國紀實敘事是以給親朋好友的書信構成的。這些書信中，既體現了一位西方學者求實求真的態度和精神，又傳達出一位中國「老內」的豐富體驗與認知，還蘊含著他與中國人深厚濃烈的共情感受。無論是對身邊人物與故事的細膩講述，還是對旅途所見所聞的生動描繪，或者是對改革與發展成就的宏觀點評，他的筆端都注滿了真誠和熱忱。

---

59 〔美〕比爾·波特：《絲綢之路》，馬宏偉、呂長清譯，四川文藝出版社2018年第三版，第218、240頁。

60 〔美〕比爾·波特：《絲綢之路·序》，馬宏偉、呂長清譯，四川文藝出版社2018年第三版，第1-2頁。

一　廈門緣，中國情

　　潘威廉的中國緣始於臺灣。一九七六年，二十歲的他抵達臺中地區的清泉崗空軍基地時，「中國，或者說至少是臺灣（中國的這一小部分），就已經流淌在我的血液裡了。」[61]他在給友人的信中這樣寫道。潘威廉把臺灣形容為「美如翡翠的島嶼」，他描寫了自己喜愛的自然風光：

> 臺灣每平方公里土地上所蘊含的自然環境之美和多樣化程度，是我到訪過的其他地方都比不上的。我攀登過世界島嶼山脈的第四高峰玉山；探索過雲霧繚繞的幽深峽谷。……我還搭乘小型日本火車爬上阿里山，那火車看起來就和聖誕樹下擺放的玩具一樣。不過，最合我心意的還是鵝鑾鼻的白沙灣。

他也常常待在海灘上，凝視著臺灣海峽對岸，「當我瞭解到四分之三的臺灣人與大陸人有親緣關係時，我便決心終有一天要到海峽對岸一探究竟。」[62]

　　一九八八年，緣分悄悄降臨。中國廈門大學招收學中文的留學生，並且可以帶家屬。八月，潘威廉攜帶妻兒從香港乘慢船抵達廈門和平碼頭。最初的印象並不好。在「集美」號輪船上遭遇大量的蟑螂，他們整夜沒睡。到達後透過舷窗，他們看到外面擠滿了人，還有一群形形色色的乞丐。排隊兩小時等待檢疫人員的檢查，工作人員態度冷漠生硬、死板教條……而這樣的態度潘威廉在初到廈門的日子裡

61　〔美〕潘威廉：《我不見外：老潘的中國來信》，韋忠和譯，外文出版社2018年版，第8頁。

62　同上書，第10、11頁。

沒少遭遇，商店的營業員、銀行職員、大學裡的一些管理人員等，都是一副僵硬的冷面孔和散漫拖延的工作作風。潘威廉只好幽默地調侃說，他們「肯定是同一所禮儀學校畢業的。」[63]

住進廈門大學安排的「度假樓」，窗外風景很美，但是周邊十分喧鬧。常有不相識的人來到他們的房間要跟他們練英語，或者來看看外國人是怎麼生活的。走在街上他們常常遭遇人們的圍觀。在公車上有陌生人問潘威廉：「你在哪裡工作？掙多少錢？」潘威廉對這種「好管閒事」的問候也給出了寬容的評價，雖然反映出中國人完全缺乏隱私觀念，但表明他們確實對他人的事十分感興趣，「帶著一絲純真，既惹人厭煩又招人喜愛。」[64]

潘威廉一家因為解決吃飯問題，也平生不少煩惱，見識了中國的官僚作風和辦事的繁瑣手續。比如他們想在廈大的食堂用餐，但是現金要換成「配給票」就比較麻煩。而且，他們根本擠不過爭先恐後「搶飯」的學生們，文明禮貌在食堂那兒成為奢談。他去東海百貨買了一個烤箱，不僅被敷衍對待，而且產品用了一週就壞掉，商店既不給修理也不給更換。在這封寫於一九八八年十二月二十日的「吐槽」信的結尾，作者附上「老潘有話說」，是這樣寫的：

> 到了1990年代中期，中國商店的客戶服務有所改善。時至今日，那家百貨商店的許多老員工還記得我們，過往趣事成為大家的笑料。……如今，廈門有6家沃爾瑪購物廣場、1家山姆會員商店、多家法國的家樂福、1家德國的麥德龍，還有6家大型購物商場。我們能夠買到過去極度渴求的所有外國食品和產

---

63 〔美〕潘威廉：《我不見外：老潘的中國來信》，韋忠和譯，外文出版社2018年版，第45頁。

64 同上書，第32頁。

品——儘管現如今我們基本只吃中國食物了。[65]

　　正如潘威廉說的那樣，廈門以驚人的速度發生了巨變。他和妻子蘇珊也以驚人的適應力在廈門紮了根，愛上了這個海濱小城，並與同事、學生、以及普通人結下了深厚友情。最先讓潘威廉一家感恩和敬佩的是他們請來的保姆李西，這位農村婦女原本既不識字，也不會說普通話，甚至不會做飯。但是李西「發揮她死硬派的執著精神來學做飯，學說普通話，學認漢字。」，「沒多久便能炒出可口的中式菜餚（連中國人都來打聽她的烹飪配方），還能烹調西式的比薩、三明治、漢堡和炸薯條、愛爾蘭燉肉，甚至還獨創了中西合璧的菜式。」作者誇讚她是「半邊天」，「可以成為企業家」。[66]

　　潘威廉夫婦欣賞廈門這個古雅別致的海港小城的美，其東西方文化的融合源遠流長。他們喜愛中山路上中西合璧的建築風格，融合了二〇年代頗為盛行的「裝飾藝術」，形成別具一格的「廈門裝飾」風格。廈門港口是世界上條件最優越的天然良港之一，「古樸的戎克船優雅地從幾十艘現代貨船和遊艇旁劃過。木製的舢舨像軟木塞一般漂浮在水面上，船上的漁夫運用沿襲百年的技術拖拽起剛剛捕獲的水產。」[67]「老潘有話說」寫道：

　　1988年，廈門的街道和建築都裹上了一層從燒煤炭的爐灶中飄出的煤煙灰……時至今日，這裡已成為中國最乾淨城市之一。如今，廈門島如寶藏一般，深受中外友人的喜愛，廈大也理所

---

65 〔美〕潘威廉：《我不見外：老潘的中國來信》，韋忠和譯，外文出版社2018年版，第47頁。

66 同上書，第51頁。

67 同上書，第68頁。

當然地成為廈門這頂皇冠上的明珠……即使30年過去了，我們
也從未對她感到厭倦。每天傍晚，我和蘇會在芙蓉湖邊散步遛
狗，垂枝綠柳、亭臺樓閣、中西合璧的嘉庚建築樓群倒映在湖
面上，美不勝收。[68]

潘威廉和家人在廈門發現了美，找到了歸屬感，他已經由「老外」變
成不見外的「老內」。而且，他開始參與到推進這個城市向前邁進的
事業中。

一九八九年初，潘威廉學習中文剛滿一學期，「緣分」再次悄悄
降臨。廈門大學管理學院聘請的唯一的外籍商科教師回了美國。院長
劉鵬敲響了潘威廉的門，聘請他教授商科課程。這可正中下懷，擁有
工商管理博士學位的潘威廉終於有了用武之地。而且他認識到，中國
要使經濟加快發展，必然會重視國際商務教育。

開始投入新的工作的潘威廉在給親友的信中，以富有活力的筆調
描述了周圍生機勃勃的景象。

天空才剛透過稀疏的雲層泛出魚肚白，廈大校園裡早已活躍著
一群忙碌的身影，他們珍惜今日，不願被時間奴役。最早出門
的是清潔工人，……緊隨其後出現的是學生，有的漫步湖邊，
有的遊走在花園中，嘴裡都高聲背誦著英語課文……
……
大批攤販開始賣熱豆漿、饅頭和各式早餐糕點，生意興
隆。……看到琳琅滿目的水果、蔬菜、肉類和海鮮乾貨。對於
這些攤販而言，無論白天還是夜晚都是分秒必爭。我很懷疑他

68　〔美〕潘威廉：《我不見外：老潘的中國來信》，韋忠和譯，外文出版社2018年版，
　　第70頁。

們還有沒有時間睡覺。[69]

那些退休的老教授們，他們每天至少晨練九十分鐘，剩下的時間裡他們開展客座講座，參加學術會議，或者在花園裡勞作。潘威廉十分佩服他們旺盛的精力。

潘威廉評價說：「中國人不僅能『活在當下，把握今天』，也能『把握生命』，不輕言放棄，這是我研究廈門千年以來的創業貿易史得出的感悟。……幸運的是，中國人重視的是貿易，而非征服其他國家。」似乎感到這一評價還不夠分量，他又補充說：「在1988年，我深信中國終將繁榮發展，但我當時預期需要40到50年，沒想到20年就實現了。……也未曾料想，中國會成為世界第二大經濟體。最令我欣喜的是，中國成為世界上唯一一個未在經濟貿易背後動用軍事力量就能達到如此發展程度的超級大國。對於其他所謂的超級大國，這是值得借鑑的。」[70]潘威廉的觀察、判斷、評價都是客觀而實事求是的。

潘威廉一家在中國的第一個春節非常值得紀念。他風趣地記述了在劉院長家吃團圓飯的場景：

> 住處可能顯得較為寒酸狹小，但酒食卻極為豐盛。劉院長首先以青島啤酒開啟晚宴，接著端出精選的閩南菜餚，第一道是廈門人的最愛：土筍凍……
>
> ……他們擺了四道菜在桌上，我們便胡吃海喝一通，卻不知道劉院長還藏著王牌——還有十六道菜在後頭。……到了第二十道，我的肚子圓得像是懷胎十月，就等著剖腹產了。

---

69 〔美〕潘威廉：《我不見外：老潘的中國來信》，韋忠和譯，外文出版社2018年版，第81頁。

70 同上書，第83頁。

菜餚包括淺盤子裝著的當地魚、蝦、蟹、魷魚和章魚、紅燒
雞、黑椒牛肉、酥皮糕點、幾道湯，還有各種你想像不到的蔬
菜。當然，還有孩子們最喜歡的甜點，包括雞蛋餅、黑豆蛋
糕、銀耳羹。[71]

最令潘威廉開心的是，在中國的餐桌上可以從西方式「無趣的高雅」
中徹底解脫。體現廈門獨特民俗的還有中秋節的「博餅」，「每年農曆
8月15的晚上，廈門島的大街小巷都充滿了歡聲笑語，還有骰子在陶
瓷碗中跳躍時發出的叮叮噹當的清脆聲響。」[72]潘威廉的兩個兒子對
這個遊戲情有獨鍾，大兒子山農每次都幸運地博到「狀元」。

在廈門，潘威廉一家常收到各種禮物，對於中國人的送禮習俗，
他們感受到了禮儀之外的情誼。「中國人，不論富裕還是貧窮，都非
常慷慨大方。住在附近棚屋的一位泥瓦匠，固然地位卑微，但當他聽
說我的岳父岳母準備從美國來訪探望時，給我送了5斤新鮮捕獲的
魚。一位退休的殘疾校園工人常常將他菜園裡種的新鮮蔬菜送給我
們，或者送些新的花卉盆栽來點綴我們的庭院。……這些朋友並不求
回報。他們的付出皆出於友情。」潘威廉對中國人的奉獻精神尤為欽
佩讚賞。他專門在信中向美國的親友介紹了愛國華僑陳嘉庚先生的事
蹟。「即使是今天，不論政治派別如何，海外華僑每年依然匯上百萬
元回家鄉，不止給大陸的親戚，還捐給地方政府興辦學校、發展大學
教育、開辦孤兒院，修建馬路等。」[73]而中國人的奉獻精神還體現在
富裕地區對貧困地區的捐助，比如「希望工程」、「手把手計劃」等，

---

71 〔美〕潘威廉：《我不見外：老潘的中國來信》，韋忠和譯，外文出版社2018年版，
　　第94頁。

72 同上書，第110頁。

73 同上書，第133頁。

在潘威廉看來都是非常有意義的捐助善舉。

二　中國面向更美好的前景

在潘威廉遊歷了福建各地之後，自然最鍾愛的還是鼓浪嶼。「如果說廈門是中國的『海上花園』，那鼓浪嶼便是廈門皇冠上的明珠。800年前始有人定居於此。」一個世紀前，這座小島嶼的公共租界容納了當時世界上最強大的貿易公司和十四個國家的領事館。而今，鼓浪嶼「因其蒼翠繁茂的熱帶花園景致、豐富的音樂與文化遺產、逾千幢殖民時期廈門裝飾風格的別墅樓房而吸引了無數觀光遊客。」潘威廉常去鼓浪嶼盡情享受那兒優美的風景。

在歷史上，「鼓浪嶼不僅是世界最富庶的1平方英里土地，由於在此創辦的教育機構有20多家，它還是人才輩出之地，在醫學、婦女教育，到體育、科學、天文學、文學、藝術和音樂等各個領域都對現代中國有深遠的影響。」[74]二〇一七年，鼓浪嶼列入聯合國教科文組織世界文化遺產名錄。

一九九四年夏天，潘威廉駕駛一輛改造的小麵包車，帶領全家人開始了為期八十天的壯遊。到達杭州後，他們發現那兒是中國最乾淨的城市。他們最喜歡的景點是絲綢博物館，裡面陳列著古今各式絲綢，真是美不勝收。當他們順著大運河行駛時，看到十分繁忙的運輸景觀，河上穿梭著數百艘混凝土駁船。起碼十艘船連成一列，在航道中往返運送建材、煤炭、穀物、農作物等貨物。

南京給他們的印象是一座莊嚴、整潔的城市，「林蔭道令人心曠神怡，古樸建築與現代購物廣場相互映襯」，「到了夜晚，南京著實煥發生

---

74 〔美〕潘威廉：《我不見外：老潘的中國來信》，韋忠和譯，外文出版社2018年版，第147、148頁。

機。四周的樹林、灌木叢和建築物都亮起了聖誕節燈串，……街道和夜市熙熙攘攘，商販叫賣著進口牛仔褲和T恤、著名的南京雨花石和炸雞等各式商品，還伴隨著顧客與商販的討價還價聲，熱鬧非凡。」[75]

他們第三次遊覽北京，感覺像前兩次一樣愉悅。「我們再次到訪最喜歡的景點——北京動物園、紫禁城、天安門、長城、天壇、芭斯羅繽31冰淇淋店、王府井遊人如織的商店和書店，當然也少不了當時世界上最大的麥當勞。」[76]

這一次的長途旅行充滿挑戰和考驗。潘威廉後來回憶說：「我們蜿蜒爬過綿延不絕的山脈，艱難涉過內蒙古的沼澤泥地；我們安然穿越大戈壁兩處危險的沙漠地帶；我們走過世界海拔最高公路一半的里程……」其實，之所以冒險進行八十天的自駕旅行，是有一個重要原因的。他說：「過去，每當我寫出一些講述中國變化的文章，就有一些外國人，甚至有不少中國人，爭辯說：『中國只有沿海地區發生了變化。內陸還是老樣子。』於是我決定親自去看看。」[77]他確實看到了許多落後地區的現實狀況不盡人意，但是一切都在發生改變。二〇一九年，沿著當年走過的路線，他前往去過的地方考察，「這趟出行再次令他驚嘆不已：沿途那些曾經偏遠的地方，公路建設已通村通戶，教育醫療條件也大幅改善，家家都用上了信號穩定的網絡。同樣的路線，25年前他走了三個月，這次只用了32天。」他向記者介紹說：「無論是在西北地方的甘肅、寧夏，還是西南地區的雲南、貴州，都能看到欣欣向榮的發展圖景。」[78]他在接受《今日中國》的採

---

75 〔美〕潘威廉：《我不見外：老潘的中國來信》，韋忠和譯，外文出版社2018年版，第185頁。

76 同上書，第189頁。

77 〔美〕潘威廉：《我不見外：老潘的中國來信・序》，第1頁。

78 《美籍教授潘維廉：不是我感動中國，而是中國感動了我》，2023年6月27日。https://www.163.com/dy/article/I88ES6190514DTKM.html

訪時，也對記者說：「我去過中國各地，親眼見到了他們的發展成
果。我認為這些成果得益於國家精準扶貧政策，就像習近平主席30多
歲時在福建寧德所做的，他走進每個村莊，親自看當地存在哪些問
題，能做什麼來解決這些問題。」[79]潘威廉在二〇一九年考察了十八
個省，足以見證中國扶貧、脫貧取得的可喜成績。他面對面採訪了很
多中國人，之後根據考察見聞和採訪筆記，寫出了新書《中國人中國
夢——中國人的生活變遷與脫貧攻堅》（2021）。

　　二〇〇二年十月，在德國斯圖加特舉辦的國際花園城市大賽中，
潘威廉擔任廈門市的發言人，廈門博得六位國際評委的稱讚。潘威廉
感嘆：「實際上，我自己也覺得驚訝。1988年我們抵達廈門，當時誰
能想像，這個落後的小島城市會在短短10年間便能獲譽全球最宜居城
市呢？」[80]在短短十年中發生巨變的又何止是廈門，全中國都在日新
月異地變化著，向著更美好的未來前進著。

　　在《我不見外：老潘的中國來信》後記中，潘威廉表達了對中國
充滿信心的祝福：「中國當下埋下的種子會發展成為後世享受的成
果，以此證明『中國夢』不僅在中國是可行的，在世界其他地方也是
可行的。」[81]潘威廉的祝願和預言都一定能實現，不久的將來，一定
會有更多「不見外」的老外來見證中國夢的實現。

---

79 外眼看中共《潘維廉：實事求是地講中國故事，就一定是好故事》，2021年6月18日。
　　https://baijiahao.baidu.com/s?id=17028930196244447642&wfr=spider&for=pc
80 〔美〕潘威廉：《我不見外：老潘的中國來信》，韋忠和譯，外文出版社2018年版，
　　第215頁。
81 〔美〕潘威廉：《我不見外：老潘的中國來信·後記》，韋忠和譯，外文出版社2018
　　年版，第227頁。

參考文獻

《毛澤東選集》第2卷，人民出版社1991年版。

《毛澤東選集》第3卷，人民出版社1991年版。

《毛澤東選集》第4卷，人民出版社1991年版。

《周恩來選集》下卷，人民出版社1984年版。

《周恩來外交文選》，中央文獻出版社1990年版。

《鄧小平文選》第3卷，人民出版社1993年版。

江澤民：《高舉鄧小平理論偉大旗幟，把建設有中國特色社會主義事業全面推向二十一世紀──在中國共產黨第十五次全國代表大會上的報告（1997年9月12日）》，《人民日報》1997年9月22日。

胡錦濤：《高舉中國特色社會主義偉大旗幟　為奪取全面建設小康社會新勝利而奮鬥──在中國共產黨第十七次全國代表大會上的報告（2007年10月15日）》，《人民日報》2007年10月25日。

習近平：《決勝全面建成小康社會　奪取新時代中國特色社會主義偉大勝利──在中國共產黨第十九次全國代表大會上的報告（2017年10月18日）》，《人民日報》2017年10月28日。

〔意〕《馬可·波羅遊記》，肖民譯，陝西人民出版社2012年版。

〔意〕利瑪竇，〔比〕金尼閣：《利瑪竇中國劄記》上、下，何高濟、王遵仲、李申譯，商務印書館2017年版。

〔美〕明恩溥：《中國人的特性　全譯本》，匡雁鵬譯，光明日報出版社1998年版。

〔美〕哈羅德・伊薩克斯：《美國的中國形象》，於殿利、陸日宇譯，中華書局2006年版。

〔美〕費正清：《美國與中國　第四版》，張理京譯，世界知識出版社1999年版。

〔美〕費正清：《偉大的中國革命　1800-1985》，劉尊棋譯，國際文化出版公司1989年版。

〔美〕史景遷：《大汗之國：西方眼中的中國》，阮叔梅譯，廣西師範大學出版社2014年版。

〔美〕J・Spence（史景遷）：《文化類同與文化利用：世界文化總體對話中的中國形象》（北大講演錄），廖世奇、彭小樵譯，北京大學出版社1990年版。

〔美〕喬舒亞・庫珀・雷默：《中國形象：外國學者眼裡的中國》，沈曉雷等譯，社會科學文獻出版社2008年版。

〔英〕雷蒙・道森：《中國變色龍》，常紹民等譯，中華書局2006年版。

〔德〕夏瑞春編：《德國思想家論中國》，陳愛政等譯，江蘇人民出版社1997年版。

〔日〕石川禎浩主編：《二十世紀中國的社會與文化》，袁廣泉譯，社會科學文獻出版社2013年版。

〔澳〕馬克林：《我看中國：1949年以來中國在西方的形象》，張勇先、吳迪譯，中國人民大學出版社2013年版。

〔德〕埃貢・克倫茨：《我看中國新時代》，王建政譯，世界知識出版社2019年版。

〔英〕保羅・法蘭奇：《鏡裡看中國——從鴉片戰爭到毛澤東時代的駐華外國記者》，張強譯，中國友誼出版公司2011年版。

〔美〕艾瑞克・克萊默：《全球化語境下的跨文化傳播》，劉楊譯，清華大學出版社2015年版。

〔美〕愛德華・W・薩義德：《東方學》，王宇根譯，生活・讀書・新知三聯書店2007年版。

〔美〕彼得・蘭德：《走進中國：美國記者的冒險與磨難》，李輝、應紅譯，文化藝術出版社2001年版。

〔美〕戴衛・赫爾曼主編《新敘事學》，馬海良譯，北京大學出版社2002年版。

〔美〕海登・懷特：《後現代歷史敘事學》，陳永國、張萬娟譯，中國社會科學出版社2003年版。

〔美〕喬伊斯・米爾頓：《中國人民之友——著名女記者史沫特萊》，陳文炳、苗素群譯，新華出版社1984年版。

〔日〕石垣綾子：《一代女傑——史沫特萊傳》，陳志江、李保平、江楓譯，光明日報出版社1992年版。

〔美〕艾格尼絲・史沫特萊：《大地的女兒》，薛帥譯，首都師範大學出版社2016年版。

〔美〕艾格尼絲・史沫特萊：《偉大的道路——朱德的生平和時代》，梅念譯，生活・讀書・新知三聯書店1979年版。

〔美〕艾格尼絲・史沫特萊：《中國人的命運》，《史沫特萊文集4》，孟勝德譯，新華出版社1985年版。

〔美〕艾格尼絲・史沫特萊：《中國的戰歌》，江楓譯，北京出版社2017年版。

〔美〕特雷西・斯特朗、〔美〕海琳・凱薩：《純正的心靈：安娜・路易斯・斯特朗的一生》，李和協、張雪玲、蘇光等譯，世界知識出版社1986年版。

〔美〕安娜・路易斯・斯特朗：《中國人征服中國》，劉維寧等譯，北京出版社1984年版。

〔美〕安娜・路易斯・斯特朗：《千千萬萬中國人》，《斯特朗文集2》，郭鴻、沈士傑、嚴格譯，新華出版社1988年版。

〔美〕安娜·路易斯·斯特朗:《西藏農奴站起來》,孟黎莎譯,西藏
　　人民出版社1991年版。

〔美〕約翰·漢密爾頓:《埃德加·斯諾傳》,柯為民等譯,遼寧大學
　　出版社1990年版。

〔美〕伯納德·托馬斯:《冒險的歲月:埃德加·斯諾在中國》,吳乃
　　華、魏彬、周德林譯,世界知識出版社1999年版。

〔美〕埃德加·斯諾:《複始之旅》,《斯諾文集1》,宋久、柯楠、克
　　雄譯,新華出版社1984年版。

〔美〕埃德加·斯諾:《紅星照耀中國》,董樂山譯,人民文學出版社
　　2016年版。

〔美〕埃德加·斯諾:《大河彼岸　又名:今日的紅色中國》,《斯諾
　　文集4》,新民譯,新華出版社1984年版。

〔美〕艾瑞克·福斯特:《斯諾夫婦:中國的朋友》,馬煥玉、魯凱麗
　　譯,中國國際文化出版社(香港)2020年版。

〔美〕謝莉爾·福斯特·畢紹福編著:《架橋:海倫·斯諾畫傳(英
　　漢對照)》,安危、牛曼麗譯,北京出版社2015年版。

〔美〕海倫·斯諾:《我在中國的歲月》,安危譯,北京出版社2015
　　年版。

〔美〕海倫·福斯特·斯諾:《一個女記者的傳奇》,汪溪、方云、閻
　　紹璽譯,新華出版社1986年版。

〔美〕海倫·斯諾:《七十年代西行漫記》,安危譯,北京出版社2015
　　年版。

〔美〕海倫·福斯特·斯諾:《中國新女性》,康敬貽、姜桂英譯,中
　　國新聞出版社1985年版。

〔美〕海倫·福斯特·斯諾:《毛澤東的故鄉》,劍華、安危譯,華中
　　師範大學出版社1993年版。

〔美〕尼姆・韋爾斯：《紅色中國內幕》，馬慶平、萬高潮譯，華文出版社1991年版。

伊斯雷爾・愛潑斯坦：《見證中國：愛潑斯坦回憶錄》，沈蘇儒、賈宗誼、錢雨潤譯，新星版社2015年版。

伊斯雷爾・愛潑斯坦：《人民之戰》，賈宗誼譯，新星出版社2015年版。

伊斯雷爾・愛潑斯坦：《西藏的變遷》，高全孝、郭彧斌、鄭敏芳譯，新星出版社2015年版。

〔美〕斯圖爾特・施拉姆：《毛澤東》，中共中央文獻研究室《國外研究毛澤東思想資料選輯》編輯組編譯，紅旗出版社1995年版。

〔美〕羅斯・特里爾：《毛澤東傳　名著珍藏版（插圖本）》，何宇光、劉加英譯，中國人民大學出版社2017年版。

〔英〕韓素音：《韓素音自傳：凋謝的花朵（1928-1938）》，殷書訓譯，生活・讀書・新知三聯書店1982年版。

〔英〕韓素音：《韓素音自傳：無鳥的夏天（1938-1948）》，陳堯光、黃育馥、張靜爾譯，生活・讀書・新知三聯書店1984年版。

〔英〕韓素音：《韓素音自傳：吾宅雙門》，陳德彰、林克美譯，中國華僑出版公司1991年版。

〔英〕韓素音：《再生鳳凰：中國・自傳・歷史》，劉瑞祥、紀春英、何祚康等譯，中共中央黨校出版社1991年版。

〔英〕韓素音：《早晨的洪流——毛澤東和中國革命》（兩卷），楊青譯，香港南粵出版社1974年版。

〔英〕韓素音：《周恩來與他的世紀　1898-1998》，王弄笙、鄒明榕、張志明等譯，中央文獻出版社1992年版。

〔英〕迪克・威爾遜：《周恩來傳》，封長虹譯，國際文化出版公司2011年版。

〔法〕克勞德・弗朗西斯、〔法〕費爾南德・龔蒂埃：《西蒙娜・德・波伏瓦傳》，劉美蘭、石孔順譯，中國婦女出版社1989年版。

〔法〕達妮埃爾・薩樂娜芙：《戰鬥的海狸：西蒙娜・德・波伏瓦評傳》，黃荭、沈珂、曹冬雪譯，作家出版社2009年版。

〔法〕西蒙娜・德・波伏瓦：《長征：中國紀行》，胡小躍譯，作家出版社2012年版。

〔法〕朱麗婭・克里斯蒂娃：《中國婦女》，趙靚譯，同濟大學出版社2010年版。

〔法〕卡特琳・文慕貝：《每個人的中國（1964-1965）》，彭怡譯，社會科學文獻出版社2013年版。

〔美〕哈里森・索爾茲伯里：《天下風雲一報人——索爾茲伯里採訪回憶錄》，粟旺等譯，中國對外翻譯出版公司1990年版。

〔美〕哈里森・索爾茲伯里：《長征——前所未聞的故事》，過家鼎、程鎮球、張援遠等譯，解放軍出版社1986年版。

〔美〕阿瑟・米勒：《阿瑟・米勒自傳》，藍玲、林貝加、梁彥譯，華東師範大學出版社2015年版。

〔美〕阿瑟・米勒：《阿瑟・米勒手記：「推銷員」在北京》，汪小英譯，新星出版社2010年版。

〔美〕伯頓・沃森：《我的中國夢：1983年中國紀行》，胡宗鋒譯，陝西師範大學出版社2015年版。

〔英〕理查德・伊文思：《鄧小平傳》，田山譯，國際文化出版公司2014年版。

〔美〕羅伯特・勞倫斯・庫恩：《中國30年：人類社會的一次偉大變遷》，呂鵬、李榮山、徐辰等譯，世紀出版集團、上海人民出版社2008年版。

〔美〕羅伯特・勞倫斯・庫恩：《他改變了中國：江澤民傳》，談崢、于海江等譯，世紀出版集團、上海譯文出版社2005年版。

〔美〕彼得・海斯勒：《江城》，李雪順譯，上海譯文出版社2012年版。

〔美〕彼得・海斯勒：《尋路中國：從鄉村到工廠的自駕之旅》，李雪順譯，上海譯文出版社2011年版。

〔美〕彼得・海斯勒：《甲骨文：一次占卜當代中國的旅程》，盧秋瑩譯，新北八旗文化出版社2011年版。

〔美〕彼得・海斯勒：《奇石：來自東西方的報道》，李雪順譯，上海譯文出版社2014年版。

〔美〕邁克爾・麥爾：《再會，老北京》，何雨珈譯，上海譯文出版社2013年版。

〔美〕邁克爾・麥爾：《東北遊記》，何雨珈譯，上海譯文出版社2017年版。

〔美〕張彤禾：《打工女孩：從鄉村到城市的變動中國》，張坤、吳怡瑤譯，上海譯文出版社2013年版。

〔美〕史明智：《長樂路》，王笑月譯，上海譯文出版社2018年版。

〔美〕Daniel Burton Wright（唐興）：《我看中國：美國學者在中國西部的百姓生活劄記》，壽國薇譯，廣西教育出版社2000年版。

〔美〕比爾・波特：《黃河之旅》，曾少立譯，四川文藝出版社2018年第三版。

〔美〕比爾・波特：《江南之旅》，朱欽蘆譯，四川文藝出版社2018年第二版。

〔美〕比爾・波特：《彩雲之南》，馬宏偉、呂長清譯，四川文藝出版社2018年第三版。

〔美〕比爾・波特：《絲綢之路》，馬宏偉、呂長清譯，四川文藝出版社2018年第三版。

〔美〕潘威廉：《我不見外：老潘的中國來信》，韋忠和譯，外文出版社2018年版。

〔美〕西默・托平：《在新舊中國間穿行》，原新牧譯，工人出版社2003年版。

〔美〕杰克・貝爾登：《中國震撼世界》，邱應覺、楊海平等譯，北京
　　出版社1980年版。

〔德〕王安娜：《中國——我的第二故鄉》，李良健、李希賢校譯，生
　　活・讀書・新知三聯書店1980年版。

〔新西蘭〕詹姆斯・貝特蘭《在中國的歲月——貝特蘭回憶錄》，何人
　　基、宋庶民、龍治芳譯，中國對外翻譯出版公司1993年版。

Robert Guillain, The Blue Ants: 600 Million Chinese under the Red Flag,
　　Trans, by Mervyn Savill. London, Secker and Warburg, 1957.

Helen, Scott Nearing, The Brave New World, Social Science Institute,
　　Harborside, Maine, 1958.

Guy Wint, Common Sense about China, Victor Gollancz, London, 1960.

Colin Mackerras, Neale Hunter, China Observed 1964/1967, Nelson,
　　Melbourne; Sphere Paperbacks, London, Praeger, New York,
　　1967

Joseph Kraft, The Chinese Difference, New York: Saturday Review Press,
　　1973.

Harrison E. Salisbury, To Peking—and Beyond, A Report on the New Asia,
　　Quadrangle/The New York Times Book Co., New York, 1973.

Charlotte Y. Salisbury, China Diary, New York: Walker and Company,
　　1973.

John King Fairbank, The New China Tourism of the 1970s, in China
　　Perceived, New York, 1974.

Shirley MacLaine, You Can Get There From Here, W. W. Norton &
　　Company. Inc, New York, 1975.

Simon Leys, Chinese Shadows, New York: Viking Press, 1976.

B. Michael Frolic, Reflections on the Chinese Model of Development,
　　Social Forces, December 1978.

John King Fairbank, China Watch. Cambridge, MA: Harvard University Press, 1987.

Colin Mackerras, Western Images of China, Revised Edition, Oxford University Press, 1999.

David Martin Jones, The Image of China in Western Social and Political Thought, Houndmills, Basingstoke, Hampshire: Palgrave, 2001.

David Scott, China stands up: the PRC and the international system, Routledge, 2007.

Mark Kramer, Wendy Call, Telling True Stories: A Nonfiction Writers' Guide from the Nieman Foundation at Harvard University, New York: Plume, 2007.

Susie Eisenhuth, Willa McDonald, The Writer's Reader: Understanding Journalism and Non-Fiction, Willa McDonald, Cambridge University Press, 2007.

Paul A. Cohen, Peter Hessler: Teacher, Archaeologist, Anthropologist, Travel Writer, Master Storyteller, Journal of Asian Studies, 2013, 72 (2).

齊鵬飛、陳宗海、李桂花等：《改革開放40年的中國外交》，中共黨史出版社2018年版。

孟華主編：《比較文學形象學》，北京大學出版社2001年版。

周　寧：《天朝遙遠：西方的中國形象研究》上、下，北京大學出版社2006年版。

周　寧：《跨文化形象學》，復旦大學出版社2014年版。

尹均生：《國際報告文學的源起與發展》，華中師範大學出版社2009年版。

張　瑷：《20世紀紀實文學導論》，文化藝術出版社2005年版。

龔舉善：《走過世紀門——中外報告文學論略》，紅旗出版社2003年版。

陳然興：《敘事與意識形態》，人民出版社2013年版。

孫華主編：《埃德加·斯諾：向世界見證中國》，北京大學出版社2011
　　　年版。

劉力群主編：《紀念埃德加·斯諾》，新華出版社1984年版。

尹均生、曹毓英主編：《紀念史沫特萊》，新華出版社1987年版。

張伏年、羅瑩：《史沫特萊百年誕辰紀念文集》，生活·讀書·新知三
　　　聯書店上海分店1995年版。

尹均生主編：《斯諾夫婦和中國：永遠的懷念》，華中師範大學出版社
　　　2011年版。

龔文庠主編：《解讀斯諾：讓世界瞭解中國》，北京大學出版社2006
　　　年版。

孫華、王芳：《埃德加·斯諾研究》，湖南師範大學出版社2012年版。

武際良：《斯諾與中國》，中國社會出版社2005年版。

武際良：《海倫·斯諾與中國》，人民出版社2011年版。

丁曉平：《埃德加·斯諾——紅星為什麼照耀中國》，中國青年出版社
　　　2013年版。

李壽葆、施如璋主編：《斯特朗在中國》，生活·讀書·新知三聯書店
　　　1985年版。

安危主編：《偉大的女性——海倫·斯諾》，陝西旅遊出版社1997年版。

黃　靜：《美國左翼作家筆下的「紅色中國」形象1925-1949》，九州
　　　出版社2021年版。

李清安、金德全選編：《西蒙娜·德·波伏瓦研究》中國社會科學出
　　　版社1992年版。

何寅、許光華編著：《國外漢學史》，上海外語教育出版社2002年版。

陸昌萍：《國外漢學概論》，安徽師範大學出版社2017年版。

王正和編著:《不可思議的中國人:二十世紀來華外國人對華印象》,
　　　花城出版社2001年版。

趙敏恒:《外人在華的新聞事業》,中國太平洋國際學會1932年版。

雕岩主編:《西方記者報道中國作品評價》,新華出版社1985年版。

張功臣:《歷史現場:西方記者眼中的現代中國》,新世界出版社2005
　　　年版。

李希光、劉康等:《妖魔化中國的背後》,中國社會科學出版社,1996
　　　年版。

何　英:《美國媒體與中國形象1995-2005》,南方日報出版社2005年版。

張昆主編:《跨文化傳播與國家形象建構》,武漢大學出版社2015年版。

後記

　　今天是二〇二三年的最後一天。順豐特快送達從臺北寄來的拙著一校稿，看到自己歷時三年多寫出的那些文字，已經以典雅的繁體字編輯排版，心中甚為欣喜，也感慨萬分。隨著校對工作的進展，拙著不久可以付梓問世了，與之相關的課題研究也將結束。

　　做這個「涉外」課題，需要閱讀大量的西方作品和相關研究文獻，雖然代表性的作品基本都有中譯本，但是也有部分必讀的重要文獻尚無譯介過來，對於英語底子薄弱的我來說，檢索和閱讀英語資料頗為不易。又因長期的眼底病變導致視力退行性下降，近幾年閱讀和寫作更加困難。常常覺得自己就像一個力不從心的長跑者，在磕磕絆絆的摸索中幾乎難以堅持到終點。我想，迎難而上做這個課題的勇氣，也許是來自我的研究對象——那些可敬可愛的國際友人和作家們，他們熱愛中國的真情、書寫中國的熱情——感動了我、鼓舞了我。似乎總有一個聲音在耳畔告誡我，不能讓這項研究半途而廢。當我終於寫完三十餘萬字的書稿，雖然為存在的諸多缺憾深感不安，但同時，在看似枯燥的研究過程中，其實獲得了豐富的審美愉悅。文學的思情活力激蕩著日漸萎頓的靈魂，從而感到生命得以充盈，這是莫大的慰藉。

　　感謝多年來在前方領跑、在身旁助跑的良師益友和同仁。

　　感謝始終給予我關愛和理解的親人。特別要感謝遠在大洋彼岸的航兒，作為一名理工博士生，他要應對自己繁忙的學業和實驗，卻經常擠出時間幫我查找、翻譯外文文獻。每當我懈怠的時候，只要和兒

子視頻片刻，就會心安神怡、樂而不疲地重新投入工作。

感謝課題組章羅生、羅偉文、吳瓊諸位教授，還有我的研究生翁麗嘉、李嘉欣等同學，本課題申報以來，一直得到他們的關心和鼓勵。

感謝福建師範大學袁勇麟教授對拙著出版的熱情幫助和推薦；感謝萬卷樓張晏瑞總編的鼎力支持，感謝陳宛妤編輯嚴謹認真的校勘和付出的辛勞。

仲冬時節，窗外卻晴空湛藍，暖陽高照，綠樹芳草依然生機盎然。感恩歲月善待，祝願新的一年風調雨順，安泰祥和。

張　瓗

二〇二三年十二月三十一日

文學研究叢書　0800010

西方作家紀實敘事中的當代中國形象 1949-2019

作　　者	張　瑷	
責任編輯	陳宛妤	
特約校稿	陳相誼	

發 行 人　林慶彰

總 經 理　梁錦興

總 編 輯　張晏瑞

編 輯 所　萬卷樓圖書股份有限公司

　　　　　臺北市羅斯福路二段 41 號 6 樓之 3

　　　　　電話 (02)23216565

　　　　　傳真 (02)23218698

發　　行　萬卷樓圖書股份有限公司

　　　　　臺北市羅斯福路二段 41 號 6 樓之 3

　　　　　電話 (02)23216565

　　　　　傳真 (02)23218698

　　　　　電郵 SERVICE@WANJUAN.COM.TW

香港經銷　香港聯合書刊物流有限公司

　　　　　電話 (852)21502100

　　　　　傳真 (852)23560735

ISBN 978-626-386-027-8

2024 年 2 月初版

定價：新臺幣 580 元

如何購買本書：

1. 劃撥購書，請透過以下郵政劃撥帳號：

　　帳號：15624015

　　戶名：萬卷樓圖書股份有限公司

2. 轉帳購書，請透過以下帳戶

　　合作金庫銀行　古亭分行

　　戶名：萬卷樓圖書股份有限公司

　　帳號：0877717092596

3. 網路購書，請透過萬卷樓網站

　　網址 WWW.WANJUAN.COM.TW

大量購書，請直接聯繫我們，將有專人為您
服務。客服：(02)23216565 分機 610

如有缺頁、破損或裝訂錯誤，請寄回更換

國家圖書館出版品預行編目資料

西方作家紀實敘事中的當代中國形象

1949-2019 / 張瑷著. -- 初版. -- 臺北市：萬卷

樓圖書股份有限公司, 2024.02

　　面；　公分. -- (文學研究叢書；800010)

ISBN 978-626-386-027-8(平裝)

1.CST: 西洋文學 2.CST: 文學評論 3.CST: 中國

研究

870.2　　　　　　　　　　　112021267